I

春衫冷 著

一身孤注掷温柔

人民文学出版社

图书在版编目（CIP）数据

一身孤注掷温柔．Ⅰ/春衫冷著．—北京：人民文学出版社，2020
ISBN 978-7-02-016273-4

Ⅰ.①一… Ⅱ.①春… Ⅲ.①长篇小说—中国—当代 Ⅳ.①I247.5

中国版本图书馆 CIP 数据核字（2020）第 079403 号

责任编辑　付如初　曾笑盈

出版发行　人民文学出版社
社　　址　北京市朝内大街 166 号
邮政编码　100705
网　　址　http：//www.rw-cn.com

印　　刷　三河市金泰源印务有限公司
经　　销　全国新华书店等

字　　数　288 千字
开　　本　880 毫米×1230 毫米　1/32
印　　张　12　插页 2
版　　次　2020 年 8 月北京第 1 版
印　　次　2020 年 8 月第 1 次印刷

书　　号　978-7-02-016273-4
定　　价　37.00 元

如有印装质量问题，请与本社图书销售中心调换。电话：010-65233595

/ 目录

引子　春风且莫定，吹向玉阶飞 / 001

壹　**戏言**
　　只那一朵，便叫他觉得如过千山 / 001

贰　**藏娇**
　　低头向暗壁，千唤不一回 / 037

叁　**绿袖**
　　已经算是十分柔情似水了 / 077

肆　**救美**
　　恨灰中燃起爱火融融 / 115

伍　**两情**
　　我听见你的心跳了 / 151

陆　**金粉**
　　幸好让他知道，这世上有这样一个人 / 185

柒　**旧梦**
　　天南地北，我陪你看山看河 / 219

捌　**履霜**
　　凡可爱的都不可信 / 253

玖　**入骨**
　　她忽然一点恨他的力气都没有了 / 293

拾　**笑话**
　　这样痴心的人只在戏里才有 / 331

引子

春风且莫定,吹向玉阶飞

"父亲说,若在平时,这样的事无非是拿些钱去,交了保释金便能领人出来。只是这次牵涉到虞总长遇刺的案子,虞家不松口,旁人也不好干预,又隔着几层人事,他很难说上话,"欧阳怡一面说一面把手轻轻搁在顾婉凝膝头,想尽力叫她安心,"父亲的意思是让你不要太担心,耐着性子等一等。过些日子,等事情平息下来,应该就会放人的。"

"我明白。只是已经一个多月了,旭明还是个孩子,待在那种地方……"顾婉凝想到半个月前,她到积水桥监狱去探旭明的情景,一时无语。

欧阳怡连忙拍拍她的手:"安琪说已经请陈伯伯打了招呼,不会有人为难他的。"

正说着,忽然一阵急匆匆的脚步声传来,一个曼妙的茜色身影闪了进来:"又下雨了,今年春天怎么这样冷?快给我一杯热咖啡喝。怎么宝笙还没来吗?她那个大姐可真是让人受不了,你们说是不是?"又娇又脆的声音串珠般泼洒在了欧阳怡和顾婉凝中间。

"安琪，你让我们答你哪一句呢？"欧阳怡笑道，"宝笙又被她家里撺掇去应酬了。"

陈安琪刚一落座，已经有佣人过来倒了咖啡端给她，她却一摆手："出去！出去！我们要说话，你快出去！"

见佣人退了出去，陈安琪大口喝了两口咖啡，这才开口："婉凝，你弟弟运气真是差！"

听到这一句，顾婉凝霍然起身，脸色煞白。陈安琪见状一惊，忙不迭地安慰她："哎呀，你别急，并没有出什么变故，只是我父亲说事情太不凑巧，有些棘手罢了。"顾婉凝这才缓了一口气，苦笑着说："欧阳伯伯也是这样讲。"

"嗯，学生们请愿闹事也不是一回两回了，最多拘留两天申饬一下就罢了，偏这次给刺客混在里头。"陈安琪接口道。她是司法部次长陈谨良的独生女，常常是她们几个人里消息最灵通的，"我听父亲说，虞总长伤得不轻，从医院出来之后一直在淳溪养伤，没有露过面。参谋部和陆军部的事情都委给了虞家四少，旭明的案子如今也落在他手里。"

"可惜大姐不在，要不然或许能托她请冯夫人帮帮忙。"欧阳怡道。她姐姐欧阳忱在江宁女界颇有名气，前些日子刚刚接任了江宁红十字会的总干事，眼下正率队在淮阳救助灾民。而欧阳怡所说的冯夫人，则是银行家冯广勋的妻子，闺名虞若槿，正是此番遇刺的参谋部总长虞靖远的长女。其实，姐姐能不能帮得上忙欧阳怡也没半分把握，只是想借此安慰一下婉凝。

"所以我说旭明运气不好！"陈安琪抢着说，"这个虞四少之前一直在德国留洋，前两年一回国就被派到了邺南，后来又去了旧京，碰上虞总长遇刺，才赶回江宁来主事，我认识的人里竟没有一个和他熟的。父亲最近倒和他见过两面，说是人很冷，处事又极辣手，人还在路上，就把二十七军的廖军长下了狱，到江宁的当天晚上一连枪毙了参谋部的两个高参……"

直白生硬的"枪毙"两个字从陈安琪嘴里吐出来，让顾婉凝和欧阳怡心里都是一颤，本来颇为温暖的小客厅里无端生出一丝寒意。

"婉凝，你弟弟的事我和父亲说了几次，他实在无从插手。一来这个案子已经不由司法部管辖，二来眼下时局复杂，谁都不好在这个时候……所以旭明的事……真是抱歉！"陈安琪一向快人快语，此时却吞吞吐吐起来。当初她一听说顾旭明因为上街请愿被捕，拍着胸脯跟婉凝保证，立刻就去请她父亲帮忙放人。本以为只是一句话的事情，没想到成了现在这样一个局面，今天出门时她父亲的话还言犹在耳："都什么时候了，你还让我为一个毛孩子去得罪虞家？"

"你千万别这么说，"顾婉凝道，"已经很麻烦你和欧阳了。"她心下明了，旭明撞进这样千头万绪的大案里，此时此刻，纵然于自己而言是天大的事情，摆到这些军政要员面前，亦只是不值一提的小事。

"唉，之前三番五次来约你的那个冯广澜，你要是敷衍他一下，兴许这回倒能帮得上忙，"陈安琪道，"他哥哥就是冯广勋，可惜……"

顾婉凝从欧阳家告辞出来，一转脸望见马路对面的院子几枝梨花越墙而出，罩在绵密的雨丝里，朵朵莹白映得她心中一片迷惘。她没有叫黄包车，独个儿撑着伞往回走。旭明被抓已经快两个月了，外婆只是不住地抹泪，舅舅除了一味叹气，便是锁着眉头感慨一句："要是你父亲还在……"

要是父亲还在？

要是父亲还在，她和旭明就不会回到江宁。一年之前，她还是国民政府驻英国公使的千金，刚刚进入伦敦社交场的东方闺秀——然而，只一场空难便叫她一夜之间从金粉世界跌进了烟火人间。湿透的冷风穿衣而来，遍体凉意打断了她的回忆，顾婉凝强迫自己清醒过来：总要想办法救旭明，她不能再失去一个至亲了。

秦台监狱，五米多高的黑灰色石墙上布着高压电网，方圆数公里内一览无余。

汪石卿坐在车里闭目养神，这段时间的江宁黑云压城，军政要员们都是一副讳莫如深的嘴脸，他也不得不把自己套进这样一副壳子里——做戏总归要做全套。

"这几天怎么样？"行至监所深处，汪石卿一边脱手套一边问。

"报告参谋长，发脾气的次数少多了。"

汪石卿听罢隐约一笑，示意看守开门，径自走了进去，颇有几分亲切地问道："廖军长住得不大惯吧？"

仰躺在单人床上的廖鹏见是汪石卿，绷紧的面孔如石刻般纹丝不动："我要见虞帅。"虽然虞靖远早已领了江宁政府参谋本部兼陆军部总长的职位，但多年跟随他的一班旧人，有些还是习惯沿用老称呼。

汪石卿慢条斯理地在看守搬来的折椅上坐下，摆手让一干随从退下："虞总长一直在淳溪养伤，恐怕不能来看望军长。"

"那也轮不到虞家的一条狗来冲我汪汪，叫虞浩霆来！"

"四少正忙着料理您捅出来的娄子，不得空。如果您实在没话跟卑职交代，石卿也不好勉强，只好把令公子请到这里来陪您聊天了。"

"你！"廖鹏倏地从床上弹起，怒目盯牢了汪石卿，魁壮的身躯让整个牢房都仿佛一震。

汪石卿依旧不温不火，左手握着的白手套有一搭没一搭地拍着右手："廖军长中气十足，看来他们照顾得还算周到。"

"这件事不是我做的。"廖鹏强压下怒气咬牙道。

"可那个刺客却偏偏一口咬定，是廖军长授意的。"

"不可能！"

"这就奇了，肖参谋他们也供认是跟您一起谋划着要行刺总长的。"汪石卿道。

廖鹏张了张口，却没说出一个字。他面前的汪石卿，眉目浅淡，身形清隽，一身戎装也遮不去他举手投足间的一派温文，只是偶尔目光闪动之处似有刀锋划过。

沉默良久，廖鹏终于长叹一声："罢了！我确是有意迫总长下野，但这次的事绝非我所为。如果是我谋划行事，我又怎么会全无防备，着了你们的道？况且，我廖鹏跟随虞帅二十年，南征北讨……"

"这些廖军长就不必跟石卿讲了，"汪石卿打断了声音渐亢的廖鹏，"卑职此来是要代四少问一问军长，虞总长虽在伤中，但也断然不信廖军长便是行刺的主谋，能有此举必是受人怂恿……"

阴窄的牢房里再度陷入了沉默。

"四少打算如何处置我？"廖鹏忽然问道。

"事情平息之后，四少便会送令公子和军长家眷东去扶桑。"

廖鹏略怔了一下，苦笑道："我早已自知无幸。"见汪石卿不语，廖鹏只好微微一叹："请转告四少，提防周汝坤，他和戴季晟恐有密约。这次的事情多半是他不耐烦廖某犹疑，自行动手了……"

廖鹏话犹未尽，汪石卿便已起身："多谢廖军长直言，石卿告辞。"说着，点一点头转身欲去。

廖鹏连忙抢道："虞帅如今伤势如何？"

汪石卿没有回头，淡淡抛下一句："总长已无大碍，廖军长尽可放心。"

壹

戏言

只那一朵，便叫他觉得如过千山

霍仲祺逛到陆军总部的时候已经是下午两点多钟了。

昨天在大华看完电影，又到锦园吃夜宵，到家的时候已是凌晨，一觉醒来也过了中午，又被姚妈督着吃了"早饭"，方才收拾妥当出门。他一路走一路盘算着待会儿进去点个卯便走，难得天色见晴，去云岭骑马倒是不错，再或者，接了娇蕊往南园看桃花也好……正思量得没有边际，忽然望见一个身姿玲珑的女子正在陆军部门口和卫兵说话，直到他走近，两人还在交涉什么。

霍仲祺见状不由精神一振。

平日出入陆军部的女子很少，即便是有限的几个秘书和话务员也都是军装严谨，他跟着虞浩霆回江宁快两个月了，还是第一次见到有便装女子在此耽搁许久，且背影看来十分娉婷。若是不相干的人，一早就被卫兵赶开了，难不成是谁的风流债竟然敢找到这儿来？

一念至此，霍仲祺暗笑一声，正容走了过去。

门口的卫兵一见是他，马上立正敬礼："霍参谋！"那女子闻声也回过头来，霍仲祺一看却怔住了。

眼前这个女孩子不过十五六岁年纪，一双蕲水明眸望得他心头一颤。微凉的阳光透过斑驳树影迤逦下来，在她眉睫间跳出点点光晕。通体牙白的净色旗袍直悬到脚踝，细细滚了淡绿的缎边，衬着她莹白剔透的肤色——叫他骤然想起多年前，和父亲一同去余杭的茶山，暮霭之中一山青翠，他离了父亲和随从，独自在山间奔跑，却倏然停在一株茶树旁——满目湿漉漉的浓绿之中，赫然开出了一朵白茶花，晶莹轻润，无声无息，只那一朵，便叫他觉得如过千山，少年心事竟有些郁郁起来。

霍仲祺心中一荡：她这样清，却再没有人能比她艳。

"霍参谋。"卫兵的声音再度响起，霍仲祺连忙敛住心神，轻咳一声，笑着问："怎么回事？"

"这位小姐要见虞军长，今天已经是第三天了。"卫兵颇有些尴尬地解释。

霍仲祺听了，心下好奇，便正色问那女子："小姐，陆军总部不是可以随便出入的地方，请问你找虞军长有什么事？你可是虞家的朋友或者亲眷？"

直闯到陆军总部来是顾婉凝无奈之中的最后一招。

多少能搭上一点关系的亲朋故旧都求遍了，除了各种似是而非、一鳞半爪的消息之外，能帮忙的竟一个没有，仿佛这个案子连同虞四少这个人都是针扎不进、水泼不入的一座迷城。

人人都说等，可旭明却等不得了。两个星期前安琪父亲那里托了极大的人情，才让她进积水桥监狱去探了旭明。才十四岁的孩子，头一次跟着学长们上街请愿，哪见过这种阵仗？唬得他只会说：

"姐姐，你问问他们什么时候放我出去？学长们原先都说不过是关两天，吃得差些，大家在牢房里还能唱歌朗诵，联欢会一样关两天就出去的！两天就出去的！"

"姐姐，前天晚上对面一个犯人死掉了，被几个兵拖着走……有个犯人被打得一脸都是血。"

几乎要吓出病的样子，现在又过了十多天，更是不知怎样了。况且夜长梦多，万一被细细盘查……顾婉凝不敢想下去，她一定不能叫那种结果发生。

于是，顾婉凝决定与其盲人摸象般地误打误撞，不如索性去找正主碰碰运气，或许有柳暗花明的一招。没想到连着两天一无所获，今天却"碰"上了霍仲祺。

她听霍仲祺这样问，又见卫兵对他的态度十分恭谨，便揣测此人或是能接触到那位虞四少的，便忙对霍仲祺点头道："这位长官您好！我并不认识虞军长，也不是虞家的朋友。只是舍弟数日前和同学一道上街请愿时被军部拘捕，一直关在积水桥监狱，既无审理日期，也不可保释，我求见虞军长只是想为舍弟陈情，请他放人。"

霍仲祺一听便知是当日总长遇刺时被抓进来的那几个学生，可这件事情自己做不了主，个中缘由也不足为外人道，待要说不管，又不忍看她失望，略一思忖，说道："你跟我来吧！即便见不到虞军长，我也可以帮你问一问。"

顾婉凝一听，连忙攥紧了手袋，便要跟他进去，那卫兵仍踟蹰着不知该不该放行，霍仲祺在他肩上一拍，笑道：

"人是我带进去的，你怕什么？我回头给你签字就是了。"

说着从衣袋里摸出一包香烟塞进那卫兵的口袋，对顾婉凝点头一让，顾婉凝也不推辞，径自向前走去，他自己在旁引路。

陆军总部的房子原是前朝宰辅退养之后的大宅，半西式的建筑园林，草木葱茏之中又有回廊，所过之处，不时有人跟霍仲祺熟络地打招呼。

霍仲祺走在顾婉凝的右手边，眼角余光里满是她素白的影子，默然走了一段，才忽然想起一件事："我叫霍仲祺，是陆军部的参谋。还没有请问，小姐怎么称呼？"

顾婉凝听了微微有些诧异，她虽然不大认得那些军衔标识，但这年轻人看起来不知道有没有二十岁，陆军总部怎么会有这样年轻的参谋？当下答道："我叫顾婉凝。"顿了顿，又补充道，"舍弟是汇文中学的学生，叫顾旭明。"

霍仲祺见她面露讶异，微微一笑："我这个参谋不参军国大事，也不谋仕途经济，只是被家里逼着硬兼一份差事罢了。"

顾婉凝一听便明白此人多半是个官宦子弟，礼节性地浅浅一笑，却掩不住眉宇间的焦灼。霍仲祺低头看她，正瞧见她颊边两漩梨涡稍纵即逝，心里没来由地疼了一下："顾小姐，有件事情不知道我当不当问？"

"霍参谋请说。"

"令弟身陷囹圄，顾小姐的忧虑之情，霍某自然明白。只是，这样的事情怎么让小姐独自奔走？"

见他认真相询，顾婉凝只好答道："家严家慈都已故世了，所以……"霍仲祺见她神色黯然，也跟着难过起来："真是抱歉！让你想起了伤心事。"顾婉凝没有答话，慢慢摇了摇头。

霍仲祺把顾婉凝引到自己的办公室，吩咐勤务兵泡了茶，便独自出门去了。顾婉凝倚窗而坐，回想起刚才的情状，一时喜忧不定：喜的是总算"碰"上了一个肯开口帮忙且似乎能帮上忙的人；忧的是这个霍参谋来得未免太容易，父亲的同僚旧友尚且无人援手，这个初次见面的年轻人怎会这样热心？她这样左右想着，不知不觉茶已经凉了。

"石卿，咱们晚上去明月夜吃饭吧，叫上茂兰他们，我请。"霍仲祺离了顾婉凝，便转进了汪石卿的办公室。

正在办公桌前拟电文的汪石卿一见是他，放下笔道："霍公子可真是稀客！这些日子参谋部和陆军部，上上下下都忙得一锅粥，偏只有霍公子能忙里偷出闲来，摘了玉堂春的头牌花魁娇蕊姑娘。你不在温柔乡里逍遥，到我这儿来干什么？"

霍仲祺跟他熟惯多时，也不反驳，大咧咧地往沙发上一坐，腿便搁上了茶几，"我去玉堂春还不是为了你和四哥的事？不过，不瞒你说，这个娇蕊呢，确实……嗯……确实……那个，颇有过人之处。但话说回来，你我兄弟一场，你若喜欢，尽管开口，哪怕赴汤蹈火，我也绝不皱一皱眉头，无论成功成仁，总是如你所愿就是了。"

他说得夹七杂八，神态偏又庄重非常，汪石卿虽一贯温文儒雅也忍俊不禁："你呀……娇蕊的事情我能知道，你父亲必定也知道了，你还是小心一点好。说吧！找我到底什么事？"

"所以我这不是躲到陆军部来了吗？我今天还真是有事求你。虞总长遇刺那天，抓了几个学生，我想问问，现在能不能放出来了？"

汪石卿听罢奇道："你怎么想起这档子事儿了？"

霍仲祺只好说："我一个朋友的弟弟在里头，已经关了两个月了，托我帮着打听一下。"

"你的朋友？"汪石卿打量着他，反问道，"若是你的朋友，怎么会现在才来问你？"

霍仲祺心知瞒不过汪石卿，便将刚才在门口遇上顾婉凝的事情和盘托出。

汪石卿沉吟了片刻，笑道："这个顾小姐，是个美人吧？"

这一句正说中了霍仲祺的心事。汪石卿见他不语，接着道：

"你不妨坦白告诉她，她弟弟必然是没有性命之忧的，只是案子尚未查明，不便立刻放人。等一一核实了他们的身份背景，结了案子之后，自然就会放人。你打个招呼给监狱，叫他们好好照看那孩子就是了。"

"石卿，其实这件事你知我知，跟那几个学生没什么瓜葛，你索性帮帮忙，放了这一个吧！"霍仲祺道。

汪石卿摇摇头："眼下我也不清楚四少的打算，这几个学生里还有杜少纲的小儿子，不知道四少要不要敲打他一下。要不，你直接去问问四少的意思？"

霍仲祺连忙摆手："别别别！万一四哥说不放，那就一点回旋的余地也没有了。"

霍仲祺回头来见顾婉凝，只得尽力拣些让她安心的话，说是人身安全必定无虞，只等虞总长遇刺的案子了结，查明这些学生的身份背景便会立刻放人，又承诺会着人留心照看顾旭明。

没想到顾婉凝听了反而更有些凄惶起来，当下便向霍仲祺告辞。霍仲祺原想留她吃饭，又觉得有些冒失，况且看她也无心和自己应酬，便要安排车子送她回去，却被顾婉凝坚辞了，霍仲祺只好一路送她出来。两人临出办公楼时路过一间办公室，霍仲祺道："我去叫人给监狱打个招呼，你等一等。"

顾婉凝便停在门口等他，默然想着心事，等了一会儿，忽然听见靠窗的一个军官对着电话里说:"四少今天用的车牌是2617,他们没有通知你吗?"

她心中一动,还没来得及听到下一句,霍仲祺已走了出来:"你弟弟还好,只是年纪小,有些害怕。我已经打了招呼,叫他们好好照顾,不会有事的。"顾婉凝听了,连忙谢他。霍仲祺见她满眼感激,心里暗自惭愧,对她愈发客气起来。

到了门口,霍仲祺道:"如果方便的话,请顾小姐告诉我一个电话,令弟的事情有什么消息,我好尽快通知你。"

顾婉凝点点头,接过他递来的一支钢笔,正想问霍仲祺有没有便签,却见他伸出手来。顾婉凝略一犹豫,还是在他手上轻轻写了电话号码。她离得这样近,笔尖痒痒地滑过手心,丝丝缕缕的少女幽香飘进他的鼻息,霍仲祺僵直了身子,一动也不敢动。

"我是乐知女中二年级的学生,这是宿舍的电话,你请值班的阿姨叫我就可以。"顾婉凝说完,也觉得脸颊微微一热,连忙告辞了。

送走顾婉凝,天又阴了起来,霍仲祺亦没了兴致再去别处,在陆军部门口站了一会儿,便百无聊赖地折了回来,勤务兵见他竟然又一本正经地回来,不免暗自惊奇。

天色眼看又要下雨的样子,黄包车夫埋头跑得飞快。突然,身后一阵急促的喇叭声传来,车夫连忙拉着车往路边一避,坐在车上的顾婉凝也跟着向前一冲,只见一辆白色轿车飞驰而去。顾婉凝忽然想起刚才在陆军总部听到的那个电话——"四少今天用的车牌是2617,他们没有通知你吗?"

她心念一动,连忙吩咐车夫:"我不去乐知女中了,麻烦您拉我回上车的地方。"那车夫听了只好转回,嘴里嘟哝着提醒了她一句:

"小姐，快要下雨了。"

顾婉凝在陆军总部对面下了车，定一定神，深吸一口气走了过去，却不进门，只站在路边。门口的卫兵见她又折了回来，便上前询问，顾婉凝镇定一笑："我和霍参谋约好在这里等他。"

那卫兵见之前霍仲祺带她进去，且极客气地送她出来，便信了她的话，心下想着，早就听说这位霍公子少年风流，果然不假，只是不知道玩的什么花样。

顾婉凝在路边等了一阵，便零零星星飘起了小雨。那卫兵见她仍在枯等，便走过去问她要不要给霍仲祺挂个电话，顾婉凝连忙道："不必了，我再等一会儿，或许他已经出了办公室。"那卫兵只好作罢。

顾婉凝面上不动声色，心里却犹如鹿撞，只一心看着陆军部的大门，一有汽车出入，她便屏息去看车牌。等了约莫有四五辆车经过，却都没有"2617"，她有些疑心自己是不是听错了，或者那虞四少今天并没有到陆军部来……正犹疑着欲走还留，忽然又有汽车缓缓驶出了大门，她赶忙去看那车牌，5739，顾婉凝有些失望，刚要松口气，后面却又跟出了一辆，2617！

顾婉凝再看一眼那车牌，没错，2617！来不及想，她的人便已冲了出去！

只听一连串刺耳的刹车声，她才发觉自己的眼睛不知道什么时候竟闭上了。呵斥声、车门撞击声、纷杂的脚步声……顾婉凝一睁开眼睛，面前便是一支黑洞洞的枪口，她不用转身四顾，也能察觉到身畔皆是士兵。

雨丝落在脸上，那一点一点冰凉反倒让她察觉了自己的烫，她几乎有些站立不住，一咬下唇，竟又上前半步，额头几乎顶住了那支枪。这一下变故突然，门口的卫兵已然面如土色，万不料她竟突然冲出来拦车，早已退到一边一句话也不敢多说。

"我没有恶意，我叫顾婉凝，是乐知女中的学生，我要见虞军长。"

顾婉凝逼着自己尽力大声说道，她嗓音清越，只是此刻不住抖颤，在这寒春细雨中听来尤为楚楚。

在她面前握枪的军官皱了皱眉，右手持枪不动，左手径自去拿她怀中的手袋。顾婉凝旋即明白他是搜查之意，连忙放手。那人捏了捏她的手袋，又上下打量了她一遍，才把枪放下，示意左右盯牢这个女子，自己转身走到汽车后座，隔着窗同车里的人说话。只听车里传出一句："带她回去。"声音平缓，波澜不起，语气中却透着不容置疑的果决。

当下那军官回过身来，仍是皱着眉，将手袋还给顾婉凝，一言不发，右手一抬，后面的一辆车便有人拉开了车门，顾婉凝咬牙走过去，只听他在身后吩咐："大门的岗哨全部看起来，不要走漏消息……"

顾婉凝独自坐在后座上，身上的烫热和凉意都渐渐退了。

开车的司机和坐在副驾的人皆着军装，她从后视镜里望了望，副驾位置的军官看上去二十四五岁年纪，手肘搭在车窗上，两根手指抵住嘴唇，面色凝重。顾婉凝明白，参谋总长虞靖远刚刚遇刺，她冲出来这一下，必是给他们惹了极大的麻烦，只是不知道那辆2617里的人究竟是不是虞四少……她忽又想起了上午在陆军部门口碰到的霍仲祺，但愿这件事不要牵累了他才好。

一路想着，车子已经减速，正穿过两扇大门。顾婉凝往窗外望去，只见眼前一片缓坡草坪，点缀的树木都十分高大，远处是一幢极宽阔的灰白色西式建筑。几辆车子缓缓开到楼前方才依次停下，边上三架层叠的喷泉水声不断。顾婉凝刚从车里探出身子，前车下来的人已经走了进去，她只望见众人簇拥之间，依稀一个十分挺拔的背影一闪而过。

和她同车的军官引着她穿过高阔如殿堂般的大厅，进了二楼的一间会客室，沉沉地道了声"请坐"，便掩门退了出去。

偌大的房间只剩下顾婉凝一个人，周围一静，她这才有了惊惑之感，不知这里究竟是什么地方？也不知道那虞军长肯不肯见自己？若是见了他，怎样求情，才能让他放了旭明？他若是不肯，自己又该怎样？若是事情更坏一步，连自己也被关了起来，那么……顾婉凝这个时候有些懊悔自己的莽撞了。

不过，她很快便否定了这些悲观的想法：自己没有在刚才的混乱中被一枪打死便已足够庆幸了。她想起一年前，她和旭明带着父亲的骨灰回国，途中遇到风暴，那样高的浪头，连大人都吓哭了许多，她从小最怕雷雨，那天却竟然一点也不怕——其实，说不怕是假的，只是一想到身边还有弟弟要照顾，她便凭空生出许多勇气来。昏天黑地，茫茫大海，那样高的浪头她都不怕，现在又有什么好怕的呢？顾婉凝长出了一口气，尽力让自己平静下来。

客厅的门突然开了，两个卫兵踞门而立，为首进来的一个年轻人，长身玉立，戎装笔挺，后面跟着的正是之前用枪抵住她的军官。

顾婉凝一面暗暗告诫自己要镇定，一面款款起身，只听为首那人说道："顾小姐是吧？请坐。"听声音正是在陆军部门口吩咐带她回来的人。

对方说着，已径自坐在了她对面的沙发上，顾婉凝这才有暇打量来人，她之前见到的霍仲祺已是少年英俊，方才和她同车的军官也算得一表人才，可是和眼前这个年轻人比起来，竟都相形见绌。

只是霍仲祺见人先带三分笑，让人一见便生亲切之感，而这人虽然也不过二十出头年纪，但浑身上下却透着一股清冷傲气，英气逼人中有一份与年龄不大相称的沉着冷肃。

顾婉凝见他如此年轻，猜想他虽然身份贵重，但未必便是那军长，遂开口道："您好！我要见虞军长。"

那年轻人听了，面无表情地扫了她一眼，"敝人就是虞浩霆。我有件事要问小姐。"

顾婉凝一怔，原来让江宁的军政要员们如此忌惮的虞四少竟这样年轻，却听他已开口问道："请问顾小姐，怎么知道那是我的车？"

虞浩霆此番急回江宁，是因了其父虞靖远突然遇刺的缘故，因此虞军上下对他的安全极为谨慎，常常是当天出门才通知下去他今日座车的牌照，便于通行。陆军部每日出入的公务车辆颇为频繁，今日偏被这声言要见他的女子堪堪拦下，其中必有缘故。

然而他这一问，却问住了顾婉凝。倘若照实直言，必然牵扯到霍仲祺；可若是不讲，又怎么开口向他求情？一时间顾婉凝不知如何作答，柔黄的灯光下，愈发显得她神色凄清。

顾婉凝在陆军部门口拦车之时，虞浩霆并未看清她的人，只是听见她自报姓名的那句话。此刻相对而坐，才觉得，也只有这样的女子才配得起那声音。

因为淋了些雨，顾婉凝原先用发带束在脑后的头发有些松散下来，几绺墨黑的碎发浮在耳边，一双眸子盈盈楚楚，澈如寒潭，牙白的衣裳裹着轻薄的身躯，搁在膝上的柔荑白皙纤细，一堂的金粉繁华都被她的清婉淡去了，却又堪堪生出一番幽艳来。纵是虞浩霆见惯了千红百媚,也自心头一悸。她只这样静静地坐在灯影里,婉转无言便已是春江花朝明月夜,那样艳,却又那样清。这悸动先惊了虞浩霆自己,他连忙将目光移向别处。

虞浩霆等了一阵,见她踟蹰不语,便冷了声音:"顾小姐甘冒这样大的风险来见虞某,想必有要事相托……"他说到后半句,语意渐重,顾婉凝已听出了相胁之意,只好答道:"婉凝此番鲁莽行事确是有事相求,只是无可奈何才出此下策。我听到军长的车牌亦是偶然,并非有人特意泄漏。"

虞浩霆凛然望了她一眼:"我就是想知道,这是怎么一个偶然?"

顾婉凝见他神色冷峻,不由想起陈安琪的话,"那虞四少人很冷,处事又极辣手""到江宁的当天晚上就枪毙了参谋部的两个高参"……霍仲祺煦如春阳的笑容一闪而过,她心下已有了决定。

顾婉凝缓缓起身站定,对虞浩霆道:"我得知军长的车牌纯是偶然,您信与不信,我都言尽于此。"话一出口,她想到今日种种恐怕都要白费了,若是虞浩霆追查下去,或许更会对旭明不利,一念至此,眼底一热,硬生生咬唇忍住:"今日之事,多有得罪,我告辞了。"

虞浩霆见她如此举动倒有些意外,他料定这样一个稚龄女子,以如此激烈的手段求见自己,必然是遇到了极大的危难之事,不料,她竟然起身便走。

虞浩霆见她面色苍白,泪已盈眶,犹自倔强强忍,心里隐隐一疼,正要发话,门外忽然进来一个人,正是刚才和顾婉凝同车的那名军官,只见他走到虞浩霆身边,俯身说了几句,虞浩霆脸上掠过一丝若有若无的笑意,低声问道:"他人呢?"

"不在家……说是可能去了玉堂春,要去找吗?"

"算了。"虞浩霆摆摆手,"你们都下去吧。"他话音未落,那两名军官便退了出去,门口的卫兵亦掩门而退。

虞浩霆又上下打量了一下顾婉凝,声音倒似乎温和了一些:"是霍参谋告诉你的吗?"

顾婉凝见此情形,知道他已然查问过了,便摇头道:"霍参谋只是带我进了陆军总部,车牌的事情是我路过一个办公室的时候,碰巧听到的。"

虞浩霆直视着她问道:"你既然是霍仲祺的朋友,为什么不叫他带你来见我?"

顾婉凝忙道:"我并不是霍参谋的朋友,我和他是今天在陆军部门口才第一次遇见。霍参谋也只是一时热心,他原本已经送我出来了,不知道我会折回去拦军长的车。"

虞浩霆听她语气中颇有回护之意,心道一个女孩子这样义气,倒有几分意思,遂点了点头:"那么,顾小姐找我究竟是为了什么事呢?"

这短短一个钟头的时间,顾婉凝心中已是千回百转,此时听他问出这一句,直如春风过耳,连忙定一定心神,答道:"舍弟顾旭明是汇文中学的学生,一时莽撞和同学一起到行政院门前请愿,被军警抓捕,拘押在积水桥监狱已经快两个月了。既没有排期审理,也不许保释……"

说到这里,顾婉凝迟疑了一下,见虞浩霆仍淡然望着她,便一鼓勇气说道:"人人都说此案牵连太大,只在军长定夺,是以我才冒昧来求见虞军长。舍弟只有十四岁,还是个孩子,军长若能高抬贵手,婉凝必定严加管束,绝不会再有冒犯。"

虞浩霆听罢，心下清明："顾小姐的意思，是希望虞某能立刻释放令弟喽？"

顾婉凝连忙答道："正是！"

虞浩霆看她神色殷切，此前一直苍白的脸颊浮出两抹绯红，煞是动人，却仍冷言相对："既然如此，那我若是放了令弟，又有什么好处呢？"

顾婉凝一听，便从手袋里拿出一页纸来，递到虞浩霆面前的茶几上。虞浩霆扫了一眼，居然是一张实业银行的八百元支票。

他心下好笑，这女孩子竟是有备而来，面上却不动声色："顾小姐，我想这对你来说或许不是个小数目，但对虞某来说——并不是一个有诱惑力的条件。"

"军长身份显赫，自然不在意这区区八百元钱，但这已经是我此刻能拿出的最大数目了。就如舍弟对军长而言，不过是一介平民，无关大局；但对我来说，却是不能割舍的骨肉至亲。"

她说得情辞恳切，虞浩霆却并不动容。顾婉凝见状心中焦灼，没有察觉对方的目光中已带了玩味："顾小姐说得不错，但既然现在是你有求于我，便总要让我对这件事情有兴趣才是。"

顾婉凝听罢，又从手袋中取出一方锦盒，轻轻打开，里面是一枚酒盅大小的石印："这方鸡血冻石的'玉树临风'印是家父生前爱物，乃明代大家文彭仿汉玉印所作，秀丽高古，殊为难得。"顾婉凝娓娓道来，语调中却掩不住凄凉之意，"如果您肯释放舍弟，此印权当谢礼，不知虞军长意下如何？"

虞浩霆看看那印，又看看顾婉凝，闲闲说道："我在想，若我还是不答应，顾小姐可还有礼物送给我？"

顾婉凝听他语带戏谑，却也无可奈何，咬唇道："婉凝已倾尽所有，只求换舍弟出狱。"

"我看得出小姐的诚意，只是这两样东西都非我所好……"顾婉凝听他这样一说，便知救人恐是无望，百般思量皆付流水，这虞四少竟真的是一冷到底。

"不过，有一件事情或许顾小姐能帮得上我。"顾婉凝正万念俱灰间听到此言，立刻便问："什么事？"

虞浩霆压住笑意，正色道："我回江宁这些日子，一直都很忙，想必顾小姐也有所听闻？"

顾婉凝不知道他要说什么，只好点了点头。

"所以我也没有时间结识什么女朋友，难免长夜寂寥，如果顾小姐肯留在这里陪我一晚，我便放了你弟弟，如何？"虞浩霆说得很快，话一说完便十分倨傲地向沙发上轻轻一靠，以指掩唇，想要看她如何反应。

顾婉凝嘴唇翕动了两下，两颊一片绯红，她万料不到，此人竟会说出这样一番话来。只见他剑眉朗目，无怒无喜，只盯牢了自己，顾婉凝忍不住起身咬牙道："这样无耻的话，军长也能说得如此坦然。"

虞浩霆听了并不生气："你会带着这些东西来，就料到虞某不是什么君子了。这世间的事，大多都是交易。我不逼你。"他说着，便站起身朝顾婉凝走过来，骇得她往后一退，跌坐在了沙发上。

虞浩霆弯下腰凑近她耳边："我还有事，先走了。你好好想一想，如果不肯，待会儿出去自然有人送你回家；或者，你就在这儿——等我回来。"说罢，头也不回地走了出去。

虞浩霆一走出来，便吩咐门外的侍从："叫郭参谋。"片刻间，之前和顾婉凝同车的那军官便赶了过来。虞浩霆道："茂兰，一会儿里面那位小姐出来,就叫人送她回去。另外,积水桥监狱里的那几个学生,让他们明天就放人吧。"顿了顿,又道,"叫厨房送些点心进去,不是说在陆军部门口站了好一会儿了吗?"

郭茂兰一一应了,心下诧异,他随侍虞浩霆已久,这位四少一向冷淡自持,喜怒不形于色,这段日子江宁局势诡谲,千头万绪,虞浩霆更是沉着肃然。此刻,却见他一抹轻笑犹自挂在脸上未退,且吩咐的是这样琐碎的事情,待要询问却又迟疑,这边虞浩霆已自带其他人出门去了。

顾婉凝跌坐在沙发上,惊愕、羞怒、委屈……百味杂陈,一齐涌上胸口。正茫然无措间,忽然见一个丫头端了牛乳糕点进来,放在她面前的茶几上,便掩门退了出去。面前四样糕点,两中两西,甚是精致,顾婉凝看在眼里,却愈发气恼起来,自己居然碰上这样一个无耻的人。

去年,她和欧阳怡看到报载闻名一时的女画家沈菁被锦西督军李敬尧强娶为十七房姨太太的新闻,还愤愤不已,特地写了一篇言辞激烈力争女权的小文投去报馆,没想到今时今日,自己竟也会遇上这样的事情!

她心中激愤,便欲推门而出,然而手一触到那冰凉的金属把手,却又停住了。自己这一走,旭明怎么办?即便那虞四少不迁怒于他,恐怕也不会放人了;若是……那便更不可想象。

窗外雨声潺潺,顾婉凝心中酸楚,背靠着房门,缓缓落下泪来。

郭茂兰在门外等了二十分钟,见顾婉凝还未出来,正待敲门询问,忽然有侍从过来报告:"汪参谋长电话。"郭茂兰听了,便吩咐他:"你在这儿等着,如果客厅里的小姐出来,就安排车子送她回去。"一面说着,一面下楼去了。

虞浩霆回到官邸,已经八点多了,他车子一停,郭茂兰就迎了出来:"汪参谋长把处置廖鹏的通电文稿送来了,请您批示。"虞浩霆点点头,便和他上楼去了书房。

待两人从书房出来,虞浩霆忽然瞥见一个侍从正站在二楼的走廊里。郭茂兰顺着他的目光一看,正是之前他吩咐送顾婉凝回家的那人,便招手叫他过来:"你在这儿干什么?"那侍从连忙立正答道:"四少,郭参谋,那位小姐还没有出来。"

一句话让郭茂兰和虞浩霆俱是一怔,郭茂兰随即反应过来,他说的是顾婉凝,虞浩霆也登时醒悟,那女孩子竟还没走。

郭茂兰又好气又好笑地看着那侍从,骂道:"一点儿脑子都没有!站着干什么?还不去送人!"那侍从神色尴尬,赶忙要去,却被虞浩霆叫住了:"算了!你们先下去吧。"说着,拍了拍郭茂兰的肩,径自往会客厅去了。那侍从看着郭茂兰的脸色,也不敢多话,紧跟在他身后下了楼。

虞浩霆推门而入的声音惊动了枯坐许久的顾婉凝。

她一看清来人,脸色顿时变得寒白,羞怒中夹杂了一丝惊惧。虞浩霆心道,看来这女孩子是把自己的话当真了,只是她怎么还在这里?便走过来温言问道:

"你不走,是在等我吗?"

顾婉凝听他这样问,愈发窘迫,只咬着唇不肯说话。虞浩霆见状,心中暗笑,瞧见桌上的糕点原封未动,只有一杯牛乳喝了一些,便道:"这些不合你胃口吗?你想吃点儿什么,我叫人去做。"顾婉凝仍不开口,垂着眼眸只是摇头。

雨水簌簌地打在窗棂上,更衬出一室安宁,虞浩霆抬腕看表,已是近十点钟了,"这样晚了,外面还在下雨,或者你在这里休息一晚,明天我再叫人送你回去,好不好?"

顾婉凝听他这样讲,一时不能确定他究竟何意,鼓足勇气低低挤出一句:"你之前说的话,算不算数?"

虞浩霆听罢,终于望着她扬眉一笑:"原来你真的是在等我。"

他平日很少笑,此刻薄唇一展,神飞采越,若是汪石卿和郭茂兰见了,必会觉得如冰消雪融,春风吹遍;然而此时此地在顾婉凝看来,唯觉轻薄,不禁愠意更胜:"你说的话,到底算不算数?"

虞浩霆见她这样认真,更觉好笑:"虞某的话当然算数,只是不知小姐如何打算。"

顾婉凝听他语带调笑,凛然起身,眉宇间平添了一分倔强,盯牢虞浩霆道:

"你这里有没有酒?"

虞浩霆心想,这女孩子今日几番惊惶,又淋了雨,喝一点酒倒也好,便转身取了一瓶已开瓶的红酒出来,略倒了一杯底,端到顾婉凝面前。

顾婉凝接过酒杯,微一仰头,便喝尽了,她手指微颤,将酒杯递回虞浩霆手中,抬眼望着他。

他这样高,她仰着头还不到他的肩膀。她想起这些天来的每一件事,她费了那样多的气力,花了那样久的心思,冒了那样大的风险,可是到了他面前,每一件都是荒废,她听见自己的声音出奇地沉静:"你放了我弟弟,我就在这里陪你。"

她说得这样决绝,如投石入湖,在她和他之间激起了一圈圈涟漪,荡漾开去。不知是酒意还是怒意,她莹白的两颊酡红深深,澈如寒潭的眸子里如雾如泪,酒液润泽过的唇色一片潋滟。看得虞浩霆心中一乱,他原只是为了消遣,想着哄她走了便是,然而此情此景,竟是一个措手不及。虞浩霆强压下心头悸动,迎上她的双眸,做出一派漫不经心来:"你知不知道,我要你陪我做什么?"

顾婉凝容色更艳,却没有了此前的惊惧,她盈盈抬手,解开了领间的两粒旗袍纽子,颈间一凉,情不自禁地低下头去,柔荑滞了一滞,又摸索着滑向锁骨……虞浩霆喉头发紧,不等她触到襟边,便猛然捉住了她的手,顾婉凝一怔,想要抽回自己的手,却被他牢牢扣住。虞浩霆揽过她的腰肢,尽管隔着衣裳,仍是烫得她浑身一颤,"不要!"两个字未及出口,眼前一暗,虞浩霆已经覆上了她的唇。

这样的亲密是她从未遇过的,顾婉凝闭紧了双眼,无数个念头在她脑海中纷至沓来。他放开了她的手,她本能地去推他,却无济于事;她摇着头想要躲开他的唇,他却已扳住她的脸颊,那样的柔软清芬,叫他几乎不能自已……而陌生的男子气息让顾婉凝只觉得晕眩,溺水般攀住他的手臂,刚一张口呼吸,他竟然吮住她的舌,这样的掠夺已超出了她的想象,顾婉凝再也控制不住自己,挣扎中一声低泣,泪水夺眶而出,虞浩霆突然放松了她,只是手臂仍环着她的身子。

顾婉凝双手抵住他胸口,喘息不定,泪痕宛然,只听虞浩霆在她耳畔说道:"你不愿意就算了,我叫人送你回去。"说着,便放了手。顾婉凝身子一软,几欲跌倒,虞浩霆连忙扶住她手臂,她借着他的力气凝神站定,别过脸去,声音细不可闻:"我没有不愿意,我只是忍不住……"

说着,她已回过头来,仰起绯红的一张小脸,樱唇微颤着在虞浩霆薄如剑身的唇角轻轻一触,虞浩霆一惊之下,不觉痴了。

顾婉凝见他沉默不语，强忍住眼泪，低垂螓首不敢看他，却伸手去解他戎装的纽扣。虞浩霆只觉得自己的忍耐已到极限，伸手揽起她的身子，将她打横抱起，顾婉凝惊呼一声，又被他低头吻住，出了门方才放开。

走廊里灯光一亮，顾婉凝忍不住将脸埋进了他怀中，一颗心几乎要跳出胸腔，却什么都不敢看亦不敢想，只是僵着身子，眼泪一点一点浸湿了虞浩霆胸前的衣裳。

终于，她觉得自己被放了下来，身下一片凉滑，还未睁开眼睛，那炽热的男子气息便已压了下来，虞浩霆的唇轻轻在她颊边颈间逡巡。顾婉凝纤细的手指本能地在身畔一抓，满手柔顺，竟是丝被，她忽然惊骇起来，却不敢去推他，身体麻痹一般僵住了。虞浩霆一只手环着她的身子，另一只手从她旗袍的裙裾里抚上了她的膝，他手上有常年握枪磨出的茧，从她肌肤上划过，激得她战栗起来，却又提醒着她这是怎样一场交易。

他进来的时候只按开了床头的一盏台灯，乳白色纱罩滤过的薄光洒下来，照见她乌如夜色的一头长发。虞浩霆望着她蝶翅般不住颤动的睫毛，忽然停住了动作，将她紧握在身侧的手指轻轻扳开，只见掌心已被她自己的指甲嵌出了几弯小小的粉红色月牙。虞浩霆将手臂弯在枕边，撑起身子，压抑着沉重的气息，用手指绕着她颊边的一缕青丝："你现在后悔，还来得及。"

顾婉凝睁开眼，便看见虞浩霆午夜寒星般的眸子正燃起一簇火花来，仿佛能灼伤她一般。她无力地抵住他的肩，幽幽如泣："你答应我的事，要算数。"话犹未完，虞浩霆已烙印般封住了她的唇，箍住她的手臂那样紧，贴住她的人那样烫，她竟真的挣不脱了……

霍仲祺并没有去玉堂春。

虞浩霆离了陆军部，汪石卿忙个没完，他也就懒得熬在办公室了，只是出了陆军部百无聊赖，连去寻娇蕊的兴致也没有，一个人漫无目的地开着车，不知不觉却到了南园。远远望见一片无边无际的粉白嫩红晕染在雨丝里，如同浸了胭脂水的丝棉。

许是下雨的缘故，一路上并没有碰见什么人，直走到"春亦归"的水榭才见有两三个散客。他一走近，一个袅袅娜娜的身影风吹柔絮般飘了过来："霍公子今天好兴致。"

霍仲祺懒懒一笑："石卿他们都忙，只我这一个闲人来叨扰沈老板。"

被霍仲祺唤作"沈老板"的女子身材窈窕，一件极熨帖的藕色旗袍裹出玲珑身段，腕上笼着一对翡翠镯子，蓬松的鬓发边斜插着一枚蝶恋花鎏金银发夹，正是"春亦归"的老板沈玉茗。

她对霍仲祺嫣然一笑："我见今天没什么客人，刚叫新来的厨子试着做一回桃花鲈鱼。你来得正好，帮我品鉴品鉴。"说着，便引霍仲祺上楼，早有一个梳着两条长辫子的女孩子笑盈盈地沏了茶来。

竹帘半卷，雨丝横斜，一味桃花鲈鱼在盘中躺成了一韵晚唐诗。霍仲祺夹了一箸便放下了，只把细薄瓷杯里的酒一饮而尽。

"看来这厨子手艺不精，不入霍公子的眼，明天我就辞了他。"沈玉茗声音柔缓，说起话来总比别人慢上一慢，可就是这一慢里，气息缠绵，别有系人心处。

霍仲祺忙道："没有没有，菜很好，只是我今天起得晚，饭也吃得晚，没什么胃口。沈姐姐，这里没有外人，你不要叫我什么霍公子，我只把你当姐姐。"

沈玉茗掩唇一笑："你自有一个大家闺秀的姐姐，我可不敢当。"

霍仲祺听了，笑着说："那我只把你当嫂子！说起来，石卿也真是放心，还不赶紧把你娶回家去。南园的桃花这样盛，他便不怕来了别的赏花人吗？"

沈玉茗秋波一横，淡淡道："他有什么不放心的？"

霍仲祺见她神色黯然，心下懊悔冒失，赶紧说："也是，除了石卿，哪还有人能入沈姐姐的眼。除非……"沈玉茗见他有意卖关子，便顺着他问道："除非什么？"

"除非是我四哥来，否则再没人能比得过石卿了。"霍仲祺笑道。

"你四哥不知道是个怎样的人，你和石卿都这样抬举他。"沈玉茗浑不在意地说。

"沈姐姐，你来的这几年，四哥一直不在江宁，过些日子我带他来，你一见就知道了。"霍仲祺说着又喝了一杯酒，"我这一辈子最佩服的人就是四哥。"

"哎哟，你才多大，这就一辈子了。"沈玉茗花枝轻颤，笑得霍仲祺面上一红。

"我小时候有一回淘气，偷了父亲的一方端砚去跟人换乌龟，父亲知道以后光火得不得了，拿了藤条抽我，谁都劝不住。正好虞伯伯带着四哥到我家来，他一看我挨打，冲上来便替我挡了一下。父亲见误打了四哥，这才停手。四哥一面护着我，一面说：'谁都不许动我的人！'"

霍仲祺说着，笑了一笑，端起酒杯呷了一口，又捡了一粒琥珀色的蜜枣放进嘴里："那时候我还不到五岁，四哥也不过七八岁年纪，只是后来……四哥在军中久了，性子冷了些。"

他忽然想到顾婉凝的事,不免有些后悔,自己平日里只一味厮混,虽然虞浩霆和他极亲厚,但他却甚少帮手料理江宁的军政,否则,恐怕早就有法子帮她了。

沈玉茗见他神色惘然,一副心事重重的样子,不免诧异。汪石卿的一班袍泽里,霍仲祺年齿最幼,性子也最活泼。霍家一门贵盛,他父亲霍万林是江宁政府的政务院院长,膝下除了一个女儿,便只有这一个儿子,从小到大都长在绮罗丛中,要风得风要雨得雨,再没有心事的,今天这个样子,倒是头一回见,便笑道:"我看你今天像是有些心事,莫不是娇蕊姑娘给你气受了?"

霍仲祺听了连忙摇头:"你怎么也知道这个?石卿告诉你的?"

沈玉茗笑道:"哪还用得着他来告诉我,半个江宁城怕都知道了,前天志兴纱厂的徐老板在这里摆酒请客,还生了好久的闷气,说他捧了娇蕊半年多,谁知你一从旧京回来,便抢了去,隔着几张桌子的人都在笑……那位娇蕊姑娘我见过两次,真真是人如其名,娇若樱蕊,女人见了也要动心的,你可是认真了?"

"玩笑罢了。"霍仲祺见她语笑嫣然,蓦地想起顾婉凝那两漩稍纵即逝的梨涡,便觉得心中起雾了一般,茫然对沈玉茗道:"沈姐姐,你眼里看着旁人,心里却是不是总想着石卿?"

沈玉茗被他一问,心里一潮,面上却笑意更浓:"你还说没有动心。赶紧离了这里,去寻娇蕊姑娘吧。"

霍仲祺摇了摇头,又自饮了一杯:"沈姐姐,今天石卿不在,你肯不肯也唱一支曲子给我听?"语气中竟似带着极大的歉意。霍仲祺虽然出身世家,但待人接物总是一片赤子之心,又极为人着想。沈玉茗听他这样问,便知道他的心思。

沈玉茗当年原是苏浙小有声名的昆腔小旦，眼看就要大红大紫，却被当地一个豪绅看中，硬要娶下做小。师傅和戏班不敢得罪那人，沈玉茗却咬牙不肯，在婚礼前晚偷偷逃走。不料那豪绅竟买通了警察局局长，全城搜人，一搜出沈玉茗，当街便要拖走。她想起《桃花扇》里的李香君，拼命挣出一只手来，拔了簪子就往颈子上戳，眼看便要香消玉殒，却被人一把扣住——那是她第一眼看见汪石卿。

一个戎装笔挺的青年军官，靴子上的白钢马刺泛着冷光，面容却清隽温文，俯下身子淡如春水地对她说了一句："姑娘小心。"

刹那间，周围嘈杂的人山人海仿佛都不见了，只有他的手，他的眼，在她梦里千回百转过的，她的良人。旁边的警察还想上前拖她，却被汪石卿一鞭抽落了帽子。

后来的事顺理成章，已是虞军重将的汪石卿举手之劳便替她退了这门"亲事"，而她也洗尽铅华，随他来到江宁。两年前，"春亦归"的老板回乡养老，汪石卿便买下这里送给了她，只因为她爱桃花。

他一直待她极好。

只是，有些话他不说，她也从不问。他来，她便陪他；他不来，她便等他。她总疑心他心里藏了另一个人，可是这些年下来，他身边一个莺莺燕燕也没有，只是她；她又疑心自己出身不好，于是着意不提过往，除非汪石卿要她唱，否则人前从不轻易开口，尤其不再唱昆腔，旁人尚不觉得，只有霍仲祺看出了端倪，对她格外尊重。

沈玉茗一笑，当下盈盈起身，从墙上取了琵琶，转轴拨弦，铮铮然几声，已曼声而歌："东风着意，先上小桃枝。红粉腻，娇如醉，倚朱扉。记年时……草软莎平，跋马垂杨渡，玉勒争嘶。认蛾眉凝笑……"

霍仲祺含笑听着，杯酒不停，听她唱到"消瘦损，凭谁问？只花知"情辞凄切，也不禁黯然。待她唱完，霍仲祺忙赞道："我是'如听仙乐耳暂明'，却惹得沈姐姐伤春了。"

沈玉茗放下琵琶，默默无言，自倒了盅酒一饮而尽，道："你坐一坐，我不陪你了。"霍仲祺望着她翩然而去的背影，摇了摇头，又自斟了一杯。

"阿姊，霍公子像是醉了。"那拖着两条长辫子的小姑娘下楼来对倚栏而坐的沈玉茗说。

沈玉茗上得楼来，果然见霍仲祺已伏在桌上睡着了。沈玉茗心道，小霍平日酒量极好，今天虽说一个人喝了不少闷酒，倒也不该这样就醉了，又怕他着凉，便取过自己的一件青缎斗篷替他披上。霍仲祺却浑然不觉，直睡到夜深，方才醒转，听得窗外雨声频密，四顾却无人，抬腕看表已近午夜，便挽着斗篷下了楼，却见沈玉茗立在一张书案旁，这样晚了竟还在临帖。

霍仲祺走过去歉然道："我一时放纵，连累沈姐姐这样晚还不能休息。"

沈玉茗搁了笔，柔声道："你不在这儿，我也是这样晚。"

霍仲祺看那一沓纸上，反反复复只是一首："桃花浅深处，似匀深浅妆。春风助肠断，吹落白衣裳"。而她用作帖子的扇面，一望便知是汪石卿的手笔，遂笑道："沈姐姐，待会儿我把你这件斗篷带回去，看石卿怎样吃醋。"

沈玉茗从他臂上接过了自己的斗篷，催道："你快走吧，不知道谁正等得心焦呢！"说着便招呼那长辫子的小姑娘，"冰儿，送一送霍公子。"

那唤作冰儿的小姑娘连忙答应着点起一盏杏黄的灯笼来,引着霍仲祺往外走。过了水榭,霍仲祺便道:"很晚了,还在下雨,你赶紧回去吧!"说着,从衣袋里摸出两块银洋,放进她手里,"攒起来以后作嫁妆!"

冰儿面上一红,嘤咛一声,扭身便走,却听得身后霍仲祺一声轻笑,愈发害羞起来,直待脚步声远了,才回头张望,夜色里却已瞧不见他的背影了。

沈玉茗望见冰儿提着灯笼不声不响地立在水榭里,便走了过去,却见她竟没有察觉一般,兀自痴痴地瞧着回廊深处,直到沈玉茗抚上她的肩,方才回过神来,赶忙将那银洋递出来,"霍公子给的。"说着,便低了头。

沈玉茗不接那银洋,只幽幽一叹:"冰儿,小霍这样的男人,不是你能想的。"

霍仲祺回到家的时候已近午夜,刚一进门便有佣人通报说虞浩霆那边找过他,却没说是什么事情。霍仲祺一听正中下怀,想着明天一早就去见虞浩霆,或许能有机会提一提顾婉凝的事。好容易迷迷糊糊挨到六点钟光景,便起身换了衣裳出门,径直开车去了栖霞官邸。

霍仲祺一进侧楼的侍从室,便有一阵咖啡香气扑面而来,几个值班的侍从正在吃早点,他一进来,就有人跟他打招呼:"今儿是什么日子?霍公子这么早。"

霍仲祺悠悠走到桌前,拿着杯子自倒了一杯咖啡,呷了一口,笑道:"这是翡冷翠的招牌蓝山,你们倒会享受,一大早的这样闲,四少今日给你们放假吗?"

今日当值的随从参谋杨云枫端了一碟切好的三明治递过来给他："四少还没起来呢，你跟我们在这儿吃点东西，等卫朔那边叫人，再一道过去吧！"他口中的卫朔是虞浩霆的侍卫长，正是前一晚用枪抵住顾婉凝的那人。卫朔的父亲是虞家的旧仆，他从小便养在虞家，和虞浩霆寸步不离，连虞浩霆去德国读军校，也是他在身边。霍仲祺听杨云枫这样讲，奇道："你们就这样偷懒，也不去问一问，四哥今天是不舒服吗？"

虞浩霆自幼有大半时间都在军中，起居作息被虞靖远管束得极其严苛，每日六点之前必定起床，即便是年节假日也不例外，这个钟点还未起身，除了生病，霍仲祺一时竟想不出别的缘故。

那一班侍从听他这样问，相视一笑，一个刚升上来的年轻人低声飞出一句："当关不报侵晨客，新得佳人字莫愁。"杨云枫一听，回头狠瞪一眼，一帮人立刻噤声，侍从室里便安静下来。

霍仲祺猜出几分，心中却更是诧异，和杨云枫出来，走到廊下才笑问："是什么人？怎么带回官邸来了？"

杨云枫低声笑了笑："昨天不是我当班，这事得问茂兰。"

霍仲祺道："卫朔呢？他也不知道么？"

"他那个人你还不知道？石头似的，一个字都不肯多说。"杨云枫声音放得更低，"我问了昨天跟着出去的人，说是个姓顾的女学生。四少回了江宁，口味倒也改了……"

杨云枫自顾自说着，却没察觉霍仲祺已经变了脸色，他起先还笑，待听到杨云枫说"是个姓顾的女学生"，胸口便如同被人重重擂了一拳！

姓顾的女学生？我姓顾，叫顾婉凝。姓顾的女学生！我是乐知女中二年级的学生。新得佳人字莫愁。姓顾的女学生。新得佳人，字莫愁……他只不肯去想杨云枫说的便是顾婉凝，却又不由自主地想起她来：那样盈盈楚楚的一双眼，那样稍纵即逝的两漩梨涡，她那样清，直清到让人觉得艳！画楼西畔桂堂东。昨夜星辰昨夜风。沧海月明珠有泪。凤尾香罗薄几重。

他只觉得李义山的诗，一句一句写的都是她。

也只能是她。

"不过，有人陪陪四少也好，这些日子……"杨云枫正说着，一眼瞥见霍仲祺神情怔忪，脸色青白，忙问道："你脸色这么难看，昨晚没睡吗？"

霍仲祺勉强一笑，摇了摇头："我很少起这么早，许是不太惯。"

虞浩霆也醒得很早，一醒，便看见顾婉凝犹带艳意的睡颜。

他自知是做了一件极混账的事情，却下意识地将她环住，她睡梦中的气息很轻，纤柔的身子婴孩般蜷缩着，他便不大敢动，只是默然地拥着她。

不知道是不是因为冷的缘故，顾婉凝在睡梦中竟向他偎了偎，虞浩霆忍不住便想起昨夜的春江宛转，月照花林——他尽力温存待她，却还是弄疼了她，她不知所措，惊惶青涩，那样怕他却又那样倔强，她不敢碰他，也不敢躲他，她不肯哭，也不求他，只是一味柔艳入骨地任他予取予求，无论他怎样哄她，她都不说一句话，任由他一遍一遍地要她，直如他书房外头那株西府海棠，在寒春细雨之中错落摇曳，俯仰翩跹，一朵一朵吐着蕊绽在他怀中……忽然，顾婉凝轻吟了一声，身子微微一挣，虞浩霆才发觉自己不知什么时候将她锢得这样紧了。虞浩霆只得替她裹好被子，披衣起身，怕再多耽一会儿自己又……他这样想要她？

虞浩霆走到外面的小客厅，拨了侍从室的电话。杨云枫一听是他，立刻打起十二分的精神来，却听虞浩霆声音压得极低："上午的事情都推掉，有要紧的事交给石卿。"

杨云枫刚答了声"是"，便瞧见霍仲祺正向他递眼色，忙说："四少，霍参谋在这里。"虞浩霆听了，想起一件事来，遂道："叫他听电话。"杨云枫一面把听筒递给霍仲祺，一面朝那班侍从比了个手势，众人神情皆是一散。

霍仲祺接了听筒问道："四哥，昨天你找我？"只听虞浩霆道："嗯，昨天有件事要问你，现在不必了。不过，你帮我查一个人。"

霍仲祺心头一跳，只听虞浩霆话中似带着笑意："昨天你带进陆军部的那个女孩子，查一查她家里还有什么人。"霍仲祺只觉得胸口一窒，闷着声音勉强答了一声："好。"

他茫然若失地放下电话，杨云枫低笑道："不知道是个怎样的美人，这样动四少的心。"

虞浩霆回到卧室，见顾婉凝还没有醒，心下稍安。

她恐怕是要恨极他了。她那件牙白的旗袍被他抛落在靛蓝色底子金线挑花的地毯上，宛转成一个绮艳的姿势。他顺手捡起来，按铃叫了佣人，吩咐道："去三太太那里，请她看看有没有这个尺寸的衣裳，找一件来。"那丫头接过旗袍退了出去，虞浩霆斜倚在床边，隔着被子揽着顾婉凝，静静地看了她许久，皱着眉头在她发间深深一吻，已惊动了她。

顾婉凝只觉得周身都是异样，深深浅浅的痛楚酸涩和倦意仿佛一张网将她困在其中。待她看见虞浩霆，悚然一惊，昨夜种种浮上心头,顿时颊红如蕾,暗暗用手攥紧了被子,一动也不敢动。虞浩霆知道自己在这里只是为难她,淡淡地说了句:"时间还早,你再睡一会儿。"便起身自去洗漱。

外面的雨仍未停,床头那盏乳白纱罩的台灯也仍亮着,顾婉凝也不知道现在究竟是什么时候了,无论如何,最难堪的境况总算过去了吧?

她呆呆地望着有些过分宽大的房间,一排窗子皆垂着厚重的香槟色丝绒提花的落地窗帘,墙上贴了浮凸雕花的乳白壁纸,别无装饰;触目所及的家具俱是一色泛着绛色沉光的金星紫檀,纵是她在国外见惯了豪门华邸,亦觉奢华难言;一张样式简洁的黑色铸铜大床却是西式的,她身畔的床单薄被也是墨色,暗花的真丝底子上用金线滚着双层的卷草边;床边不远的地方置了个花架,上下数个淡青色的冰裂纹方盆里养的都是素心兰,此时花期已过,几朵残苞缀在茎上,兀自送出一缕缕的暗香。

一时虞浩霆换了戎装出来,见顾婉凝裹着被子靠在床角,身子犹巍巍轻颤,面色苍白,两颊却潮红不退。他心下忖度自己昨天虽然已经尽量克制,但一看见她水汪汪的一双眸子失了焦一般茫然又娇慵地望着他,到底还是有些失控,百般撩拨着她折腾了大半夜,才逼着自己停了手,大约真是有些过了……他这样想着,便在她身旁坐下,伸手去量她的额头:"你有没有什么不舒服?要不要叫大夫过来看看?"

顾婉凝轻轻一避,低声道:"我的衣服呢?"虞浩霆见她并没有哀凄恼怒的神情,心中一喜,面上却不动声色:"不能穿了。"说着,拿过一件寝衣放在她膝上。顾婉凝看了一眼就知道是他的衣服。虞浩霆见她仍缩在被子里,温言道:"你先穿这个,你的衣服待会儿我赔给你……"他还未说完,却听顾婉凝低低地说了一句:"你出去吧。"

虞浩霆走到客厅刚要坐下,就听见卧室里一声轻呼,他起身去看,却是顾婉凝跌在地上。原来,顾婉凝见他出去,便披衣下床,不料刚一踩地,身子一软便跌了下来。虞浩霆伸手去揽她,却不小心撩开了她身上的睡袍,露出皙白匀长的一双腿来。顾婉凝正自气恼,本能地将手一挥,正拂在他脸上,两个人立时便僵住了。

虞浩霆从小到大从未被人这样打过,且此刻一心都在她身上,毫无防备,纵然脸上并不觉得疼,也不由愣住;顾婉凝更是没想到自己随手一挥竟打在他脸上,见他面色微沉,更慌乱起来,唯恐惹怒了他,再横生枝节。她满是倦意的一张小脸此刻忧色忡忡,红得似要渗出血来。虞浩霆看在眼里,一阵愧疚,他明知道地毯厚实,她摔一下也不会怎样,却仍是柔声问道:"你摔疼了没有?"说着,便抱她起来。

顾婉凝见他没有生气,一颗心才落了地,也不答话,摇摇头,掩着衣襟蹒蹒跚跚就往浴室去,只听虞浩霆在她身后说:"浴缸里放了热水……"

放下杨云枫的电话,汪石卿心里掠过一丝异样。

虞浩霆一时心血来潮交个女朋友倒没什么,只是带到官邸里去此前却是没有的,不知这女子是什么来历。他虽和虞浩霆情同手足,但自度身份,一向甚少过问他的私事,当下也不便打听,只好将这一点疑惑搁在心里。

他忙了一阵手边的事,忽然见霍仲祺若有所思地走了进来,便道:"你这两天好勤快。"霍仲祺道:"四哥叫我帮他查个人,我回了他的话，顺便来看看你在忙什么。"

汪石卿奇道："四少上午的事情都推掉了，怎么倒有事让你做？"

霍仲祺眉睫一低，说："他就是为了我这件事，才推了你们的事。"

汪石卿听罢，心下已然明了，笑问："是什么人？还劳动到你？"

霍仲祺淡淡答了一句："自然是个美人。"

汪石卿见他眉宇间一片怅然，一时不明所以，见他不愿多说，也就不再追问，便转了话题："我正好有件事拿不定主意，难得你来，帮我想想。"

霍仲祺闻言，挑眉看他，只听汪石卿道："廖鹏昨天已经处置了，他的二十七军暂时由乔凤鸣代掌，我原想打散了整编到朗逸那儿去，又觉得有些可惜，毕竟是历练出来的一支精锐。从外头调不相干的人去，万一弹压不住，反而更坏……"

他话还未完，霍仲祺便道："我知道了。你撇了那么多人不问，单来问我这个不学无术的，必然是我说谁，你便不用谁，只帮你剔掉几个人而已。"

汪石卿笑道："你倒是说说看。"

霍仲祺道："廖鹏手下三个师，第一师是他的嫡系，名义上他妹夫王奎东是师长，实际上是他自己的卫戍部队，轻易不肯动用，虽然装备精良，但兵浮将傲，没经历过什么磨炼，不如打散一部分编到朗逸那里去磋磨。

"第二师的师长乔凤鸣，年资最老，为人谨慎，又没什么野心，所以廖鹏放心交一个师在他手里，不过他手下那几个团长都不怎么看得起他。

"至于第三师,虽然装备不齐,但却是实战最多的部队,师长孙熙年是个悍将,廖鹏不得不用他,又忌惮他,既要他担了那些硬仗,又时有掣肘。

"前年的浦口大捷,原本就是孙熙年打下来的,眼看已经是全胜的局面,廖鹏生生调了乔凤鸣去抢下了这份功劳,孙熙年虽然不说什么,他手下一班人私下里早就骂开了,去年中秋,两边的人在戏园子里碰上,借着捧戏子大闹了一场,几乎动了枪……而且,他唯一的宝贝弟弟孙熙平从定新军校一毕业就跟着朗逸。"

汪石卿微微一笑:"你知道得还真不少。"

霍仲祺道:"你操心的事情太多,哪顾得上这些?也就是我这样的闲人,才有这份儿闲心。对了,要说乔凤鸣也不是没有一点儿可取之处,他去年才娶的那个四姨太相貌虽不出色,却烧得一手好菜,尤其是一道脊梅炖腰酥,算是一绝。"

汪石卿笑道:"行了行了,说正经的,你闲着也是闲着,不如过来帮我。"

霍仲祺连忙摇头道:"你那些事我可做不来,要不是父亲那里总是拘着我,我连陆军部都不来。"

汪石卿叹道:"我是支使不动霍公子,回头我让四少跟你说。"

霍仲祺皱眉道:"石卿,兄弟一场,你可不要这样害我!"

顾婉凝梳洗了出来,见床边叠着一件丁香色的丝缎旗袍,滚着深一色的双边,襟上斜绣着折枝紫玉兰的花样。花蕊皆用米珠缀出,雅致之中透出几分清淡的奢华。只听虞浩霆道:"临时找了一件,你试试合不合穿?"顾婉凝便抖开那旗袍进去换了,整理妥当方才出来,锦绣珠光更衬得她明眸若水，肌肤如玉。

虞浩霆暗赞了一声，刚想问她想吃些什么早点，顾婉凝却先开了口："虞军长要我做的事我已经做了，请你放了我弟弟。"声音凉如春泉，面上亦一片漠然。

虞浩霆只觉得她竟像换了一个人似的，仿佛昨夜在自己怀中缠绵宛转的人并不是她，一时间竟想不到如何作答，若有若无地点一点头，便往客厅走。

顾婉凝跟在他身后出来，见他正伸手拿桌上的电话，整个人俱是一松，眼中酸热，忙转过头去。虞浩霆一手拿起电话，一面抬头看顾婉凝，见她背对着自己，不知神色如何，唯见背影婷婷，身上略有些宽的衣裳更显得她纤腰一握，不胜楚楚，虞浩霆心中一动，脱口问道："你是不是恨我？"

顾婉凝摇了摇头，转脸看他，容色清冷，语气更凉："四少说得对，这世上的事大多都是交易，各取所需罢了。"

虞浩霆见她如此，心中怅然若失，他倒不曾应付过这样的局面。

他家世显赫，少年得志，自幼便被父亲着意栽培，与生俱来一份睥睨世间的自负，兼之英挺过人，玉树临风，但凡相识的女子，莫不对他青眼有加，几番留恋。也因了这个缘故，他虽然知道昨天的事对这女孩子有所逼迫，心底却隐隐认定她多少对自己也有几分倾心，否则她怎么会这样轻易就……

他原想着，这件事情总归是自己做得混账，今日一早便打定主意，不管她如何伤心恼恨跟自己发作，都要耐着性子哄上一哄，女人嘛，大不了先叫她住到枫桥去。却不料一夜缱绻，几番温存之后，她竟这样冷。虞浩霆只觉得即便是方才被她打那一下，也比现在有意思得多，这念头一闪而过，他竟是宁愿她恨他，也不愿她这样冷待自己。

顾婉凝却不知道他心里已经转过了这许多个念头，见他迟迟不拨电话，不免诧异。

虞浩霆发觉她只盯着自己握着电话的手，忽然便有些气恼，轻轻一搁，却把那电话放下了。

顾婉凝更是讶异，一颗心猛然悬了起来，只听虞浩霆轻飘飘地说道：

"我改主意了。"

贰

藏娇

低头向暗壁，千唤不一回

"我改主意了。"

轻飘飘的五个字听在顾婉凝耳中,直如炸雷一般。她身形一晃,连忙扶住墙壁。她什么法子都想了,她什么都答应他了,他竟然说他改了主意?顾婉凝犹自不能相信:"你……你是什么意思?"

虞浩霆见她神色凄惶,已生怜意,却斜坐在案上故作轻浮地答道:"我忽然不想放你弟弟了。"

顾婉凝万料不到,此人竟这样肆无忌惮地出尔反尔,盛怒之下,说不出话来,一眼瞥见旁边的刀架上搁着一柄错金灿烂的军刀,她按住那刀,奋力一拔,一泓秋水已然出鞘。顾婉凝吃力地将刀身一横,架在自己颈间,强忍住眼泪:"你放了我弟弟,不然,我就死在这里。"

虞浩霆却一丝惊乱也无,眼中倒似蕴了一丝笑意:"你若死在这里,我就更不放他了。把刀放下。"

顾婉凝惊惧不定,紧握着那刀不肯松手:"你放了他!"

虞浩霆闲闲地朝她走过来:"我现在答应你放了他,待会儿还是可以改主意；就算我今日真的放了他，明天也还能再抓他回来……再说，你拿得也不对，你知道哪边是刀刃吗？"

顾婉凝听着他的话，身子不住颤抖，失神间，虞浩霆已握住她手臂，用力一扣，那刀便从她手中脱了出来，被虞浩霆搁在了一边，她的人亦被他拉进怀里，慌乱之中只听虞浩霆在她耳边说道："这刀太重，不合适你，回头我教你打枪。"

顾婉凝心中羞怒至极，抬手就朝他脸上抓去，虞浩霆微一侧脸就避过了，擒住她双手便低头吻她，却冷不防被她咬在唇上。虞浩霆冷笑一声："你今天这样厉害，昨晚可温柔多了。"一把将她抱起，就往卧室走，"既然你这么有力气，我们不如做点儿别的。"

顾婉凝被他按在床上，连日来的忧惧、羞怒连同委屈一齐进了出来，一时泪如雨下，双手忙乱地挣扎推拒："你不要碰我！你浑蛋……强盗！你不要碰我！卑鄙小人！你这个下流的衣冠禽兽！出尔反尔，无耻……无耻之尤！"她回国不过一年多，对于谩骂之词所知有限，此刻羞怒到了极点，但凡能想到的全都招呼给了虞浩霆。

虞浩霆听她骂得这样努力，心下好笑，又暗自一叹，便放松了她："我放了你弟弟。"他这一回还真成了戏文里的高登了。高登？艳阳楼？他心念一动，唇角不自觉地微微一扬。

顾婉凝听了这一句，骤然止了谩骂，却仍是泪眼婆娑："……你是骗我的。"

虞浩霆道："我现在就放了他。"说着，径自走出去拨了电话。

顾婉凝呆呆坐在床边，听他果真要了积水桥监狱的电话，叫那边放人，心中仍自惊疑不定，虞浩霆已转回来对她说："人我放了。"

顾婉凝这两日几番曲折，方才放声一哭，已是心力交瘁："我怎么知道你明天会不会又抓他回去。"

虞浩霆蹲下身子，用手去拂她的眼泪："你留下来陪我，我就不去抓他。"

顾婉凝一惊，竟没有躲，只警惕地盯着他："你什么意思？"

虞浩霆道："或许三天五天，或许一月两月，你在这儿陪我些日子，我保证他没事。"

顾婉凝疑惧之中止了眼泪，反生愠意："你凭什么……"

"凭我现在就能把你弟弟关回去，"她还未说完，虞浩霆便冷冷地截断了她的话，"让他一辈子都别想出来。"

顾婉凝听他这样说，终究有了惧意，默然片刻，迟疑着说："那你想要我在这里待多久？你说出来的话不要再反悔。"

虞浩霆心中半是怜意半是好笑，他这样对她，她不想别的，倒先来讨价还价，当下漫不经心地道："我也说不好，等到我想让你走的时候，自然会让你走。"

顾婉凝见他轻薄至此，愠意又起："等到你想……难道你一年半载不想，我就要在这里一年半载？"

虞浩霆将她额前的乱发理了一理："这你放心。我对女人的兴趣没有那么久。"

他说得如此直白，却叫顾婉凝认也不是驳也不是，只恨恨地盯着他。虞浩霆见她说不出话来，便按铃叫人。片刻工夫，已有佣人端了早点进来，虞浩霆督着她吃到自己满意才罢休。

杨云枫知道虞浩霆叫了早点，便带人赶了过来，打了报告等在门口，过了许久，才见一个女子跟在虞浩霆身后从内室走了出来。虞浩霆看见他便吩咐道："送顾小姐回去取些东西，叫人好生跟着。"说着，又转脸对顾婉凝道："你要不要顺便去青榆里看看你外婆？"

顾婉凝听罢大惊，直直望着虞浩霆。虞浩霆凑到她耳边低声道：

"你最好不要做什么会让自己后悔的事情。"顾婉凝冷冷看了他一眼，低头便走。杨云枫一示意，一个侍从便跟了出去。

离乐知女中还有两个路口，顾婉凝忙叫车子停下。她刚刚下车走出几步，见方才替她开车门的侍从一身军装跟在自己身后，便回头道："我要到学校去，你不要跟着我。"说着快步向前，那人仍远远跟着。顾婉凝没敢走学校的大门，而是绕到宿舍边上的侧门进去。

"小姐，您找谁？"顾婉凝刚要进门，却被校工拦下，她这才想起自己此刻一身华服，赧然道："何嫂，是我。"

"原来是顾小姐，我竟没认出来。"那何嫂赶忙放她进去，却纳闷儿这姑娘平日极素净的，今天怎么穿得这样华丽？远远看见一个着军装的年轻人在树荫下徘徊，心道，原来是和男朋友约会去了，只是这样清丽的一个女孩子却交了个带枪的男朋友……

顾婉凝一进学校便低头疾走，唯恐被人碰上，幸好今天是周日，学校人不多，她一路走到宿舍也没遇见熟人。

顾婉凝关上房门，怔怔地靠窗坐着，她昨天早上出门的时候窗台上那盆春杜鹃才绽了三朵，现在已开出几簇了，还未看完的一本《哲学史纲》摊开着放在桌上，前一晚宝笙和她说悄悄话说到睡着……不过是隔了一天的光景，一景一物看在眼中竟恍如隔世，她忽然一阵害怕，模糊中觉得这样的日子仿佛再也不会有了。

顾婉凝把几件常穿的衣裳和课本笔记塞进箱子，换上一件阴丹士林的蓝布旗袍，写了一张便签留在桌上给同住的宝笙，只说自己回去陪外婆住几天。临出门时，又回头深深望了一眼，才落了锁。

顾婉凝略一思忖，没有原路回去，而是转过宿舍，走了正门。她刚一出门，便有一个军装侍从迎了上来："顾小姐，车子在那边。"

虽是意料之中,她心里还是一叹,对那侍从道:"我要去青榆里。"那侍从极客气地一点头:"是。"便引她上了车子。

她叫车子远远停了,着意看了看四周,才敢下车。走到巷口的药房,她心念一动,回头对跟着她的侍从道:"我要给我外婆抓点药,你不要跟着我。"那侍从打量了一眼那药房,便停了脚步,只等在巷口。一会儿工夫,顾婉凝提着药从店里出来,就进了巷子。

舅舅家的小院门正开着,她一进院子,便听见外婆的声音:"看看这样子,看看,吃了大苦头了……"她一听便知道是旭明放了回来,在院子中间幽幽站定,按下心中酸楚,才迈步进门。

旭明果然已坐在堂中,由着外婆搂在怀里抹泪安慰,舅舅一家在旁边陪着。见她进来,顾旭明忙从外婆怀里站起来,急切地叫了一声:"姐姐!"

顾婉凝强自一笑:"你回来了就好,再不要这么冒失了。"说着,走到外婆身边坐下。外婆握了她的手,止泪笑道:"咱们今天可算有一顿团圆饭吃。"

顾婉凝忙道:"我学校里还有事,一会儿就要回去了。"

外婆刚要问她,顾旭明已抢着说道:"姐姐,昨天监狱的人给我换了监室,对我很是客气,说是陆军部的人传了话,我想必然是你托了人。没想到今天就放我们出来了。"

顾婉凝忙道:"我是托了几个女同学请家里帮忙,也不知道究竟是谁关照到了。"旭明听了,并未在意,只外婆略有些犹疑地看了她一眼。

顾婉凝辞了家里出来,刚走到巷口,已见有人迎了上来,她忽然觉得整个人都累极了,淡淡地说了一句:"走吧。"

车窗外头，街边的景物纷纷向后退去，前路却不见尽头。经过一片商铺的时候，顾婉凝忽然道："请停一下。"前座的侍从下来替她开了车门，以为她要买东西，却见她进了路边的一家典当行。

"这件东西我想赎出来。"顾婉凝将手里的当票递到柜台上，伙计接过来一看，道："小姐，您这件东西是死当，不能赎的。您若想要，得另买回去。"

"那买回来要多少钱？"

那伙计朝边上的柜台一努嘴："这我就不清楚了，您到那边玉器柜瞧瞧吧！不知东西还在不在。"

顾婉凝依言走到边上的柜台，一眼便看见自己的那块玉："请问这块玉多少钱？"

站柜的是个瘦小的中年人，闻言顺着她的手指瞧了一眼，道："小姐好眼光，这块翠出自帕岗的场口，种好，颜色也透，不过价钱也要高一些……小姐若是寻常佩戴，就下头那些也是很好的。"

顾婉凝道："我只要这一块，多少钱？"

那站柜的先生迟疑了一下，道："一千两百块。"

顾婉凝一惊："……我一个星期前才来当了这块玉，只有四百七十块钱，现在怎么会这么贵？"

"小姐，这卖货的价钱自然是要比收当的高些。"

"怎么能高出这么多？"

那站柜的先生见她这副形容，心下已有计较，也不多言。顾婉凝犹自将手隔着玻璃台面按在那块玉上，道："这块玉是家母的遗物，能不能请您帮忙多留些日子，容我筹一筹钱。"

这样的事情典当行里司空见惯，那先生道："小姐，您若真有心想要，就尽快筹钱，我们打开铺头做生意，若有客人要买，我们也不好放着生意不做是吧？"顾婉凝听罢，默然无语，只得转身走了。

顾婉凝一回到官邸，便有人报告给了虞浩霆，他在书房里听到汽车声，起身走到窗前，正看见顾婉凝拎着箱子从车上下来。他唇角一扬，出了书房，就往楼下走，随侍在书房里的杨云枫急忙跟了出去，见虞浩霆脚步不停，靴子踏在地毯上，竟有几分急切的意思，不由自主便叫了一声："四少！"

虞浩霆刚要下楼，听到这一声，便停在了楼梯转角处，回头瞧见杨云枫略现讶然的神色，心下自省，神色立时沉了下来，脚步也慢了。

顾婉凝刚到门口，便看见虞浩霆一身倨傲，正施施然下楼，下意识地就站住了。

虞浩霆走到她身边，也不和她说话，一手拿过她的箱子，右手拉了她就走，她刚要挣脱，虞浩霆手上微一用力，凑近她耳边说："你想要我抱你进去吗？"

上到二楼，两个婢女迎了上来，虞浩霆才放开她的手，将箱子交给一个丫头，牵着顾婉凝走到一个房间门口停下，正在昨天那间屋子的斜对面。房间里的家私装饰，皆是西洋式样，华艳精致，顾婉凝一见不由心中冷笑：这便是金屋藏娇吗？

虞浩霆走进去推开了里头的两扇百叶门，只见花木掩映中露出一个放了茶桌和沙发的露台来，桌上的骨瓷花瓶里是一捧紫白两色的牡丹，富丽柔艳。

"这里对着花园，景色还好，喝下午茶倒不错。"虞浩霆说着，见她神色漠然，便捻着一朵白牡丹的花瓣，无所谓地道，"你若是不喜欢，就另选一处。"

顾婉凝望着他，冷冷说道："你这里的房间随便我选吗？"虞浩霆猜度她必然要挑一处离自己极远的住处，便道："除了楼上家父的起居之处，其他的房间随你选。"

顾婉凝瞥了他一眼，转身走出去，便拧开了对面的房门，径自走到刀架边上站定，直视着虞浩霆道："我要住这里，请四少搬出去。"

此言一出，众人皆惊，杨云枫也不好作声，只看着虞浩霆的脸色。只见虞浩霆走进来，浑不在意地说了一句："好，顾小姐就住这里。"他说着，一摆手，丫头们便放下箱子屏息退了出去，杨云枫亦掩门而去。

虞浩霆走到顾婉凝面前，盯着她看了一眼，说："其实我也是这么想的，原还怕你不肯，没想到你这么善解人意。"

顾婉凝一惊，向后退了一步，身子已靠住桌案："你出去！"

虞浩霆两手撑在桌上，将她圈住："这屋子还住不下我们两个人吗？"

顾婉凝说要住这里原本只是一时气不过，为了挫一挫他那份金屋藏娇的做派，却不料此人竟这样无赖。她一推虞浩霆的手臂："我不住这里，我要住到对面去。"虞浩霆一手箍住她的腰，冷然道："晚了。"

傍晚，虞浩霆的车子出了陆军部便一路开到了淳溪别墅。淳溪草木幽深，岗哨布得极密，参谋总长虞靖远遇刺之后一直在此养伤。

"廖鹏已经处置了？"深坐在沙发里的虞靖远缓缓问道。

"是。"虞浩霆答道。

虞靖远看着他颀身玉立，英气逼人，目光中亦不由流露出赞许之意:"坐吧!你这次做得很好,我也就放心了。"

虞浩霆走到父亲对面坐下,依旧身姿笔挺,神色却已有些变了:"父亲……"

虞靖远摆摆手:"没用的话就不必说了,我自己的身体自己知道。否则,也不用这样兵行险着。若是我这个病再晚来几年就好了。"

虞浩霆目光一黯:"要是大哥在……"虞靖远迅速打断了他:"你哥哥不如你。他要是有你这样的心胸志气,断然不会出那种事情。无论如何,这副担子已压在你肩上,你是扛得起的。"

虞浩霆默然一阵,道:"周汝坤的事情,父亲怎么看?"

"你觉得呢?"虞靖远反问道。

"单一个周汝坤掀不起什么风浪,他虽然在政界有些根基,但比起霍家还差得远。只是他和戴季晟有所勾结,不能不防。"虞浩霆道,"不过,我还是想着先料理了北边的康瀚民,再向戴氏发难,否则腹背受敌,就有些棘手了。"

虞靖远点点头,道:"那李敬尧呢?"

"李敬尧偏安西南,性情阴毒反复,疑心又重,无论是对我们,还是对戴季晟都虚与委蛇。不过他贪财渔色,苛待部属,不成大器,收拾他只是看时机罢了。"虞浩霆答道。

"我知道你在用兵上极有心得。不过,你年轻气傲,难免多些血气之勇。要记住,全国为上。百战百胜,非善之善……"虞靖远说罢,又嘱咐了一句,"有些时候,战局之外的手段倒更容易成事。"

虞浩霆点头道:"儿子记住了。"

虞靖远似有些倦了,说:"你忙了这些日子,也辛苦了,去见见你母亲吧!"

虞浩霆在淳溪吃了晚饭才回到栖霞官邸，他一面上楼一面问杨云枫："她上午都去过什么地方？"

杨云枫知道他说的是顾婉凝，连忙答道："先去了学校，又去了青榆里，回来的路上还去过一家典当行。"

虞浩霆听了，停住脚步："她去干什么？"

"顾小姐上个星期在那儿当了件东西，想买回来，钱不够。"

"东西呢？"

杨云枫即从衣袋中掏出一个丝绒盒子递给虞浩霆，虞浩霆打开看了一眼："我若不问你，你就不拿出来了？"

杨云枫笑道："四少若不问我，我只好也寻一位红颜知己送了去。"

虞浩霆走到房间门口，见房门半掩，便推门而入。

顾婉凝正伏案写字，一见是他立刻低下头去。虞浩霆走到她身后，捡起她摊在桌上的书本看了一眼封面，原来是一本《文化史》的教科书："你这么用功？"

顾婉凝低着头答道："我落了好几天的功课要补。"

虞浩霆道："我找人替你做？"顾婉凝却不理睬他，只盯着桌上的笔记，虞浩霆便将那丝绒盒子放在她手边，转身走开了。

顾婉凝打开一看，正是之前自己当掉的那块翠，便叫住虞浩霆："你等一下。"起身从书包里拿出一页纸递给他，虞浩霆接过来一看，还是那张八百元的支票。只听顾婉凝道："剩下的钱我以后还给你。"

虞浩霆将那支票往桌上一按："不必了。"

顾婉凝低着头答道："反正我是会还给你的。"

虞浩霆见她蝤首低垂，家常样式的一件蓝布旗袍短短的领子，露出一段柔白的脖颈来，衣领间两点深红浅绯的印记隐约可见，心下好笑，这小丫头今天是一直没照过镜子吗？他这样想着，心中一荡，轻笑着凑到她耳边："你没听说过'春宵一刻值千金'吗？"

话才出口，他已觉得不妥，果然就发觉顾婉凝微微一颤，只是她低着头，也看不清神色怎样。他心里有些懊悔，却没有在这种事上跟人认错的习惯，便有意岔开话题，温言道："你的功课也不是一时半会儿就能补上的，这两天你也累了，早点睡吧。"

不料顾婉凝听了他这句话，飞快地抬头看了他一眼，就别过脸去，虽然只是短短的一瞬，目光中的羞惧却是历历分明。虞浩霆一见，情知她是想多了，但是两人眼下这情形，她这样想他也在所难免。随她去。他微一摇头，也不再说什么，径自去了。

"春宵一刻值千金，我们再不走，娇蕊姑娘就要赶人了。"冯广澜说着站起身来，故意冲霍仲祺丢了个眼色，席间便是一阵哄笑。

"你们没来由地只取笑我。"一声娇嗔，坐在霍仲祺身边的女子起身欲走。

霍仲祺一握她的手臂，笑道："你若是这样走了，岂不是让他们自以为说中？"

那女子扭身坐下，嘟着红艳艳的一张小嘴，眉眼弯弯地扫了霍仲祺一眼："你也帮着他们取笑我。"

霍仲祺微微一笑："那我自罚三杯。"说着，连端了两杯酒一饮而尽，待他去端第三杯时，娇蕊已按住了他的手："喝得猛了，要头痛的。"

"哎哟哟，小霍是出了名的海量，这才喝了几杯，你就这样心疼他?"冯广澜一面说,一面指着对面一个年轻人道,"上回文锡醉倒在这里,也没见你说一句体己话。"

对面那叫文锡的年轻人道:"就是,照说小霍头回到玉堂春还是我带他来的,你们是没瞧见娇蕊那个样子——"说着,低了头,也不知扯了谁的一条水红色帕子在手里捻着,斜斜瞧了霍仲祺一眼。

霍仲祺轻笑着对娇蕊道:"是这样子吗?"

娇蕊面上一片红霞,欲笑还颦地看了他一眼,娇娇怯怯的神情和那年轻人方才学的倒极像。众人看了,又是一阵哄笑,直闹到半夜,方才散席。

"我叫她们做了青梅橄榄的醒酒汤,你喝一点。"娇蕊涂着粉红蔻丹的小手将一盏粉彩缠枝花的汤盅递到霍仲祺面前,却见霍仲祺只怅然望着窗外,似没听见一般,便忍不住攀上他手臂道:"你今日是怎么了?"

霍仲祺方才回过神来:"你说什么?"

娇蕊见他这样一副魂不守舍的样子,心中酸楚,眼里一热,竟落下两滴清泪来。霍仲祺见她如此,轻轻一揽,便把她的人抱在了自己膝上,抚着她的头发道:"怎么好好的哭起来了?有人欺负你了吗?跟我说说。"

娇蕊柔顺地攀着霍仲祺的肩,手指在他胸前轻轻划着圈,幽幽道:"听说你常常去文庙街看白姗姗的戏。"

霍仲祺笑道:"什么叫常常去看?她上个月一直病着,时好时坏,只登了两回台罢了。"

"你连她上了几回台都知道得这样清楚。"娇蕊一面说着,眼圈却又红了,尖尖的瓜子脸偎在他肩上。霍仲祺一见,蓦地想起顾婉凝神色间的凄清无限,心头一软,拥着她道:"下次我带你一起去看,你瞧瞧我究竟是看戏还是看人。"

娇蕊听了，抿嘴一笑："我才不要去。"

霍仲祺见她笑了，便松开她，起身道："时候不早了，你也累了，我回去了。"

娇蕊一怔，道："这样晚了，你不如……"

霍仲祺在她唇上一啄："我这两日事情多，过几天再来看你。"

架上的一只白鹦鹉已睡了，娇蕊仍支着腮倚在贵妃榻上，妆还未卸，已怔怔流下泪来，面上的胭脂也晕开了，衬着她一身葱黄旗袍，十分绮艳流丽。她想起上次霍仲祺来的时候，见香兰姐姐穿了一件这样颜色的衣裳，便道："这样娇的颜色要你穿了才好看。"

她巴巴地做了一件，等到今日他来才特意穿了，他却已忘记了。

虞浩霆蒙眬中用手在身边一扫，却是空的。他睁开眼，见顾婉凝远远缩在床边沉沉睡着，睡衣袖子卷了上去，一截莹白的手臂露在薄被外面，夜色中看去格外皎洁。玉臂清辉大抵便是如此吧？

虞浩霆一面想着，一面替她拢好被子，将她揽了过来。他原本想得好好的，不过是消遣一下，过几天放她回家去就是了，可是等她柔顺又冷淡地偎在他怀里，一副任君宰割的样子时，他竟不忍心了，好声好气地搂着她逗了几句，居然哄着哄着也就由她睡了。

顾婉凝睡梦中的神色没有了羞怯惊惧，只是一片恬静。虞浩霆凝神望着她，突然觉得纵然这世间山河浩荡，湖海苍茫，但此时此刻，她这样依在他怀里，却有说不出的满足。他被这念头一惊，随即自失地一笑，这些日子忙得狠了，便这样想偷懒。他这么想着，按开壁灯，看了一眼床头的座钟，见已经五点半了，便披衣起床走了出去。

虞浩霆在书房待了一个早上，忽然想看看她今日见到自己是怎样一番情态，便转回来看她，本想着她看到自己不是倔强恼恨就是娇羞难抑，不料顾婉凝醒来一看到他，却是波澜不惊的一句："几点了？"

虞浩霆随口答道："九点。"

却听顾婉凝低低惊呼一声，人已翻身下床，急急进了浴室。一会儿出来，一手编着发辫，一手又拎了衣服进去换……

虞浩霆站在边上，看着她风风火火，忍不住道："你要干什么？"

顾婉凝自顾收拾着桌上的书本笔记，头也不抬地答话："我上课迟到了。"说着已拎了书包疾走到门口。

虞浩霆伸手把她捞了回来："吃了早饭再走。"

顾婉凝用力一挣："来不及了，你这里离电车站太远了。"

虞浩霆却不放她："我叫车子送你去学校。"

顾婉凝惊道："不要！"

虞浩霆见她此时才看了自己一眼，面色一沉："你还想不想去上课了？"

顾婉凝见他神色骇人，怕他真的不许自己出去，不敢再挣，只得随着他去餐厅。

虞浩霆一身戎装拉着素衣黑裙的顾婉凝，另一只手却拎着她的书包，顾婉凝只低头跟在他身后，两条发辫坠到腰际，随着步子轻轻晃着。杨云枫一见之下，不由好笑，低声道："四少这两日真是好兴致。"直直立在门口的卫朔看了他一眼，又看了一眼餐厅中的两个人，眉头微皱，一言不发。

顾婉凝赶到学校的时候，已经下第二节课了。

欧阳怡一见她，便道："你怎么来了？我还跟老师说你为你弟弟的事，今天也要请假呢。"

顾婉凝道："多谢你了。旭明昨天已经放出来了。"

欧阳怡一听，惊喜道："是吗？那你总算安心了。"

顾婉凝浅浅一笑，欧阳怡见她神色并不十分欢喜，奇道："你怎么了？倒不大高兴的样子。"

顾婉凝微微叹了口气："这件事拖了这么久，人都乏了。"

欧阳怡点点头："你看你眼圈都有些青了，这两天没睡好吧？"

顾婉凝是有心事的人，听她这样一说便觉得颊边一热，刚要答话，忽然见欧阳怡眼波流转，神神秘秘地俯在她耳边问："你是不是有男朋友了？"

顾婉凝脸色一变："你胡说什么？"

欧阳怡笑道："今天我来得早，就到宿舍那边去找宝笙，何嫂一见我就问：'顾小姐是不是交了男朋友？'我问她怎么会这样想，她说你昨天回来的时候穿得很美，好像还有个年轻的军官在外头等你……"

"你听她乱说，哪有什么人等我？不过是穿了我舅母的一件旧旗袍，颜色鲜艳些罢了。"顾婉凝一面急急辩白，一面隐隐担心，虞浩霆的事要怎么无声无息地了结了才好。

顾婉凝下了课回到栖霞官邸，正碰上虞浩霆带着人往外走，见她回来，便道："我要去一趟邺南，得三四天……"

"我不去。"不等他说完，顾婉凝便抢道。

虞浩霆皱眉道："我没有要你去。"

顾婉凝听了，迟疑着问他："那……我能回家了吗？"一双翦水瞳仁光芒闪烁,竟似露出些欣然的样子。

虞浩霆见她如此,胸中不由涌出些许怒气,当着众人却不好发作,只沉声道:"你哪儿都不许去,就在这儿等着我回来。"说罢也不看她,便要出门。

顾婉凝刚才话一出口,就知道错了,此刻见他神色冷峻,更是失悔,忍不住开口道:"四少……"

虞浩霆闻言停住,微转了脸,却不看她,只听顾婉凝轻声道:"我下了课就回来,你不要让人跟着我去学校了。"

她话音未落,虞浩霆已走了出去,也不知听到没有。

顾婉凝一早起床,心中犹自忐忑。吃了早饭出去,却是郭茂兰迎了上来:"顾小姐,四少去了邺南,有什么事您就告诉我。"顾婉凝点点头,随他上了车,一路开过去,却在离学校还有一站电车的地方,拣了个僻静的地方停下。

郭茂兰下车替她开了车门,"四少吩咐,下午车子还在这里等小姐。"待见一个便装侍从跟着顾婉凝在对街上了电车,才对开车的侍从道,"回官邸。"

那司机一边发动车子一边笑道:"四少以前的女朋友倒都没有这样麻烦。"

郭茂兰听了一牵唇角:"那算什么女朋友?"

"梁小姐也不算吗?"

郭茂兰靠在座位上,放下车窗,掏出火机点了支烟:"梁曼琳那样的女明星,自度身份不会随便生事,带出去应酬也不失面子,最省心的。"

"那这一位呢?"

"这一位?"郭茂兰沉吟道,"是有点儿意思。"

"这位顾小姐着实是个绝色,也难怪四少动心。"那司机笑着说,"我听杨参谋那边的人说,她对四少似乎倒有些别扭。"

郭茂兰深吸一口烟:"你们下去不要乱说话。"说完沉默了一阵,忽然道:"前面路口停车把我放下,你先回官邸。"

郭茂兰站在街角把烟抽完,拦了一辆黄包车,吩咐道:"去霓虹桥。"他在桥边下了车,转进一条青石小巷,走到尽头方才停下,伸手在角落的一个院门上敲了两下。

里面的人打开院门上的一扇小窗,看了一眼,一见是他,便开了门:"郭少爷!"

郭茂兰侧身进去,问道:"姑娘好些了吗?"

那开门的是个四十多岁的中年妇人,跟在他身后道:"好多了,只是身子还有些虚。"

说话间郭茂兰已过了天井,进到内室,一掀门上的竹帘,便听一个极柔婉的声音道:"你来了。"

郭茂兰微微一笑:"你躺着吧,别起来了。"

倚在床上的是个很纤瘦的女孩子,穿着一件淡蓝色的琵琶襟小衫,素净的一张瓜子脸,十分清秀,颊边些微有几粒小小的雀斑,一双黑白分明的杏眼很是清灵。

郭茂兰拉了张椅子,坐到床边,握着她放在身畔的纤白小手,道:"手这么凉。"

那女孩子浅浅一笑:"你今天怎么早上过来?"

郭茂兰道:"我正好这会儿有空,来看看你。这两天觉得身子怎么样?"

"没什么事了,你不用总想着我。"

郭茂兰听了笑道:"可我偏偏就是总想着你。"

那女孩子面上一红:"你中午在这里吃饭吗?"

郭茂兰道:"我还有事,坐一坐就走。"

那女孩子点点头,忽然问道:"你有心事?"

郭茂兰一笑:"你怎么知道?"

那女孩子伸手抚在他脸上说道:"我就是知道。你以为我看不见,就能瞒着我吗?"她一双妙目在郭茂兰脸上波光流转,竟是盲的。

郭茂兰握着她一双纤手,笑道:"我哪有事瞒着你?不过是些公事。"

那女孩子听他这样讲,轻轻在他胸前一倚:"你的事我都不懂。"

郭茂兰道:"你只要懂我就好了。"

那女孩子听了,直起身子,转身向床里壁上取出一架月琴来,盈盈一笑:"我弹琴给你听。"

顾婉凝一下课就回了栖霞官邸,吃过晚饭一个人躲在房间里看书。正看得入神,桌上的电话乍然响了起来,她想这里是虞浩霆的卧室,拨到这里的电话必然是找他的,便没去理睬。到了九点多钟,那电话又响了一遍,顾婉凝还是不理。

过了一阵,就听见外面有人轻声敲门,顾婉凝问道:"谁?"

门外一个女声答道:"顾小姐,四少电话找。"

顾婉凝开了门,见是这两天常在她身边出入的一个丫头,便随着她到了一楼的一间客厅。沙发边上的一个电话听筒已搁在了桌上,她走过去接了起来,轻轻"喂"了一声,便听见虞浩霆在那边问道:"你刚才怎么不接电话?"

顾婉凝才想到原来之前那两个电话是他打的,便道:"我不知道是找我的。我想,四少的电话我不方便接。"她说完,只听电话那头虞浩霆似是"哼"了一声,她又等了一等,那边还是沉默不语,只好问他:"你有什么事吗?"

却听虞浩霆道:"你今天上了什么课?"她一皱眉,知道他是没话找话,但也只得答他:"国语、英文、特设国文、几何,还有一门选修的社会学。"

"你的英文课还要上吗?"

"要修满学分。"

正说着,忽然几个丫头仆妇陪着一个衣饰华丽的妇人从外头进来,那妇人看见顾婉凝似是吃了一惊,随即脸上已露出笑容来。顾婉凝见她朝自己走来,连忙对着电话道:"有人来了,我挂了。"那边虞浩霆还来不及回话,她已经将听筒扣在了电话机上。

"这位是顾小姐吧?"那妇人大约三十出头,一面说一面打量了一下顾婉凝。顾婉凝见她容颜端丽,且周围婢仆对她态度恭谨,一时猜不透她的身份,也不好称呼,便点一点头道:"您好!我叫顾婉凝。"

那妇人笑道:"我是虞总长的侧室,是浩霆的三姨娘。听说顾小姐已经在官邸里住了两天了,只是浩霆把你藏得好,我日日在这里竟一直没有见到。打扰顾小姐了。"

顾婉凝一听,面上红了起来:"夫人您好。"

三太太微微一笑:"小姐这声夫人我可不敢当,虞夫人和二太太现下都不在官邸,你只和浩霆一样,叫我三姨娘就好了。对了,那件玉兰花的旗袍顾小姐穿着还合身吗?"

顾婉凝听着,脸愈发烫了,低头道:"我暂住在府上,给您添麻烦了。"

"顾小姐不必客气了,你有什么事情尽管告诉我。"

"多谢三太太!没什么事的话我先告辞了。"

"顾小姐请自便。"那三太太见她走得急迫,心下好笑,正准备上楼,电话却又响了,她顺手接起来一听,正是虞浩霆在问:"你碰见谁了?这么急着挂电话?"

三太太"扑哧"一笑:"你问得晚了,人家已经走了。"

虞浩霆一听,忙正色道:"三姨娘。"

三太太笑道:"放着你房里的电话不打,巴巴地叫人家下楼来跟你说悄悄话,一见着我,脸红得跟桃花瓣儿似的。"虞浩霆听了,面上忍不住浮上笑意:"我礼拜六才能回去,麻烦姨娘照顾她。"

三太太听了便道:"你放心,这样一个美人儿,我瞧着也心疼得很。只是,你把人带到官邸里来,你父亲知道吗?"

虞浩霆道:"还请姨娘先不要告诉父亲。"

三太太笑道:"那你可要小心了,官邸里来来往往这么多人,我不说,也自有人会去说的。"

"梅园路那里新开了一家咖啡厅,听说拿破仑蛋糕做得很好。好容易到了周末,我们一起过去吃?"陈安琪一头过肩长发刚刚烫过,小小的栗色卷子高高低低泼洒下来,用一条果绿缎带束在脑后,说起话来,摇来摇去,很是俏皮。

"我不去了,今天要回家吃饭的。"婉凝第一个摇头。

"我们这两个月都没好好聚过,今天我请客,你们一个都不许少。"陈安琪道。

"我今天也不能去,"苏宝笙说,"我娘叫我早点回去,晚上我们家有客人来……"

"你们家就这样想你嫁出去啊?"陈安琪一句话宝笙就红了脸,欧阳怡连忙打圆场:"好了好了,你别为难她了。我陪你去吧,正好我想去看电影,听说今天要上一部梁曼琳的新片。"

"我觉得那个梁曼琳也不是很美,怎么那样红?"陈安琪道。

"她在《念奴娇》里的扮相顶美的……"苏宝笙回了一句。

"那是电影嘛,谁知道真人怎么样,一定不如戏里好看。"陈安琪抢道。

欧阳怡含笑听着,却发觉顾婉凝一副心不在焉的样子,便低声问她:"你这几天怎么总是心事重重的,剧社里的排练也不来。"

顾婉凝道:"旭明刚回来,外婆受了惊吓,我想多陪陪他们。"

欧阳怡点头道:"对了,你什么时候回宿舍去住?"

顾婉凝还没来得及答话,苏宝笙便道:"你不在,我一个人好无聊的。"顾婉凝只得笑道:"过几天我就回来陪你。"

四个人说着出了校门,陈家和欧阳家的车子已经等在门口了,欧阳怡打发自家的汽车送苏宝笙回家,便和陈安琪一道去喝咖啡。顾婉凝推说要到附近的书店买书,才独自脱身,心道若是虞浩霆再不放她,这件事情恐怕很难瞒下去了。

她坐在车子里,一面想着一面忍不住轻轻叹了口气。坐在副驾的郭茂兰不禁哑然,四少竟这样不入她的眼?虞浩霆去了邺南这几日,才说今天回来,这女孩子就一副愁肠百转的样子。

虞浩霆回到栖霞官邸已时近午夜,他上到二楼,心中竟微微有些忐忑，待伸手按了下门把手，发觉门没有落锁，眼中才闪出一丝笑意来。

他轻轻推开门，见房中灯还亮着，顾婉凝穿着一件乳白色的寝衣，人已蜷在沙发上睡着了，怀里抱着个靠枕，一本书滑在地上。虞浩霆摘了军帽挂在衣架上，顺手捡起那书看了看，将她从沙发上抱了起来。

顾婉凝睡得并不沉，蒙眬中身子一轻，便醒了过来，正看见虞浩霆领章上小小的光亮金星。

虞浩霆见她醒了，轻声问道："你怎么不到床上睡？"

顾婉凝几日未见他，此刻蓦地被他抱在怀中，心里一片烦乱，不知道要和他说些什么，只听虞浩霆又问："是在等我？"说着，将她放到了床边。

顾婉凝垂着头，抓了被子掩在身前，既不答话也不看他。虞浩霆见状，便动手去解自己外衣的皮带和衣扣。顾婉凝望了他一眼，旋即低了头，一双手握在膝前，指节已攥得发白，低低看着他走到自己身边站定，身子忍不住微微发抖。却见虞浩霆将外套往床脚的软榻上一丢，人转身进了浴室。顾婉凝长吁了一口气，伸手按灭了床边的台灯。

虞浩霆从浴室里洗漱了出来，见卧室里的灯已暗了，顾婉凝裹了被子背对着他缩在床边，他靠到床上，轻轻拍了拍她的肩："你睡着了吗？"

顾婉凝的身子立刻绷了起来，闭紧了双眼一动不动，虞浩霆心下暗笑，口中却道："你要是还没睡，就和我聊聊天；你要是睡着了，我就做点别的事。"说着，伸手就往她的被子里探。

顾婉凝连忙拽紧了被子说道："我没睡。"

只听虞浩霆凑到她耳边轻声道:"你这几天有没有想我?"

顾婉凝垂了眼睑道:"没有。"

虞浩霆听了并不答话,径自吻住了她的唇,许久才放开。

顾婉凝一面推他一面恼道:"你不是说要聊天吗?"

虞浩霆黑暗中轻轻一笑便握住了她的腰:"聊完了。"走了这几天,他倒真有些后悔之前那一晚莫名其妙做了柳下惠。

"浩霆带了个女朋友到官邸里去了?"虞靖远声音里没有一丝波澜,面上也不动声色。

"是个学生,"汪石卿答道,"仲祺查过了,不是什么要紧的人。侍从室的人说是因为总长遇刺那天,她弟弟碰巧在行政院门外请愿被抓,她去求四少放人,拦了四少的车子,才被带回官邸去问话的,并不是特意……"

"胡闹!"他话还未说完,已被虞靖远打断,"这种事传出去,外人怎么看他?"

汪石卿见虞靖远虽如此说,但语气并不十分严厉,便笑道:"四少这个年纪,少年风流在所难免,不过他一向有分寸,不会闹出什么大事。"

虞靖远微一点头,深深地看了汪石卿一眼:"你也不能让他闹出什么大事,你的话他还是听几分的。下个星期,我就启程去瑞士,这些事情我不想过问。"汪石卿容色一整:"总长放心,石卿必不辜负总长信任,四少更不会辜负总长的期望。"

汪石卿从淳溪别墅出来,已是月上中天。四下除了溪声虫鸣之外,一片幽静,清亮的月色照在林间,光华皎洁,草木清芬,沁人心脾,叫他忽然想起一个清华如月的影子来,此去经年,人隔万里,不知她此刻有没有在看着这片月光。

"你平时没课的时候做什么？"虞浩霆喝着咖啡问她，顾婉凝不作声，只是低头吃着早饭，这个钟点，也不知道是算早饭还是午饭了。

"我今天没事，我们去看电影好不好？"虞浩霆追问道。

顾婉凝抬头看了他一眼，将手里的刀叉往盘边轻轻一放，起身便走，虞浩霆一把拉住她："你是打定主意不跟我说话了吗？"

顾婉凝不去看他，只倔强地一抿嘴，虞浩霆道："你越是这样，我越是不放你走。"

顾婉凝听了，漠然道："你不知道'看花满眼泪，不共楚王言'吗？"

虞浩霆眉峰一挑："你倒真不像是在国外长大的。"说着，目光之中忽然有了试探之意："息夫人不肯跟楚王说话，是因为对息侯旧恩难忘，你呢？"

"我什么？"顾婉凝怔道。

"是不是你也有个……"虞浩霆还未说完，顾婉凝已反应过来他言外之意，抢道："我没有。"

虞浩霆玩味道："幸好你没有，要不然，我还真要把他找来看看是什么人。"

顾婉凝瞪了他一眼，转身离了餐厅，走到房间门口，见两个佣人正往里头抬家具，便停了脚步，等他们过去。待她进了卧室，四下一望，心中不由一凉，只见床边的一个矮柜竟换了架妆台。

"你要是不喜欢，我叫他们换一个。"听得虞浩霆在她身后说话，她霍然转身，心里愈发烦乱起来，虞浩霆却浑然不觉一般，"听说南园的桃花开得很好,你要不要去看看?"

顾婉凝只是摇头:"我哪儿都不去。"

"那我也哪儿都不去。"虞浩霆说着,走到靠窗的书案前,展了一幅宣纸在桌上,拈着一截墨锭在砚中轻旋起来。

顾婉凝见他似乎是要写字的样子,不由有些好奇,却不愿走过去看,只靠在窗边佯装看书,偷偷看他。不一会儿,只见虞浩霆悬腕运笔,竟真的写了起来。顾婉凝略略抬眼张望,也看不清他写些什么。虞浩霆似是察觉了一般,望了她一眼,一边写一边悠悠念道:

"妾发初覆额,折花门前剧。郎骑竹马来,绕床弄青梅。同居长干里,两小无嫌猜。十四为君妇,羞颜未尝开。低头向暗壁,千唤不一回……"

念到这里,忽然笔意一顿,复又沉吟道:"低头向暗壁,千唤不一回……"手中笔已停了。

顾婉凝见状,便猜他是忘了,心下好笑,却不作声。果然,虞浩霆眉头一皱,抬眼看她,迟疑着问道:"然后呢?你知道吗?"顾婉凝心中暗笑了一句"附庸风雅",面上却不好惹他,头也不抬地轻声道:"十五始展眉,愿同尘与灰。"

虞浩霆听了,疑道:"是吗?"

顾婉凝顺口道:"是啊。"

"真的?"

"自然是真的,我干吗要骗你……"

顾婉凝听他这样犹疑,忍不住抬眼看他,却见虞浩霆眼中尽是调笑促狭,登时省悟过来,脸已红了,却听他说道:"你不会骗我就好。"

周汝坤将茶盏搁在桌上,镜片后的一双眼闪烁不定地瞧着坐在对面的人:"俞先生,戴司令的意思是?"

"戴司令的本意是趁虞靖远遇刺,和廖军长里应外合,直逼江宁。没想到你们做事这样没有分寸!"那俞先生冷然道。

周汝坤一咂嘴道:"这次事发蹊跷,刺客并不是我和廖鹏安排的,否则绝不会挑廖鹏在江宁的时候动手。"

"哦?"

周汝坤小心翼翼地道:"您看会不会是康瀚民……"

那俞先生沉吟了一会儿,道:"虞靖远究竟伤势如何?有人亲眼瞧见他受伤吗?"

周汝坤猛醒道:"先生的意思是,行刺是假,虞靖远并没有受伤?"那俞先生不置可否,周汝坤思索了片刻,摇头道:"不会!虞靖远自那日遇刺之后,便一直在淳溪养伤,快三个月了,从未露面;若他没有受伤,何必如此?一早便该出来稳定人心才是。"

那俞先生忽道:"听说眼下虞军上下的事情都交到了虞家四少的手里,邵诚也就罢了,龚煦初也没有微词吗?"

"军部的事情如今我所知甚少。之前我亦试探过龚煦初,他对虞靖远似乎很是忠心,若是当初能说服他,何用打廖鹏的主意?"周汝坤叹道。

俞先生冷冷一笑:"此一时彼一时,若虞靖远真的受了重伤,不能视事,以他的身份资历未必肯在那虞四少之下。"顿了顿,又道,"不知这虞浩霆究竟是个什么样的人物?"

周汝坤道:"那虞四少一向只在军中,甚少和政界来往。我跟他没有深交,只是近来才见过几面,言谈举止很是倨傲。他身边的亲随都是从旧京跟过来的,我还没找到能说得上话的。不过,这班小崽子倒是心狠手辣，廖鹏这样的人竟也说杀便杀了。"

那俞先生听了，淡淡道："是人就总有短处、痛处，周院长多加留心吧！"

虞靖远赴欧洲疗养的消息一夜之间占据了各大报章的头条，他在机场登机的照片神采奕奕，此前诸多揣测尽数落空，于是坊间流言摇身一变，又揣测他是为了栽培虞浩霆在军中威望，刻意去国一段时日，只为让爱子独立视事；是以虞靖远虽未辞去参谋本部和陆军部总长的职位，两位次长也仍是龚煦初和邵诚，但虞军上下的杀伐决断已握在了虞浩霆手中，江宁上下也迅速安定下来。

院中的一棵柳树满枝嫩绿，微风摇曳，顾婉凝坐在树下，眯着眼睛瞧着暮春暖阳，被这和风一拂，满身的烦恼一时散了大半。她下了课，去药房里抓了药给外婆带来，外婆已煮了甜汤等着她。

"婉儿，你们刚开学，功课就这样紧了吗？"外婆将一碗杏仁豆腐端给顾婉凝，爱怜地瞧着她。顾婉凝捧着碗低头道："我有好多课以前没学过，要从头补。"

"女孩子，功课不是顶要紧的，要紧的是将来的终身大事……"

"外婆！"顾婉凝听了，半是撒娇地埋怨道，"我不要嫁人的，您就不要老念叨这个了。"

外婆看着她吃得香甜，笑道："哪有女孩子不嫁人的？"

顾婉凝边吃边道："现在多的是不嫁人的女孩子，欧阳的姐姐就不要结婚，还做了江宁红十字会的总干事。"

"你也要学她去干什么红十字会的事吗？"

"哪能人人都做一样的事？我想到学校里去教女孩子念书。"

"原来你想做女先生，也去教得人家都不要嫁人不成？"

顾婉凝顽皮地一笑，道："我就是要教她们知道，女孩子不是只有嫁人这一件'顶要紧'的事！"

外婆也被她逗得一笑："你这个教法，谁敢把女儿送去给你当学生？"说着，面上又笼了一丝愁容，"外婆年纪大了，不能给你寻个好人家……"

顾婉凝哭笑不得："外婆，你怎么又转回来了？"

顾婉凝的舅母隔着帘子看她婆孙二人语笑晏晏，忍不住对丈夫道："旭明去念书也就算了，婉儿一个女孩子念那么多书做什么？"婉凝舅舅道："她念书用她自己的钱，你管什么？"

"我又不是说钱的事！"舅母一啐，道，"我是看婉儿这样的相貌，好好打算一下，不难结一门好亲事。女孩子花这些工夫念书终究是白费。我也是念了高小的，现在怎么样？就是你，大学也念了两年，还不是在洋行里给人打杂？"

她见丈夫并不答话，又道："婉儿若是嫁得好，对旭明，还有咱们阿林也是好的。"

虞浩霆见顾婉凝在花园里凝神站着，走过去轻声问道："在看什么？"

"今年的梨花这样快就谢了。"顾婉凝望着枝头几枚残花，颇有些惋惜，"我本来和欧阳她们约着去瓯湖公园看梨花的，可惜一直没空，只好等明年了。"

虞浩霆听她这样说，便想到是因了她弟弟的事，心中一动："我带你去个地方。"说着，冲郭茂兰一招手，"去罐山。"

顾婉凝见车子出了城，又开了好一会儿还没有停下的意思，便问道："很远吗？"虞浩霆垂眼翻着手中的文件，"快了。"

夕阳渐落，顾婉凝坐得久了，生出些困意，不知不觉已靠在座位边上睡着了，虞浩霆见状，伸手将她揽在自己肩上。车子又在山路上转了几个弯，豁然开朗起来，虞浩霆一面叫停车，一面俯下身子在顾婉凝耳边轻声说："到了。"

此时，天色已是一片深深的湛蓝，车门一开，迎面一阵凉风，夹杂着草木清芬徐徐而入，顾婉凝浑身上下俱是一清。待她走出来站定，人却惊住了。

只见山路两侧都植着高大的梨树，此时正枝繁花盛，树树春雪，月色之下，流光起伏，愈发美不胜收。一阵风过，便有瓣瓣洁白飘摇而下，顾婉凝一伸手，恰有花瓣落在她指间。她心中惊喜，本能地便转过头去看虞浩霆。

虞浩霆正从侍从手里接了军氅走过来，见她这样回眸一笑，不由得怔住了。

虞浩霆自第一眼见她，便已然惊艳。两人相处这些日子，顾婉凝每每清冷自矜，待他十分冷淡，一句话也不肯多说，偶有娇羞气闹，已让他觉得别有情致。然而眼前她这般明媚的容色，却是他从未见过的——原来，她心中欢喜的时候这样美，虞浩霆听见自己心中深深一叹，这回眸一笑，教人只堪心折。

顾婉凝见他凝眸望着自己，心中猛醒，立时便不好意思起来，转过身子只抬头去看那满树梨花。虞浩霆走过来，将手中的军氅披在她身上："山里冷，先去吃饭，吃了饭我再陪你出来。"说着，自去牵她的手，顾婉凝身上一暖，犹自顾着看花，便忘了挣开。

直到虞浩霆拉着她进了一处庄园，顾婉凝才回过神来。只见这院落建在半山，亭台楼阁皆是倚山而筑，匠心野趣，木清花幽。她一路行来，听得身边山泉淙淙不断，看那水面时，却有雾气弥漫，竟是引的温泉,她心下好奇,问道:"这是什么地方?"

虞浩霆答道:"是我的住处。"

"你不是住在栖霞么?"

"栖霞是总长官邸,这里是我的住处。"

顾婉凝听他这样讲,便嘀咕了一句:"虞四少好大的排场。"

"我小时候就住在这里了。"

顾婉凝听了,冷笑道:"带兵的将领都这样奢靡,怪不得四海之内山河零落。"

虞浩霆也不以为意:"你还真会煞风景。"

顾婉凝换过衣裳刚要出门,一个五十岁上下的妇人捧了一件灰色的开司米毛衫过来:"顾小姐,山上凉,您多穿一点再出去。"顾婉凝接过来抖开穿在身上,那衣裳大了许多,那老妇人便过来帮她卷起袖子:"这里少有客人,没有备着衣物,只好委屈小姐了,这一件是四少的。"

顾婉凝道了谢,问道:"阿姨,请问您怎么称呼?"

那老妇人笑道:"小姐客气了,我夫家姓文,您就叫我文嫂吧!"

顾婉凝见她帮自己理好衣服之后,仍不住地打量自己,忍不住问道:"我哪里不妥吗?"

文嫂笑道:"小姐好相貌。"说着,便请她出门去吃晚饭。

顾婉凝跟着她穿过游廊,便看见灯光明亮处是一座水榭,卫朔和几个军装侍卫身姿笔挺地卫戍在四周,水榭中一个身影长身玉立,除了虞浩霆再不会有别人。

虞浩霆见她身上的衣服十分宽大,袖子卷了几折才露出双手,愈发显得娇不胜衣，便牵她坐下："饿了吧？"

顾婉凝见桌上滚着一锅腌笃鲜，边上几样时令小菜，砂锅里另温了粥，觉得真是有些饿了，坐下吃了几口，才抬眼四顾，见春山如黛，凉月如眉，身畔波光荡漾，薄雾缭绕，不禁赞道："这里真是雅清。"

虞浩霆替她盛了碗粥递过来："你在国外那么久，我以为你会喜欢栖霞多一些。"

顾婉凝却摇了摇头："西洋的园林有时候太直白，他们皇宫里的灌木都要修剪得一般高低，玩具一样；若说野趣，就是山林猎场，全凭天然。中国的园林讲究气韵生动，就像你这里，既顺了山势又不全凭自然，匠心借了天成，才是真的好。嗯……"略一沉吟，接着道，"就像他们喜欢钻石和红蓝宝石，要先设计好款式图样，再选大小合适的一颗一颗嵌进去，分毫不错；中国人独爱玉器，碰到真正好的材料，却是要工匠依了那石头本身的形态去琢磨刻画，必得不浪费那一份天然造化才好。"

她说完，见虞浩霆并不答话，只含笑望着她，面上一红，低了头舀粥来喝，却听虞浩霆道："你第一次跟我说这么多话。"

顾婉凝面上更红："我再也不说了。"

虞浩霆深深望了她一眼："可我倒是很喜欢听。"

一时吃过晚饭，顾婉凝要到外面去看梨花，虞浩霆便随她出来，卫朔亦带人在稍远处跟着。顾婉凝这时才瞧见原来山路上下都布置了岗哨，远远排开，看不到尽处，她刚才一心看花竟没有发觉："你到哪里去都是这样吗？"

"差不多吧！"虞浩霆答道，"自我记事起就是这样了。"

顾婉凝望着一簇簇雪白的花朵在月色溶溶中一片明迷，心中亦今夕何夕地迷惘起来。虞浩霆站在她身后,见她这样出神地立在花间,伊人如画,忍不住便将她揽在怀里。这一揽却惊动了顾婉凝,她肩头一挣,虞浩霆反而搂紧了她:"山上风大,我怕你冷。"

顾婉凝道:"我不冷。"

虞浩霆手上却丝毫不肯放松:"我冷。"

她皱了皱眉,想说"你这个人怎么这么无赖",却忍住了,想了想,回头问他:"几点钟了?"

"九点了吧。"

"那是不是要回去了?"

"我们今天不回去。"

顾婉凝一听,忙道:"我明天还要上课的。"

"我叫人去给你请假。"

"那怎么行?"顾婉凝听他这样讲,越发急了。

虞浩霆道:"你打电话给欧阳怡,叫她替你请假好了。"

他见顾婉凝沉吟不语,接着说道:"你不想白天再来看一看吗?"

"我连换的衣裳都没带。"顾婉凝犹豫不决。

"我叫人带了。"

顾婉凝看了他一眼,抿了抿嘴,转身就走,虞浩霆追了一步,上前拉住她:"你去哪儿?"

"打电话。"

放下电话,顾婉凝仍心如鹿撞。她跟欧阳怡说自己病了,明天不能去上课,欧阳怡便说要放学之后来看她,她只好说剧社排练她们两个主角都缺席实在不好,才劝住了欧阳。她打电话的时候,虞浩霆一直在边上听着,见她放了电话,饶有兴味地问道:"你在学校里还演戏?你演什么?"

顾婉凝却不肯答他,只是问:"你有没有法子弄一张病假条?"

虞浩霆闲闲地笑道:"你想生什么病?"

顾婉凝冷然道:"随便。"

"那相思病好不好?"

顾婉凝听了,转过脸去不再看他:"无聊。"

虞浩霆见她神色气恼,忽然想起初上山时,她在花间那回眸一笑,心头一软,柔声道:"婉凝,你笑一笑好不好?"

顾婉凝听他唤自己的名字,心头突地一跳,又见他神色间全然不是平日的冷傲自负,也没有调笑之意,心里更是慌乱,正手足无措间,虞浩霆已走到她面前,将她拥在怀里,低低地在她耳边说道:"你喜欢什么,我都送到你面前来。只要你高兴……"

虞浩霆带顾婉凝去了罐山,汪石卿先前搁在心里的异样愈发重了。按理说虞浩霆认识顾婉凝不过半月,宠纵一些也是寻常,但人一直留在官邸就多少让人有些不踏实。至于罐山,不要说女朋友,汪石卿印象中除了邵朗逸和霍仲祺,再没别人去那里住过。他一念至此,便拨了霍仲祺的电话:"晚上有没有空?我请你吃饭。"

到了晚饭时分,霍仲祺推开明月夜的包厢,见只有汪石卿一个人,不免有些奇怪,脱了外套顺手搭在旁边的椅背上:"我以为要去南园,你怎么倒订了这里?"

"南园的桃花谢了,景致不好。我上次听你说起这里,就想来尝尝。"

霍仲祺笑道:"单咱们俩吃饭有什么意思?要不你跟我去玉

堂春?"

汪石卿含笑看着他:"我有事问你。"

霍仲祺身子往后一靠:"我就知道你找我吃饭一定有事,干吗不在陆军部说?"

汪石卿道:"这事不是公事。"

霍仲祺闻言促狭一笑,"你的私事来问我?你小心我告诉沈姐姐。"

汪石卿微一摇头:"不过,也不能算私事。"

霍仲祺一愣:"你跟我还卖什么关子?"便见汪石卿一个眼色,左右的随从立刻退了出去。

"到底什么事?"霍仲祺夹起一片胭脂鹅脯,问汪石卿。

汪石卿啜了口茶道:"那位顾小姐,究竟怎么样?"

霍仲祺将筷子缓缓放在桌上,垂着眼睛细细嚼了那鹅脯,抬头一笑:

"这你该问四哥。"

汪石卿也笑道:"我就是不方便问四少,才来问你。我还没有见过她,倒是听说——四少这一回很有心的样子。"

霍仲祺低头倒了一杯酒,轻轻一笑:"我也只见过她一次。"

汪石卿道:"一见之下,就能让霍公子带进陆军总部去的,定然是个绝色。"

"四哥身边的女朋友,哪一个不是绝色?"

"只是住进官邸,又让四少带到罐山的,却只有这一个。"汪石卿正色道,"你见过她,也是你去查的她,所以我想问问你。"

霍仲祺将杯中酒一饮而尽,搁了杯子道:"她叫顾婉凝,是乐知女中二年级的学生,今年十六岁,自幼丧母,父亲叫顾鸿焘,是前任的驻英国公使，六年前派驻英国，之前在驻法使馆任职多年，所以她一直在国外长大。顾鸿焘前年空难离世，她和弟弟就回了江宁。顾家远在湄东，也不是什么望族。所以，她在江宁除了外婆和舅舅之外没有别的亲人。只在学校里有个好朋友叫欧阳怡，是欧阳甫臣的女儿。至于人嘛……"他一口气说到这里，似笑非笑地一展唇，曼声道：

"野有蔓草，零露瀼瀼。有美一人，婉如清扬。"

说罢，便起身拿了衣服，一边出门一边道："我知道的就这些了。"

汪石卿见他起身便走，也不留客，只想着霍仲祺刚才的话，"有美一人，婉如清扬"，他转着手中的杯子，淡淡一笑："邂逅相遇，与子偕臧？"念到这里，忽然想起霍仲祺方才的神色，心中一动。

霍仲祺出了明月夜，只觉得心里闷得发疼。

他这些日子夜夜在玉堂春买醉，只为要忘了她，他也几乎以为自己已忘了。而汪石卿这一问，轻而易举便碎了他的心防。他从来没有这样不能说的心事，从来没有这样不能碰的伤处。他只觉得自己错得厉害，他万没想到她会这样决绝！

若他当初去请虞浩霆放人，必不会是今天这个局面。他真的是轻浮惯了，否则早该想到，在他和虞浩霆眼里，可有可无的一个人，于她而言却是不能离弃的骨肉至亲。他见了她那样凄惶的神色就早该想到，她父母离世，只有这一个弟弟，必是不惜代价去救人的。他觉得自己错得厉害，错到让她为了一件根本不值得的事情去……

他这样想着，车子忽然停了，前座的随从道："公子，到了。"

霍仲祺一看竟是到了玉堂春，心中愈发烦乱起来，厉声道："回家！"

那随从愣了愣,也不敢多话,霍仲祺一向好脾气,对下人从来都是有说有笑,从未这样声色俱厉过,况且今天又毫无缘由,不知道他这是闹哪一出,也不敢多问,连忙调转了车头。

霍仲祺一回到家就后悔了,还不如去陆军部——他一进门,霍万林的秘书徐益就告诉他,院长在书房等他,而且脸色很不好。霍仲祺只得硬着头皮敲了书房的门:"父亲!"

只听霍万林的声音甚是低沉:"进来。"

他推门而入,却不肯上前,只立在门口。霍万林一身酱色起团花的长衫,正站在案前写字,待笔意尽了,才抬起头,严厉地扫了他一眼:"把门关上。你过来。"

霍仲祺一听,暗叫"糟糕",却不敢违拗。

只听霍万林沉声道:"你自己也知道躲着我?"

霍仲祺强笑着走过去:"哪有?不过是陆军部那边事情忙……"话还未完,已被霍万林截断了:"陆军部事情忙?是玉堂春事情忙吧?"

霍仲祺心知无幸,只好道:"偶尔和朋友在那儿应酬也是有的,如今政府里这班人,有几个像您这样持身清正的?儿子也是不得已……"

霍万林越听越怒:"你还敢在这里狡辩?江宁城里谁不知道你霍公子在玉堂春一掷千金,跟个青楼女子日日厮混。"

霍仲祺听了,不敢再辩,老实低了头听父亲教训、霍万林见他如此,方才平了平怒气,道:"我送你去旧京念书,你就敢自己退了学;我让你到政务院做事,你百般不肯,说什么男儿何不带吴钩,非要学你四哥。好!我就让你跟着浩霆去军中历练,你倒好,一个星期倒有五天都是在外头胡混！"

霍仲祺被骂得久了，亦有些不耐起来，嘟哝道："四哥也有许多女朋友，虞伯伯就不管。"

霍万林怒道："我是让你去学他这个的？你知道你虞伯伯为什么不管他……你……"说到这里，霍万林突然顿住，转而道："你四哥再怎么交女朋友，也没有混到勾栏舞场去！你呢？先前为了一个叫白姗姗的戏子闹得满城风雨，现在更是下作，又搞出一个娇……娇什么的青楼女子。"

"娇蕊。"霍仲祺顺口提道，"四哥如今喜欢捧女明星，我要是也去捧女明星……碰到一块儿，那就不好了……"

"混账！"霍万林勃然大怒，"我怎么养出你这么一个下流坏子来？霍家的脸面都让你丢尽了！"说着，捡起桌上的砚台就朝霍仲祺砸过去，霍仲祺竟没有躲，那砚台生生砸在他肩上，墨汁溅了一身。

霍万林听他低哼了一声，已知这一下砸得不轻，面上却不肯露出心疼的神色，犹自板着脸道："滚！再让我知道你在外头胡混，我只打死了你，就当没有生过这个儿子罢了！"

霍仲祺忍着疼退了出来，徐益见他身上、脸上都溅了墨汁，忙道："怎么闹得这么厉害？"霍仲祺揉着肩膀，龇牙咧嘴地一笑："没有这一下，今天倒难了局。"

顾婉凝想着在山上游玩要行动方便，就换了一件蓝白细格纹的洋装裙子，窄袖立领，样式简单，裙摆却极大，质地又柔顺，行走之间就飘摇出一波一波的绸浪来，她将裙带在腰后绑出一个大大的蝴蝶结，颤颤巍巍，更显得纤腰一握。

虞浩霆见她这样打扮，眼前一亮："你穿洋装真是好看。"

顾婉凝听他赞得由衷,心中亦有些欣然,面上却淡淡的:"我还是喜欢旗袍。"

两人出门看了梨花,又朝山上走了一段,虞浩霆怕她累着,走得极慢,倒是顾婉凝脚步轻盈,顾盼神飞,颇有几分无忧无虑的样子。虞浩霆心中欢喜,便想逗她说话:"我原以为你是个好学生,没想到逃课逃得这么开心。"

顾婉凝不以为然地看了他一眼:"我回来这一年,哪里都没有去过。在英国的时候,父亲公事忙,除了社交应酬,也很少带我出去。现在有机会来爬山,就算是和……就算是和最disgusting的人在一起,也是开心的。"她原是想说"就算是和你在一起,也是开心的",话到嘴边又生生咽了回去。她回国之初,在学校里讲话常常会不自觉地加了外文词,很有几个女同学因为这个觉得她有意卖弄,她知道自己的短处,便着意弥补,尽力克制,此刻却心思一转,讲了出来。

虞浩霆听了,捉住她的手道:"你说什么?"

顾婉凝心一虚,道:"我没说什么。"

虞浩霆盯了她一眼,冷冷道:"你越是讨厌我,我就越不放你走。"

顾婉凝不敢和他争辩,只是低了头走路。虞浩霆见她神色黯然,心下有些懊悔,想着怎么逗她高兴才好,就拣了小时候在罐山玩耍的事情和附近的风景故事给她听。顾婉凝听着,忽然想起一件事来:"我们昨晚住的不是虞家的别墅吗?"

虞浩霆听她说了"我们"两个字,心里莫名地一跳,却见她浑然不觉的样子,便道:"罐山这里是我母亲家的园子,我小时候常常住在这里,后来就做了我的私邸。只我一个人住,平时没有旁人来的。"

顾婉凝听了，觉得他说得有些奇怪："你一个人住在这里？那，你父母也不来陪你吗？"

虞浩霆摇头道："那些年父亲戎马倥偬，大半时间都征战在外，回了江宁也都在官邸里。母亲……她和父亲总是商量不好怎样管教我，就索性不管了。"

顾婉凝微微扬着下巴，瞟了他一眼："原来你这么淘气。"

"不关我的事。"虞浩霆见她眼波娇俏，笑着说，"他们最后一次为我吵架也是好几年前了，那时候我被父亲派到绥江前线，运气好，头一次上阵，就伏击了康瀚民的一个团长。父亲很是高兴，等我回去之后，行辕里就多了两个清倌人。结果事情被母亲知道了，没两天就赶到前线跟父亲大吵了一架……"

他闲闲地一笑，却见顾婉凝若有所思地抬头看他，"什么是清倌人？"

虞浩霆先是一愣，接着便是一窘，心中懊恼至极，怎么会无端地跟她说起这个？见顾婉凝一双澄澈的眸子仍望着自己，虞浩霆竟觉得脸上略有些烫，当下避开她的目光，强自从容道：

"就是女孩子。"

"女孩子？"顾婉凝微蹙着眉头道，随即醒悟过来，脸亦红了。

她刚才那一问，已让虞浩霆十分追悔，此刻看到她这样的神情，更觉焦灼，他一向处事果决，此时却踌躇起来，"你不要在意……"

只听顾婉凝低声道："这是四少的私事，我没有什么好在意的。"

不等虞浩霆答话，又道："我想要回去了，明天再不去上课，欧阳一定会去家里找我的。"虞浩霆不愿拂她的心意，便道："好，我们吃了晚饭就回去。"

叁

绿袖

已经算是十分柔情似水了

政局一平稳下来，每日报章上的重要位置就让给了娱乐消息，其中最受瞩目的莫过当红影星梁曼琳的到来。她人还未到江宁，几份报纸都已开始刊登她的大幅照片，还有小报挖出了之前虞浩霆在旧京时和她过从甚密的传闻，虽然不敢将虞浩霆的名字明白写上去，却也取了"疑与军政要人鸳梦重温"之类的香艳标题。

杨云枫将手里的报纸往郭茂兰桌上一推："四少身边现在有了顾小姐，不知道还去不去找这位电影皇后了。"

郭茂兰扫了一眼那报纸："其实，倒是这位梁小姐省心些。"

"你说，四少这一回同顾小姐是认真闹起恋爱来了吗？"杨云枫笑问道。

郭茂兰淡淡一笑："认不认真又有什么分别？"

"这个礼拜六的舞会，你们都得来，一个也不许少！"

陈安琪一边说，一边摇着手点着顾婉凝和苏宝笙，"尤其是你们两个，谁要是不来，我就再也不理她了！"

欧阳怡道："你们家里怎么突然想着办舞会了？"

"还不是因为前些日子人心惶惶的，什么事也做不成，母亲原本是上个月安排好给我庆祝生日的，推到现在，也算不得是我生日了。"陈安琪嘟着嘴道，"所以你们都得来，我这次怎么也要玩儿过瘾了。"说着，狡黠地盯了一眼苏宝笙，"父亲请了许多世交同僚的子弟来，宝笙，说不定一个如意郎君就给你碰上了。"

一句话说得苏宝笙耳廓都红了。她们四个人里，苏宝笙的性子最是娴静，她父亲苏兆良在教育部任职，宝笙上面还有两个姐姐，她又是庶出，在家里一向不得重视，母亲便一心想让她早日有个好归宿，所以常在世家子弟里留心寻觅。

顾婉凝见陈安琪正在兴头上，只得先含笑答应，拣着第二天吃早饭的时候，一面迟疑地跟虞浩霆说，一面暗暗打量他的脸色："星期六晚上我有一个女同学家里开舞会，想要我一起去。"

虞浩霆坐在沙发里翻着报纸，头也不抬："是欧阳怡吗？"

"是陈安琪，她父亲陈谨良在司法院做事。我不会很晚……"

"你去吧。"不等她说完，虞浩霆就打断了她，"反正我也有事。"

到了星期六下午，顾婉凝一回到栖霞官邸，就有女佣抱了衣服鞋子进来，她还未开口，平日照料她的芷卉便道："四少吩咐给小姐准备的。"

顾婉凝翻开来略看了看，见是两套轻纱软缎的西式晚装，一身浅紫一身淡绿，另有两双镶了水晶扣的缎面舞鞋，她懒得细看，就拣了那件绿色长裙，对芷卉道："就这件吧。"

芷卉点点头，和另一个丫头手捧过两个首饰盒子，黑丝绒底子上衬着两套星辉闪闪的钻饰。顾婉凝见一枚榄尖形的钻戒就有约莫六七克拉的样子，便摇了摇头："不用了。"

她挽着那条绿裙子出门，却无论如何也不肯坐官邸的车子，当班的侍从不好勉强她，只得叫了辆黄包车送她去陈家。

"就差你一个了！"陈安琪一见顾婉凝，就拉她上楼去自己的房间。顾婉凝见她已换了舞衣，极娇艳的玫瑰红裸肩长裙，唇上涂了鲜艳的蜜丝佛陀，连手腕上也用缎带系着两朵红玫瑰，脸上却是一副火急火燎的样子。

顾婉凝忍不住一笑："你这样急做什么？"

"你快换了衣服，陪我跳一跳vales，她们两个男步走得都不好。"

顾婉凝的父亲是外交官，社交应酬极多，而她自幼丧母，六七岁起父亲便常常把她带在身边，因此舞跳得极好。倒是陈安琪和欧阳怡一班人都是最近一年开始交际方才学跳，远不如她从小耳濡目染的娴熟。

欧阳怡正在房里帮着苏宝笙换衣服，见陈安琪带她进来，两人俱是嫣然一笑。欧阳怡穿着一件水蓝色的鱼尾长裙，立领无袖，愈发显得高挑修长，浑身上下别无装饰，只在领口卡着一枚蝴蝶形状的碎钻别针，发际也夹着一个水蓝色的缎面蝴蝶结发卡；苏宝笙却穿了件银红织锦的无袖旗袍，耳边一对翡翠镶金的坠子，虽然光艳照人，却不像个妙龄少女，这样艳丽的装饰倒把苏宝笙淡淡的眉眼都掩去了。

顾婉凝心里轻轻一叹，陈安琪已抢着道："宝笙，你这件旗袍太老气了！"

苏宝笙苦笑道:"这是我母亲选的,说要端庄富贵一点才像大家闺秀。"

顾婉凝歪着头相了一相,笑道:"宝笙,这副坠子……等你做新娘的时候再戴也不迟。"说着,伸手轻轻摘了苏宝笙耳边的坠子,"安琪,我记得你有一对砗磲贝的耳环,是不是?"

陈安琪听了,便去妆台里翻了出来,顾婉凝和欧阳怡一边一个替苏宝笙戴了,纯白微晕的两朵梅花衬着苏宝笙清淡的一张瓜子脸,显出几分清新来。顾婉凝又捡起自己那条绿裙子上搭的一件白色披肩,替宝笙扣上,雪白的流苏垂在腰间臂上,行动间很是绰约,苏宝笙从镜中看着自己,也不禁微微一笑。

陈安琪见苏宝笙已收拾妥当,连忙去推顾婉凝,"哎呀,你自己倒是快一点!"

顾婉凝换了衣服出来,微抱着两臂道:"安琪,你的丝巾借我一条吧!"

陈安琪一看她,便叫起来:"婉凝,你这件裙子真美,在哪里做的?"

顾婉凝那条芽绿色的长裙颜色很是娇柔,层叠的薄纱裙摆却是不规则的,在右膝处短了上去,站着的时候不觉得什么,人一走动轻纱掩映间便会若隐若现地露出一截小腿来。陈安琪走过来,撩起她的裙摆细细一看,只见裙摆薄纱上铺着许多细碎的水钻,专为在夜晚灯光之下引人目光。

"这样好的一件舞衣,我怎么都没见你穿过?"陈安琪走过来边看边说。顾婉凝刚才换衣服的时候,已经发觉这衣服极尽精美,心里不免后悔没有仔细查看就挑了这一件,转念一想,既是虞浩霆叫人准备的衣服,另一件恐怕也好不到哪儿去,只得穿了出来。听陈安琪这样问,只好说是之前自己从英国带回来的,就是因为太隆重了些,所以没有穿过。

她这件舞衣上身是抹胸样式,肩带极窄,原来搭配的披肩借给了苏宝笙,此刻,锁骨下一片莹白露在外面,便有些不好意思。陈安琪打量了她一眼,笑道:"你就这样才美,还要什么丝巾?"顾婉凝道:"舞会还早,我总不能就这样走来走去。"陈安琪道:"好啦,我去找一找看有什么搭得起你这条裙子。"

陈安琪刚一走开,欧阳怡便拿着一个长条盒子走了过来,递给顾婉凝,顾婉凝打开一看,见是条光华润泽的珍珠项链,便明白欧阳猜想以她的家境恐怕没有合适的首饰,就专门带了来给她。她对欧阳怡盈盈一笑,道:"多谢你了!"说着,转过身子,"你帮我戴上吧。"

欧阳怡也笑道:"我不知道你要穿什么,只想着这样的链子是什么都好搭的。"一面替她扣上项链,一面又顺手将她一头长发宛转盘起,挑出几缕碎发细细绕于颈间。

乐知女中的学生大半非富即贵,顾婉凝能插班进去读书,全是因为她英文、法文都极好,插班试时一篇赏析叶芝诗歌的文章被几位教中西文学的老师传看,因此才破格录取了她。她人极美,又聪明,一到学校就夺了几个"校花"的风头,所以朋友并不多,只和欧阳怡一见如故。欧阳怡喜欢她心思独到,机敏慧黠;她喜欢欧阳怡不骄不矜,温婉磊落;且两个人都是极为别人着想的性子,相处久了,彼此又添一份敬慕,遂成莫逆知己。顾婉凝也是因了她,才渐渐地同陈安琪和苏宝笙也熟络起来。

陈家的这场舞会,筹备得颇为盛大。不仅专门从国际饭店枫丹白露餐厅订了餐点,满台的粉红香槟也特意从法国订购,宾客名单更是遍邀亲朋故旧。华灯初上，陈公馆已处处花团锦簇，专待客人到来。

"婉凝，那个冯广澜来了。"陈安琪忽然急急跑上楼告诉顾婉凝。

"那我待会儿等人多了再下去。"顾婉凝道。

她数月之前偶然在学校附近的书店碰上了这个冯公子，此人便隔三差五地到学校去约她。陈安琪点点头，刚要下楼，又回过头笑道："不过，跟他一起来的一个年轻人倒很英俊。"欧阳怡听了，忙笑道："那你还不快介绍给宝笙。"陈安琪飞出一句"我也不认得呢！"人已跑下楼去了。

顾婉凝和欧阳怡又在房间里聊了半个钟头，她几次想跟欧阳怡说虞浩霆的事，话到嘴边，却都咽了回去。欧阳怡也觉出她似乎颇有心事，想着她身世飘零，难免心中有所郁结，便催她下去跳舞。两个人携手下楼，玉立婷婷，登时便吸引了不少目光。顾婉凝和欧阳怡习以为常，也不以为意，两人刚刚站定，恰是一曲终了，一身红裙的陈安琪正携着一个身姿挺拔的年轻人朝她们走过来。

顾婉凝远远看着这年轻人，便觉得有些眼熟，待他和陈安琪走近了再看，顾婉凝却是一惊，这人正是前些天她在陆军总部门口碰到的霍仲祺！只是那天他是军装打扮，今天却换了西服，此时要避开已是不及，只听陈安琪娇脆的声音已响在耳边："我来介绍一下，这一位是政务院霍院长的公子霍仲祺。这两位是我顶要好的女同学，欧阳怡、顾婉凝。"

霍仲祺早已认出了顾婉凝，陈安琪带他过来这短短十几步路，他几乎便不能自已。他有许多事想问她，却又想不出任何一个可以问的问题。当日匆匆一面便已是蓬山万重，而此刻她忽然又这样如梦如幻地站在自己面前,霍仲祺只觉得真是恍如隔世一般。顾婉凝并不知道霍仲祺心中的五味杂陈,此刻唯有惶恐,她不知道这个霍参谋对自己和虞浩霆的事知道多少,恐怕只消他一句"四少没来吗",她就万劫不复了。

"欧阳小姐,顾小姐。"从记事起父亲便整日耳提面命的教养发挥了作用,陈安琪的介绍让霍仲祺本能地压下了胸中激荡,从容一笑,对欧阳怡和顾婉凝点头问好。他搜肠刮肚地正思量着怎样找个机会和顾婉凝单独说话,忽听陈安琪道:"你刚才说我跳得好,其实我的舞都是婉凝教的,她跳得才是真的好。"

霍仲祺听在耳中,暗骂了自己一声:"蠢材!"此情此境,自然是请她跳舞来得最是方便,于是顺口接道:"这么说来,我倒一定要见识一下了。顾小姐,能请你跳支舞吗?"说着,抬手做了个"请"的姿势。顾婉凝见状,对欧阳怡和陈安琪略一点头,便将手交到了霍仲祺手中。

霍仲祺轻轻揽着她滑进舞池。两个人离得这样近,她莹白的双肩和锁骨陈在他面前,她身上的幽幽冷香亦一缕一缕缠进他心里。她一起舞,姿势便惯性地标准起来,挺秀的下巴微微仰起,霍仲祺凝神望着她,只觉得她容颜清绝之处敛着一丝极柔艳的悒悒,她那样美,却看得他心里一阵牵痛……正出神间,忽听顾婉凝轻声道:"我跳得不好,初次见面,还请霍公子包涵。"

霍仲祺一怔,随即道:"顾小姐若还说跳得不好,这里的人十有八九都不配跳舞了。江宁有这样仪态万方的女子,我以前竟从未见过。"

顾婉凝闻言浅浅一笑:"谢谢你!"

霍仲祺心里憋了许多话想问,想来想去却没有一句合适的,他总不能问她在虞浩霆身边过得好不好——虽然，这确是他最想知道的，只是这件事无论怎样问他都觉得唐突了她。想了许久，方才吐出一句："你弟弟……"顾婉凝望了他一眼，淡然道："已经没事了，谢谢你。"

三两句话之间，她已对他说了两句"谢谢你"，霍仲祺心中却内疚到了极点，什么也说不出来，只盼着这首曲子永远不要停，默然而舞又觉得尴尬，凝神听了听舞曲，笑道："这曲子听起来好像有些伤感。"

顾婉凝点点头："这首《绿袖子》传说是英国国王亨利八世写的，为了怀念一段求之不得、转瞬即逝的爱情。"

霍仲祺听了，失神道："是吗？"

"传说罢了。"顾婉凝漫不经心地一笑，"亨利八世娶了六个王后，都没有好结果，有两个还是被他自己处死的。若传说是真的，我倒为那个离开的姑娘庆幸。"

霍仲祺皱眉笑道："我想起来了，莎士比亚写过他一出戏。不过，中国人说美女，都是'红袖'，这曲子却叫《绿袖子》。"

顾婉凝嫣然一笑："据说是因为亨利八世见到那个女孩子的时候，她穿了一身绿色的衣裳。"

霍仲祺少年英俊，顾婉凝更是绝色窈窕，两人翩翩起舞，风姿绰约，煞是引人注目，当下便有不少人打听起顾婉凝来，只是她此前并未在江宁社交场上出入，很少有人认识，传来传去，也只知道是陈府千金的好友罢了。

一曲既终，霍仲祺便欲将她送到陈安琪身边去，却见顾婉凝神情有些慌乱，顺着她的目光一望，只见冯广澜正朝这边走过来，他还未来得及出言相询，顾婉凝已轻轻拉住他手臂，低声说："你先别走。"清柔的语调里夹着恳求之意,叫霍仲祺心头一颤,再看她面容便明白了八九分,遂柔声道:"你放心。"

冯广澜自偶一邂逅,便想各种办法约了顾婉凝数次,却始终不得,不想今日竟在这里遇上。方才她和霍仲祺一舞动人,冯广澜已看得心痒难耐,于是,舞曲一完就径自过来寻她。只是她身边的舞伴既是霍仲祺,少不了要先打个招呼:

"小霍,你的舞跳得越发好了。"

霍仲祺微微一笑:"我怎么敢跟广澜兄比?"

冯广澜和霍仲祺说着话,目光却不住地在顾婉凝身上逡巡,顾婉凝因为舞衣轻薄,本就有些不好意思,此刻被他这样一看,更是浑身不自在起来。霍仲祺见他眼光放肆,向前跨了半步,微微挡在顾婉凝身前,笑道:"这里那么多人等着你跳舞,你倒有空来跟我闲话?"

冯广澜这才回过神来,笑着说:"我就是瞧见有一位旧相识,才特意过来打个招呼——顾小姐,好久不见。"

顾婉凝只得冲他点了点头:"冯公子,你好。"

冯广澜看着顾婉凝,只觉她容色犹胜从前,面上更是笑容可掬:"想不到顾小姐的舞跳得这样好,不知道冯某可否有幸请小姐跳上一曲?"说着便伸手邀她。顾婉凝此前被他几番纠缠,唯恐横生枝节,实在不愿和他跳舞。正踌躇间,只听霍仲祺笑道:"那你可不巧了。顾小姐方才刚答应了下支曲子教我跳个新步子的。"冯广澜闻言,打量了一下霍仲祺,见他面上笑吟吟的,也看不出什么端倪,只好一笑:"既是如此,我就待会儿再来叨扰顾小姐。"

顾婉凝见他走开,才长出了一口气。此时,音乐又响,霍仲祺轻轻一揽她:"顾小姐请。"她含羞一笑,便将手搭在了他肩上:"多谢你了。"

霍仲祺心里犹如春风一过，也笑了起来："你怎么认识冯广澜？"

"在我们学校旁边的书店遇见的。"

"广澜也去书店吗？"

"我不知道，反正有一次我去买书，碰上他和我们学校的一个女孩子在那里。后来，他突然跑过来说要请我喝咖啡，我没有理他就走了。没想到他居然打听了我的班级、名字，到学校去找了我几次。"

霍仲祺听了，轻笑着说："这你不能怪他，你这样美丽的女孩子，许多人都想请你喝咖啡的。"顾婉凝先是一笑，随即想到虞浩霆，神色已黯了下来。霍仲祺见她如此，便知道自己的话触动了她的心事，却无从劝慰，只好转了话题，"广澜这个人追求女孩子很执着的。他之前追求一个在银行做事的女职员，每天送九十九朵白玫瑰到人家办公室去，连人家的男朋友都吓走了，那位小姐没办法，只好和他恋爱。"

"那后来呢？"

"后来？"霍仲祺想了想说，"我也不知道，大概分手了吧，已经是两年前的事了。"

顾婉凝听着淡淡一笑："豪门公子所谓'恋爱'大抵就是如此。"

霍仲祺听她这样讲，本能地便想说："我就不是这样的。"话未出口，却想到自己那些事说起来实在也不比冯广澜好到哪儿去，只好默然。

顾婉凝见他不语，轻轻一笑："我不是说你，你别在意。"

霍仲祺见她娇俏如斯，已是痴了。

舞曲方停，顾婉凝便眉头轻蹙："要是他再来请我跳舞怎办？"霍仲祺哂然一笑,"我们避一避。"说着,就带她去了大厅边上的露台。

顾婉凝连着跳了两曲,微微出了汗,此时被晚风一吹,刚觉得有些凉,霍仲祺已脱了自己的外套,披在她身上。顾婉凝靠在露台边上,静静打量起他来。霍仲祺见她望着自己,不由心如鹿撞:"怎么了?"

顾婉凝低头一笑:"没什么。我在想,我只见了你两次,每次你都帮我的忙。"

霍仲祺听了,心中酸楚,早知如此,那天还不如不带她进陆军部去,面上却强笑:"举手之劳罢了。"

顾婉凝轻轻一叹,转身望着远处:"要是人人都像你这般,就好了。"

"原来你在这里!"

顾婉凝回头一看,却是陈安琪,便对她道:"我跳得累了,出来透透气。"

陈安琪见她身上披着霍仲祺的外套,掩口一笑,狡黠地打量了他二人一番,却不说什么,只道:"你们快进来,有稀客到了。"拉了顾婉凝便走,顾婉凝连忙将身上的外套脱下来递还给霍仲祺:"多谢你了!"

霍仲祺看着她的背影,心里跳出一个念头:四哥总不会一直留着她。

陈安琪一边拉她进去,一边俯在她耳边说:"这个霍公子,你离他远一点。我刚才打听了,他年纪不大,人却风流得很……"顾婉凝一听便笑了:"他人怎么样和我有什么关系?你只叫宝笙提防着就好了。"

陈安琪笑道："宝笙那里我已经打过招呼了。"

顾婉凝道："对了，你说的稀客是什么人？"

陈安琪神秘兮兮地用手往前门一指："等会儿你自己看。"

说话间，一个身材高挑，浑身上下银辉闪闪的女子已风姿万千地走了进来，正是当红影星梁曼琳。只见她修眉凤眼，琼鼻檀口，艳光照人，栗色的波浪长发蜿蜒在左肩，一身缀满亮片的银色低胸晚装，夺人眼目，涂了鲜红蔻丹的纤纤玉手盈盈抬起，似笑非笑，不知是和谁在打招呼。

顾婉凝奇道："原来你家还请了一位大明星来。"

"她还真是个美人，"陈安琪喃喃道，"婉凝，大约只有你能和她比一比了。"顾婉凝一听便笑了："我哪敢跟电影皇后比？"

陈安琪的父亲陈谨良亦和夫人上前寒暄引见，一时好不热闹。跟着梁曼琳来的还有几个新闻记者，相机灯光频闪，更显得她光辉夺目。

梁曼琳一露面便成了全场焦点，立刻有人上前邀她跳舞，顾婉凝一看冯广澜也在其中，心下稍安。当下便和陈安琪去寻欧阳怡，却见苏宝笙跟一个斯文的年轻人在角落里说话，顾婉凝和陈安琪相视一笑，特意绕开了。

欧阳怡正端了酒和几位小姐闲聊，一见她俩，便告辞走了过来，对陈安琪道："你今天跳得开心了没有？"

陈安琪嘟着嘴道："风头都叫大明星抢去了。"

欧阳怡又眨着眼睛问顾婉凝："我看到你刚才和霍公子连着跳了两支舞，还一起出去了，是什么意思？"

顾婉凝忙道："你别乱猜，我是为了躲开冯广澜。"正说着，已有人来请她们跳舞，顾婉凝和欧阳怡都推说累了，只陈安琪又下场去跳。

欧阳怡俯在顾婉凝耳边道："我听说那个霍公子是在陆军部做事的，你老实说，他是不是你那个军官男朋友？"

顾婉凝赶忙摇头："当然不是！"

欧阳怡仍是将信将疑："我总觉得你和他之前是认识的。"

顾婉凝听她如此说，只好道："我之前是见过他一次，我以后再告诉你，我们真的没什么。"

欧阳怡见她说得正经，便盈盈一笑："你说没有就没有。不过，我倒觉得你和他很般配呢！"

顾婉凝听了，也俯在她耳边道："我看是你自己动了心，看到别人便都是鸳鸯蝴蝶了，who ever is a girl does not want to be loved……"

欧阳怡在她鼻尖上一点："嗯嗯嗯，我们都想着鸳鸯蝴蝶，只有你和我姐姐一样是要做大事不嫁人的。"

两个人正说笑着，忽见大厅里又是一阵骚动，竟进来了几个荷枪实弹的军装侍从。片刻工夫，一个穿着军装常礼服的年轻人英气逼人地走了进来，顾婉凝只看了一眼，立时变了脸色，来人竟是虞浩霆！

欧阳怡只顾着看前面，没留神顾婉凝的神色，犹凑在她耳边说："这人倒比那霍公子还要好看。"

顾婉凝已无心听欧阳怡说什么，只想怎么避开了才好，匆匆对欧阳怡说了句："我有点闷，出去透透气。"也不等她答话，转身就往大厅外的花园走去。

虞浩霆一进大厅便看到了顾婉凝，见她偷偷走出去，心中好笑：

你能躲到哪儿去？一时陈谨良等人已经围了上来，虞浩霆和他们寒暄了几句，便道："浩霆多有打扰，诸位请自便。"接着又问陈谨良："听闻府上的园林很是雅致，可否容虞某一观？"陈谨良听了有些纳闷，但他既如此说了，自然不可怠慢："四少请。"虞浩霆摆手道："我自己去走走就好，不敢劳烦陈公。"说着便径自去了，只有卫朔和郭茂兰跟在他身后。

虞浩霆推门出来，见是一个花园，四下扫了一眼，唇边就有了笑意——顾婉凝那条裙子在夜色里太显眼了。顾婉凝见他这样快就找到了自己，也不敢再躲，只呆呆站着。虞浩霆慢慢走到她身边，看了她一眼便皱了眉头："你这衣服哪儿来的？"

顾婉凝奇道："不是你叫人拿来的吗？"

虞浩霆冷冷"哼"了一声，道："这些人是越来越会做事了。"说着，将她揽进怀里，顾婉凝一惊，连忙推他："这是别人家里。"

虞浩霆眉峰一挑："那又怎样？"手掌在她背上轻轻摩挲着道，"你这样跑出来，冷不冷？"

顾婉凝忙道："这裙子原来还有一件披肩的，我借给别人了。"

虞浩霆又拈起她颈间的链子看了一眼："她们没有拿首饰给你吗？"

顾婉凝道："太贵重了。"

虞浩霆若有若无地一笑，揽起她就走，顾婉凝忙问："你要去哪儿？"

他漫不经心地答了一句："到这里来自然是跳舞。"

"我不想跳了，我累了。"

"你跳了很多么？和谁跳的？"

"没有……我……"顾婉凝一咬唇道，"你先进去，我等一下再过去。"

虞浩霆打量了她一眼："为什么？"

顾婉凝双手抵在他胸前，柔声道："你当作不认识我好不好？"

虞浩霆的脸色突然沉了下来，冷冷地扫了她一眼，挟着她就往前走。顾婉凝大惊失色，跟跄地被他拽出几步，死死拽住他的衣角，低声唤他："四少，求求你……"虞浩霆倏然站住，只见她仍攥着自己的衣角，满脸惊惶凄楚，几乎就要哭出来一般，"求求你……"

虞浩霆心里有些微微的刺痛，她从未这样求过他，哪怕他……她也没有这样求过他。她这样求他，只是为了让他装作不认得她。她这样怕别人知道他认得她吗？

虞浩霆忽然想到她在栖霞这些天，除了罐山之外，就哪儿都不肯去，起先他以为她是恼了他，跟他赌气，现在才明白，她不过是怕被别人看见他和她在一起罢了……他这样想着，心里便生起了一股寒意。

顾婉凝见他神色一寒，更是惊恐，如果虞浩霆这样拽着她进去，那就什么都完了，她的眼泪已落到唇角："求求你……"

虞浩霆面无表情地放开了她，伸手抹掉了她唇边的眼泪，一言不发地走了进去。

顾婉凝看着他的背影，心头一松，泪水簌簌地落了下来。

一旁的郭茂兰见此情景，已然怔住，紧跟着虞浩霆进了大厅的卫朔，也忍不住回头看了她一眼。许久，郭茂兰才道："顾小姐，进去吧，这里太凉了。"

梁曼琳并不知道今天虞浩霆也会来陈家的舞会，所以虞浩霆进来的时候，她的手正握在刚才那一曲的舞伴手里。这个意外让她有些懊恼，但今天的偶遇还是让她很兴奋。梁曼琳知道，虞浩霆这样的男人，很难在一个女子身上留恋太久，要留住他就不能贴得太紧。所以，虞浩霆回到江宁之后未和她联系，她也绝不主动去找他。可是他回了江宁这样久，难保不会另有新欢，她必须让他重新拜倒在她的石榴裙下，她要寻一个不着痕迹的机会再度出现在他面前。这个男人完全合乎她的理想，除了他，还有谁能配得上她呢？

她要让自己变成一段传奇，而他，就是最传奇的男主角。

当她将自己最摄人的姿态呈现出来的时候，虞浩霆恰巧重新进了大厅，一眼瞧见她，便点了点头，却再无其他表示。

梁曼琳有些失望，她觉得虞浩霆怎么也应当走过来请她跳一支舞，她深信，这里没有任何一个女子能媲美她的风姿——那是天然的美丽与精湛的演技浸淫混合出的独特韵致。可是虞浩霆并没有走过来的意思，于是，她只能自己走过去。虽然，让她觉得有些自贬身价，但她绝不能错过这个机会。

无所谓了，她走路的姿势非常美，她知道。

"四少，好久不见。"她的声音妩媚中带着沙沙的磁性，最是撩人心弦。

虞浩霆微一颔首："梁小姐别来无恙。"

"四少既然来了，不跳舞吗？"梁曼琳凤眼一弯，唇角微翘，她知道自己每一个表情最恰当的尺度。虞浩霆看着梁曼琳，抬手便揽住了她的腰："这就跳。"

见虞浩霆下场跳舞，众人便让出一条路来。梁曼琳款款走在他身边，眼角的余光扫过人群，眼中已泛起高傲的光芒。她攀上虞浩霆的肩，嫣然一笑，秋波如酒："我记得去年平安夜的时候，我们在旧京跳舞，也是这支曲子。"

虞浩霆道:"梁小姐风采依旧。"

梁曼琳笑意更浓:"我还以为四少已认不出我了。"

"怎么会?江宁的报纸日日都有梁小姐的新闻。"梁曼琳听他这样说,当下就多了一分矜持:"我这个人最怕麻烦,要不是电影公司硬要我来宣传新片,我也懒得离了家里这么久。"

"梁小姐在江宁要耽搁些日子吗?"

"公司在国际饭店的房间订了两个星期呢!"忽然边上又是灯光一闪,梁曼琳眉头微蹙,"这些记者真是讨厌,叫人一刻也不得安宁。"

虞浩霆道:"待会儿我送小姐回去,必然没有人打扰的。"

梁曼琳媚眼如丝,笑意一层层荡漾开来。二人跳了一个段落,周围才有人陆续下场跳舞。

顾婉凝隔窗看见他二人翩然起舞,虞浩霆神态自若,心中才安定下来,抬手去抹自己的眼泪,旁边的郭茂兰见状忙递了一方手帕过来,顾婉凝接过来擦了眼泪,冲他略一点头,才推门进去,默默走到欧阳怡身边。此时舞曲已停,虞浩霆正携着梁曼琳向陈谨良告辞。欧阳怡一转脸见顾婉凝面色苍白,双眼微红,吓了一跳:"你怎么了?不舒服吗?"

顾婉凝道:"我有点头痛,先回去了,你代我跟安琪说一声吧!"

欧阳怡忙道:"那我送你回去。"

顾婉凝摇头道:"我没事,休息一下就好了,我们都走了,安琪又要生气的。"欧阳怡点点头:"那你有什么事就打电话给我。"

顾婉凝一出了陈家大门,才想起自己的衣服还没有换回来,却又不愿再回去,正踌躇间,只听身后有人问她:"你是要回去了吗?"她回头一望,却是霍仲祺。

霍仲祺这一晚,视线几乎没有离开过她,虞浩霆一来就寻着她去了花园,却又折回来跟梁曼琳跳舞,相携而去,霍仲祺都一一看在眼里,心中不免诧异。此时见她悄悄出了门,便跟了出来,见顾婉凝点头,便道:"我送你吧!"说着便吩咐人取了自己的车子来。

顾婉凝坐在后座上,霍仲祺一边发动车子,一边问她:"你是回栖霞吗?"

顾婉凝听他如此说,就明白他定然是知道了自己和虞浩霆的事,红着脸低低"嗯"了一声。

霍仲祺从后视镜里看了看她,见她颊边浮着两抹酡红,眼中如雾如泪,不胜凄楚,便劝道:"四哥在军中待惯了,难免面上看起来冷,你不要怕他。"

顾婉凝闻言一愣:"你是说虞四少吗?"

霍仲祺听她这样问,微微一笑,"浩霆在虞家行四,我小时候闹不明白,就叫他'四哥',后来也懒得改了。"

顾婉凝却没想到他和虞浩霆这样熟识,想了想,便问道:"四少和那位梁小姐……很要好吗?"

霍仲祺一听,心道怪不得她这样难过,原来是为了这个,他暗自一叹:"四哥逢场作戏罢了,你别多想。"

顾婉凝听他这样说,便知他误会了:"我不是在想这个。"

霍仲祺望着她神色凄迷,心中触动,一时之间却也理不出头绪。

顾婉凝回到栖霞,虞浩霆却还没有回来。她一路上已觉得有些头晕乏力,强撑着进了房间,便一头栽在了沙发里。她只觉得自己双颊火烫,身上却一阵一阵地冷,想要叫人也叫不出声,昏昏沉沉中各种画面在脑海里翻腾，一时看见虞浩霆冷峻的面容，一时又是他和梁曼琳翩翩起舞……

虞浩霆的车子一到国际饭店，便有侍从下来替梁曼琳开了车门，她盈盈下车站定，等着虞浩霆从车里出来，却见虞浩霆欠身道："梁小姐早点休息。"她心中惊诧，面上却丝毫不露，当下娇娇一笑，轻轻摆手道："再会。"说罢，袅袅婷婷地转身上了台阶。

车门一关，郭茂兰便问："四少，回官邸吗？"只见虞浩霆冷着一张脸道："去陆军部。"

他一进陆军部的办公室，抬手一挥，门边花架上的一个青瓷花尊便被打在地上，摔得粉碎，众人见状皆是惊疑不定，只郭茂兰和卫朔约略猜到他这无名火起自何处，却又不好说破。虞浩霆扫了他们一眼，沉声道："出去。"郭茂兰等人只得退了出去。

虞浩霆坐在沙发上，点了根烟，深深吸了两口，便用力按在烟灰缸里。他一眼看见卫朔还站在门口，面上已起了愠色，"你怎么还在这儿！"

卫朔面无表情地看着地上打碎的花尊，踌躇道："顾小姐……"

虞浩霆听他突然提到顾婉凝，犹自恼道："你想说什么？"

卫朔喉头微动了动，低声道："顾小姐还在读书。"

虞浩霆听他没头没尾地说了这么一句，先是一怔，旋即明白了他的意思，沉吟片刻，才道："是我想岔了。"声气已缓和了许多。

卫朔仍是紧绷着面孔，一丝表情也没有，干巴巴地道："四少关心则乱。"

虞浩霆闻言面色一霁："你几时这样懂得人情世故了？"

卫朔并不答他的话,只问:"四少要回官邸吗?"

"既然来了,就做些事再走。"

顾婉凝夜半醒转,房间里仍是空无一人,她头痛欲裂,喉咙发不出声音,她知道自己大概是着了凉,挣扎着想起身,却没有力气,终于又沉沉睡去。黑暗中依稀看见母亲,母亲穿着那件绣着白梅花的旗袍,把她揽在膝上,轻轻哼着歌,她用手指划着母亲襟前的花朵,一瓣一瓣,怎么也数不完……

虞浩霆直到凌晨才从陆军部回到栖霞,他一推门,便看见顾婉凝缩在沙发里,身上还穿着昨晚的舞衣,虞浩霆眉头一锁,将她揽了起来。顾婉凝昏沉中,觉得身上一暖,便靠紧了他:"妈妈。"

虞浩霆默然牵了牵唇角,见晨光熹微中她红唇嗫嚅,睡颜如玉,胸中一荡,便俯身吻了上去。顾婉凝气息一滞,越发不舒服,便勉力睁开眼睛。虞浩霆见她醒了,轻轻一笑,摸索着就去褪她的舞衣,顾婉凝晕眩中惊觉,虽然浑身乏力但仍强撑着挣扎起来,虞浩霆柔声道:"你又闹什么别扭?"

顾婉凝答不出话,只是转脸躲他,虞浩霆将她箍在怀里,贴着她耳边轻笑着说:"我昨晚哪儿都没去,只在陆军部,不信你问卫朔。"

顾婉凝茫然中听他剖白,不明所以,一时怔住,虞浩霆见状便又低头去吻她,却听她呻吟出声:"我头痛……"

虞浩霆方才觉察她神色有异,一摸她的额头,甚是烫手,连忙开了灯察看,见她面色苍白,两颊通红,身子亦微微轻颤。

"人病成这样你们都不知道吗?"几个丫头见虞浩霆发了脾气,

当下都不敢作声，只低了头听他训斥。好容易等那大夫替顾婉凝诊断了出来，说只是着凉发热，并无大碍，按时吃药，休息两日便可，众人才暗暗松了口气。

这一天，虞浩霆只在房里伴着顾婉凝，公事也都在外面的客厅处理，汪石卿找他也被带到这边来。

汪石卿原以为要去书房，不想郭茂兰却带着他往虞浩霆的卧室去，郭茂兰见他面有疑色，便道："顾小姐病了，四少不放心。"

汪石卿点了点头，问道："怎么在四少房里养病？"

郭茂兰迟疑了一下，才说："顾小姐一直住在四少这里。"说罢，便进去替他通报，汪石卿等在门口，面上一片冷然。

"四少，康瀚民的特使去了彼得格勒。"汪石卿一面说一面将一份文件递给虞浩霆。

虞浩霆看罢略一沉吟，道："俄国人若是开出这样的条件，他恐怕也不敢接受。"

汪石卿点头道："晚清以降，沙俄屡屡侵我国土，海内非议甚众，如今换了政权，仍旧是狼子野心。这次图谋唐努瓦图，只是试探，实际上意在整个外蒙。康瀚民如果点了这个头，'卖国贼'的罪名怕他消受不起。"

虞浩霆冷笑一声："康氏的军械物资大半都靠俄国人支持，他现在骑虎难下，对我们倒是个机会。我原本也打算先料理了北边，再南下对付戴季晟的。"

"四少的意思是，趁他首鼠两端，我们先行发难？"

虞浩霆摇摇头："告诉朗逸，让他的人从兴城撤出来。另外，请行政院那边派个代表团去见康瀚民，找些有声望的老先生。还有，走之前先在报纸上发些文章出来。"

汪石卿一笑:"四少是想兵不血刃,让康瀚民自己求和?"

虞浩霆道:"兵不血刃是不可能了,还是略打一打才好谈。"

"邵军长那边要不要交代一下?"

虞浩霆淡然道:"你放心,我的心意他自然知道。"说罢便起身道,"我这里还有个病人,就不留你了。"

顾婉凝吃过药,又睡了大半天,此时精神已好了许多,只是躺在床上百无聊赖,见虞浩霆又立在窗前写字,便问:"你在写什么?"

虞浩霆听见她问,便搁了笔,捡起桌上的宣纸微晾了晾,拿过来给她看。顾婉凝歪着头瞧了一眼,却是满纸楷体小字,有"时但见满室鲜衣,芸独通体素淡"等语,想了想,道:"这样闲情逸致的文章你也记得这么清楚?"

"这个你也知道?"

顾婉凝似有些赧然,声音也低了一低:"父亲唯恐我学成西洋女子,常常在家里逼我念书,可是诗词文章我还知道一些,史哲就不成了,全要从头学过。就是这个,我也只是知道,背不出的。"又看了看他的字,轻轻叹了一声,"没想到,你的字倒是好。"

虞浩霆听她称赞自己,心中一乐,却又听她幽幽说道:"可见'字如其人'这样的话作不得准。"

虞浩霆听了,闲闲道:"你会这么说话,可见是好了。只是不知道,顾小姐是字如其人呢?还是和我一般呢?"

顾婉凝面上一红:"小时候父亲教我练字,我只是偷懒不肯,他也没有法子……我写不成的,回来之后我自己练过几回,笔也拿不好。"自离了曜山之后,顾婉凝还是第一次和他这样娓娓而谈,虞浩霆听着，脸上已有了笑意，"等你好了，我教你。"

顾婉凝见他心情颇佳，暗自忖度了一下，便试探着问他："那位梁小姐……是你的女朋友吗？"虞浩霆听她突然提起梁曼琳，又见她神色紧张，心道原来她也是肯吃醋的，便道："是又怎样，不是又怎样？"

顾婉凝被他问得低了头，咬一咬牙道："她很美的。你让我走吧。你也免得麻烦。"却见虞浩霆并不答话，只将手里的宣纸轻轻一团，丢在地上，起身就往外走。

顾婉凝看他神色不豫，心中忐忑，忍不住叫了一声："四少。"虞浩霆亦不回头，只冷冷甩下一句："你想都不要想。"

顾婉凝又休息了两天才去上课，一进教室就被欧阳怡拉了出去，拽着她直走到楼梯尽头，四下无人方才停下。

"你这些天去哪儿了？"欧阳怡寒着一张脸问她。

顾婉凝一听，脸色已变了，反问道："你到我家里去了？你跟我外婆说什么了？"

欧阳怡狠狠剜了她一眼："还好我反应快，说是顺路去给你送衣服的，你快点从实招来！这些日子你究竟在哪儿？你外婆还以为你一直住在宿舍呢！"

顾婉凝见到了这个地步，情知无可隐瞒，只好道："这件事说起来麻烦，我待会儿下了课告诉你，你千万不要跟安琪和宝笙说。"欧阳怡看她十分急切的样子，便道："你以后有事情再瞒着我，我可不帮你圆谎了。"

好容易挨到中午下课，两人便溜到了图书馆后面的僻静墙角，"你快说吧！到底出了什么事？"欧阳怡正容道。顾婉凝便将她拦车求见虞浩霆，又被他强留在栖霞官邸的事约略说了。

"那天在学校门口等你的人就是他吗？"欧阳怡听她说完，犹自惊疑不定地问。

顾婉凝摇摇头："是他手下的人。"

欧阳怡听了，恨恨道："想不到这个虞四少这样卑劣！"转而又问顾婉凝："那你打算怎么办呢？"

顾婉凝黯然道："过些日子，他总会放我走的。"

欧阳怡沉默了一阵，也想不出什么主意，只好说："你放心，我不会告诉旁人的。"

顾婉凝点点头，两个人便走去餐厅吃饭，不料刚走了几步，欧阳怡突然又拉住了顾婉凝，凑在她耳边道："那你和他是不是……"

顾婉凝一愣："什么？"

"你们有没有……"欧阳怡说着脸已红了，顾婉凝明白她话中所指，亦红了脸，只咬了唇不作声。欧阳怡见她如此形容，面色更红，嗫嚅着小声问她："那你要是有了孩子怎么办？"顾婉凝在她耳边几不可闻地悄声道："我有吃药的。"两人对视了一眼，都觉得耳根发烫，心跳如奔。

她二人刚端了午餐，便看见陈安琪忙不迭地朝这边招手，两人只得过去，才一坐下，便听陈安琪道："你们听说了没有？原来梁曼琳在旧京的时候就和虞四少传了不少桃色新闻呢！怪不得那天她一来，那虞四少就也来了，我父亲说之前下帖子的时候，着实没想到虞家四少会这样给面子……"

欧阳怡听她一口一个"虞四少"，怕顾婉凝难堪，便截断了她的话："管他们有什么桃色新闻呢，又不关我们的事。"

陈安琪听了，噘嘴道："你就是假正经！你去瞧瞧报纸上登了多少新闻！"说着又扑哧一笑，"不过，这个虞四少倒真是英俊，我瞧着江宁的那些世家公子都被他比下去了，婉凝，你说是不是？"

顾婉凝听她一直在说虞浩霆，便低了头吃东西，冷不防被她这样一问，吓了一跳，忙道："我当时出去了，没有看见。"却听欧阳怡冷笑着说："怕就怕是金玉其外，败絮其中。"

陈安琪听了嘟哝道："欧阳，你这样扫兴，那虞四少又没有得罪你。"说着，话锋一转，"好吧好吧，不说他了，我们说宝笙。宝笙，你是自己说呢还是让我说呢？"

苏宝笙一窘："说什么？"

陈安琪道："好！你不说那我说了？"

苏宝笙急道："你不要乱说！"

陈安琪冲她做了个鬼脸："我才没有。你和人在Macha喝咖啡我可是亲眼看见的。"

苏宝笙听她这样说似是一惊，欧阳怡和顾婉凝亦是有些惊讶地看着苏宝笙，见她一张尖尖的瓜子脸已红透了。

"他叫谭文锡，是谭次长的小儿子，对不对？"陈安琪见她红了脸，愈发得意起来。

苏宝笙连忙道："你小声一点！"

顾婉凝和欧阳怡见状，已知陈安琪所言非虚，便都瞧着苏宝笙，宝笙只好喃喃道："就是那天在你家跳舞的时候认识的，不过是喝了一次咖啡而已。"

"你能跟他出来喝咖啡，你家里必然知道了吧？"欧阳怡笑道。宝笙面上更红，只羞涩不语。陈安琪瞟了她一眼，促狭地一笑：

"宝笙，你可要矜持一点，不能太容易就被人追到哦！"

到了下午放学，顾婉凝和欧阳怡刚走出学校门口，便见冯广澜抱着一束黄玫瑰迎了上来。顾婉凝一见是他，心中就烦乱起来。

冯广澜向她二人点了点头，直直地盯着顾婉凝道："上次在陈公馆没能邀顾小姐共舞一曲，广澜深以为憾，今晚寒舍也有一场舞会，不知顾小姐肯不肯赏脸？"

冯广澜那天见她在陈家和霍仲祺跳舞，便着人留意打听了一下，得来的消息却是两人并没有什么来往，也就放了心，一得空便又到乐知女中来寻她。

顾婉凝不愿和他多作纠缠，便道："多谢冯公子盛情，只是我家里还有事情，不便前往，告辞了。"说着，拉了欧阳怡就走。

冯广澜见她这样一口回绝，心中有些不快，他数月之间屡屡相邀却屡屡遭拒，以冯家在江宁的财势声望，还是头一遭，便提高了声音道："顾小姐请留步！"顾婉凝不想在学校门口惹人注意，只好停下。

"既然顾小姐今日不得空，我就明天再来，这束花还请小姐收下。"说着，冯广澜便将手里的花往她怀中放。

"不用了。"顾婉凝连忙摆手，不防却将那束花打落在了地上，她连忙说："是我不小心，真是抱歉。"

冯广澜见状笑道："那么，顾小姐不如和我吃顿便饭，权作补偿，好不好？"

顾婉凝仍是摇头："不必了。"

冯广澜面色一变："顾小姐这样不给冯某面子么？"

"人家既然不愿意去，你又何必强人所难呢？"一旁的欧阳怡冷冷道。说罢，拉着顾婉凝就走。

冯广澜看着二人的背影，冷冷一笑，从那束黄玫瑰上踩了过去。

_103

"四少,今天冯家二公子到学校去找顾小姐了。"杨云枫说着,话里倒像是含着几分笑意。

"他去干什么?"

"跟着顾小姐的人离得远,没有听见,看情形似乎是想约顾小姐出去。顾小姐不肯,还打掉了他的花,看来是碰了钉子。"

虞浩霆唇角一牵,目光却一片冰冷:"他还带着花去?"

"那要不要跟冯公子打个招呼?"

虞浩霆道:"不必了,他若不再去就算了。"

顾婉凝把她和虞浩霆的事告诉了欧阳怡,心里松散了许多,晚间闲来无事,瞧见桌上的笔墨,一时兴起,便提了笔俯在案上试着写起字来。

"你这哪是练字?"身后忽然有人说话,顾婉凝才发觉是虞浩霆走了进来。虞浩霆一边说着一边拉她起身,将她的手肘从案上提了起来,"下笔有千钧之势,必高提于腕而后能之。"

"这样我写不来的。"

顾婉凝口中说着,便伸手去掩桌上的字纸,却被虞浩霆按住,见上面正是自己之前写过的那首《长干行》,只刚写到"两小无嫌猜",字却不成章法。虞浩霆眼中笑意一闪,捉了她的手道:"你手上没有力气,练一练就好了。"说着,便握了她的手,接着往下写。

顾婉凝见他和颜悦色说得正经,只好依着他写了,虞浩霆握着她的手写了两句,被她发丝碰在颈间,立时就心猿意马起来,只是顾婉凝此刻这样柔顺地立在他怀中,却是难得,只好敛了心神,专心陪她写字。不料,一个"愿"字还未写完,顾婉凝却突然松了手:"我不写了。"

虞浩霆见她蛴首低垂，两颊晕红，便猜度她是想起那一日的情形来，当下揽了她面对着自己，微微笑道："你是要做出一个'羞颜未尝开'的样子给我瞧吗？"顾婉凝一窘，转头要走，却不防身子一轻，已给他抱了起来。

"南芸，浩霆新交了一个女朋友，这些日子一直住在官邸里，是不是？"听虞夫人这样问，三太太魏南芸便掩口一笑："我想着不是什么大事，就没有告诉夫人，的确是有一位顾小姐在官邸里。"

虞夫人道："你瞧着，那个女孩子怎么样？"

魏南芸想了想说："这位顾小姐白天都在学校，回到官邸，就只在老四房里，我也没见过几面。人确实是生得极美，这些年，美人儿我也见过不少，像她这样看着叫人心疼的倒也是头一个，不怪浩霆动心。"

虞夫人听罢，默然一阵，才道："这么说，我是得见一见了。"

魏南芸听她这样说，轻轻一笑："浩霆若是有心留下她，自然会带来给您过目。再说，浩霆这样的身份，碰上个可心的女子，就算收了房搁在身边，也是寻常，夫人不必太认真。您要是见了，传出去反倒教旁人猜疑……"

她话音未落，却听虞夫人已缓缓说道："你入门晚，有些事情不知道。他要是真存了这个心，恐怕更不会带给我看了。"

魏南芸见她神色凝重，也不敢再多说什么，停了一阵，试探着转了话题："总长和二姐在瑞士也不知道住得惯不惯，我总想着什么时候过去看一看。"

虞夫人道："靖远有竹心照顾，你不用担心，你在栖霞留心浩霆就是了。"魏南芸应了,又陪着虞夫人说了一会儿话,方才出来。

这几日冯广澜都没再出现,顾婉凝渐渐地安下心来,想着上一次给他碰了那样的钉子,这人必不会再来了。

她今天剧社有排练,正对着台词,就有同学进来匆匆地喊了她一声:"顾婉凝,你家里有人找!"她听了纳闷儿,跟欧阳怡打了个招呼便出门去看,却见她舅母正等在学校门口,一见她就急急地道:"婉凝,你外婆出事了!"

顾婉凝一听是外婆出事,忙道:"出了什么事?"

"她早上出门去乐岩寺上香,到了下午还没回来,刚才忽然有人到家里来说,她叫车子给撞了。"

顾婉凝急道:"舅舅呢?"

"他前天被老板派到安化去了,还没回来,我一急起来也不知道怎么办,只好来找你。"

"那外婆现在在哪儿?"

"说是送到什么医院去了。"舅母慌慌张张地说。

"什么医院你不知道吗?"顾婉凝急道。

她舅母往边上一指:"那边是来传话的人,说是他们家的车子撞了你外婆……"

顾婉凝朝她指的方向一看,果然停着一辆白色轿车,便和舅母走了过去。

站在车子旁边的一个年轻人道:"两位,真是抱歉!我们太太的车子不小心撞到了梅老夫人,人已送到医院了,我们太太派我赶紧过来通报一声。"

"我外婆怎么样了?"

那年轻人道:"我过来的时候,梅老夫人还在做手术……"

顾婉凝一听外婆在做手术,愈发焦急起来,对舅母说:"我们快点过去吧!"

舅母迟疑着说:"我还要回去跟阿林说一声,要不然他放学回来家里一个人也没有……"婉凝听了,想想也对,便对她说:"那我先过去看外婆。"

那年轻人见她这样说了,便走过来替她拉开车门,顾婉凝坐进去,又探出头对她舅母道:"舅母,你别急,我一会儿见到外婆就打电话到舅舅店里,你到那儿等我消息吧。"

车子开出去七八分钟,顾婉凝才想起她没有和虞浩霆的人打招呼,待会儿他们找不到自己,不知道又要闹出什么事来,只好等一下到了医院再打电话回去了。想到这儿,她便问那个坐在前座的年轻人:"我外婆送到了哪家医院?"

"慈惠医院。"

顾婉凝听了,眉头微微一皱:"这家医院是在哪里?我怎么没听说过……"那年轻人道:"哦,是我们太太的朋友开的私家医院,条件很好,小姐不用担心。"顾婉凝想了想,又问:"请问府上贵姓?"

"一会儿您见到我们太太自然就知道了,我们下人不便多说。"

顾婉凝只好作罢,却见车子开得飞快,已经绕到一条极僻静的路上,心里隐隐有些不安:"还没到吗?"

那年轻人从后视镜中看了她一眼:"很快了。"

说话间,车子已经开到一幢西式洋房前,只略略减速,却不停车,铁门一开,顾婉凝一打量那房子,疑窦丛生:"这里不是医院,这是什么地方?"

那年轻人却不答话，车子已缓缓驶了进去，顾婉凝一惊，一边用手去拉车门，一边问那人："这里究竟是什么地方？"

一时车子停住，那年轻人径自下来替她拉开车门："顾小姐请！"

顾婉凝坐在车里不肯出来："你们是什么人？我外婆呢？"

那人笑道："顾小姐的外婆自然是在顾小姐家里。"

顾婉凝听他这样说，心中惶恐起来："你们想干什么？"

"小姐不必担心，只是我家公子想请小姐吃顿便饭而已。"

"我不想吃饭，我要回家。"顾婉凝缩在车里不肯出来，那年轻人一示意，前排的司机便下了车，从另一侧开了车门就去拉她，顾婉凝挣扎道："不要碰我！"

那年轻人道："那就请小姐自己下车吧！"

顾婉凝只得下了车，面如寒霜地看着他："你家公子是不是冯广澜？"

那人做了个请的手势："小姐请——"

虞浩霆在陆军部开完会，正准备回栖霞，却不见了杨云枫，刚要动问，只见郭茂兰急匆匆赶了进来，低声道："四少，顾小姐那边出了点状况。"

虞浩霆盯了他一眼，只等后话，郭茂兰忙道："顾小姐被冯家的人带走了。"

虞浩霆脸色一变："是冯广澜吗？"

"跟顾小姐的人说，到学校去的人他不认识，打电话回来，查了车牌才知道是冯家的车子。"郭茂兰一面说，一面小心翼翼地觑看虞浩霆的脸色，只听虞浩霆冷冷道："人呢？"

"云枫已经派人去找了。"

正说着，已有一个侍从小跑着打了报告进来："四少，杨参谋去了明光路的奚家花园，让我来告诉您一声。"

虞浩霆一听，起身便往外走，郭茂兰连忙跟了上去："四少，云枫既然已经去了，您再这样过去，事情就闹大了。冯公子想必也不知道顾小姐是……"

虞浩霆冷冷"哼"了一声，脚步却不停："我就是要让他知道。"

顾婉凝被带到楼上，那年轻人敲了敲门："公子，人到了。"

只听里面一个轻佻的男声笑道："还不请进来？"

房门一开，正晃着酒靠窗而立的人果然是冯广澜，他上下打量了一下顾婉凝，颔首一笑："请到顾小姐还真是不容易。"说着，朝门口的人使了个眼色，那人就掩门退了下去。

顾婉凝见这房间红毯铺地，壁纸泛金，西式沙发上堆了许多深红浅粉的丝绒靠垫，一张鎏金铜床纱幔掩映，布置得十分旖旎，又听到身后房门轻轻一磕，心中惊骇，面上却分外镇定起来："你这是什么意思？"

冯广澜微微一笑："鄙人仰慕小姐已久，却无缘亲近，只好出此下策，还望小姐勿要见怪。"说着，便朝顾婉凝走了过来。

顾婉凝向后一退，凛然道："你不要过来。"

"顾小姐又何必这样拒人于千里之外呢？"冯广澜一面说一面伸手去拉她。顾婉凝甩手避开，冷然直视着他："冯公子也是出身名门，请你放尊重些。"

冯广澜面上笑容不退："我是很尊重顾小姐的，只是小姐未免太不给我面子了。"

顾婉凝心中一动:"我有男朋友的,冯公子也认识。"

冯广澜一愣,随即笑道:"你不要拿小霍来唬我,我既然请你到这儿来,就知道你和他没什么。"说着,已攥住了她的手腕。

顾婉凝往后一挣,没有挣脱,急道:"恐怕你知道得不够清楚。"她正犹豫着要不要说出虞浩霆来,冯广澜已拉住她向前一带:"你就是真和他有什么,我也不介意。小霍的女朋友连玉堂春的都有,你当他介意吗?"

婉凝听他说得下流,抬手就往他脸上挥去,冯广澜挨了她这一下,反笑道:"你生气的样子,倒也好看得很。"当下扣住她的双手,就将她往床边拖。顾婉凝情急之下,在他手臂上用力咬了下去。冯广澜吃痛,手一松,顾婉凝便跌了出去,膝盖正撞在床沿上,这一下磕得极重,顾婉凝痛呼一声,摔在地上。

冯广澜见状轻浮一笑:"你这又是何苦?伤了自己我看得也心疼。"却见顾婉凝抓起床头矮柜上的玻璃花瓶便往床柱上一砸,顿时花枝四散,连带着玻璃碎片也撒了半床,她匆忙捡起一片握在手中,死死盯住冯广澜。

冯广澜冷笑一声,捏住她的手用力一握,那玻璃已划破了顾婉凝的手心,她一痛松手,冯广澜挟起她就按到了床脚的软榻上,伸手便要去扯她的衣襟,顾婉凝惊恐到了极点,拼力挣扎着伸手去抓他。正僵持间,门外忽然传来一阵急促的敲门声,冯广澜听了,更是烦躁,欲待不理,竟有人拍起门来,他没好气地喝道:"什么事?!"

外面那人声音急促:"公子,陆军部的人来了。"话犹未完,却听"砰"的一声,竟有人开枪打了门锁,破门而入。

冯广澜一惊,回头去看来人,却是虞浩霆的随从参谋杨云枫,冯广澜怒道："你们这是干什么？"

杨云枫见他颊边身上皆有血迹，悚然一惊，又看了屋内的情形，才长出了一口气，冷冷道："冯公子，你闯祸了。"

他说着，径自走过去看顾婉凝："我们失职，让小姐受惊了。"又见她发辫散乱，手上衣上亦是血迹，忙道："小姐受伤了？"

顾婉凝浑身发抖，听他这样问，右手缓缓张开，只见她掌中的划痕颇深，殷红的血迹犹自顺着胳膊蜿蜒下来，手腕间的淤痕亦十分显眼。杨云枫死死盯了冯广澜一眼，起身从床单上撕下一条，蹲身给顾婉凝包在手上。

这一下变故突然，冯广澜也摸不着头脑，若顾婉凝真和霍仲祺有什么瓜葛，却也不该是杨云枫找到这里。不过，一个杨云枫他还不放在眼里，当下便道："杨参谋这样闯到我家里来，是什么意思？"

杨云枫看了他一眼，并不答话，只轻声问顾婉凝："小姐能走了吗？"顾婉凝点点头，左手撑住他的手臂，便要起身，却趔趄了一下，杨云枫才看见她膝盖下面竟是一大片乌青，眉头一锁，连忙扶住了她。

冯广澜此番着实费了一番心思，才骗顾婉凝来了这里，眼下却被杨云枫撞破，心犹不甘，伸手一拦，傲然道："你就这么带走我的人，算什么？"

杨云枫还未答话，只听门外有人冷冷说道："她是我的人。"

冯广澜回头一看，不由大惊，门外的人竟是虞浩霆。

只见虞浩霆寒着一张脸，并不看他，径自走过去揽住顾婉凝，低声问道："你怎么样？"顾婉凝见了他，精神一散，却说不出话，突然觉得胸中许多委屈，怔怔落下泪来。虞浩霆见她手上包了布条，腕上几道淤青，连衣上亦有血迹，心中已是怒极。

杨云枫见他神色不善，忙道："四少，顾小姐没有大碍，只是吓着了。"却见虞浩霆已将顾婉凝打横抱起，咬牙道："没有大碍？"随即转脸对杨云枫道："你们还站在这儿干什么？"

跟他过来的郭茂兰一见这情形，暗叫"糟糕"，忙道："四少，冯公子也是不知道……"虞浩霆凌厉地扫了他一眼，郭茂兰便不敢再往下说，当下已有侍从上来挟住了冯广澜。

冯广澜方才一见虞浩霆，便十分惊骇，万没料到这女孩子竟是虞浩霆的禁脔，一时呆在当场，此时方才惊觉："浩霆，这件事纯属误会，我不知道她是……"

虞浩霆看都不看他一眼，抱着顾婉凝走了出去，到了门口才道："关到秦台去，就说是逃兵。"郭茂兰无法，只好挥挥手，让人带走冯广澜，冯广澜犹自高声喊道："你们放开我！我要给我家里打电话……"

虞浩霆抱着顾婉凝上车，又瞧见她膝上一片乌青，心里一疼，拥着她道："没事了。"却见她不言不语，只是默默流泪，愈发心疼起来，"都是我疏忽，以后再不会有这种事了。"

顾婉凝摇摇头，喃喃地说："我家里人也这样骗我……"虞浩霆听她这样说，虽不明所以，但揣度她今日能被冯广澜带到这里，其中必有缘故，却无从劝慰，只拥紧了她。

杨云枫出了奚家花园，见虞浩霆抱着顾婉凝上了车，吁了口气，却跳上了郭茂兰的车。

郭茂兰见他上来，轻轻一叹："这个冯公子也太冒失了。"

杨云枫没好气地说："这样下作的事情他也做得出来，幸好没出大事。"

一身孤注掷温柔

春衫冷 著

山河历遍,她是人生初见。世事浮沉,他是人间归途。

郭茂兰眉头微锁："人怎么伤成那个样子？"

杨云枫听了，反而微微一笑："这个顾小姐还真是……我原先瞧着，她对四少有些别扭，现在看起来，已经算是十分柔情似水了。"

郭茂兰也被他说得一笑，却复又皱眉道："四少关了冯广澜，这事怕还没完。"

虞浩霆揽着顾婉凝让医官给她处理伤口，消毒酒精涂在手上，她"嘶"地吸了一口冷气，虞浩霆本能地便抱紧了她。顾婉凝见此刻房中许多人看着，便悄声对他说："我没事，你不用这样。"

虞浩霆皱眉道："这样还叫没事？"

一会儿医生已重新包扎了她的伤口，嘱咐尽量不要沾水，便辞了出去，郭茂兰等人也退了出来。

"你想吃点什么？"顾婉凝听虞浩霆问她，只摇摇头，闭了眼睛，轻轻枕在他肩上。虞浩霆见她脸色苍白，眉宇间一片哀戚，忍不住就往她额上深深吻去。

顾婉凝惊觉，手便抵在他肩上，嘤咛道："别……"

虞浩霆虚握住她的手腕，看了一眼那淤青，柔声道："你别怕。你不喜欢，我以后……我以后不这样了。"

顾婉凝脸上浮起一抹淡红，枕在他肩上默然无语，虞浩霆便吩咐人准备些安神的汤羹，忽然又想起一件事来，便对顾婉凝道："你要不要打电话给欧阳，叫她帮你请个假？我看你这样子，明天还是不要去学校了。"

顾婉凝点点头，虞浩霆正要扶她起身，却听到杨云枫在外面打了报告，虞浩霆叫他进来，冷然问道："什么事？"

杨云枫道："我问了冯府的人……"说着，看了顾婉凝一眼，虞浩霆一摆手道:"出去说。"

顾婉凝却一牵他的衣袖,向杨云枫问道:"是我的事吗?"杨云枫目光询向虞浩霆,见他微一点头,才道:"他们给了顾小姐的舅母三千块大洋,作了场戏而已。小姐家里我也问过了,并没有事。"

顾婉凝之前一到奚家花园,就猜到此事和她舅母脱不了干系,此刻听了杨云枫的话,心中愈发凄凉,咬着唇一言不发。

杨云枫又试探着道:"四少,那冯广澜……"

虞浩霆怒道:"你提他干什么?"

杨云枫道:"冯家倒还罢了,只是二小姐……"

虞浩霆冷笑道:"我的人你都看不好,倒操心起别人来了,你要是在江宁待腻了,就给我滚到陇北去!"

杨云枫如芒刺在背,直挺挺地站着,大气也不敢出。

顾婉凝见状,轻声对虞浩霆道:"不关别人的事。"一时芷卉送了吃食进来,虞浩霆端起一盅桂圆莲子羹,舀起一勺在唇边试了试,喂给顾婉凝。顾婉凝呷了一口,说:"给芷卉吧。"虞浩霆又舀了一勺送到她唇边,才抬头看了一眼杨云枫,道:"你下去吧。"

肆

救美

恨灰中燃起爱火融融

次日，虞浩霆一回到栖霞官邸，虞若槿就迎了上来："浩霆，你把广澜弄到哪儿去了？"虞浩霆见是他二姐，倒是意料之中，当下淡淡道："秦台。"

虞若槿一听就皱了眉："怪不得我和广勋都打听不到。你已经关了他一天了，这就把人放了吧。"

"这件事就不劳二姐操心了。"

虞若槿猜度他还未消气，便劝道："为了个女人，跟家里人闹成这样，传出去像什么话？再说，广澜也不是有心要折你的面子，他真不知道那女孩子……"

"二姐既然知道得这样清楚，就不必怪我了，要怪就怪姐夫没管教好他这个弟弟。"

虞若槿闻言也有些动气："不过是个女人罢了，也值得你这样？况且又没有真的出什么事情。"

"要是真的出了什么事，他就是个死人。"

虞浩霆声音冷涩，虞若槿听在耳中不由一惊，却也无可奈何：

"你说吧，要怎么样才肯放了广澜？"

虞浩霆不置可否地道："我还有事，不陪二姐了。"说着，微一颔首，转身欲去。

虞若槿面色一沉："浩霆，你等等。"

虞浩霆回身看她，只听虞若槿道："你如果这样闹下去，我只能去告诉母亲。"

虞浩霆不动声色道："这种事，母亲还不会放在心上。"

虞若槿面上浮出一抹淡然的冷笑："广澜的事，母亲自然不会在意，可你的事就未必了。我听说那女孩子还在念书，小小年纪就能挑唆得你们这样，必然不是个省事的……"她话未说完，已被虞浩霆打断："你尽管去告诉母亲。她若是有什么事，冯家就不要想再见到冯广澜了。"

虞浩霆上楼来看顾婉凝，见她正倚在桌边跟人打电话，便坐在沙发上瞧着她。顾婉凝见他进来，匆匆挂了电话，低低对他说道："是欧阳。我跟她说明天还不能去上课。"虞浩霆走过去，轻抚着她的头发："你总是请病假，她不问你吗？"

顾婉凝抬头看了他一眼："我都告诉她了。"

虞浩霆心中一动："她知道你在这里吗？"顾婉凝点点头。

"那你不怕别人知道你和我在一起吗？"

"欧阳不会告诉别人的。"

虞浩霆将她肩头的青丝绕在手指上卷着，自言自语般地说："我倒是想要她告诉别人去。"

"广澜这个娄子可是捅大了，虞四少也不知道什么时候才肯放了他。"谭文锡半是关切半是幸灾乐祸,"小霍,要不你去劝劝你四哥?"

霍仲祺将筷子"啪"的一声扣在桌上:"他活该!"

谭文锡见他神色愠怒,圆场道:"我知道你事事都向着你四哥,可这回广澜着实没讨到什么便宜。我听跟他的那小子说,四少那个女朋友厉害得不得了,屋子都要被她砸掉了,他跟着陆军部的人闯进去一看,广澜脸上抓了几道血印子,那女孩子衣服上都是血,吓了一跳,简直要闹出人命一样……"未等他说完,霍仲祺便截断了他:"四哥就该毙了他。"

谭文锡听他这样说,不免有些诧异:"他们争风吃醋,你哪儿来这么大脾气?"

霍仲祺端起一杯酒饮尽了放下,唇角一扬:"我是说,谁要是敢动我的人,我就让他死。"

谭文锡听罢笑道:"你那个白姗姗现在跟欧亚银行的陈经理打得火热,也没见你这么大气。"

霍仲祺不置可否地一笑:"最近梅园路新开了一家舞场,听说还不错,我们去瞧瞧?"

欧阳怡一出校门,刚要走过去坐自家的车子,忽然一个年轻军官朝她走了过来:"欧阳小姐您好!"欧阳怡看着他,觉得似乎有些眼熟,却又着实不认得:"你是?"

"我是虞军长的随从参谋郭茂兰,冒昧打扰欧阳小姐。"

欧阳怡听他这样说,才恍然此人便是那天跟着虞浩霆到陈家去跳舞的军官,遂道:"你有什么事吗?"

"虞军长想请欧阳小姐去看一看顾小姐。"

欧阳怡听他这样一说却是正中下怀，她之前听顾婉凝在电话里说了冯广澜的事，就一直担心，当下便点头道："好！你稍等一下，我和我家里人说一声。"

欧阳怡第一次跟荷枪实弹的军人离得这样近，不免也有些紧张。郭茂兰从后视镜里看了她一眼，道："欧阳小姐不用担心，顾小姐身体没有大碍，只是受了惊吓，心情不好，所以四少想请欧阳小姐陪顾小姐散散心。"

欧阳怡听他提起虞浩霆，心中冷笑："虞四少有心了。"

郭茂兰听她语气冷淡，似是对虞浩霆有极大的反感，心下揣度恐怕是顾婉凝在她这里对四少没有什么好话，便也不再多说。

欧阳怡虽然出身宦门，但一进栖霞官邸，也不禁一叹：这里竟如此宏阔雍容！郭茂兰请佣人带她上了楼，自去向虞浩霆复命。顾婉凝见了欧阳怡，却是意外惊喜："你怎么会到这儿来？"

欧阳怡还未答话，已经瞧见她手上缠着纱布，惊呼道："你受伤了！"

"划伤了而已，没事的。"

欧阳怡见她精神还好，才放下心来，调皮地一笑："是你那位虞四少叫我来陪你的。"顾婉凝面上一红，见欧阳怡打量虞浩霆的房间，便道："这里不好，我们到对面去。"一面说，一面拉着欧阳怡到对面房间的露台。

两人刚说了几句，便有丫头端了茶点过来，欧阳怡端起奶茶尝了尝，望见楼下花木掩映间围着一圃初开的鸢尾，又看房间里的家私陈设一派闺阁情致，便问婉凝："你平日住在这里吗？"

顾婉凝没有直接答她，只说："反正也不会住太久。"

"那个虞四少打算什么时候放你回去？"

顾婉凝淡淡一笑:"等他没了兴致吧。"

欧阳怡见她神色黯然,便想着逗她开心:"对了,宝笙怕是要订婚了呢!"

顾婉凝一听,奇道:"这么快?是和那个谭公子吗?"

欧阳怡点点头:"谭文锡的父亲这个月又升了总长,宝笙家里对谭家很满意,两边已经开始商量订婚的事了。"

顾婉凝道:"那也未免太快了,他们才认识多久!也不知道那个谭公子人怎么样。"

欧阳怡笑道:"我瞧着宝笙也是中意的,说谭文锡待她很是周到。"

顾婉凝想了想,说:"我总担心宝笙被人欺负,她脾气好得……"欧阳怡见她突然停下,顺着她的目光回头一瞧,却见虞浩霆正走进来。他身姿挺拔,此时穿了一身浅香槟色的西服,少了戎装时的疏冷凌厉,更衬出他丰神俊朗,如芝兰玉树一般:"欧阳小姐,虞某冒昧相邀,多有唐突,还望小姐见谅。"

欧阳怡起身冷冷扫了他一眼道:"没关系,我也想来看看婉凝。"

虞浩霆对她点了点头,便走到顾婉凝身边,手臂搭在椅背上,犹如将她环在怀中一般,柔声问道:"你今天怎么样?好些没有?"

顾婉凝忙道:"我没什么事,多谢四少关心。"

虞浩霆轻轻一笑,俯在她耳边道:"有客人在,你就对我这样客气吗?"他声音虽低,欧阳怡却听得一清二楚,欧阳怡看他们举止亲密,便转过脸去。

顾婉凝唯恐他当着欧阳怡的面轻薄自己,立刻站了起来:"想必四少有许多公事要忙,我们就不耽误你了。"

虞浩霆见她如此情状，便道："好，你赶我，我就走。"说着，转过身来正色对欧阳怡道："欧阳小姐既然来了，不妨留在舍下吃了便饭再走。我公事忙，婉凝很少有朋友来，还请欧阳小姐多陪陪她。"说罢，又对顾婉凝道，"再坐一会儿就进去吧，晚上外头还是有些凉的。"

他一走，欧阳怡便掩着嘴笑了起来，顾婉凝被她笑得不好意思："你不要笑了。"欧阳怡犹自笑个不住："你这个虞四少还真是有趣。"顾婉凝瞟了她一眼，转身进房去了。

欧阳怡在她身后笑道："你就这样听他的话吗？"

顾婉凝回过头气恼地看了她一眼："你要是我的朋友，就不要给他好脸色。"

"不知道今天的菜合不合欧阳小姐的胃口，小姐有什么需要尽管吩咐，不要客气。"虞浩霆陪着她二人吃晚饭，对欧阳怡格外客气，对顾婉凝更是殷勤到了十分，又问她们在学校剧社演什么剧目，欧阳怡只得告诉他这个学期是排《罗密欧与朱丽叶》，顾婉凝演朱丽叶，她反串演罗密欧。虞浩霆听了，微微一笑，凝视着顾婉凝道："'恨灰中燃起爱火融融'，你来演再合适不过了。"欧阳怡瞧着顾婉凝，忍不住又掩唇而笑。

吃过晚饭，顾婉凝送欧阳怡到门口，欧阳怡趴在她肩上悄悄道："这个虞四少人才家世都是顶尖的，我看他对你很用心的样子，你们如今总在一起……你会不会喜欢他了？"却见顾婉凝沉静地摇了摇头："我和他不会有什么的。"

欧阳怡见她说得坚决，心中恻然，握了握她的手："你有什么事就告诉我，我们一起想法子。"

顾婉凝点点头："你快回去吧！太晚了你家里要着急的。"

她回到房里，见虞浩霆斜倚在沙发上，以指掩唇，正含笑望着她，不由气恼起来，冷然道："你干吗在欧阳面前装出那么一副样子？"

虞浩霆听了问道："她说我什么？"

"没什么。"

虞浩霆把她拉在身边，圈住她道："她一定是说，我跟你般配得不得了，叫你赶紧嫁给我，是不是？"

顾婉凝秋波一横："她说你金玉其外，败絮其中。"

虞浩霆听了面色一沉，道："是吗？"

顾婉凝见他神色冷峻，忙道："我随便说的，你不要对欧阳怎么样。"

"我要怎样也不会怎样她，我只怎样你。"虞浩霆说着，便吮住了她的唇，餍足了方才放开，顾婉凝喘息不定地瞧着他，眼中尽是羞怒："你昨天才说过你不会……"

虞浩霆一怔，随即道："我改主意了。"

顾婉凝一时气结，说不出话来，却听虞浩霆道："你放心，我要怎样也等你好了。"说罢，忽然又道，"你不要跟着他们叫我'四少'了，你叫我名字吧。"

顾婉凝见他直直地望着自己，唇边浮起一抹略带讥诮的笑容："好。虞浩霆。"

"淳溪那边请四少晚上过去吃饭。"

杨云枫小心翼翼地跟虞浩霆说着，直看他的脸色。虞浩霆一听就知道必然是为了冯广澜的事，淡然道："知道了。"

果然，晚上一到淳溪，虞夫人就开口道："浩霆，你总要给你二姐一个面子。"

"那我的面子呢？"

虞夫人看他说得漫不经心，无奈一笑："这么说，你和广澜不过是意气之争了？"

虞浩霆不置可否地呷了口茶，并不答话。

"广澜几时吃过这样的苦头？你关了他这几天也该消气了，"虞夫人说着，也端起茶来品了一口，"你父亲在瑞士养病，难道还要他为了这样的小事操心吗？"

"这样的小事父亲怎么会知道？"

"你的事情都不是小事。"虞夫人将茶杯搁在桌上，迟疑了一下，说，"那个姓顾的女孩子，很中你的意吗？"

虞浩霆闻言目光一闪："二姐告诉您的？"

虞夫人一笑："你那样吓唬她，她哪里还敢跟我说。虞四少冲冠一怒为红颜，江宁城里早传开了。况且，人都已经住到栖霞去了，我还能不知道吗？"她说到这里，顿了一顿，又道，"若是你真的中意，也该带来给我见一见，只要人品温良，身家清白，光明正大地收在房里岂不更好？"

虞浩霆却不接她的话："我的事情我自有分寸，不敢劳烦母亲。"

虞夫人听他这样说，一时无言，只道："那就说广澜的事，我都开口了，你还不放他吗？"

虞浩霆薄唇一扬，"那就请二姐转告冯家，叫他滚出国去。"

虞夫人听了，皱眉道："你就这样动气？"

虞浩霆道："我已经很客气了。小霍前两天还跟我说，怎么不毙了他？"

虞夫人苦笑着说："仲祺那样孩子气的见识，你也当真？他哪回不气得你霍伯伯砸东西？你们俩都该学学朗逸，他几时闹出过这样的事情？"却听虞浩霆闲闲道："他要是惹了邵朗逸，母亲也就不用烦了，恐怕冯家想收尸都不知道到哪儿去找。"

自那日在陈府舞会上见过一面之后，梁曼琳就再也没见过虞浩霆，眼看自己回旧京的行期将近，她不免有些烦躁起来：难道这一次真的留不住他了吗？

最近，江宁风传虞浩霆为了一个女孩子跟冯二公子翻了脸，也不知道是真是假。她不相信有什么样的女人能比她梁曼琳更加风情万种，今晚是参谋部次长龚揆则的寿辰，虞浩霆一定会来，她也一定有法子让他再动心一次，毕竟，在这件事情上她还从来没有失过手……想着想着，她又自信起来，手里的眉笔稳稳地描了上去。

"我不想去。"顾婉凝背靠着墙壁，警惕地看着虞浩霆。

"换衣服。"虞浩霆盯着她，冷冷说道。

"我真的不想去。"顾婉凝咬着唇，提高了声音。

虞浩霆看了她一眼，转身走出去便叫人："郭茂兰！"

郭茂兰应声而入，只听虞浩霆吩咐道："叫人去青榆里，看看顾小姐家里都有什么人在……"他话还未说完，顾婉凝已经走了出来："我跟你去。"

郭茂兰见状犹疑道："四少，青榆里？"虞浩霆漫不经心地道："叫人给顾小姐的外婆带些补品过去，说婉凝在我这里很好，让老人家放心。"

"是。"郭茂兰应了一声，退了出去。

虞浩霆转脸对顾婉凝道:"去换衣裳,已经迟了。"

一直站在边上的芷卉和几个丫头便立刻进去替她梳妆,待顾婉凝换了衣服出来,虞浩霆打量了一眼,又拉着她进了内室,扫了一眼妆台上的各色首饰,拿起条链子扣在她颈间,又随手拣了枚戒指套在她手上。

车子开出去好一会儿,虞浩霆觑见顾婉凝仍是木着一张脸,不言不笑,便肃然道:"你一会儿就端着这个样子,见了谁都不要有好脸色。"

顾婉凝微一皱眉,看了他一眼,虞浩霆已接口道:"好叫别人都知道我虞浩霆的女朋友厉害至极,再也不敢打你的主意。"

顾婉凝冷着声音轻轻一嗔:"谁是你女朋友?"

虞浩霆仍是一本正经:"待会儿你留心瞧着,哪位小姐冷着面孔,仿佛人人都欠她钱的样子,哪个就是了。"

参谋部次长龚揆则早在虞靖远年轻时,便是他军中智囊,在虞军中举足轻重,虞浩霆对他亦十分敬重,自幼便执子侄之礼。今日是他五十五岁的寿辰,江宁政府中与龚家交好的官员来了不少,虞军上下在江宁的将领,更是来了大半,虞浩霆一下车,周围便皆是行礼之声,顾婉凝见状不免踌躇起来,微一欠身,人却停在了车里。

虞浩霆见她迟疑,便转身朝她伸出手去,顾婉凝一抬眼,正对上他深如夜色的眸子,只得将手交在了他手里,款款走下车来。她自幼即随父亲出入宴饮华堂,此刻虽在众目睽睽之下,却并不怯场,在虞浩霆身畔婷婷站定,挽住了他的手臂。虞浩霆见她如此,唇角便有了笑意。

"四少!"龚揆则的长子龚晋仪早已笑容满面地迎了出来,一见虞浩霆竟亲自从车里牵出一个女孩子挽在身边，心中好奇，面上却不便露出，只说："人都到了，正等着你开席呢。"

虞浩霆带着顾婉凝走到龚揆则面前，躬身道："龚伯伯，我有些事情绊住，来迟了。"他说着，郭茂兰已捧出一个礼盒来。

龚揆则笑道："四少太客气了。"打开一看，里头是一方绿漪石的"鹿鹤松"砚，莹润如玉的青绿纹路中犹夹杂着缕缕黄痕，龚揆则看罢，笑谓虞浩霆道："还是你知道我的心意。"

虞浩霆道："早年龚伯伯教我习字的时候说过，海内名砚虽推端砚为首，但您独爱洮砚。洗之砺，发金铁。琢而泓，坚密泽。"

龚揆则点了点头，一眼瞥见顾婉凝，不免诧异，虞浩霆怎么会带了一个女孩子来给自己祝寿？他再看顾婉凝的相貌，脑中忽有微光闪过，却又转瞬即逝，不由问道："这是？"

虞浩霆忙道："她叫顾婉凝。"说罢，柔声对婉凝道："叫人啊。"

顾婉凝原本不愿意来，也就没有留意询问龚揆则是什么人，但见他肩章上金星闪耀，虞浩霆又对他颇为尊重，显是虞军中极有身份的人物，一时间不知如何称呼，被他这样一催，仓促间便依着他的话道："龚伯伯。"

龚揆则听她这样一叫，心下更是惊疑，周围诸人皆暗自猜度起来，顾婉凝见状也失悔造次，只有虞浩霆泰然自若，又和龚揆则寒暄了片刻，才牵了她入席。

坐在另一席的汪石卿和霍仲祺看在眼里，却都别有一番滋味在心头。汪石卿是第一次见到顾婉凝，当下暗自一叹：果然是个绝色！待看到虞浩霆这番做派，却又心事一沉。而霍仲祺见顾婉凝娴雅清艳，随在虞浩霆身边，直如幽兰倚玉树，心下怅然，便同席间的一班人拼起酒来。

觥筹交错之间,一个曼妙身影已风姿万千地走到了虞浩霆身边:"四少,我借花献佛,敬你一杯。"嗓音妩媚沉缓,正是梁曼琳。

虞浩霆见她过来,端酒起身,却先对顾婉凝道:"这就是鼎鼎大名的电影皇后梁曼琳小姐,你那班女同学不是最喜欢看她的片子吗?"

顾婉凝只得也站起身来,对梁曼琳点头一笑:"梁小姐,久仰。"

梁曼琳还未来得及答话,虞浩霆便道:"听说梁小姐不日就要回旧京去了,虞某薄酒一杯,祝小姐一路顺风。"说罢一饮而尽。梁曼琳见他这样冷淡,心中失望到了极点,笑容却丝毫不减,低头喝尽了杯中的酒,却又倒了一杯,对顾婉凝道:"这位是顾小姐吧?虽然初次见面,我倒是觉得一见如故,不知道顾小姐肯不肯赏脸和我喝一杯呢?"

顾婉凝淡淡一笑,刚要去拿酒杯,虞浩霆却伸手一挡,端过了她的杯子,对梁曼琳道:"她不能喝,我替她。"说罢,又是一饮而尽。

梁曼琳脸上的笑意滞了一滞,道:"四少真是豪爽。"亦将杯中的酒喝尽,微点一点头,转身而去。

酒过三巡,龚家在花厅中预备的戏班丝竹已开,堂中的女眷即有离席去听戏的。顾婉凝在国外长大,极少有机会看戏,心下好奇,便频频朝那边瞧着。

虞浩霆道:"你也喜欢听戏吗?"顾婉凝道:"我没怎么见过,想去看看。"虞浩霆听她这样说,便道:"我陪你过去。"顾婉凝摇头道:"不要了,你到哪里都麻烦得不得了,只会扰了别人看戏。"

虞浩霆一笑，只得由她。

她一起身离席，龚家便有婢女引着她去了花厅。顾婉凝在这里没有认识的人，到龚府来的这班女眷见她和虞浩霆举止亲密，却又吃不准她的身份，亦不好上来寒暄，她正好落得自在，一心听戏。

台上刚要唱一折《梅龙镇》，顾婉凝便听身后有人道："顾小姐好兴致。"

她不用回头，便听出是梁曼琳，起身对她盈盈一笑："梁小姐。"

梁曼琳见她面上几无脂粉，皓颜如玉，吹弹可破，一袭淡黄的双绉旗袍长及脚踝，风姿楚楚，清丽无匹，颈间的珠链光泽柔润，珠辉映人，指上一粒蓝白钻的戒指，少说也有六克拉，在夜色中熠熠生辉，如星光一般，她戴在手上却浑不在意的样子。

梁曼琳心中酸楚，在她身边坐下，轻声道："顾小姐这样楚楚动人，真是我见犹怜。"

顾婉凝见她神色黯然，略一沉吟，却轻轻一笑："梁小姐不必太伤感，像我这样以色事人，必然不得长久的。"

梁曼琳不防她这样直率，极是诧异，忍不住道："四少待你很是有心的。之前，和冯公子闹得那样不可开交，也是为了顾小姐吧？"

顾婉凝笑道："多半是为了他自己的面子。"她停了一停，直视着梁曼琳说，"其实，我倒是很羡慕梁小姐。"

梁曼琳涩涩一笑："顾小姐说笑了。"

顾婉凝摇摇头："没有虞四少，梁小姐亦有自己的一番天地，这里的人看见你，看的是名震南北的'电影皇后'，梁小姐和虞四少若有来往，亦是韵事。至于我，不过是他眼下的新欢罢了。过些日子，自然有新人再来换旧人的。"顾婉凝说着，低头一笑，"所以，我确实是很羡慕梁小姐。"

梁曼琳见她神情真挚，一时竟不知如何作答，却听顾婉凝说道："对了，我有一个要好的女同学，是梁小姐的影迷。不知道梁小姐身边有没有签名照片？婉凝冒昧，想替她要一张。"

梁曼琳豁然一笑，凝视着她："我若是虞四少，一定不舍得放你走。"说着从手袋里摸出一张小照来，用眉笔在背面签了名字，递给顾婉凝。顾婉凝道了谢，收在手袋里。京戏她本就不懂，堂会戏又一折一折没头没尾，倒是梁曼琳耐心跟她讲了《梅龙镇》的来龙去脉。

虞浩霆在席间坐了一会儿，便到花厅来寻顾婉凝。梁曼琳望见他朝这边过来，起身笑道："有人来寻你了，曼琳告辞。顾小姐几时到旧京来，我必要一尽地主之谊的。"说着在便笺上写了自己的地址给顾婉凝。

虞浩霆远远看见梁曼琳从顾婉凝身边离开，心中不免有几分忐忑，一走到她身边便问："她和你说什么？"顾婉凝只瞧着戏台，心不在焉道："没什么。"

虞浩霆不知她是何心思，忍不住剖白道："我和她早就没有什么了。"

顾婉凝抬头看了他一眼，低头一笑："四少入戏这样深吗？"

虞浩霆一怔，听台上正唱到"十分俊雅，风流就在这朵海棠花"，不由皱眉："她到底跟你说了什么？"

"真的没有什么，我替宝笙向梁小姐要了一张签名照片而已。"虞浩霆听她这样说，也不再追问，在她身边坐了下来。

龚揆则在席间应酬了半晌，亦觉得有些倦意，遂同众人道了乏退席。他在后堂喝了口茶，周遭一静，忽然想起一件事来，便吩咐人去叫龚晋仪。龚晋仪在前面听说父亲叫他,连忙随了侍从来到后堂:"父亲,您叫我?"

龚揆则却不答话,寻思良久,才说:"和四少一起来的那位顾小姐,她是姓顾吗?"

龚晋仪一听,笑道:"父亲这话问得蹊跷,那顾小姐自然是姓顾。"

龚揆则也自觉失言,却复又说道:"这个顾小姐,是什么来历你知不知道?"龚晋仪见父亲打听顾婉凝,心中纳罕:"听说她父亲是个外交官,已经故世了,并不是什么名门闺秀。怎么?父亲也觉得四少待她有些不同吗?"

龚揆则道:"我总觉得这位小姐像个什么人,一时却想不起来。"

龚晋仪笑着说:"四少身边的人,自有汪石卿他们操心,父亲不必挂怀。"

龚揆则点了点头:"你去吧!"

自龚家寿宴之后,虞浩霆频频携着顾婉凝出入江宁的绮筵华堂,一时间江宁交际场里不少人都知道虞四少有了个姿容绝代的女朋友。栖霞官邸接送顾婉凝的车子亦直接开到学校门口来,虽然乐知女中有自家汽车接送的女生并不鲜见,但虞浩霆身边的侍从官都是精挑细选出来的,戎装抖擞,磊落干练,每日来去十分引人注目。学校里亦有各种流言,几个本来就不喜欢顾婉凝的女同学更是说得不堪。陈安琪和苏宝笙先是埋怨顾婉凝瞒了她们这样久,随即就打听起她和虞浩霆的各种传闻来,只欧阳怡暗暗为她担心。

这天剧社活动,欧阳怡和顾婉凝正在台上排练,台下忽然有人将课本在桌上重重一摔,喊了一声:"停!"

顾婉凝和欧阳怡立时停了台词,望过去,却见喊"停"的并不是导演,而是在剧里演蒙太古夫人的一个女同学,正诧异间,只听那女孩子大声说道:"我觉得朱丽叶要换个人来演。"

欧阳怡看了她一眼,说:"孟瑷,你什么意思?"

那个叫孟瑷的女孩子冷笑着说:"朱丽叶这样一个纯美真挚的角色,总不能找一个满身桃色新闻的人来演。"她这样一说,台下顿时一片窃窃私语,众人的目光便都盯在了顾婉凝身上,欧阳怡刚要开口,却见顾婉凝将手里的剧本撂在桌上,款款从台上走下来,淡然说了一句:"你们演吧!"便走了出去。

欧阳怡也将剧本往桌上一甩,追了出去:"婉凝,你何必听她的闲话?说到底,她不过是嫉妒。"

顾婉凝轻轻一笑:"反正我本来就没想演,要不是你,我才不来呢,你快回去排练吧。"

"你不演我也不演,她们那样的朱丽叶,哪配得上我这样的罗密欧?"

顾婉凝被她说得莞尔,便道:"晚上你到栖霞来吧,你上次不是说他们的裹烧笋做得很好吗?"

欧阳怡觑着她笑道:"你这个腔调——倒有几分虞家少奶奶的意思。"

顾婉凝面上一红,道:"你这个人,我惦记着你,你却来取笑我。"

欧阳怡正色道:"婉凝,这几天,连我父亲都问过我你的事情了。眼下人人都觉得你是他的女朋友,你到底怎么打算呢?"

顾婉凝默然了一阵,忽然轻声说道:"前几天,我之前想看的一部片子下了档期，他偏说还有影院在放，等我进去了才知道，原来只有我们两个人；我说起小时候吃过的一道点心，他就找来四个西点高手一个一个做下来。我明明知道……可心里竟是有些开心的。"她薄薄一笑，"你看我这么虚荣。"

欧阳怡见她娓娓诉来，眉宇间却满是凄然，忍不住说："你何必这样苛责自己呢？江宁多少名媛淑女，心里面只怕都惦记着这位虞四少呢！他那样一个人，又这样用尽心意，若是我遇上，十有八九也是要动心的。你若是一点都不动心，我倒觉得奇怪。"

顾婉凝听了，只漠然道："我和他，什么都不会有的。"

欧阳怡沉默了片刻，迟疑着说："有句话我想问你，你不要生气。"

顾婉凝道："你我之间有什么不能说的呢？"

欧阳怡踌躇再三，方才开口："我父亲说，虞家若是娶少夫人，必是顶尖的名门闺秀。婉凝，若是你喜欢他，你肯给他做侧室吗？"

顾婉凝神色一凛："你想到哪里去了？等明年一毕业，我就去旧京考大学。"

"你这样想，他知道吗？"

"那时候虞四少这里早就新人换旧人了，梁曼琳那样风情万种的女子不也是如此？"

"那你不会难过吗？"

"反正不过是交易罢了。"

交易？

她牢牢记着这件事，那人倒似乎是忘了。这些天下来，顾婉凝觉得虞浩霆并不似之前传闻中那样心狠手辣、酷烈冷血，脱下军装，俨然一个翩翩浊世佳公子，倒也不是很难相处——只要她不提回家的事。

她最后一次循循善诱跟他商量这件事的时候，虞浩霆娓娓讲了个故事就让她明白了其中关窍："我小时候捡过一只猫，玩儿了几天没意思就打算扔了，谁知道我准备扔它的那天早上，那小玩意儿居然自己跑了。"

虞浩霆说着，笑意凉薄地在她脸上扫了一眼，"我忽然就觉得不太高兴，叫人无论如何要给我抓回来，没到中午卫朔就把猫给我抱了回来。你想不想知道那猫后来怎么样了？"

她迅速摇了摇头，之后再也不提"回家"两个字，于是两人相安无事。唯一让她难以应付的是虞浩霆一得了空，就饶有兴趣地哄着她玩儿，仿佛她不是被他辖制的玩物，倒是心甘情愿来跟他风花雪月似的。她想不明白，这个人到底是太过无耻还是太过自恋，抑或是觉得这样的消遣别有趣味？

江宁一班德高望重的名流学者去向康瀚民请愿，在北地盘桓数日，康瀚民也不得不敷衍一二，南北报章上一时尽是敦劝康氏提防苏俄狼子野心、鲸吞国土的文章，或激扬或沉郁，好不热闹。这些人回到江宁，意犹未尽，又再三向江宁政府进言，若康氏与外国媾和，必与之决裂，驱康护国。

这边正闹得风生水起，国外的一家英文报章忽然登出了苏俄拟与康氏所签的一纸密约，不仅图谋唐努瓦图，更要求康瀚民不干涉外蒙"自决"，消息传回国内，舆论哗然。连远在海外的虞靖远亦手书了一封言辞恳切的公开信，力劝康瀚民以家国同胞为念；虞浩霆旋即代父通电海内，称愿与康氏并力一心，共御外侮，为表诚意，解康氏后顾之忧，虞军防线收缩，已撤出昔年占取的绥江重镇兴城。

岂料康瀚民还未来得及接管兴城，便有人在报纸上愤激撰文，大骂他国难当头，却只知抢占地盘，御外无能，卖国有术；顺带又讽刺江宁政府软弱可欺，不能扫平康氏，力保金瓯无缺，反将国土奉上："如此鼎力助其卖国，岂非怪哉？"北地的名流士绅、教授学生亦隔三差五请愿罢课，苏俄方面又恐夜长梦多，催促日紧，搅得康瀚民不胜其烦。如此一来，物议之中已渐有劝康氏易帜，谋求国家和平一统之声。

外界沸反盈天，顾婉凝人在栖霞，却看不出虞浩霆有何异样，倒似比之前还要轻松空闲："连我们学校的女同学都在议论北边的事情，你倒事不关己。"

虞浩霆听她这样说，想了一想，道："那你觉得我应当怎样？"

顾婉凝道："你也不能怎样。你若和康瀚民战火一燃，自有人等着趁火打劫，渔翁得利。什么'以家国同胞为念''并力一心，共御外侮'不过是做个样子，你们这些人最自私不过，唯一不肯丢的只是手中的权柄罢了。"

虞浩霆也不反驳："原来你都替我想好了。"

两人正在说话，杨云枫忽然打了报告进来，对虞浩霆笑道："四少，明天汪参谋长生辰，我们要去南园扰他一席，他们叫我来问问，您有没有兴致？"

虞浩霆看了看顾婉凝，说："好。明天我和顾小姐一起去。"杨云枫应声刚要退出去，虞浩霆忽然叫住他："你等等。"

杨云枫连忙站住："四少还有什么吩咐？"

虞浩霆盯了他一眼："你怎么回事？"

顾婉凝闻言一打量杨云枫，才发觉他右边颧骨处明显有一道伤痕。

杨云枫"嘿嘿"一笑，道："和人打了一架。"

"什么人？"

杨云枫踌躇了一下："是私事。"

"打成这样的私事？"虞浩霆既这样问了，杨云枫只好交代："是在仙乐斯。"

虞浩霆瞟了他一眼，道："你现在越发长进了。记住一条：不要给我丢脸。"杨云枫正色道："四少放心，跟我动手的人已经在医院了。"

待杨云枫出去，婉凝不由好奇地问道虞浩霆："仙乐斯是什么地方？怎么可以打架的吗？"

虞浩霆懒懒地说道："梅园路新开的一家舞场。"

和杨云枫打架的，是苏宝笙的未婚夫谭文锡。

仙乐斯一开业，谭文锡就成了这里的常客，仙乐斯开业两个星期，他倒有十天晚上都带着人在这里跳舞。杨云枫前天晚上头一次来，就和他们起了冲突。

杨云枫到仙乐斯的时候，正是夜场最热闹的光景。舞池里红男绿女，衣香鬓影，迷人眼目，台上一个穿着粉红高衩旗袍的俏丽女子正风摆杨柳般唱着："蝴蝶翩翩将花采，此情此景谁不爱……"

杨云枫是生面孔，仙乐斯的人并不认识他，但他一身戎装，举止潇洒，又未带舞伴，片刻之后，即有侍者端酒过来，递给他一方丝帕，杨云枫接过来一看，上面一朵玫红的唇印，他顺着那侍者的眼色看过去，只见不远处两个艳妆女子一面说笑，一面抛着眼风给他。

杨云枫一笑,便端着酒走了过去,拎着那条丝帕问道:"是谁的?"

一个挑眉凤眼的女子掩口笑道:"你是问手帕,还是问这个?"说着指尖在唇边轻轻一划,边上那个圆脸杏眼的女孩子也娇俏地一笑:"你猜猜看?"

"好,让我好好猜一猜。"杨云枫说着一揽她的腰肢,作势欲吻,那女孩子娇呼一声,轻轻一躲,笑道:"只有帕子是我的。"

杨云枫转脸瞧那凤眼女子,伸手道:"小姐要跳支舞吗?"

那女子娇媚一笑,把手递了过来。杨云枫揽着她滑进舞池,那女子顺势靠在他胸前,柔声道:"我叫紫兰,这位长官怎么称呼?"杨云枫随口答道:"我姓云。"

两个人跳完一曲刚要离场,台上却出了乱子。只见两个人正在拉扯刚才唱歌的那个女孩子,不知道在纠缠什么。围观的人不少,却无人去管。杨云枫一皱眉,挽着紫兰走了过去。

那唱歌的女孩子一面挣扎一面一迭声地辩白:"先生,我只是唱歌,不陪酒的。"拉他的那两人看上去似有几分酒意,也不去听她说什么,只是拉人。

杨云枫见纠缠得不成样子,刚要开口,却听一个极熨帖的女声说道:"这是在闹什么?"

他抬头看时,已有一个穿着墨绿香云纱旗袍的女子从人群中走了出来。这女子看上去二十五六岁年纪,柔润素白的鹅蛋脸,薄施脂粉,一双单眼皮的狭长凤眼,柔媚中带着倦意,通身上下不见珠光宝气,只颈间挂着一串珠链。杨云枫觉得她实在不像是应当出现在仙乐斯的女子,但她袅袅行来,却又一身的风情,叫人只想到风月无边……只听紫兰附在他耳边道:"这是我们仙乐斯的领班,方青雯。"

方青雯走上前去，看了那歌女一眼，道："雪丽，你怎么能开罪客人？"那雪丽急道："青雯姐，他们要我去陪酒，我只是唱歌，又不是酒女……"

话还未完，边上已有人慢声道："请你喝一杯，也不成吗？"杨云枫转眼一望，说话的人正是谭文锡，他一面说一面倨傲地打量着方青雯，眼中尽是酒意。

"原来是谭公子。"方青雯嫣然一笑，"雪丽是我们的黄鹂鸟，她在仙乐斯全凭一副嗓子，别说酒，就是水，稍稍凉一点烫一点都是不能喝的。谭公子这样为难她，倒显得您焚琴煮鹤，不晓得怜香惜玉了。"她说到最后一句，嗓音如叹，说不尽的妩媚沉着，杨云枫听在耳中，心里亦不由一荡。

谭文锡听了她的话，也是一笑："方小姐的话我总是要听的，不过，我今天兴致这么好……"不等他说完，方青雯便道："不如，我陪谭公子喝一杯？"

谭文锡听了，轻轻合掌一拍，笑道："方小姐肯赏脸，那是再好不过了！你早点出来，我何必跟她们纠缠。"说着，便挽了方青雯往舞池边走去。

紫兰见杨云枫犹自瞧着方青雯的背影，掩唇一笑，伸手在他眼前一晃："你别想打青雯姐的主意，她只管着我们，不陪客人的。"

杨云枫道："那她怎么去陪谭文锡？"

紫兰道："那是青雯姐自己肯的，还不是为了雪丽。怎么你也认识那个谭公子吗？他倒是这里的常客。"却听杨云枫低声道："要她自己肯吗……"

紫兰吃吃一笑，"喂喂喂，你的魂还在吗？"

杨云枫也是一笑:"我们跳舞。"

两个人正跳着,紫兰忽然"咦"了一声,杨云枫道:"怎么了?"

紫兰下巴一扬:"青雯姐那边好像出事了。"

杨云枫一看,见方青雯和谭文锡都站着,谭文锡一手拉着方青雯的手臂,一手却像是要去抚她的脸颊,方青雯挡开了他的手,便往后退。杨云枫见状,低声对紫兰道:"我们去瞧瞧。"

"方小姐既然说陪我喝酒,怎么个喝法自然是我说了算。"谭文锡说罢,端起两杯酒来,递到方青雯面前,"我们就来喝个交杯,如何?"

方青雯并不接那酒,犹自笑着道:"谭公子,你醉了。"

谭文锡见她不肯接那酒,道:"这里闲人太多,方小姐不好意思了。走!请方小姐去国际饭店。"他这样一说,就有人去挟方青雯。

"你这是什么意思?"方青雯面上笑容已退,冷冷瞧着谭文锡。

谭文锡浑不在意地道:"一直听说方小姐是等闲不下场陪客人的,今日机会难得,我自然是要一亲芳泽了。"

见势头不好,已有一个侍者上来笑容满面地劝道:"谭公子,方小姐……"他刚一开口,谭文锡抬手就是一个耳光:"滚!你是什么东西?"随即对身后人道:"走!"一班人就要带走方青雯,却听有人扬声道:"慢着。"

杨云枫从人群中缓缓走到谭文锡面前,笑道:"谭公子,算了吧。"

谭文锡醉眼迷离中,仔细看了看,才认出是杨云枫,嘻嘻一笑,指着方青雯道:"怎么?你也看上她了?"

杨云枫道:"这位小姐既然不愿意跟你走,你又何必勉强呢?"

谭文锡冷笑一声，拍着他的肩道："你看好虞四少的人就行了，干吗来管我的闲事？"说着，放荡地凑到他耳边，"听说四少身边那个顾小姐可是个绝色，几时她离了虞浩霆，你务必告诉我一声……"

杨云枫眉头一皱，扯开他的手甩到一边。

谭文锡一身酒意中，被他一甩，就是一个趔趄，怒道："你敢动手？"他手下人见状，便放开了方青雯，朝杨云枫走过来。杨云枫对紫兰说了句"去带方小姐避一避"，一边解着领口的风纪扣，一边对那班人道："你们就一起吧！"

场中顿时乱成一团，客人皆四散走避。方青雯只避在边上，却并不离开，低声问紫兰："他是什么人？"

紫兰小声道："我也是第一次见，他说姓云。不过，他和那姓谭的好像认得。"

方青雯又略看了几眼，就瞧出谭文锡的人虽多，却不是杨云枫的对手。紫兰忽然道："青雯姐，他方才瞧你都瞧傻了。"方青雯一眼瞥见杨云枫脸上带了伤，推了紫兰一下，道："你去找些酒精纱布，还有化淤的药来。"紫兰掩唇一笑："你这样快就心疼了。"

等紫兰出来的时候，正看见谭文锡的人仓皇而去。杨云枫理了理衣裳，刚要开口，仙乐斯的值班经理已跑了出来，望着一地狼藉，两手一摊，道："这叫我怎么跟老板交代？"

杨云枫对那经理笑道："我来赔。"说着便去摸衣袋，一摸之下才想起今天出来，身上并没有带多少钱，略一思忖，将腕上的手表摘下来，递给那经理道："这个押在你这里，明天我拿钱过来。"

杨云枫这块表是他前年生日时，虞浩霆送他的一只百德翡丽，颇为名贵。那经理自是识货，忙伸手去接，却听方青雯道："我来赔。陈经理，你明天叫人去我那里拿钱。"说着，拿过那块表，看了杨云枫一眼,淡淡一笑,将表扣回他腕上。杨云枫还要说话,不防方青雯抬手轻抚了下他颊边的伤口:"我帮你上点药。"

她转身走了两步,却见杨云枫站着没动,回过头来嫣然一笑,拉着他就进了舞池边的一个包厢。

方青雯手上的动作极轻,杨云枫和她近在咫尺,觉得她动作之间,柔媚不可方物,心潮起伏,人却一动也不敢动,只听方青雯轻声道:"今天的事情,多谢云先生了。"

杨云枫一怔,歉然一笑,说:"我叫杨云枫,是陆军部的参谋。"

方青雯听了,柔柔笑道:"原来是杨参谋。这次的事情,不会给你惹麻烦吧?"杨云枫道:"不要紧,你放心。"

杨云枫陪着方青雯一出仙乐斯,等在门口的一辆黄包车就赶了过来:"方小姐,回云埔吗?"

方青雯见了,便向杨云枫告辞,杨云枫犹豫了一下,道:"方小姐住云埔吗?我正好顺路,不如我送小姐回去吧。"

方青雯含笑打量了他一眼,转脸对那车夫道:"你回去吧。明天中午到云埔接我。"

车子开到云埔,方青雯为他指路:"就是这里了。"

杨云枫停了车子走下来,见是一幢精致小巧的洋房,楼下花园里正开着许多粉红色的蔷薇花。方青雯牵了他的手下车站定,轻轻撩了下鬓边碎发,说:"谢谢你送我回来,要不要上去喝杯茶?"

杨云枫看看她,又抬腕看了下表,道:"这样晚了,我就不打扰小姐休息了,改天再专程来拜访。"

方青雯听了,狭长的凤眼在他面上盈盈一盼:"好。那我们改日再会。"说着转身按了门铃,便有一个女佣过来开门。

方青雯上到二楼，在窗边一望，见杨云枫仍靠在车边，抬头往这边看着。她推开窗子，抬手在唇上轻轻一按，又微微一扬，杨云枫已是满眼笑意。

南园的桃花早已谢了，只有覆在水榭檐上的紫藤，一串串累累垂垂惹了几只蜜蜂飞舞其间。

虞浩霆一到，"春亦归"里的一班人都站起身来，他对众人点一点头，走到汪石卿身边："今日你是寿星，就别招呼我了，防着他们灌你酒吧。"说着，牵了顾婉凝在他身边坐下，"石卿你之前见过，是我的参谋长。"

顾婉凝闻言对汪石卿点头一笑，汪石卿也微笑示意："顾小姐。"

虞浩霆又道："小霍他们你都认识，就不用我说了。"婉凝顾盼之间，见霍仲祺正瞧着她，亦微微一笑，却没有留心他面上的神色。

他们这里说着话，沈玉茗已亲自捧着茶走了出来，她将茶盘在桌上轻轻一放，笑道："顾小姐第一次来，不知道我这里的东西合不合你的口味。"

顾婉凝见她一出来先跟自己说话，却不知她是什么人，便用目光询向虞浩霆。虞浩霆握着她的手放在自己膝上，下颌一抬："你问石卿。"

汪石卿只望着沈玉茗笑而不语，席间一静，却是杨云枫开口道："这是'春亦归'的沈老板——"顿了顿，又接着说，"是汪参谋长的红颜知己。"

沈玉茗闻言横了他一眼，杨云枫仿佛受了委屈一般："我哪里说错了吗？"众人皆笑了起来，虞浩霆见婉凝踌躇，便对她说：

"沈老板大你几岁,你就叫她一声姐姐好了。"

顾婉凝依言对沈玉茗浅浅一笑:"沈姐姐。"

菜过五味,杨云枫忽然对汪石卿说:"我去旧京之前有幸听过沈老板的《游园》,一直念念不忘,今日是你的生辰,我倒想叨光再听一回呢。"沈玉茗闻言望向汪石卿,汪石卿淡淡一笑,"难得今天人聚得齐,四少也是第一次来,你就唱一段吧。"说罢,转头对立在一旁的小姑娘唤道,"冰儿,去取我的笛子来。"

沈玉茗走到水榭边亭亭站住,汪石卿已一笛在手,略试了一下音。笛声悠悠,沈玉茗红唇微启,"袅晴丝"三个字一出口,众人心里皆是一酥。杨云枫看着她眼波流转,不知怎的便想起方青雯来。虞浩霆见婉凝只凝神望着沈玉茗,便俯在她耳边说:"你喜欢听,回头我叫人到栖霞来唱。"顾婉凝却伸手在唇边比了个噤声的手势。

沈玉茗一曲唱毕,众人皆赞,席间的气氛愈发随意起来。霍仲祺对杨云枫笑道:"你在仙乐斯英雄救美,跟谭文锡打了一架,他这几天再不去跳舞了。"杨云枫嘿嘿一笑:"是他手下人罢了,那种公子哥儿怎么敢跟人动手?"

顾婉凝听他们这样说,忽然问:"你们说的谭文锡是实业部谭总长的儿子吗?"虞浩霆听她这样问,奇道:"你也认得他?"

顾婉凝摇摇头:"他刚和我的一个女同学订婚。"

霍仲祺和杨云枫相视一笑,说道:"那顾小姐要提醒你这位女同学留神了,谭文锡可是风流得很。"

"你倒好意思说别人。江宁城里谁不知道,说到'风流'这两个字,你霍公子要数第二,可再没人敢称第一了。"说话的却是汪石卿。

他这样一说,杨云枫也笑道:"就是,听说玉堂春的娇蕊姑娘等闲人想见上一面都难，只是霍公子一去，立时就花开堪折了。"

霍仲祺一向和他们玩笑惯了，在这些事上尤为洒脱，只是此刻在顾婉凝面前，无论如何也不想提及，当下急道："你们不要乱说，扯我干什么？"

汪石卿见他如此，淡淡一笑："小霍急了。"

郭茂兰便接口道："原来霍公子认真了，娇蕊姑娘是说不得的。"还未等霍仲祺开口，杨云枫又道："娇蕊姑娘说不得，那白姗姗总说得吧？若是白小姐也说不得，之前在旧京的那个徐小姐……"

众人闻言笑成一片，顾婉凝也是一笑，轻声对虞浩霆道："陈安琪之前也和我们说，霍公子这个人极风流的，还特意嘱咐大家都要小心。"她声音虽轻，汪石卿却听到了，笑谓霍仲祺："小霍你听听，连顾小姐学校里的女同学都知道你的名声。"顾婉凝听他这样说，望着霍仲祺顽皮地一笑。

霍仲祺百口莫辩，此时见她笑意促狭，更是气闷，冲口道："你们就只会说我，四哥那样多的女朋友，你们一个也不敢说。"他话一出口，便知道错了，他私下里和虞浩霆开玩笑也是常事，但此时顾婉凝正在这里，他这一句分明是将她也说了进去。他自知失言，心下懊恼，更是讪讪起来，杨云枫和郭茂兰也都不敢作声，席间便安静下来。

虞浩霆见状，一笑起身："好，我也知道我在这里只拘着你们。"他牵了牵顾婉凝，"也不知道这里的莲花开了没有，我们去瞧瞧。"他一起身，一直沉默无言的卫朔便立时站了起来，虞浩霆冲他一摆手："你坐着吧。"他拉着顾婉凝转身离席，刚走出两步，忽然又回过头用手一点霍仲祺，"你们不要放过他。"

池中的睡莲不过刚有一点花苞，倒是一群红白相间的锦鲤在一团团莲叶间游弋，月光之下十分鲜洁。

虞浩霆见顾婉凝若有所思的样子，轻轻揽着她道："刚才小霍……"

"我不是在想这个。"他一开口，就被顾婉凝截断了。

"那你在想什么？"

"我在想宝笙的事。"

"谁？"

"我的一个女同学，她前不久刚和你们方才说的谭文锡订婚。我怕宝笙所托非人。"

虞浩霆将她往怀里一拥："你和我在一起，干吗想别人的事情？"

婉凝双手轻轻抵在他胸前，声气如叹："我的事情已经没什么好想的了。"

"你这是什么意思？"

顾婉凝抬头望着他，脸上一丝表情也没有："如今人人都知道我和你在一起，我的事还有什么好想的？最多不过是想想虞四少什么时候新人换旧人罢了。"

"你这么想离开我？"

顾婉凝见他言语间脸色不好，怕又惹出什么麻烦，当下便不敢答他，虞浩霆盯了她片刻，忽然一笑："你什么时候喜欢我了，我就放你走。"

顾婉凝听他这样说，冲口便是一句："好，我喜欢你。"

虞浩霆凝视着她，漫不经心地道："我不信。"顾婉凝用力推了他一下，转头就走，却被虞浩霆从背后环住，轻轻在她耳边呵着气：

"你用心点再说一次，让我听听像不像。"

等虞浩霆牵了顾婉凝回来，杨云枫正在灌霍仲祺喝酒，一桌人都已有了酒意，笑闹得不可开交，除了卫朔，竟都没瞧见他们二人。虞浩霆朝卫朔摆了摆手，卫朔便也不作声，只听霍仲祺道："你们放着寿星不管，单跟我闹有什么意思。"杨云枫笑道："四少刚才吩咐叫我们不要放过你，这可是军令，谁叫你得罪顾小姐！"

顾婉凝听他们说到自己，一时更不肯过去，两人就站在了回廊里，却听郭茂兰道："得罪顾小姐还在其次，只是你当着她的面说四少有许多女朋友，若是顾小姐为这个和四少闹了别扭，你倒没什么，又要连累我们跟着受罪。你赶紧自罚三杯，先给我们赔罪。"霍仲祺被他们缠不过，只好喝酒。

沈玉茗听他们说起虞浩霆和顾婉凝的事，一时好奇，便笑问："我听说虞四少和顾小姐是在陆军部门口一见钟情的，是不是这么回事？"

虞浩霆听了，低声对顾婉凝道："可不是吗？我一听你开口就在想，什么样的人能配得起这样的声音？"顾婉凝面上一红，便低了头。

只听那边杨云枫道："这事要问茂兰。"

郭茂兰闻言一笑："那天卫朔也在，他还拿枪顶了顾小姐，幸好他没有开枪。"

卫朔听他这样说，只得干巴巴地解释了一句："顾小姐拦了四少的车。"

郭茂兰知他惜字如金，便自己接着往下说："我原还担心四少不知道要怎么处置那班岗哨，谁知见了顾小姐之后，提都没提，又是叫我去积水桥放人，又是叫我安排车子送人家回家，还叫厨房准备点心,再没见过四少这样殷勤的。"虞浩霆听着,脸上浮了层浅浅的笑意,却没留意顾婉凝的脸色已有些变了。

郭茂兰正说着,杨云枫忽然插嘴道:"说到这个,蔡廷初那小子你什么时候把他调回来吧。上回我去卫戍部碰见他,他还是老大不好意思的样子。好歹他也算是四少和顾小姐的半个媒人……"

这句话一出口,虞浩霆和顾婉凝皆是一怔。

郭茂兰摇摇头,不想再往下讲,但见汪石卿和霍仲祺几个人也都看着他,只好笑着说:"那天四少有事出去,原是让我送顾小姐回家的,正巧他过来说有石卿的电话,我就叫他在那儿等着,等顾小姐吃了东西出来,就送人回去。谁知一直到四少回来,他还在那儿站着。我一问,他居然跟我说:'那位小姐还没有出来。'听话听到这个地步,真是……我当时就打发他去卫戍部了。"

沈玉茗听了笑问:"那后来呢?"

杨云枫神情暧昧地笑道:"既然四少都回来了,那顾小姐也就不必走了。"

顾婉凝听到这里,遽然转身,浑身颤抖,盯着虞浩霆,眼里皆是不可思议的惊痛。

虞浩霆方才听到这班人将那晚的事情和盘托出,心知不妙,却已来不及带走顾婉凝,此时见她如此神色,竟不知要从何说起,刚想伸手揽她,顾婉凝已掩唇疾走。

"婉凝!"虞浩霆动容一呼,快步追了上去。席间众人闻声朝这边一望,都愣在了当场,只汪石卿扫了杨云枫和郭茂兰一眼:"你们俩完了。"

今日这一筵如此收场,沈玉茗亦觉好笑,她一面吩咐人收拾盘盏,一面对汪石卿道:"你们这位虞四少果然是英气逼人,难怪小霍那样赞他,也只有顾小姐这样的绝色配得起了。"

汪石卿却不动声色,"四少一时新鲜罢了。"沈玉茗摇头笑了笑,忽然想起一件事来,"我怎么觉得小霍今晚有些怪?"汪石卿微一蹙眉:"你也瞧出来了?"

"前些日子他到南园来,我就觉得他不大对,心事重重的。"

汪石卿心念一动,"哪一天?"

沈玉茗想了想,道:"是三月初三。"汪石卿一算,正是顾婉凝在陆军部门口拦车那天,沈玉茗见他半晌没有说话,且神色古怪,忍不住道:"怎么了?"

汪石卿轻轻一叹:"但愿他是一时心血来潮。"

沈玉茗疑道:"你说谁?小霍还是虞四少?"

汪石卿眼波浩渺:"但愿都是。"

虞浩霆追过去拉住顾婉凝,只见她泪水已夺眶而出,却没有哭声,只是手指震颤着蜷曲在唇边。

"婉凝,婉凝……"虞浩霆将她紧紧锢在怀里,不住地低声唤她的名字,语调中隐隐夹了恳求之意。他将顾婉凝噙在唇边的手指抽离出来,月光下两行齿痕清晰可见,竟已被她自己咬得渗出血来,虞浩霆一惊,便去吮她指上的伤处,却听她喃喃道:"我怎么这么蠢!我怎么会这么蠢……"眼泪汹涌,却连一声抽泣也无,她竟哭得这样不动声色。

虞浩霆一时无言,心中暗骂了郭茂兰和杨云枫不知多少次,却也无济于事,只好柔声劝她:"是我不好,你别为难你自己。"

顾婉凝泪光迷离中抬眼看他,"你怎么……怎么能这样骗我?"

她想着那一天的事情,她就那样当着他的面去解自己的衣扣,她怎么那样傻?

虞浩霆只觉无言以对,总不能说"我原是逗着你玩儿的",他伸手去抚她脸上的眼泪,那眼泪却断线的珠子一般,一颗一颗接连打在他手上,虞浩霆忍不住皱眉道:"你哪儿来这么多的眼泪?"顾婉凝仍是喃喃一句:"你怎么能这样骗我?"虞浩霆一叹,抬手将她抱起,快步出了南园。

杨云枫等人早已等在了门口,虞浩霆冷冷扫了他和郭茂兰一眼,冲霍仲祺一点头,便一言不发地抱着顾婉凝上了车。杨云枫和郭茂兰唯有苦笑,跟霍仲祺匆匆打了招呼,也各自上车。霍仲祺见顾婉凝偎在虞浩霆怀里,身子微微发抖,面上亦泪痕宛然,似是受了极大的委屈,他心中闷痛,却无可奈何。

顾婉凝回到栖霞官邸,止了眼泪,抱膝而坐,却仍是默默无言。虞浩霆在她身边坐下,轻轻抚着她的头发:"睡吧!你明天接着恼我也来得及。"

顾婉凝盯着他看了一阵,忽然低低道:"其实,就算我现在走了,你也不会去抓我家里人的,是不是?"既然他们之间似乎是有点误会,那么,他也许并不是一个不能讲道理的人。

虞浩霆闻言声气一沉:"你要是敢走,我把他们全都关到秦台去。还有欧阳怡。"这小东西居然还想着这件事。

顾婉凝抬眼看了他一会儿,才说:"你是吓我的。"

虞浩霆冷冷道:"不信,你就试一试。"

顾婉凝见他目光冷冽,语气森然,不由一惊。虞浩霆见她惊惧,又有些后悔这样吓她,将她轻轻一拥:"反正我现在不许你走。"顾婉凝绞着手指,声音犹疑,细不可闻:"反正你现在也没有和我在一起了……你让我在这里有什么意思呢?"

虞浩霆一怔,目光随即在她脸上打了个转,轻笑道:"你也觉得一个人没意思吗?"原来自从出了奚家花园的事之后,虞浩霆这些天一直都睡在别处,顾婉凝被他这样一问,面上已红了:"我是说,你不如让我走吧,既然你本来也没有这个意思。"话音方落,虞浩霆已吻住她的唇,压了下来:"我现在很有这个意思。"

顾婉凝慌忙躲闪着推他:"你说过你不会……"

虞浩霆道:"你再这么胡思乱想,我就改主意了。"

在南园闹了这么一出之后,虞浩霆一连几天都没有好脸色,郭茂兰和杨云枫都心虚到了十二分,所幸虞浩霆倒没再提起。

"朗逸说康瀚民身边的人透出消息,他有意和谈,不过,康氏内部也各有各的打算,你怎么看?"

汪石卿听虞浩霆这样问,沉吟道:"康瀚民野心不大,不过是想守住他那北地四省而已,如果真能谈和,自是最好,我们省下力气对付戴季晟。麻烦的是他手下那个刘民辉,此人跟俄国人走得很近,又有一支嫡系劲旅,康瀚民也忌他三分。"

虞浩霆目光一寒:"我倒不想'谈和',我要他'易帜',一了百了。免得我们跟他讲和,让他过了眼下这一关,终究是个掣肘。"

汪石卿道:"这他恐怕不肯答应。"

虞浩霆忽然问:"康瀚民的人还没到兴城吧?"

汪石卿笑道:"我们的人是从城里撤出来了,但是松原、昌化的防线都还在,加上康瀚民这些日子被骂得厉害,他的人也不敢贸然接手,还正在和朗逸商量。"

虞浩霆剑眉一扬:"告诉朗逸,来的是谁都不谈,除非是刘民辉的人。"

汪石卿一笑："四少是想让康瀚民猜忌他？"

虞浩霆却摇了摇头："康瀚民早就猜忌他了，我是想让刘民辉自己造反。他有个儿子刚从俄国留学回来，是不是？"

"是，我问过蔡军长，说是那小子前两年非要娶个俄国女人，把刘民辉气得半死，现在也不知道怎么样了。"

"你说，他父亲跟俄国人走得这么近，他在那边总不会是只玩玩俄国女人那么简单吧？康瀚民现在对俄国人这样敷衍，难道他们就不想另找个听话的？"

伍

两情

我听见你的心跳了

虞浩霆一回到栖霞官邸，芷卉便赶了过来："四少，顾小姐一回来就把自己锁在房里，不知道出了什么事。"

虞浩霆闻言，心中竟倏地有些忐忑，他知道顾婉凝虽然年纪不大，但身世飘零，自有一番磨炼。和自己在一起这些日子，纵然心存芥蒂，但装也装得十分柔顺，若是恼了，也不过是不理自己罢了，并没有这样撒娇小性的时候。

他上得楼来，拧了拧房门，果然都从里面反锁上了，这却是从来没有过的事："婉凝，开门，婉凝？"虞浩霆敲了几下，里面却毫无声息，他停了一停，说道："婉凝，你开门，我有东西要拿。"见里面仍然没有动静，又道："我真的有事，你开门。"话音刚落，只听里面门锁响动，他再一拧那把手，门已开了。

顾婉凝立在门边，漠然把看了他一眼，便转身进去收她原先放在桌上的课本笔记。虞浩霆见状，温言问道："你怎么了？"顾婉凝却不答话，虞浩霆伸手拉住她："出什么事了？"

顾婉凝用力一挣，却没能把他甩开："我的事不用你管。"

"是你家里有什么事，还是在学校……"

"我说了我的事不用你管！"

虞浩霆从未被她这样生硬地顶撞过，却又不明所以，当下沉声道："你不说，我就问不出来吗？"顾婉凝闻言，将桌上的一张纸扔到他面前，眼中皆是愠色："你满意了？"

他捡起那张纸一看，见是一张乐知女中的通知，通知的内容却是开除顾婉凝，不由奇道："他们为什么开除你？"

顾婉凝用力咬了咬唇："如今人人都知道我是……我是你的……姘头，你满意了？"

"什么……"虞浩霆嫌恶地咽下"姘头"两个字，皱眉道，"你不懂就不要乱说！"说着折起那张通知放进衣袋，转身走了出去。

欧阳怡正在家里跟姐姐说话，忽然有佣人进来通报："栖霞官邸的电话，找二小姐。"欧阳怡一听，忙起身去接，刚问了一声："婉凝？"

那边却是一个男声："我是虞浩霆。"

欧阳怡下意识地跟了一句："虞四少？"便听虞浩霆在那边问道："你们学校为什么要开除她？"欧阳怡听了，不知该如何解释，沉默了片刻，才迟疑着说："因为……她和你在一起。"

"我知道了。谢谢欧阳小姐。"

欧阳怡听到那边"咔嗒"一声挂断了电话，心头突突直跳。

次日一早，虞浩霆的座车就开到了乐知女中，门卫慌忙打电话到校长办公室，校长潘牧龄一听说这个虞四少居然找到学校来，不由怒道："你让他到校长办公室来找我，我倒要看一看他想怎么样。"

虞浩霆进了校长办公室，见书桌后坐着一个头发花白，身着长衫的老者，便招呼道："潘校长，您好。我是虞浩霆。"

潘牧龄翻着桌上的报纸，也不看他，傲然说道："不知乐知女中有什么军务，竟然要麻烦到虞军长？"

虞浩霆走到他对面坐下，从衣袋里掏出了那张开除顾婉凝的通知，推到潘牧龄面前："请问，您为什么要开除婉凝？"

潘牧龄在通知单上扫了一眼，仍不看他："鄙校的校务没有必要向陆军部交代吧？"

"乐知女中的校务自然不必向陆军部交代，只是虞某想问一问，贵校为什么要开除我的女朋友？我知道她成绩很好，前一阵子缺课也是因为生病，而且都向老师请过假的。"

潘牧龄道："军长何必明知故问呢？"

虞浩霆淡淡一笑："我就是不明白，婉凝究竟什么地方触犯了校规，让您一定要开除她不可？"

潘牧龄"哼"了一声，肃然道："军长府上接送顾小姐的汽车、侍从每每惹人围观，扰乱学校秩序；顾小姐和虞军长的事情在学校里更是流言纷纷，不堪入耳。这样行为不检、贪慕虚荣的学生实在是败坏校风！"

虞浩霆听着，却不动声色："据我所知，贵校的学生有汽车、仆从接送的很多，绝不止婉凝一个。我这么做也是出于无奈，只因虞某身份特殊，纯是为了她的安全考虑，之前家父遇刺的事情想必潘校长也有所耳闻。至于有人围观，难道一个女孩子生得美丽，引人注目，倒是她的错么？再者，贵校的学生恋爱甚至订婚的，也颇有一些，潘校长尽可以去问。"

潘牧龄冷笑道："那和军长的事是两回事！"

虞浩霆闻言，抬眼望着潘牧龄道："您的意思无非是说虞某家世显赫，婉凝和我在一起便是贪慕虚荣。那我想问问潘校长，如果虞某只是个普通人，您就不会开除她了，是不是？"

潘牧龄一愣，不置可否地看着虞浩霆，只听他接着道："现在讲求人人平等和自由恋爱，我想，潘校长亦是赞同的。既然您不会因为一个女孩子有个普通人做男朋友开除她，也没有因为哪个名门千金身有婚约就开除她，那为什么因为婉凝和我在一起，就要开除她呢？我不相信，在潘校长眼里，倒是一定要守着门当户对的窠臼：禀父母之命的便无可厚非，两情相悦的反而不能见容。您教导学生不贪慕虚荣，但是这样罔顾是非，刻意标示清高难道不也是'虚荣'吗？"

潘牧龄听到这里，忽然一摆手："虞军长不必说了。"

虞浩霆还要开口，却听潘牧龄说道："你让她回来上课吧。"

虞浩霆一听，忙道："多谢潘校长。"

潘牧龄面上仍是一片冷然："虞军长不必谢我。你说得不错，我执念于此，却也是虚荣。"

虞浩霆听了便起身道："那虞某就告辞了。不过，让她回来上课的事情，还麻烦潘校长请学校的老师转告婉凝，她的事情……倒不大愿意让我管。"

潘牧龄略一点头，目光又移在了报纸上。

刚一下课，欧阳怡就跑出教室给顾婉凝打电话："婉凝，程老师让我告诉你，学校同意你回来上课了。"

婉凝听了，却是诧异："真的吗？为什么？"

只听欧阳怡在电话里笑着说："你那位虞四少今天一大早就去找了潘校长，学校里好多人都看见了。他走了没多久，程老师就叫我告诉你,可以回来上课了。"

"他去见了潘校长?"

欧阳怡奇道:"你不知道吗?"

顾婉凝声音一涩:"那他和校长说了什么,你知不知道?"

欧阳怡犹自笑道:"这我就不知道了。不过,能让潘校长那样倔强的老顽固这么快就改了主意,虞四少的面子真是大。"

只听顾婉凝冷然道:"他不过是以势压人罢了。"

欧阳怡听出她语气不快,便劝道:"婉凝,你就别想那么多了,反正最要紧的是你回来上课。"她停了停,又说,"对了,孟瑗那些人整天说你倚仗着虞家如何如何,你明天回来,她们恐怕更没有好话,你只别理她们就是了。"却听顾婉凝声音更冷:"她们说的也没错。"

顾婉凝放下电话,心中愤然,转念间就拨了侍从室的电话:"我是顾婉凝,虞浩霆今天是不是在陆军部?"

侍从室的人头一次接到她的电话,颇为意外,却也不好怠慢,忙道:"四少正在陆军部开会,顾小姐有什么事吗?"顾婉凝那边却已挂断了。

她甫一出门,即有侍从迎上来询问:"小姐要出去吗?"

顾婉凝只是寒霜照面:"我要去陆军部。"

那人一怔:"小姐是要找四少吗?"

顾婉凝也不答话,径自往外走,那侍从见她神色不好,忙道:"小姐稍等,我去叫车子。"说着便掉头而去,一面叫车,一面打电话到陆军部通知了杨云枫。

杨云枫一听,便觉不妙。这些日子他和郭茂兰冷眼旁观,顾婉凝虽对虞浩霆有些别扭,但面子上的事却都应对妥帖,且从不打扰他的公务。今天突然找到陆军部来，怕是要出事。之前因为南园的事，虞浩霆几天都没有好脸色，这回要再出什么乱子，他恐怕是真要去陇北戍边了。于是顾婉凝一到，他便先迎了出来：

"四少这会儿走不开，小姐有什么事不妨先告诉我。"

顾婉凝看了他一眼，凛然道："我要见虞浩霆。"

杨云枫道："四少正在开会，请小姐先到办公室稍等一会儿。"

顾婉凝一言不发，径直便往里走，杨云枫连忙在前面带路，将她引到虞浩霆的办公室，随后挑了个空儿，走到虞浩霆身边低声道："四少，顾小姐来了。"

"她来干什么？"

"顾小姐不肯说，只说要见您。"

虞浩霆略一思忖，起身对众人道："我有件事要处理一下，诸位稍等。"待他走出来转进办公室，见顾婉凝一脸愠色，也皱了眉："你到这儿来干什么？"

顾婉凝盯牢了他，只吐出两个字："卑鄙。"

虞浩霆一怔："你说什么？"

"你今天到我们学校去干什么？"

虞浩霆一听，已猜到她生气的缘由，倒没了担心，闲闲道："我去问问你们那个潘校长，凭什么开除我的女朋友。"

顾婉凝见他一副漫不经心的样子，胸中火起："谁让你管我的事情？"

虞浩霆好整以暇地道："你自己也说了，如今人人都知道你是我的女人，那我虞浩霆的女朋友自然不能让人轻侮。"

"轻侮？"顾婉凝怒道，"如果不是你，怎么会有人轻侮我？你到学校里去逼迫校长，以势压人，别人只会加倍轻侮我。"

虞浩霆听罢，淡淡道："你说完了没有？我那边还有事情。"

顾婉凝闻言冷笑："你那边的事情自然是最要紧的。你所作所为不过都是仗着手中的权柄罢了。除了仗势欺人，你还会什么？你瞧着这里人人都敬你怕你，你以为是你虞浩霆了不起吗？你无非是父荫之下，坐享其成而已。你若不是虞靖远的儿子，你又算什么？多看你一眼，我都觉得恶心。"

虞浩霆一向自负，最是傲气不过，今日被她这样一番抢白，脸色已变了。立在门口的杨云枫和卫朔听着顾婉凝的话，情知要糟，却无计可劝，心道这女孩子平时看起来也是个聪明的，怎么竟这样刻薄。只见虞浩霆沉着脸走到顾婉凝面前，冷冷地看着她，顾婉凝只觉他的目光如刀锋般扫在自己脸上，却也不肯闪避，只愠怒地盯着他。

虞浩霆抬手捏住了她的下颔："我是仗着我手中的权柄，那你呢？你不过是仗着我还没有腻了你。"

他语气中一片冰凉，亦是顾婉凝从未见过的，她眼中已有一丝惊乱，想要别过脸去，却被虞浩霆死死扳住。她忍不住痛呼一声，虞浩霆手上才松了松力道，旋即轻蔑地一笑："你恶心一个给我看看！你在我面前装什么清高，你要真是个三贞九烈的，早就死给我看了。你每天晚上睡在我床上——不是也开心得很吗？"

顾婉凝闻言浑身战栗，猛地抬起右手用力朝他脸上挥去，虞浩霆一伸手就捉住了她，正在这时忽听门口有人惊诧地叫了一声："四少！"

虞浩霆回头一看，却是龚揆则，当下便松了手，顾婉凝此时痛怒至极，全然不防，他一松手，她就朝后跌去，虞浩霆连忙揽住她，死死按在怀里。

龚揆则本想趁虞浩霆离场的空儿，私下跟他商量件事情，于是稍等片刻便跟了出来，却没想到虞浩霆"处理"的是这样一番状况。当下两人都有些尴尬，龚揆则心中惊异，轻咳了一声道："四少，有件事情要问问你的意思。"

虞浩霆略一点头："进去说。"手上缓缓放松，顾婉凝顺势推开了他，转身就往外走。虞浩霆看着她夺路而去的背影，刹那间想起自己刚才的话，心中一乱，对杨云枫道："你去！把她看好了，出了什么事我唯你是问！"语气急促，竟有几分慌乱。

顾婉凝听到身后有脚步声，一回头见是杨云枫，冷道："你不要跟着我。"杨云枫道："小姐要去哪儿？"顾婉凝也不答话，杨云枫只得叫车子缓缓跟在后面，却见她径自出了陆军部，自己拦下一辆黄包车："去乐知女中。"

到了学校门口，顾婉凝才想起自己出来的时候身上没有带钱，踌躇间，杨云枫已停车走了过来，替她付了车钱。顾婉凝看了他一眼，便低着头进了学校。杨云枫急忙跟上去对门卫道："陆军部有公务。"不等对方出来阻拦，就抢了进去。

顾婉凝走到校长办公室门外，轻轻敲了敲门，等里面说了声"进来"，方才进去。

潘牧龄抬头看了看她，说："顾同学有什么事吗？"

顾婉凝抿了抿唇，眼中微微一热："潘校长，今天的事情实在很抱歉，我保证陆军部的人一定不会再来胁迫骚扰学校，请您原谅。"却听潘牧龄道："顾同学可能误会了。我同意你回来上课并非受了谁的胁迫，而是因为之前开除你的决定确有偏颇。"

顾婉凝一怔："那虞浩霆……"

潘牧龄闻言一笑："虞军长倒是个很讲道理的人。"他见顾婉凝一脸犹疑，接着道，"他只是来问老朽，倘若他只是个普通人，学校还会不会开除你。你明天就回来上课吧。"

杨云枫见顾婉凝从校长室出来，赶忙迎了上去："小姐要回官邸吗？"

顾婉凝茫然地点了点头，一声不响地出了学校。杨云枫本来担心她今日和虞浩霆翻了脸不肯回去，此时看她竟一点脾气也没有，虽有几分奇怪，却松了口气。

然而顾婉凝回了官邸，虞浩霆却住在了陆军部，一连数天都不回栖霞。两处的侍从都忐忑不已，又不敢议论。杨云枫在官邸看着顾婉凝，本以为她要回学校上课，却没想到她竟办了休学手续，日日只在房里用功，不过偶尔去一趟书局，郭茂兰在陆军部更是谨言慎行，两人既不敢说，也不敢问，只私下里互通消息罢了。

这天，顾婉凝正在房中看书，只听门外一个女声道："这真是奇了！她住在这里，倒叫老四回不得家。"

她抬头一望，见是个三十岁上下的少妇，一袭丝缎旗袍，碧蓝色的底子上用银线绣了大朵的茶花，容色亮丽中带着三分傲气。顾婉凝不知她是什么人，见她径直走进来，揣度她必是虞家亲眷，便站了起来。

那女子上下打量了她一遍，唇角一牵："果然是个美人儿！"眼中却全无笑意。

顾婉凝听她语气不善，也不以为意："请问您有什么事吗？"

那女子直视着她道："我是浩霆的二姐。"

顾婉凝听了，冲她点一点头："冯夫人您好！"

虞若槿微微一笑："顾小姐在栖霞住了这么久，还习惯吗？"

顾婉凝无所谓地道："还好。"她话音刚落，虞若槿笑意却一敛："我看顾小姐还是不要太习惯的好。你住得惯了，倒叫浩霆有家不能回了。"说罢，也不和她打招呼，便翩然而去。

"那个姓顾的女孩子，你到底是什么打算？"用罢晚饭，虞夫人屏退了佣人侍从，方才开口。

虞浩霆仍是不动声色："我说过我的事情自有分寸，不劳母亲挂心。"

"分寸？吵架都吵到陆军部去了，还有什么分寸？当着你的人她就敢跟你动手，又是什么分寸？"虞夫人说着，面上已有了怒意。

虞浩霆冷笑一声："这些人真是多嘴。"

"你不要怪别人。是你龚伯伯不敢告诉你父亲，只好来跟我讲。"虞夫人愠意更重，"这样轻狂的女孩子，你还留着她做什么？你这样纵着她，说出去也不怕别人笑话，她堂而皇之地住在官邸，你倒躲在陆军部不敢回去。"

虞浩霆听着，有些不耐烦起来："最近北边的事情多，我在陆军部方便一点。"

虞夫人看了他半响，轻轻一叹："你的事情我管不了。我只提醒你一句，你的事不单是你一个人的事，也不单是虞家的事。江宁一系、半壁江山都已在你肩上，你千万不要辜负了你父亲的期望。"

虞浩霆默然片刻，起身道："浩霆必不辜负父亲的期望。但是我也有一句话告诉母亲，我的私事绝不容旁人干涉。"

出了淳溪别墅，虞浩霆忽然回头问郭茂兰："她这些天怎么样？"郭茂兰忙道："顾小姐每天都在官邸里用功，云枫说似乎是在给人翻译东西。"

虞浩霆一怔："她不去上课吗？"

郭茂兰连忙解释："学校已经放暑假了。而且，顾小姐办了休学的手续。"虞浩霆听罢，一言不发地上了车，郭茂兰犹豫再三，小心翼翼地问道：

"四少，回栖霞吗？"

却听虞浩霆沉声道："去陆军部。"

格外闷热了两日之后，天气总算阴了下来。

郭茂兰看着窗外草地上低低盘旋的蜻蜓，自言自语："晚上恐怕要有场大雨。"

卫朔闻言也朝窗外看了一眼："已经一个多月了，你要不要劝一劝？"

郭茂兰诧异地看着他："你也有忍不住的时候？"

卫朔却已移了目光不再说话，郭茂兰苦笑着说："你怎么不叫云枫去劝劝顾小姐？"

天色越来越阴，雨却一直没有下，一直到夜里十一点钟，风忽然大了起来，隔壁办公室的一扇窗子没有关好，被风一卷，撞在窗框上，玻璃哗啦啦碎了一地。虞浩霆闻声，起身走到窗前，只见外头星月无光，树影纷乱，眼看就是一场大雨。他刚想叫人，却又坐下，拉开抽屉拿出自己的佩枪，将零件一个一个拆开，又慢慢装了回去。

忽然一个炸雷轰然而响，仿佛近在咫尺一般，紧接着便雷声四起，他薄唇一抿，起身走了出来，对等在外面的卫朔和郭茂兰抛下一句："回去。"

一班人回到栖霞官邸的时候已是雷电交加,大颗的雨滴接连砸落下来,在地上激起一朵朵白色的水花,杨云枫早已带了人撑着伞等在外面。车子停稳,虞浩霆抬头一望,自己房里的灯果然还亮着。

他上到二楼,刚一走进去,便听见卧室里头传出顾婉凝微颤的声音:"谁在外面?"

虞浩霆没有回话,走到卧室门口才站住:"是我。"

顾婉凝倚在床头,身上罩着一件湖蓝色的软缎睡袍,暖黄的灯光下,整个人都仿佛有一层淡淡的光晕,只是神色困倦,膝上还摊着一本书。她一见虞浩霆,讶然慌乱中说了一声:"你……"便再也说不出话来。

虞浩霆慢慢走到她身边坐下,喉头动了动,却终是一言不发,抬手想要去抚她的头发,也僵在了那里。此刻,窗外电光一闪,紧跟着就是一声惊雷,婉凝双肩一缩,已被他拥在怀里,只听虞浩霆声气如叹:"你怎么不叫我回来呢?"

顾婉凝低低道:"我想,你大约不会再见我了。"

虞浩霆听着,心里一阵牵痛,将书从她膝盖上拿开:"等你睡了我再走。"

顾婉凝枕着他的肩躺下来,虞浩霆便伸手按灭了台灯,雨水打在窗户上噼啪作响,只听她轻声道:"你跟我说说话,行吗?"

虞浩霆在她发间若有若无地一吻:"好。"一面轻轻拍着她的背,一面缓缓说道:"我小时候也怕打雷。有一回在淳溪,夜里下大雨,父亲把我从屋子里赶出来,说什么时候不害怕了才让我回去。我就撬了他的车锁,偷偷在他车子里睡了一晚。第二天一早,大家到处找不到我,父亲吓得脸色都变了……"

顾婉凝静静听着,蒙眬中犹自一笑:"他没有罚你吗?"

"当然罚了。小时候就数我挨打挨得最多,我和朗逸一起闯祸,就只我一个人挨打……"

"朗逸是谁?"

"下个月他回江宁你就见到了。"

"……你挨打的时候哭吗?"

"不哭。"

"从来都不哭?"

"大概没有吧,我不记得了。"他说罢,听顾婉凝不再作声,气息渐匀,已是睡着了。虞浩霆握着她搁在自己肩畔的素手,心里一阵酸涩。

窗外忽然又是一声巨响,顾婉凝睡梦中一惊,他连忙紧了紧臂弯,柔声道:"我在。"却听她梦呓般说了一句:"我听见你的心跳了。"

虞浩霆无声一笑,只觉这急雨惊雷之中却生出一份柔静的欢喜来。想想也真是莫名其妙,她这么一个娇娇怯怯的小丫头,他跟她置的什么气!

郭茂兰和杨云枫在门外等了约莫半个钟点,见虞浩霆没有出来,不约而同地松了口气。他们两人随侍虞浩霆本是轮值,但这一个月,杨云枫在栖霞,郭茂兰在陆军部,没有一日是假期,杨云枫忽然一拍郭茂兰:"明天你来吧!"

郭茂兰奇道:"为什么是我?"

杨云枫一笑:"明天四少必然心情好,这个巧宗儿我让给你。"

郭茂兰摇了摇头:"我这一个月真是够呛,还是你来吧。"

"反正你也没有家累,在哪儿不都一样吗?"

郭茂兰听了皱眉道:"难道你有吗?"

杨云枫脸一苦:"我要是再不得空,就真的没有了。"

郭茂兰闻言,玩味地看了他一眼:"你说真的?是什么人?"

杨云枫小小得意地笑道:"回头告诉你。"

顾婉凝醒来的时候已是阳光满室,她一睁开眼,先看见的便是虞浩霆军装上的纽扣。她心中一乱,竟不敢抬头去看他,也不知该说些什么,只轻声问道:"你怎么还没走?"

虞浩霆这一晚几乎没怎么睡,听她这样一问,懒懒道:"你很想我走吗?"一抬方才被她枕着的左肩,竟全都麻了,他伸手揉着,对顾婉凝一笑,"你还真能睡。"

顾婉凝见他昨天的一身戎装未换,斜倚在床上,眼下已微微有了青影,知道他必然没有睡好,又见他去揉肩膀,本能地便伸手抚了上去:"对不起。"

虞浩霆见她来抚自己的肩头,握着她的手,轻轻一吻:"不碍的。"却见顾婉凝垂着头道:"学校的事是我没有弄清楚,我不应该到陆军部去骂你。"

虞浩霆闻言握住她的手向前一带,把她环在自己胸前,轻轻抚着她的头发:"你怎么这么乖了?"

顾婉凝看着他,一咬下唇:"你回栖霞来吧,我要回家去了。"

虞浩霆深湖般的眸子凝视着她:"那我回来,你也不要走,好不好?"

顾婉凝面上一红,微微挣了一下,嗫嚅着说:"你是觉得,还没有腻了我吗?"

虞浩霆臂弯一紧："我那天是气急了，说了什么混账的话，你不要记在心里……要不，你打我？我保证不躲开。"他甚少向人认错服软，此时情急之下脱口而出，全然没了平日的傲然沉着，反而比旁人更加讷涩。

顾婉凝此刻被他环在胸前，他戎装的纽扣隔着衣裳轻轻硌着了她，阳光透过窗帘的白色纱衬洒在房中，他目光中全是宠溺……她忽然一怔，不由自主地伸手去触他下巴上微微泛起的胡茬——这样的情景，是曾经深埋又骤然抽起的断章，似曾相识却又全然不同，是极力想要忘却的痛楚，亦是不敢回顾的渴念。

虞浩霆见她突然对自己这样亲昵，神色恍然中又有些爱娇，心头一软，只觉她的人宛如从这晨光中渗出来的一般，这样刻骨的柔艳明媚，却又轻飘飘的像他心底的一个梦，总是看不清看不全……忍不住便要吻下来，却听见郭茂兰在门外大声对卫朔道："卫朔，快九点钟了，四少还没有起吗？"

虞浩霆心中暗笑，只得起身进去洗漱，换了衣裳出门，可走到门口，却又转回来，终是在顾婉凝眉间轻轻一印："不许走，等着我。"

杨云枫这一个月都不得空，只好日日叫花店送花去仙乐斯给方青雯，加上之前他和谭文锡打架的事情，一时间仙乐斯人人皆知，有个陆军部的军官在追求方青雯。

"青雯姐，快出去收花！"紫兰一推化妆间的门，满面笑容地招呼道。仙乐斯刚刚开门，还没有客人，方青雯正在化妆间里和几个舞女聊天，听到紫兰这么说，便淡淡一笑："你怎么不帮我拿进来？"

紫兰俯在她肩上，哧哧笑道："这回人家不给我，得你亲自去瞧。"

　　方青雯一走出来便看见了杨云枫戎装笔挺的背影，午后的艳阳投在他身上，照得人心里一亮。杨云枫似是觉察了她的目光，转过身来，粲然一笑，手中是数十枝半开的白玫瑰："方小姐，好久不见。"

　　方青雯接过花，深深望了他一眼："你再叫人送花，我家里就放不下了。"她音色沉妩，如星光下的江流，杨云枫只觉得这样一个女子，何时何地见到她都仿佛是夜色阑珊时琥珀色的一杯酒。

　　霓虹闪烁的仙乐斯越到深夜越是热闹，方青雯分花拂柳穿过舞池走到杨云枫身边坐下，托着腮浅浅一笑："你就在这里坐一整晚吗？"杨云枫把杯底的酒一饮而尽："你不用招呼我，我就是来看看你。"

　　方青雯狭长的凤眼微微一翘，站起身来，将手朝他面前一伸："那要是我想跳舞，你陪不陪我？"杨云枫一笑起身，揽着她进了舞池。一曲舞毕，方青雯贴在他耳边吐气如兰："我要回去了，你送我。"

　　到了云埔，方青雯抱着那捧玫瑰下了车，对杨云枫嫣然一顾："今天还不算晚，你要不要上去坐一坐？"杨云枫略一踌躇，说："这个礼拜天我想请方小姐到南郊去看荷花，不知道小姐有没有空？"

　　方青雯凝神望了他片刻，眼波流转："好，那我等你。"

　　虞浩霆本想回栖霞吃晚饭，却被耽搁了许久。这一个月他日日在陆军部勤谨，连同参谋部那边的人也都惯了陪他熬着，一直到晚上九点多还有要他签字的电文往这边送，钟庆林和晁光两个虞军元老又在办公室里兴致勃勃地同他议论康瀚民和刘民辉的事，只郭茂兰和卫朔看出他今晚有些急躁。好容易应付完公事，虞浩霆匆匆出门上车，郭茂兰在一边瞧着，他竟是归心似箭的意思。

虞浩霆一回栖霞，便上楼来寻顾婉凝。他在楼下已经看见房间里没有灯光，推门进来低低唤了一声"婉凝"也无人答话，心中便是一凉：难道她真的走了，怎么没有人来告诉自己？

虞浩霆缓缓进了卧室，随手按开顶灯，却听床边嘤咛一声，顾婉凝正抬手挡在眼前，他连忙灭了灯，面上不由自主地旋起一抹笑容来，这一笑，竟再也收不住了。

他走到床边，将顾婉凝抱在怀里，一面细细密密地吻着，一面轻声道："你没走……你真的没走……"

顾婉凝此刻已醒了过来，只是被他吻得睁不开眼，好容易等他停下，才用手抵住他的肩，微微喘息着抬眼看他。月华如水，虞浩霆灿如星光的眼眸中深深的皆是笑意，那样温柔深挚的笑容，几乎要将她溶进去一般。他的脸颊轻轻擦着她的额头，他的手那样烫，叫她想起昨晚睡梦中，依稀听见他沉着坚稳的心跳，她忽然不想挣扎，抵在他肩头的手臂一软，攥住了他的衣襟……

第二天一早，虞浩霆从楼上下来，杨云枫一看就愣住了。

只见他以指掩唇，眼中全是笑意，看到杨云枫神情惊异，似有所觉，沉了沉脸色，那一份喜不自胜却收敛不住，仍是笑了出来。杨云枫和几个侍从官从未见过他这样，都惊诧不已。虞浩霆也不在意，只对他吩咐道："今天早一点回来，叫参谋部那边五点钟之前把事情都弄好。"

杨云枫答了声"是"，虞浩霆又道："还有，去枫丹白露订个位子，我过去吃晚饭。"

杨云枫道:"是和顾小姐吗?"

虞浩霆扫了他一眼:"难道和你吗?"

这一天在陆军部,虞浩霆待人接物都格外和颜悦色,于是,杨云枫反反复复被人问的只有一句话:"四少怎么心情这么好?"连汪石卿一出虞浩霆的办公室,也朝他递了个眼色,杨云枫跟出来笑问:"参谋长是想问四少怎么今天心情这样好吗?"

汪石卿道:"怎么回事?"

杨云枫凑到他耳边说了一句,汪石卿便是一怔:"不是说已经好多天都没有见她了吗?这个顾小姐这样有手段?"

杨云枫一笑:"我看这回倒是四少有些痴心。"

汪石卿听了,淡然道:"也罢,四少心情好总不是坏事。"

"你笑什么?"从栖霞出来,虞浩霆一路上都笑吟吟地看着她,顾婉凝两颊已红透了,他伸手在她颊边一碰:"好烫。"顾婉凝红唇一抿,转脸看着窗外。

虞浩霆的车子一停,前后几辆车的侍从都整装下车,国际饭店周围早有卫戍部的人布开了岗哨,两个街口一时都封了起来,直到他牵着顾婉凝进了餐厅,才放开通行。

杨云枫订的自然是这里最好的位置,从窗子望出去,夏夜晴空之下,星光灯火连成一片,极目远眺便是陵江,江流蜿蜒,山影逶迤。虞浩霆却见她并不十分开心的样子:"你不喜欢这里吗?"

顾婉凝柔柔一笑:"巴黎的一流餐厅也不过如此。只是出来吃一餐饭,这样大的阵仗,倒叫人有些食不知味了。"

虞浩霆呷了一口杯中的红酒,"我们多出来几次你就习惯了。"

她眼波一盼,低低道:"有些事,还是不要习惯的好。"

虞浩霆闻言，招手叫卫朔过来，在他耳边说了两句，卫朔却皱了眉："四少，这样不行的。"虞浩霆道："那我就自己去。"卫朔沉吟了一下，无可奈何地看了顾婉凝一眼，转身出去了。

顾婉凝知道卫朔一向沉稳如石，对虞浩霆的话从无违拗，今天竟这样的不情不愿，不免奇怪："你叫卫朔做什么？他这样为难。"

虞浩霆目光闪动，悠然道："你一会儿就知道了。"

过了约莫一刻钟，卫朔已转了回来，却换了便装："四少，车子在后门。"

虞浩霆听了起身去牵顾婉凝："我们走。"

婉凝一怔："去哪儿？"

"换个地方吃东西。"

顾婉凝跟着虞浩霆从电梯下了楼，卫朔走在边上一脸寒霜，眉头紧锁，婉凝见他脸色这样难看，心中分外忐忑起来。他们从国际饭店一角的小门出来，只见门口停着两辆车子。虞浩霆拉开前面一辆的车门让顾婉凝坐进去，自己却坐在了驾驶座。婉凝头一回见他自己开车，倒觉得很是新鲜，侧着脸打量了他一会儿，轻轻咬唇一笑。

虞浩霆道："你又笑什么？"

顾婉凝低了头，轻声道："我在想，其实你也不算是个坏人。"

虞浩霆眸中柔光一闪："原来在你心里，我一直都是个坏人。不过，我倒是听说女孩子只喜欢坏人，不喜欢好人的。"说着，便伸过一只手来握住了顾婉凝的柔荑，"所以，我宁愿你当我是坏人。"

车子停在了芙蓉巷。

这里是江宁有名的夜市，顾婉凝和欧阳怡她们曾经来过，但凡江宁有特色的小吃在这里都找得到，而且最是地道，她怎么也没想到虞浩霆会带她到这儿来："你也知道这里？"她这副神情倒在虞浩霆的意料之中："你不会以为我生来就只长在陆军部吧？"当下便拉着她进了芙蓉巷，卫朔带了两个侍卫远远地跟着。

今日虞浩霆和她出来吃饭，换了便装，一身浅灰色西服，打了烟紫的领带，在这样的红尘巷陌中，俨然一个翩翩浊世佳公子，只是举止之间，多了一份凌厉抖擞。顾婉凝穿了条薄荷绿的洋装裙子，领口袖口都荡着薄软的荷叶边，她一抬手，柔滑的衣袖就飘飘落下，露出一截莹白的手臂来。这些天，她大多一个人闷在栖霞官邸，此刻见了这般酒香灯影、烟火人家的热闹，便格外开心。虞浩霆低头看着她，只觉得无论她人在哪里，都有一种别出心裁的清艳，那欢喜起来的笑颜直让这满目繁华都失了颜色。

"我们去吃那个好不好？"顾婉凝抬手一指，却是一家做豆腐涝的小铺子。虞浩霆一笑便牵着她走了过去，两个人进了店，老板连忙上前招呼。这老板是个三十岁上下的中年妇人，很是利落，一见他二人的形容，便猜度必是富贵人家的少爷小姐，心下暗赞：好一对璧人！口中招呼得更是殷勤。

那豆腐涝色白如玉，里头木耳、葱花、麻油、辣油、花生、虾皮……林林总总放了十多样，上头还码着一撮嫩白的鸡脯肉丝，虞浩霆怕她吃得辣了，又要了桂花糯米藕和绿豆沙。顾婉凝吃了几口，忽然瞧见虞浩霆的那一碗和她的有些不同："你的怎么和我的不一样？"

虞浩霆一看，自己这一碗果然多了些金针、豆芽、尖笋之类，便笑道："一定是老板忘了，要不我们换换？"

顾婉凝还未答话，那老板娘已走过来笑着说："少爷这一碗放的是什锦菜,您吃了这一碗,将来必定前程似锦。"她这样一说,顾婉凝已掩唇而笑:"你快吃吧,我倒想知道你将来还要怎样的前程似锦。"

虞浩霆亦是一笑:"那就多谢老板吉言了。"

两个人话音刚落,里头忽然跑出来一大一小两个孩子,大的是个七八岁的女孩儿,小一点的男孩子只有四五岁,蹒蹒跚跚地跟在后面。那老板娘一见,忙喊住了他们:"莲儿,别带着弟弟到处乱跑,娘这里忙着招呼客人,你舀一碗酒酿圆子跟弟弟吃。"

两个小人儿一听说有吃的,便兴高采烈起来,那姐姐立刻就去厨房盛了吃食出来,在角落里坐下,喂给弟弟一口,自己吃一口。

顾婉凝望了他们一眼,笑道:"我和旭明以前也是这样子。你小时候,姐姐也这样哄你吗?"

虞浩霆道:"二姐比我大得多,不和我一起玩儿的。三姐和我差两岁,每回父亲打我,她倒是常常护着。"

顾婉凝在栖霞这些日子,只见过虞若槿,不由问道:"你还有一个姐姐吗?"

虞浩霆神情略略一滞:"嗯,三姐这几年一直在国外,你没见过。"顾婉凝原是随口一问,也就没放在心上。

这时边上那姐弟俩已经吃完了汤圆,好奇地在虞浩霆和顾婉凝身上瞧来瞧去,婉凝便逗那小姑娘:"你唱个歌给我听,我请你吃糖藕,好不好?"

那小姑娘还没答话,旁边的弟弟已经晃了过来:"我要吃糖藕。"小姑娘一双黑白分明的圆眼睛瞧瞧顾婉凝,又瞧瞧弟弟,歪着头一笑,大大方方地开口唱道:

"高楼高楼十八家,打开门帘望见她。"

她唱着，虞浩霆已将桌上的桂花糖藕端到那弟弟面前，小家伙用手抓着就吃了起来。那姐姐见弟弟吃得开心，越发认真起来：

"粉白脸，糯米牙，板子鞋，万字花，大红袄子四拐楂。回家去问我的妈，卖田卖地娶来家……"

虞浩霆听了不由好笑："这样败家的儿子。"

那小男孩嘴里塞着糖藕，也咕咕哝哝地伴着姐姐往下唱：

"热水又怕烫了她，冷水又怕寒了她，头顶又怕跌了她，嘴含又怕咬了她，烧香又怕折了她，不烧香又怕菩萨不保佑她……"

虞浩霆听着，只含笑望向顾婉凝，目光中有无限的温柔。婉凝见他这样看着自己，颊边一红，便低了头，连忙叫老板结账。

他们二人结了账出来，那姐弟俩犹自跟出来唱道："热水又怕烫了她，冷水又怕寒了她，头顶又怕跌了她，嘴含又怕咬了她……"虞浩霆从衣袋里摸出两块银元来，蹲身塞在那男孩子手里："给你和姐姐买糖吃。"那男孩子接了钱，立刻支着手跑到了姐姐跟前。

虞浩霆站起身来牵住顾婉凝，良久都一言不发。

顾婉凝忍不住抬头看他，却发觉他目光中已没有了方才的柔情似水，他轻轻理了她耳边的碎发，忽然道："你嫁给我吧。"语气烦躁，神情似气恼又似不耐。

顾婉凝一惊，忽然想起欧阳怡的话——"虞家若是娶少夫人，必是顶尖的名门闺秀。你若是喜欢他，你肯不肯……"她想起那一晚罐山的梨花，其实，那样的树树春雪她早已见过，不！她见过的是比那更白更轻更浩渺的一片香雪海……她猝然摇头，挣开他的手："我不要。"

她突然这样激烈，虞浩霆不禁一怔，待看到她那样决然的神色，他面上也一点一点冷了下来，显出薄薄一层讥诮："你就当我没说过。"

"热水又怕烫了她,冷水又怕寒了她……"他心里一直响着方才的歌。

这些天来,他从没去想过自己的心意,他要她,她在,触手可及,足够了。他有很多事要想,他不需要想这个——尽管有那么一刹那,他也察觉到自己心中的悸动牵念,但是他对自己说不去见她,他就真的不去见她,那么久也不见!

不过是个女人,就算她那样美,也不过是个女人。

他从来都这样骄傲,他从来都有资格这样骄傲。

然而那孩子的歌,一句一句都打在他心上,"头顶又怕跌了她,嘴含又怕咬了她",他藏得那样深的心意,连他自己都被骗过的心意,原来,不过如此。

从开始到现在,从他见到她的那一刻开始,就已全然失控了。他没有想那样要了她,他没有想那样逼着她留在自己身边,可是他偏偏都做了;他去讨好她的女同学,他用那样恶毒的话去气她……甚至,他和她在此时此地,此情此景亦全都在他的控制之外。

他从来不曾怕,可是遇见她,他却这样怕。

他不是不想见她,他只是怕见到她。

他怕她哭,又怕她不哭;他怕她恨他,又怕她不恨他;他怕别人伤了她,也怕自己伤了她……他怕她伤心怕她委屈怕她走,他怕她害怕,他怕自己竟然这样怕!

不过是个女人,他狠狠地想,却想得自己心都抽起来,他冲口就说他要娶她。话一出口,他就知道自己又失控了,他气自己竟然这样进退失据!可她终究给了一个让他最怕的答案,她说她不要,她不要他!不要。

难道他当初伤了她,再怎样补救都不会好了吗?

顾婉凝双手紧紧攥在身前,低着头不敢看他,两人一时都各自无言。卫朔见二人在路边说话,自是不便上前,只在对街皱眉瞧着,唯盼虞浩霆赶紧带顾婉凝回去。

正在这时,街上却突然乱了。

那间豆腐涝铺子隔了几个门脸便是芙蓉巷最大的一间馆子福庆楼,此时正是客似云来的时候。忽然楼上两声枪响,摔下一个血迹斑斑的人,在街上挣扎着爬起来便跑,里头更跑出许多客人来,街上顿时乱作一团。

这边枪声一响,卫朔便带着人去护虞浩霆,只是他们此刻亦是便装,逆着人流过来,却无人相让。一个侍卫刚要朝天鸣枪,被卫朔一把拦住,他们身份未明,这个时候人群一乱,恐怕更要不可收拾。

顾婉凝惊骇之中,已被虞浩霆护在怀里,却听边上"哇"的一声,原来刚才那姐弟俩一直站在外头看热闹,那弟弟不知被谁撞翻在地,更被人一脚踩在了手上。顾婉凝一见,便从虞浩霆怀里往外挣,虞浩霆连忙按住她:"我去。"说着,抢过去抱起那孩子,放回店里。

这时卫朔亦挤了过来,对虞浩霆道:"四少,应该是帮会做事。"

虞浩霆目光一冷:"这也太过了。"

卫朔刚要答话,却见虞浩霆已变了脸色转身疾去。

从福庆楼里冲出来的一班人似乎是在追前面摔下来那人,一面呵斥路人闪躲,一面朝前放枪。那人踉踉跄跄一边逃避一边向后开枪,竟朝顾婉凝这里撞了过来。卫朔一见赶忙抢过去想要叫住虞浩霆:

"四少!"却已晚了,待他冲过去,枪声正落,虞浩霆已抱着顾婉凝扑在路边。

顾婉凝见那些人往这边奔来,正闪避不及,忽然眼前天旋地转,虞浩霆已扣住她的身子,压在了她身上。她只觉额角一热,似乎有什么滴下来,抬手去抹,竟是血迹。虞浩霆刚揽起她,便见她额边殷红一片,惊道:"伤到你了?"

顾婉凝见他面色惊乱,忙说:"不是我的血。"

虞浩霆闻言神情一松,才发觉右肩一片灼痛,原来方才一发子弹擦着他肩头飞过,顾婉凝额角的血却是他自己的。

"四少!"

虞浩霆回头一看,卫朔正单膝跪在他身后,脸色惨白,紧紧抿着双唇,眼中泪已盈眶,整个人都在微微发抖。虞浩霆知道他此刻惊恐担心到了极处,却又不能开口责怪自己,当下温言道:"擦了一下而已,这事不怪你,是我自己大意。"

卫朔看了看顾婉凝,咬了咬牙,说:"无论如何,您不能⋯⋯"

虞浩霆一笑,拍了拍他的肩。

杨云枫见虞浩霆竟然受了伤回来,亦是惊骇不已,转脸就盯着卫朔:"怎么会?"卫朔铁青着一张脸,闭紧了嘴一言不发。虞浩霆一边由着医官处理伤口,一边对杨云枫道:"今天的事不许说出去,尤其是淳溪那边。"杨云枫答了声"是",虞浩霆又道:"警察厅的人真是尸位素餐。你叫卫戍部的人去问问齐雁来,这点事情他都摆不平,他这个警察厅长是想去道上混饭吃吗?"

包好了伤口,虞浩霆便上楼来看顾婉凝,却见她神色戚然地望着自己:"你的伤怎么样?"虞浩霆心里一甜,把她揽在怀里,"一点皮外伤,不打紧的。"顾婉凝靠在他胸口,低低道:"白龙鱼服,已是虾蟹可欺,你还偏偏以身犯险。"

虞浩霆知道她长久待在国外,国语用得少,都是刻意教养出来的,越是难开口的事情越是说得像背书,当下便笑道:"你倒比他们还会教训人。"

顾婉凝咬了咬唇,声音细不可闻:"你不应该为了我冒这样大的风险。"

虞浩霆玩味地瞧着她:"你这是担心我吗?"

顾婉凝面上微微一红:"你要是有什么事,你身边的人都脱不了干系,我从来没见过卫朔那个样子。"

虞浩霆薄唇一抿:"原来你是为他们担心。"

顾婉凝抬起头,嗫嚅着说:"你知道……"

"我知道什么?我只知道你说你不要我。"

顾婉凝沉吟了一阵,轻轻飘出一句:"我还要念书。"

虞浩霆听了,笑意一点一点在唇边漾开,圈住她的手臂向上一抬,竟将她举了起来:"你是为了这个?那你怎么不去上课了?"

顾婉凝面上已飞出两抹绯红:"我以后再去,学校里现在满城风雨的。你快放我下来!你肩上有伤。"

虞浩霆听她这样一说,极夸张地"哎"了一声,把她放了下来,婉凝以为他真的痛极,忙道:"我去叫人看看你的伤。"虞浩霆一把将她拉回怀里:"你要是心疼我,一会儿对我温柔一点,不跟我闹别扭就好了。"

窗外的月光透过窗帘的缝隙温柔散漫地照进来,她软软地被虞浩霆搂在怀里,整个人已倦极了,偏脑子里纷乱如麻,又清醒得吓人,她是不是疯了？

他在睡梦中的神情没了平日的骄傲冷冽，倒显出几分稚气来，她忍不住用手指轻轻划过他浓黑的眉毛，挺峻的鼻梁，一直到薄如剑身的唇角。她想起芙蓉巷里纷乱的那一幕，他的血擦在她脸上，他护着她，连自己的安危都不顾惜了。她那句"我还要念书"是骗他的，她知道她不应该那么说，可是她不能，她是害怕，还是不忍心？如果她当初被他骗了是她蠢，那现在算什么？

她真的是疯了，她想从他怀里挣出来，可是微微一动，他就察觉了，却是收紧了手臂，轻轻拍了拍她的背，脸颊在她额前发间蹭了几下，不知道是醒着还是梦着，口中犹自喃喃"婉凝，你乖"，像是哄小孩子的声音，又好像他自己才是个撒娇的孩子。

顾婉凝办了休学手续没多久，宝笙也退了学，她和谭文锡的婚期就定在八月底。

"除了你们三个，还有一个女傧相是他的堂妹，也在乐知念书，叫谭昕薇。"苏宝笙含羞一笑，一丝甜蜜从眉梢眼角渗了出来。

陈安琪嘟着嘴道："想不到我们四个里头，还真的是你头一个嫁掉了，我还说叫你矜持一点，不要太快被他给追到呢！"

苏宝笙的脸一直红到耳垂："是我家里的意思。"

"宝笙，你想清楚了？"顾婉凝自从在南园听了谭文锡的事，对苏宝笙的这桩婚事就总有些犹疑。她们四个最近常常聚在一起商量宝笙结婚的事情，来来去去反倒是在顾婉凝这里最没有拘束，于是这天又约在栖霞。

苏宝笙还未答话，陈安琪已抢道："他们这些豪门公子有几个结婚之前没点风流故事的？这个要是较起真儿来，那真的没人可嫁了。

你那位虞四少从前不也有许多女朋友？"

顾婉凝听她说到虞浩霆，并不以为意，淡淡道："我又不嫁他。"

陈安琪听了却瞪着眼睛笑起来："他你都不嫁，那你还想嫁谁去？"

欧阳怡最是知道顾婉凝的心思，怕又触到她的伤处，忙打岔道："宝笙，你们是行西式的婚礼吗？你的礼服选好了没有？"

苏宝笙点点头："谭家是新式的做派，婚礼选在华茂饭店办。倒是礼服一直都没有定下来，姐姐和母亲总是商量不好。"

陈安琪听了，冷笑道："嫁人的是你，穿什么干吗要听她们的？"一句话说得苏宝笙低了头。

"要不，我们去帮你看看？"欧阳怡一说，陈安琪连忙拍掌笑道："对对对，我们也去选一选女傧相的礼服。"

顾婉凝闻言便交代芷卉："四少要是回来得早，你告诉他我和苏小姐她们去选礼服，不回来吃饭了。"

顾婉凝和宝笙几个一起下了楼，刚要上陈家的车子，便有侍从上前问道："小姐是要出去吗？"正是从卫戍部调回来不久的蔡廷初。

顾婉凝点点头："我们去益新百货，如果四少问起，麻烦你告诉一声。"

蔡廷初忙道："小姐稍等，我去叫车子。"

顾婉凝一笑，摆了摆手："不用麻烦了，我坐这辆车子就好。"

蔡廷初肃然道："四少盼咐，为了安全考虑，小姐出去一定要安排妥当。"

顾婉凝略一思忖，也不愿为难他们，只好点头："那好吧。"

"你好大的排场！"到了益新百货，陈安琪一下车，便赶过来对顾婉凝笑道。

原来她从栖霞出来，侍从室开了两辆车子，她人还未下车，已有侍从整装下车清了百货公司的门口。顾婉凝听着陈安琪的话，唯有苦笑："所以我现在总不爱出门。"

她们四个人一到，便被值班的经理请到了贵宾室。其实，宝笙早有自己中意的礼服款式，只是迁就她母亲和姐姐的意思，不好说出口，此时和她们几个在一处，自是坦言相告。欧阳怡几个人又七嘴八舌地帮她选了头纱、鞋子，陈安琪见欧阳怡耐心帮她试着，便拉婉凝去选女傧相的礼服。

顾婉凝正翻拣着架上的样衣，陈安琪忽然贴在她耳边，悄悄说："你在栖霞会常常见到那个霍公子吗？"

顾婉凝闻言一怔，随即明白过来，笑着揶揄道："怪不得你到处叫别人远着他，原来是你自己打他的主意。"

陈安琪面上微红，嘟哝着说："我起先真的是好意。"

顾婉凝笑吟吟地想了想："他人倒是不坏，偶尔也会到栖霞来吃饭。"

陈安琪听了，有些怯怯地问道："那下次他去的时候，你叫我一起好不好？"

"我也不知道他什么时候会来，要他来了我才知道，我试试吧。"顾婉凝说罢，见安琪神色惘然，和平日里的活泼娇纵判若两人，心下感叹，便安慰她："他和谭文锡很熟，宝笙结婚的时候多半也会来，你快选件漂亮的衣服，只是不要穿过宝笙去。"

她和陈安琪选了几条裙子，拿过来给欧阳和宝笙看，几个人正有说有笑，忽然听见外头有人敲门，欧阳怡刚问了一声："什么事？"

便听外面是蔡廷初的声音:"有一位苏小姐找宝笙小姐。"

顾婉凝忙道:"请进。"

她话音一落门就开了,进来的正是宝笙的大姐苏宝瑟。

"宝笙,外头怎么会有这么多军官?"苏宝瑟一进来就劈头问道。宝笙最怕她这个大姐,此刻见她面色不豫,愈发吞吞吐吐起来,顾婉凝见状忙道:"他们是来送我的。"

苏宝瑟一见是她,挤着脸颊轻笑了一声:"原来是顾小姐,怪不得呢。"说罢便冷了面孔对宝笙道:"你过来选礼服也不告诉母亲一声,要不是我正好过来取首饰,还不知道呢!你小小年纪懂得什么好歹?选得小家子气了,平白叫人笑话。"宝笙被她说得面上一红一白,却不敢回嘴。

"我倒觉得宝笙选得顶好。"陈安琪脾气最暴,且平日就颇看不惯苏宝瑟,今日见她当着这许多人抢白宝笙,心头火起,便顶了过去。

苏宝瑟听了也不言语,径自走过去捡起宝笙膝上的那件礼服样衣,抖开来瞧了瞧,笑道:"这件是不错,只是太奢侈了些,得改一改。就领口这圈珠花,也不必像这样用南洋珠了,换了仿的也是一样。穿得寒酸了固然让人家瞧不起,可太张扬了也不好,让人家笑话你,一个庶出的女儿攀了高枝,就这样轻狂。"

宝笙闻言,眼圈已红了。饶是温婉如欧阳怡听了她的话,也变了脸色,却仍耐着性子温言道:"宝瑟姐姐,礼服的样式和料子,方才我们已经和师傅定下来了,就不要改了吧?"

苏宝瑟闻言一笑:"欧阳小姐倒是会慷他人之慨!宝笙这回结婚上上下下不知有多少地方要打点,钱花得流水似的,没想到她还是这样不懂事。欧阳小姐想做主,不如等到将来你自己出阁的时候,

_181

你想穿什么用什么，自然没人多话。我们苏家的事情，就不劳你操心了。"

欧阳怡被她拿话一堵，一时无语，苏宝瑟便在宝笙身边坐下："宝笙，叫师傅来，有什么地方要改的，我来跟他说。"

顾婉凝见状悄悄走了出去，对门外的蔡廷初道："你身边有多少钱？"蔡廷初一愣，顾婉凝咬唇道："我想买件东西。"

蔡廷初忙道："小姐要买什么，吩咐一声就是了，江宁的百货洋行，官邸都有记账的。"顾婉凝点点头："那麻烦你去告诉他们，刚才欧阳小姐订的礼服，我买下来了，叫他们尽快做好。"蔡廷初答了声"是"，立刻便去了。

贵宾室里，苏宝瑟一边拿捏那礼服，一边数落宝笙，欧阳怡和陈安琪在一边冷眼瞧着，极是不忿，却也无可奈何。

婉凝交代了蔡廷初，便走进来对苏宝瑟道："宝瑟姐姐，衣服不必改了，这件礼服就算是我们送给宝笙的结婚礼物好了。"说着，对宝笙柔柔一笑。

苏宝瑟闻言一怔，上下打量了她一番，冷然道："顾小姐好大方。"

顾婉凝见她今天这样跋扈，也懒得和她应酬，当下便道："我们和宝笙一会儿要去起士林吃饭，宝瑟姐姐，你原先说过你顶不爱吃洋人的东西，我们就不耽误你了。"苏宝瑟起身盯着她冷冷一笑，转身走了出去。

顾婉凝回到栖霞的时候，虞浩霆已在房里等她了："你们女孩子都这么喜欢操心别人结婚的事吗？"婉凝低头一笑，走到妆台前取出一盒东西递给他，虞浩霆打开一看，见盒中除了当初那张八百元的支票,还另有大约五六十枚银元,奇道:"这是你的私房钱吗?"

顾婉凝赧然道:"我今天替宝笙买礼服记了你的账,连之前我欠你的钱,这些不够,剩下的我慢慢还给你。"

虞浩霆拉着她在自己身边坐下:"你和我还要算得这么清楚吗?"

婉凝面上微微一红:"我是做人情的。"

虞浩霆抬手将她揽了过来,在唇上轻轻一啄:"我喜欢你用我的钱。"也不等她开口,便问:"这些钱你怎么存的?"

"我给书局翻译书稿,一千字有一两块钱。"

虞浩霆皱眉道:"这么少?"

顾婉凝盈盈一笑:"已经不算少了,报纸上的名家专栏,一千字也不过六块钱,要顶有名的才有八块钱。"

虞浩霆略想了想,问道:"那你存钱做什么?你想要什么或者你家里有什么事,只管告诉我就是了。"

顾婉凝笑着摇了摇头:"没什么,我反正也总是闲着。"

虞浩霆听了,眼波一柔:"我这些日子事情多,没空陪你,过几天我们去罐山,现在天气热,那里避暑是最好的。"说罢,扣起手边的盒子递还给她,"你的私房钱赶紧收好了。"

顾婉凝面色更红,她也知道这个样子着实矫情,却仍是不肯接:"你不要,我也不要。"

虞浩霆一笑:"你放在那里好了,我要用就跟你拿。"他顿了顿,眼中已满是戏谑,"这倒有点人家夫妻过日子的意思了。"

第二天中午,杨云枫忽然回官邸来见顾婉凝:"四少吩咐,把这个给小姐。"说着,递过来一个未封口的空白信封。

顾婉凝拆开一看，里面只有一张七百六十元的支票，不由疑道："这是什么？"

杨云枫笑道："这是四少在陆军部的支薪。四少说，以后每个月的薪水都交给小姐。"

顾婉凝红着脸将那张支票塞回信封里，递还给他："我不要。"

杨云枫强忍住笑意，正色道："四少交代的事情，云枫只是照办，小姐不收，回头还给四少就是了，千万不要为难属下。"说着，忍俊不禁地去了。

晚间虞浩霆一回来，顾婉凝就将那个信封放到了茶几上："我没什么用钱的地方，这个你拿回去吧。"虞浩霆一面解着外套，一面含笑打量着她："我总不能叫我的女朋友跟我的侍从官借钱。"

顾婉凝颊边一热，虞浩霆已走了过来，拥着她说："这件事是我忘了，官邸里人人都有月例的零花钱，叫他们给你你更不要，倒不如这样方便。"说着，声音一低，转而贴在她耳边道："况且，夫妻俩过日子原本就该是这样的，嗯？"

陆

金粉

幸好让他知道,这世上有这样一个人

江宁这边一派闲逸，北地却出了事。康氏重将刘民辉的儿子突然在昌化被虞军捕获，随身竟搜出了标注松辽南线虞氏布防的军事地图，以及同俄国间谍来往的密信。刘民辉一向最与俄国亲近，此事一经披露，他更是百口莫辩，虽然康瀚民一力安抚，但南北舆论波澜再起，连康氏军中内部亦多有议论，几次军事会议中，都有人借题发挥公然向刘民辉发难，康瀚民亦似有些弹压不住，而刘民辉此刻最头疼的，却是他儿子还在邵朗逸手里。

康瀚民明里和虞氏接洽，力陈康氏绝无里通外国图谋友军之事，承诺必然查明真相，绝不姑息；刘民辉则动用各方关系，去疏通邵朗逸，请他网开一面，将人放回。然而就在这个当口，邵朗逸却借口父亲抱恙回了余扬，将松辽防线的军务连同刘民辉儿子的事情都委给了驻防的第五军军长蔡正琰。

"这几天怎么都没看见顾小姐？"高雅琴嘴里说着，将手里的牌往桌上一撂，"五条！"她是钟庆林前年才娶的续弦，在虞军高层的一班太太里最是年轻,因为是正室,身份也比许多人贵重。

她下家的魏南芸摸着牌道:"浩霆带她去了曬山避暑,不在官邸里。"理了理牌,转手打出一张二筒,"我瞧着月婵是专等我这张呢!"

魏南芸口中的"月婵",是冯广勋父亲的侧室王月婵,听她们说起顾婉凝,微微一笑:"芸妹妹这张我可吃不下。说到这位顾小姐,着实是了不得,不知道怎么的就挑唆着四少和我们广澜翻了脸,弄得广澜到现在还在法国不敢回来。"一面说,一面打出一张红中,又觑了一眼魏南芸,"听说,她如今在外头的排场比你还大几分呢!手面更是阔气,谭家这回娶的那个叫苏什么的丫头,是她的同学,在益新百货挑了件礼服,苏家嫌贵舍不得,倒是你们这位顾小姐一张口就买下来做了人情……"

魏南芸听了,凉凉一笑:"她如今可是我们老四心尖儿上的人,买件衣服送人算得了什么,也值得拿出来讲。这话旁人说说也就罢了,从你嘴里说出来,不知道的还以为冯家怎么苛待了你呢!"

王月婵听她不轻不重地来了这么一句,面上一阵不自在,强笑道:"她将来最多也不过是你我这样的人,你这么护着她,还当她是你们虞家少奶奶吗?"

魏南芸闻言神色一凛,淡笑着道:"浩霆的事情我可不敢说什么,你要问只回去问若槿。"

高雅琴见魏南芸脸色不好,连忙圆场:"你们只顾着说话,牌都顾不得打了。对了,你刚才说这回跟谭家结亲的是哪个苏家?我怎么不知道?"

王月婵听见她问,正好岔开话题:"是教育部底下的一个副司长,好像叫苏什么良的,不知道他这个女儿怎么被谭家看上了。"

"西风！我听说是谭家小公子一意要娶的。"一直没说话的蔡夫人忽然开了口，她丈夫就是正在松辽前线的蔡正琰，"谭夫人本来也嫌苏家根基浅，上不得台面，而且那丫头……"她刚想说宝笙还是庶出的，忽然想到魏南芸和冯家二太太，生生咽了回去，"那丫头瞧着也寻常，并不怎么中意。但文锡为所欲为惯了，这几年越发胡闹得厉害，想着这回既然是他自己要娶的，若是嫁过来能约束他几分，倒也好。"

时值盛夏，江宁城中穿件单衣亦觉闷热，矐山却十分凉爽，泉声山色，景致如画，又不像栖霞那样人多拘束，虞浩霆除了处理公事，便总是伴着顾婉凝，想方设法讨她欢心，还借了他舅父家里的昆曲家班来给她解闷。顾婉凝自那日虞浩霆在芙蓉巷受伤之后，在他面前亦是娇柔婉转，语笑嫣然，杨云枫和郭茂兰默然旁观，他二人竟俨然已是两情相悦的光景。

这天顾婉凝午睡醒来，见枕边放着小小的一束玉簪花，色白如玉，幽香不绝，心知是虞浩霆折来放在这里的，恬然一笑，挑出一朵，随手将耳际的头发绾在脑后，将那花插在发间。她起身凭窗而望，却见虞浩霆颀身玉立正站在庭院里，顾婉凝眼波一转，捞起床边的披肩裹在身上，盈盈跑了出去。

她走到虞浩霆身后停下，张望了一阵，见他仍望着树下的玉簪花出神，便悄无声息地走了过去，突然伸手蒙在他眼前，娇娇一笑："你猜猜我是谁？"

虞浩霆仿佛早已知觉了一般，淡然道："我猜——你是顾婉凝。"

然而，他话一出口，婉凝却如同被电到一般，慌忙将手抽了回来，惊声问道："你是什么人？"

那人转过身来，正瞧见她如花笑靥倏然淡去，却毫不慌张，只是懒懒一笑："那你猜猜我是谁？"

顾婉凝惊疑不定地打量着他，发觉这年轻人倒也十分好看，且眉眼间竟和虞浩霆依稀有几分相似，只是，虞浩霆英挺之中飞扬出的是一股睥睨世间的傲气，而这人的"好看"里，却透着一丝不可言说的寂寞，连他那身戎装，似乎也只是为了隔开这万丈红尘和他的人。若虞浩霆是孤岩玉树，那眼前这人便是幽湖白莲，她这样想着，脱口便道："你是邵朗逸。"

那人听了，笑意更浓："顾小姐好聪明。"

顾婉凝却愈发惊疑起来："你怎么认识我？"

邵朗逸低头一笑："在这里能有如此娇纵的女子，除了顾小姐，还会是谁呢？"

顾婉凝面上薄薄泛起了一层红晕："对不起，刚才我认错人了。"

邵朗逸淡然凝眸："山里风凉，小姐留神。"

顾婉凝听了他的话，才想起自己方才一时心动跑了出来，身上穿的却是一件寝衣，她连忙用手拉紧了身上的披肩，说了句"告辞"，便低着头转身而去。

邵朗逸望着她如瀑的黑发间颤巍巍地缀着一朵柔白的玉簪花，良久才收回目光。

他见过许多美丽的女子，或清雅或娇艳，这世间的万千风情，叫人很难说得出哪一种才是最好，不过是久闻牡丹香方觉莲花美。眼前这个女孩子，也未必就胜却人间无数，只是，她一笑一颦之间，却是一种让人束手无策的美。

东风袅袅泛崇光，香雾空蒙月转廊。那直抵人心的清艳历历在目，却又仿佛缥缈无着，叫人无端生出一缕无可奈何的痛楚。他见了她才相信，那一份"只恐夜深花睡去，故烧高烛照红妆"的痴妄心意，大约竟是真的。

邵朗逸寂然一笑："怪不得……"

顾婉凝一路低头疾走，刚刚拾级而上进了回廊，已被人揽住，她不必看就知道是虞浩霆，忽然没来由地有些委屈："你到哪儿去了？"虞浩霆在她发间轻轻一吻："我去接了个电话。你怎么这样就跑出来了，小心着凉。进去换件衣裳，有客人来了。"

顾婉凝抿着嘴道："我见到你那个邵朗逸了。"

虞浩霆听她语气中竟似有些气恼，诧异道："怎么了？"

顾婉凝抬起头看了他一眼，喃喃道："他怎么倒像你兄弟似的。"

虞浩霆闻言一笑："他就是我兄弟。"随即恍然明白过来，"你是不是认错人了？"顾婉凝面上一红，闪身进了房间，却将虞浩霆关在门外。

她换了件樱粉色的素缎旗袍，一打开门，便见虞浩霆微微低着头，一手插在裤袋里，一手掩唇而笑："你怎么他了？"

婉凝咬唇道："我让他猜我是谁……"

"那他猜出来没有？"

虞浩霆见顾婉凝低头不语，笑意更盛，伸手拉了她出来，顾婉凝一边跟着他往外走，一边问："你刚才说，他是你兄弟？"虞浩霆点头道："朗逸的母亲是我的姨母。"顾婉凝沉吟一想，便看见邵朗逸正朝这边走过来。

"既然你们见过了，就不用我再介绍了。"虞浩霆轻轻揽着顾婉凝，对邵朗逸道。

邵朗逸仍是略带寂寥地笑着，只是他挺秀俊朗，那寂寥让人看在眼里也觉得洒脱："早知道你这里有佳人相伴，我就不来了。"

虞浩霆看了婉凝一眼，说："我过几天才回去，江宁城里正是热的时候，你不如也在这儿待着。"

邵朗逸闻言，神色一敛："我可不要。你自己在这里愿做鸳鸯不羡仙得还不够，非要叫我形单影只地在这里陪着衬着，心里才加倍地惬意吗？"

一句话说得顾婉凝红云浮面，虞浩霆已一拳虚擂在他肩上："你几时话这么多了？"

邵朗逸笑道："我还真是有不少话要跟你说。刘民辉那里差不多了。"

虞浩霆眼中光芒一闪，顾婉凝见他们谈到公事，便对虞浩霆道："我约了文嫂教我煲汤的，时候差不多了，我先过去了。"

虞浩霆犹拉着她的手说："你怎么忽然想起来学做菜？"顾婉凝已从他手里脱出来，并不答话，走到廊下，只对他回眸一笑，便翩然而去。

待她婷婷袅袅的背影远远地没入花丛，虞浩霆才回头对邵朗逸道："你怎么不说话了？"

邵朗逸淡淡一笑："我等你看完了。"

虞浩霆和邵朗逸从书房里出来，已是晚饭时分，等在门外的郭茂兰遂上前道："四少，邵军长，晚饭在酌雪小筑。"虞浩霆一点头：

"去叫顾小姐。"郭茂兰道:"小姐已经过去了。"

两个人一走近酌雪小筑,便望见顾婉凝正在花厅里有说有笑地帮着文嫂布置餐桌。邵朗逸远远看着,忽然问:"你从哪儿找来这么一个女孩子?"

虞浩霆眼中蕴了笑意,眉峰一挑:"不是我找的她,是她来找的我。"邵朗逸只觉他神色之间那一派意气飞扬,竟比方才和自己指点江山时犹胜三分。

婉凝见他们两人进来,浅浅一笑,走到虞浩霆身边:"今天的汤是我煲的。"虞浩霆揉了揉她头顶:"这么一桌菜,你只弄了一样,就来邀功吗?"顾婉凝一抿嘴:"我是先提醒了你,待会儿吃了不好,你也不许说。"

"我看看你弄的什么。"虞浩霆说着,走到桌前,揭开那汤碗的盖子,看了一眼,却转头对邵朗逸道:"这是给你做的。"

邵朗逸闻言走过来一看,便笑着对文嫂说:"难为您总记得。"

文嫂笑道:"你有些日子没回来了,整日在外头出兵放马,军中的东西我可知道,填填肚子罢了,能有什么好吃的。"

虞浩霆听了,凑到他耳边说:"不过你小心了,这汤不是文嫂熬的。婉凝……我可从没见过她下厨。"顾婉凝闻言瞥了他一眼:"你到底吃不吃?"

虞浩霆坐下来,径自先舀了一碗汤出来,尝了一口,见顾婉凝盯着自己,却不说话,只对邵朗逸道:"你尝尝。"

邵朗逸闻言也舀了一碗出来,尝了一口,亦不动声色,只对顾婉凝道:"你这汤不是文嫂的做法。"

顾婉凝见状,咬唇道:"……我自己尝过了,觉得还好。"

邵朗逸和虞浩霆都是一笑，邵朗逸才说："没有不好，只是你另加了东西。"

顾婉凝听他这样说，才微微有了笑意："我想着莲子心太苦，就挑掉了，可文嫂说这汤原是消暑的，要有莲心才好，我就挤了点柠檬汁进去……"

虞浩霆笑道："你这是西餐的路数。"

顾婉凝面上一红，文嫂忙道："这汤煲了三个钟点，顾小姐一直在厨房里瞧着。"

邵朗逸闻言望着顾婉凝凝眸一笑："多谢顾小姐了。"

一时三人落座，顾婉凝见他二人把酒言欢，只觉得虞浩霆平日里的傲气倒去了一半，邵朗逸亦是谈笑风生，初见时眉宇间的那份寂寥神色也淡了许多，不禁玩味起来。

"小霍如今在陆军部怎么样？"

虞浩霆听邵朗逸问起霍仲祺，闲闲道："他来陆军部不过是为了躲着他父亲。其实，小霍人顶聪明的，只是他不乐意受拘束，我也不好勉强，干脆就等着他惹出了什么大乱子，叫霍伯伯生了气，正好打发他去你那里磨炼。"

邵朗逸笑道："你这样算计他，他知道吗？"

"他的心思都在玉堂春呢，哪还顾得上这个。"

邵朗逸沉沉叹了口气："你们俩在江宁风流快活，倒让我一个人整天跟康瀚民纠缠。"

虞浩霆唇角一牵："你以为我不知道呢？你之前跟个女记者打得火热，最近又在绥江行营里弄个跳芭蕾的女孩子，是不是？"

邵朗逸皱眉道："偶然碰上的罢了，这都是谁告诉你的？"

虞浩霆一笑:"难道我这里的事情你不知道吗?"

邵朗逸看了顾婉凝一眼,笑而不语。

顾婉凝见状容色一凛,站起身来,低低说了一句:"我吃好了,你们聊。"虞浩霆连忙拉住她:"我和朗逸玩笑惯了……"她却轻轻一笑,截断了他的话:"我知道。不过,你们说笑,也不必逼着别人非听不可吧?"

虞浩霆见她人犹在笑,眼中却全是凉意,刚要开口,邵朗逸已笑着说:"我人在绥江,也听说虞四少如今弱水三千只取一瓢,对顾小姐可是情有独钟。"

顾婉凝听了转头对他笑道:"你不必这样给我面子。你们在这里说笑,恐怕也不知道那些女孩子转过头去,是怎么品评邵公子和虞四少的。"

邵朗逸见她唇角微扬,目光却淡如初雪,一时竟说不出话来,顾婉凝又接着道:"你们自然不必在意这些。"说完,便走了出去。

她这一眼看得虞浩霆和邵朗逸心头都是一悚,虞浩霆端起一杯酒,一饮而尽,冲邵朗逸一笑起身:"我去看看她。"

邵朗逸默然了片刻,忽然又去盛汤,立在厅里的佣人忙走过来道:"汤凉了,我去热一热。"他却摆了摆手:"不用了。"

虞浩霆从花厅出来,见婉凝斜倚在回廊边的栏杆上,一只手垂在身侧,指尖轻轻拨着池中的水。虞浩霆走到她身畔,抚着她的肩,低低唤了一声:"婉凝。"

顾婉凝仍是侧脸望着水面:"我没有生气。"

"那你笑一笑给我看!"

"我也没什么好高兴的。"

"那我怎样才能叫你笑一笑？"

顾婉凝听他这样问，忽然抬起头，比了个手势示意他附耳过来，虞浩霆连忙俯下身子，冷不防她另一只手从池中撩起一串水花来，打在他脸上。

虞浩霆一惊，却见她眼中尽是促狭，心中顿时一松，笑道："好，你要我。"说着，伸手便将她揽在了怀里，径直去吻她的唇。

顾婉凝连忙用手推他："你脸上都是水……"虞浩霆捉了她的手，硬是吻了上去，许久方才放开，顾婉凝一边用手帕去抹脸上的水，一边轻嗔："你那边还有客人！"

"朗逸不算客人，"虞浩霆双手圈牢了她，"那我去陪着他，你陪着我，好不好？"

花厅里的酒宴已经收了，佣人摆了时新的干鲜瓜果。邵朗逸靠在一架暖椅上，刚剥开一枚龙眼，便看见虞浩霆牵着顾婉凝进来，望着他笑道："刚才婉凝跟我说，你倒不像个带兵的人。"

邵朗逸闻言亦是一笑："我还真是迫不得已，要不是你，我也不爱管。"

虞浩霆在他对面的贵妃榻上坐下："这你可怨不得我，你要怨只能怨你二哥。"说着，随手剥了粒葡萄要喂给顾婉凝。顾婉凝却避开了，自己拣了一颗送进嘴里，对虞浩霆道："你为什么就喜欢呢？"

虞浩霆见她望着自己，沉吟了一下，说："我没的选。我七岁那年，有一回，父亲从前线回来，抱起我就放在了他的马背上，带着我一直跑到江边，用马鞭指着对岸跟我说'这个天下等着你来拿'。"他说到这里，莞尔一笑，"从那以后，我的好日子就到头了，倒是他和小霍，不知道有多逍遥……"

邵朗逸听着，"嗤"了一声："我倒觉得还不如像你那样，既然到头来都是如此，一早就没了其他的心思反而干脆。"

顾婉凝听了奇道："那你本来想做什么？"

邵朗逸答道："我本来是学西医的。"

他抬头一笑，却见顾婉凝面上的神情有些怅然："难怪你这人看起来这么……"她蹙着眉头想了想，才道："……lonesome。"

邵朗逸心头一震，竟不知道该说些什么。

他上面原有两个哥哥随着父亲南征北战，到了他这里，父亲已没有什么强求。没想到，先是大哥战死在徐沽，随后二哥又被戴季晟怂恿密谋兵变，被父亲亲手击毙在莒山，父亲心痛之下，一病不起，他只得匆匆退学回来主掌邵家的军权。本想着待父亲病愈，他便继续回去完成学业，然而这一耽，就是五年。

邵氏是虞军股肱，虞邵两家亦是通家之好。多年来虞靖远对虞浩霆的着意栽培，虞军诸将心知肚明；只是今年他仓促之间接掌江宁一系，若此时邵家军权旁落，难免会人心不稳，他和虞浩霆年岁相仿，自幼一起长大，是兄弟更是知己，不必一诺，已倾生死，如此一来，邵朗逸便更走不得了。

有时候，他也会觉得人生的玩笑开得太厉害。

一颗医人的心，到了杀人的时候竟也不会有一丝抖颤，他曾经那样排斥的一件事，接受起来竟也这般自然。偶尔午夜梦回，恍然间，他竟不知道，到底哪一段人生才是真的。

他羡慕虞浩霆的骄傲磊落，也羡慕霍仲祺的纵情任性。而他，只有寂寞，他的寂寞不可说。

他无论做什么都逃不开这一缕寂寞。

他喝烈酒，杯中凛冽是寂寞；他鞭名马，满眼风光是寂寞；他赏美人，连那名花倾国亦是寂寞……虞浩霆明白他的这份寂寞，却不说破。他想，总有一天，这万里江山、盛世繁华能热了他的血。邵朗逸知道他的心意，可那是他的志气，不是他的。

他终于寂寞到了已经不去在乎自己的寂寞，于是人人都说，邵三公子最洒脱。

他和他都从不说破的一件事，却叫她随口说了，一时之间，他和他都踌躇起来，邵朗逸自失地一笑："其实也没什么，或许我本来就当不了个好医生。"

顾婉凝看了看他，忽然想起了什么，轻轻一笑："我前几天看到一首近人的旧诗，现在想起来，倒像是写给邵公子的。"

邵朗逸眼波一凝，笑道："是什么？"

她还未来得及开口，虞浩霆已凑过去笑道："你告诉我。"顾婉凝就俯在他耳边，悄悄说了一句，虞浩霆脸上的神色有些古怪的了然，随即笑了起来："你跟他说。"

顾婉凝便轻声道："偶赋凌云偶倦飞，偶然闲慕遂初衣。偶逢锦瑟佳人问，便说寻春为汝归。"她念了第一句，虞浩霆就含笑盯住了邵朗逸，待她念罢最后一句，邵朗逸双眼微微一闭，嘴角挂着一抹笑意问虞浩霆：

"你带她去过我那里？"

虞浩霆摇摇头："你不在我去做什么？"

顾婉凝莫名地看着这两个人，却想不出他们话中所指，遂拉了拉虞浩霆的衣袖："怎么了？"

虞浩霆微微一笑："以后你就知道了。"

顾婉凝心里隐隐有些不安，便不再说话，只静静倚着虞浩霆，听邵朗逸讲些北地风情，间或聊几句他们小时候的趣事，渐渐闭了眼睛，蒙眬睡去。虞浩霆便叫人取了薄毯来，将她揽在自己膝上。

邵朗逸看着他二人这番光景，忽然下颌一抬："你这是什么打算？"

虞浩霆低头抚着顾婉凝的一头长发："我要娶她。"

邵朗逸一怔："她肯吗？"

虞浩霆薄唇一抿："不肯。"

邵朗逸笑道："这样的女孩子，自然是不肯给人做妾侍的。"

虞浩霆闲闲说道："我倒没想着要她做小。"

邵朗逸听了，有些讶然："那她也不肯吗？"

"她说她还要念书。"虞浩霆说着，轻叹了一声，"我想着，她对我恐怕还是有些心结。"

邵朗逸感然看着他："我瞧着她和你在一起倒是良时燕婉。"

虞浩霆苦笑道："你早来一个月还不是这样。当初是我逼了她……"

邵朗逸皱了皱眉："怎么会？这倒不像你了。不过，就算她肯……庭萱你怎么办？"

虞浩霆忽然比了个噤声的手势，轻轻抱起顾婉凝上了楼，将她安顿在房里，方才转了回来。

邵朗逸目光雪亮："原来你瞒着她。"

虞浩霆冷冷道："我和庭萱又没有婚约。"

"你这就不厚道了，难道你之前没打算要娶霍庭萱？"

"那是以前的事了。要娶她的是虞家，不是我。况且，那时候我也没有遇见婉凝。"

邵朗逸沉吟了片刻，脸色忽然有些肃然："你父亲和淳溪那边都还不知道你这个想头吧？你把她看好了。"

虞浩霆目光一冷："我的私事还轮不到旁人插手。"他说着，忽又低低一笑，"反正我总有法子。"

邵朗逸奇道："什么法子？你也教教我。"

虞浩霆一本正经地说道："等她有了孩子，父亲和母亲那里自然不好再说什么，连她也只能乖乖嫁给我。"

邵朗逸失笑道："你居然也有这一日。"

虞浩霆却浑不在意："你若遇见了，自然也是如此。"

邵朗逸敛了笑容，望着虞浩霆道："无论如何，恭喜。"

虞浩霆微微一笑："多谢！"

邵朗逸到矐山一向住在离酹雪小筑不远的空山新雨阁，虽然他久未回江宁，但是这里的洒扫陈设却没有半分马虎，佣人端来的茶亦是他喝惯的君山银针。他品了一口，回头对副官孙熙平说："不早了，你也去休息吧。明天我回余扬，放两天假给你。"孙熙平立正答了声"是"，便退了出去。

矐山的物候比江宁迟了不少，邵朗逸窗前的一盆素馨正在花期，修剪得枝叶扶疏，细白小花略带红晕，他用指尖轻轻捻过花瓣，恍然间想起顾婉凝那一身淡淡的樱粉来。

"你是邵朗逸。"

"怪不得你这么lonesome。"

"偶赋凌云偶倦飞……"

他忽然觉得自己捻着花瓣的左手有一点抽搐的痛，然后——然后，他才反应过来疼的不是手，而是他的心，他忽然一阵伤心。

伤心？

庾郎未老，何事伤心早？

他想起少年时读《诗经》，一篇一篇都是"既见君子""邂逅相遇""见此良人""俟我于城隅"……他就想，他们怎么那么容易就见到了呢？他怎么就偏偏见不到呢？

原来，她在这里。

他忽然一阵伤心，他不是伤心她不是他的，他来不及伤心她不是他的。他只是伤心，他竟从来没想过这世上是有这样一个人的，他竟从来没想过要去寻她。若他没有在这里遇见她，若他这一生都不知道她，那可怎么办呢？

原来，她在这里。

她，是他的。他甚至连嫉妒和遗憾都来不及，他只是想，幸好，幸好让他见到她了，让他知道这世上有这样一个人。

此时此地此心，终于让他见到她了。

顾婉凝虽然喜欢住在矐山，但为着宝笙的婚礼，八月中还是回了栖霞，因她不爱开风扇，房里便搁了冰，桌上又用冰镇了"玫瑰紫""无核白"的葡萄，欧阳怡和婉凝都安静地坐着，只陈安琪嘟着嘴转来转去。

"宝笙的性子你知道，她不敢来跟你讲，只好央我来说。她怕你不开心，又不敢违了她家里的意思。"欧阳怡皱眉说道。

顾婉凝一笑："那我正好省得麻烦了。他们家不会不让宝笙穿那件礼服吧？"

陈安琪冷笑道："那他们倒不舍得。"

"不舍得什么？"

陈安琪闻言回头一看,却是虞浩霆走了进来,顾婉凝连忙冲她递了个眼色,陈安琪扁了扁嘴巴,没再说话。

虞浩霆径自走到顾婉凝身边,见她膝上放着一件缀着白色蕾丝的纱裙,便问:"这是你们做女傧相的礼服吗?"

顾婉凝笑着点了点头:"不过这回我不做了。"说着,将那礼服递给欧阳怡。

虞浩霆听了问道:"你是嫌弃男傧相吗?我就奇怪,怎么会有人敢找你做女傧相,也不怕你抢了新娘子的风头。"

顾婉凝和欧阳怡听了都是一笑,陈安琪却冷冷道:"要我说,都是宝笙那个大姐使的坏。你脾气倒好,要是我,干脆就不要去。"

虞浩霆见状疑道:"出什么事了?"

顾婉凝忙道:"没什么,宝笙有个姐姐总是欺负她,我们替她不平罢了。对了,宝笙上次说她的捧花想用百合,可她姐姐订了束玫瑰,我原答应到时候带一束给她的,现在得麻烦你们俩了。"她见虞浩霆在这里看着,便不敢再跟陈安琪递眼色,只想着说些琐碎的事情把话岔开。

陈安琪一听却道:"他们家这样欺负你,你倒还想着她的事?"

虞浩霆神色一凛:"到底怎么了?"

顾婉凝和欧阳怡对视了一眼,都不说话,陈安琪抢道:"有什么不敢说的?下个星期就是婚礼了,他们家现在突然说不要你做女傧相。你是没听到苏宝瑟说的话,要不是宝笙眼泪汪汪的,连我都不想做了……"

"她说什么?"

陈安琪正说着,忽然听到虞浩霆冷冷一问,又看他目光锐利,一惊之下,竟不敢往下说了。虞浩霆却又问了一句:"他们婚礼是二十六号？"陈安琪忐忑地点了点头，虞浩霆便对站在边上的芷卉吩咐道："去叫温先生。"他口中的温先生是虞家的总管温乐贤，顾婉凝一听便皱了眉头："你想做什么？"

虞浩霆往她们对面的沙发上斜斜一倚："请客。"

片刻工夫，温乐贤就到了："四少有什么吩咐？"

"二十六号我在官邸给顾小姐过生日，你准备一下。"没等温乐贤答话，顾婉凝连忙说："我生日还早。"虞浩霆看了她一眼，道："回头再过一次。"

温乐贤心中疑惑，面上却不动声色："是。客人四少预备怎么请？"

"谭秉和的儿子那天要结婚，你照着谭府的宾客名单去请。"温乐贤一听就知道他是跟人赌气，心中纳罕谭家不知怎么得罪了他，口中却只能应道："是。"转念一想，便对顾婉凝道："不知道顾小姐有没有什么想吃的想玩儿的，我这就去准备。蛋糕从凯斯亭订？"

顾婉凝不接他的话，只对虞浩霆道："你这是干什么？"

虞浩霆冷冷一笑："我倒要看看他这个婚结不结得成。"

顾婉凝起身走到他跟前："你要是觉得这件事折了你的面子，那我没什么话说；你要是为了我，就算了。"她见虞浩霆不作声，又柔声道，"宝笙是我的好朋友，她结婚我总是要去的，你不陪我一起吗？"

虞浩霆闻言面色一霁，顾婉凝复又浅浅一笑："不过是上次我替宝笙订了礼服，得罪了她姐姐，她又嫉妒宝笙嫁到谭家去。你要是真叫宝笙结不成婚，反倒遂了她的心意。"

虞浩霆想了想，对温乐贤道："那算了，你忙你的吧！"

陈安琪见状背过脸冲欧阳怡吐了下舌头，欧阳怡也松了口气，朝顾婉凝盈盈一笑："等我结婚的时候，你可一定要来做女傧相。"

顾婉凝刚要答话，却听虞浩霆斩钉截铁地说："不行！"

三个女孩子闻言皆是一怔，只听他接着道："你姐姐二十七岁了还没嫁人，你要是也有样学样，拖着我的女朋友，那我可等不了。"

陈安琪和欧阳怡听了，都掩唇而笑，顾婉凝脸已红了，对虞浩霆薄薄一嗔："你去忙你的事情好不好？"

虞浩霆拉着她的手站起来，皱眉道："你对旁人都那么好脾气，怎么就对我这样坏。"说着俯在她耳边说了句什么，顾婉凝羞意更盛，用手一推他："你走吧！"她红着脸转回来，欧阳怡笑吟吟地看着她，陈安琪却神色惘然，顾婉凝在她肩上轻轻一拍："你怎么了？"

陈安琪轻声道："他待你这样好。"

谭家在江宁是名门望族，谭文锡的父亲谭秉和是江宁政府实业部的总长，他和苏宝笙的婚礼自然冠盖云集，苏家上下见了这样的场面，皆是欣欣然，只有苏宝瑟心中快快不乐，她是苏家嫡出的长女，一向瞧不起这个庶出的妹妹，却没想到她自己不过嫁了个寻常的富家子弟，宝笙竟嫁得这样好。

宝笙虽然事先已将各个环节排练了数遍，事到临头仍不免紧张，好在欧阳怡始终伴在她左右，安慰提点，倒也事事顺遂。陈安琪却有些顾不上苏宝笙，一双眼睛只在宾客中寻觅霍仲祺。

虞浩霆一到，谭秉和便亲自迎到了华茂饭店门口，他自然是坐了主宾那一桌，苏兆良一家亦上前寒暄。虞浩霆见状也起身应酬，言谈虽然客气，但举止之间仍是一派傲然。他说了两句，忽然对身后的杨云枫一示意，杨云枫便将一个黛紫色的丝绒盒子捧到了宝笙母亲面前，只听虞浩霆道："二夫人好！之前我女朋友在学校里承蒙令爱照顾，一直不曾谢过。今日我来得仓促，略备了一份薄礼给宝笙小姐添妆，还请夫人笑纳。"

苏兆良见他竟这样殷勤，惊诧之下，只连声道："四少太客气了，这真是……这怎么好意思。"这边宝笙母亲从杨云枫手里接了那礼盒，苏宝瑟已抢先打开去瞧，只见里头是一套嵌红宝的钻饰，璀璨夺目，十分华丽，倒比苏宝笙今日戴在身上的那套珍珠镶钻的首饰还要贵重，他这一手做派席间众人皆未料到，苏家人惊疑之间还要推辞，虞浩霆却已坐了下来，低了头和顾婉凝说话。

苏宝瑟惊羡之余脸色更是难看，忍不住去打量顾婉凝，只见她身上一件蜜合色的芙蓉妆织锦旗袍，襟边的扣子皆是珍珠，虽然颗粒不大，但一粒粒浑圆光润，皆是一般大小，却也难得；顾婉凝除了耳边一对碧汪汪的翡翠坠子，就只在指间套了一枚钻戒，克拉数诱人倒还在其次，中间那粒大钻竟是一颗紫钻，衬着她皙白纤细的一双素手，着实炫人眼目。

苏宝瑟返席落座，悄声对她母亲道："虞家怎么这样阔气？顾婉凝手上的那枚戒指不说，宝笙不过是他一个女朋友的同学，这虞四少竟也这样大方？"

苏夫人俯在她耳边道："虞家三代兵权在握，本就阔气得很，只是四少母亲家里倒比虞家还要豪奢。"

苏宝瑟诧异道："什么人能比虞家还阔？"

苏夫人扫了她一眼："你连这个都不知道吗？虞总长的夫人原是谢家大小姐，这陵江南北怕有一多半的资财都是谢家的。你瞧着冯家开银行、开交易所，热闹得不得了，还不是谢家的荫庇。就兴平家的厂子算起来也有谢家的股份。那虞四少真真的是个天之骄子，他眼里还能有什么值钱的东西。"苏夫人说的"兴平",正是苏宝瑟的丈夫,她听了只是咋舌,只是她无从妒忌顾婉凝,反倒愈发妒忌起宝笙来。

顾婉凝见了苏家上下的神色,悄声对虞浩霆说:"你今天这样,苏小姐心里恐怕要恨死了。"虞浩霆道:"我就是要叫她不痛快。"

婉凝轻轻一叹,俯在他耳边道:"不过是女孩子间一点争强好胜的想头,不值得你花心思。"

虞浩霆只觉她在自己耳边吐气如兰,心中一荡,揽住她道:"我只为了你高兴。"顾婉凝颊边微微一红:"我又没有在意她。而且……"虞浩霆见她神色娇羞,欲言又止,追问道:"而且什么?"

顾婉凝低低说道:"而且你不必待我这么好。"

虞浩霆一笑,握住她的手:"你总算知道我待你好了吗?"说罢,又低头凑到她耳边,"我们回去吧。与其在这儿看别人结婚,不如我们自己洞房花烛去。"顾婉凝顿时红霞浮面,躲开了他。

"看样子这顾小姐是要留在四少身边了,不过,她就算真要进门,也得先等等少夫人吧?"龚晋仪打量着远处的虞浩霆和顾婉凝,对汪石卿笑着说。

汪石卿淡淡一笑:"旁人千金一笑,四少纵是万金又如何?"

龚晋仪听了笑道:"我正经问你,你倒敷衍我。你不知道,那天四少带她到我家来,连我父亲都特意问了。"

"哦?龚次长问什么?"汪石卿随口问道。

"说来好笑,他问我顾小姐是不是姓顾?父亲说总觉得她像个什么人,却又想不起来。"龚晋仪莞尔一笑,"我心想芙蓉如面柳如眉,大约美人到了极处都是一样的,也不知道父亲想起了什么人,却不敢跟他这么说。"

汪石卿听了却疑云顿起,他深知龚揆则心思缜密,筹谋老成,若不是意有所指,断然不会问到顾婉凝。他又想了一遍当初霍仲祺的话,却并无可疑之处。

野有蔓草,零露瀼瀼。有美一人,婉如清扬。

他忽然心念一动:若是小霍……那他去查的事情恐怕就靠不住了。汪石卿一念至此,对龚晋仪笑道:"你倒敢翻你父亲的闲话。"说着起身走了出去。

汪石卿走出来,打了个招呼给他的副官张绍钧。"你去一趟湄东,现在就去,查一个叫顾鸿焘的人,是前任的驻英国公使。"

张绍钧问道:"参谋长想查什么?"

"所有事。回来直接找我,不要让任何人知道。"张绍钧点头去了,汪石卿才转身回来,远远望着顾婉凝,目光中一片深冷。

这边典礼已然开始,苏宝笙一身白缎子礼服,清秀的面容都遮在白纱之后,她微微垂了眼眸,嘴角噙着一抹笑意。她挽着父亲,一步一步踩在红毯上,纤柔中带着笃定。这许多年,无论是在家里还是学校,她都是顶不起眼的那一个,她人不聪明,相貌也不出挑,又不爱说话,别人提起她,不过是随口夸上一句娴静柔顺罢了。

直到,她遇见他。

她家里人都不能相信,谭家居然会来向她提亲。她母亲慌得什么似的,还偷偷搂着她哭了一回,她忽然就成了家里的珍宝,连父亲也对她有了两分客气。这都是因为她遇见了他。

其实,她和他在一起,也很少讲话,无非是他在说,她在听。她也听说,他有许多风流故事,可是他待她总是十分好的,从没有人像他这样把目光放在她身上。

现在，之子于归，她终于要嫁给他了。原来上天终究也安排了一个良人给她。她这样想着，几乎要落下泪来，泪雾隔着薄纱，叫她更看不清他的脸，可是她听见自己那声"我愿意"，恐怕是她这一生最勇敢最笃定的一句话了。

婚礼虽是西式礼节，但新郎新娘礼毕又到花园拍过照之后，谭文锡还是依了国人的礼节出来敬酒，宝笙则由几个女傧相陪着在偏厅的新娘房休息，几个人正吃着点心说话，忽然谭文锡和几个男傧相走了进来，后面跟着的却是霍仲祺。

谭文锡走过来对苏宝笙笑道："出去跳舞。"说罢，又对他妹妹谭昕薇笑道："人我给你带来了。"接着，便听谭昕薇娇娇唤了一声"仲祺哥哥！"径自走过去挽了霍仲祺的手臂。

陈安琪一见这情形，神色就有些不快，却见霍仲祺已神态自若地走过来招呼道："欧阳小姐、陈小姐。"

谭昕薇闻言一怔，对霍仲祺道："怎么我哥哥的女傧相你倒都认得？"

霍仲祺笑道："我不也认识你吗？"

谭昕薇却嘟了嘴："你在外头总认识那么多女孩子！"

谭昕薇只为跟霍仲祺撒娇，这句话原是无心，不想却听得陈安琪心头一怒，她也是娇纵惯了的千金小姐，怎么肯吃这个亏。当下便对霍仲祺道："拘束了这半日，我倒想跳舞了，不知道霍公子有没有兴致？"说着，便将手伸到他面前，眼波流转，甚是娇媚。

霍仲祺在交际上头一向倜傥，见她当众相邀，哂然一笑便执了她的手："乐意之至。"

谭昕薇万料不到陈安琪竟这样大胆，眼看着自己已挽在霍仲祺身边，竟还开口邀他跳舞，面色一沉，撒娇道："不行，你答应了陪我跳舞的。"

这一下房中诸人都暗笑起来，等着看他们三人如何收场。霍仲祺已执了陈安琪的手，自是不便放开，便对谭昕薇笑道："我又不急着走。"说着便去抽自己的手臂，谭昕薇却攥住不放。她哥哥谭文锡眼见纠缠得不像样子，便上前拉开了她攀着霍仲祺的手，笑着说："都多大了，还耍小孩子脾气，也不怕小霍笑话你。"谭昕薇嘴巴一扁，这才松了手。

霍仲祺冲谭文锡和苏宝笙点头笑道："那我们就等新郎新娘开舞了。"

陈安琪也不看谭昕薇，只凑到霍仲祺耳边低低说了一句，霍仲祺听了一笑，当下便携了她出去。待走到门口，陈安琪却忽然回过头来笑着瞟了谭昕薇一眼，又娇俏又傲气。谭昕薇气恼之下，却无从发泄，只对苏宝笙说："三嫂，你的女同学怎么这样轻狂。"

新郎新娘出来开了舞，宾客们也纷纷下场。欧阳怡却走到顾婉凝身边，一面笑一面跟她说了刚才的事。一曲终了，陈安琪也挽着霍仲祺走到这边。顾婉凝和欧阳怡一见他们俩便住了口，只掩唇而笑。

陈安琪脸上顿时红了，娇嗔着说："你们是不是在说我？"

顾婉凝促狭道："我们没有在说你，我们是在说……小霍的人缘真是好。"她在栖霞日子久了，许多称谓不知不觉中已随了虞浩霆。

霍仲祺原本就是有心事的人，此时更被她说得面上一红，他只是懊恼怎么人人都偏要到她面前来说这些事情。

虞浩霆却会错了意，对顾婉凝道："他比你还大几岁呢。"顾婉凝方觉失言，对霍仲祺歉然一笑。不料，虞浩霆又淡淡道："不过，你这么叫也没错。他日后总要叫你一声四嫂。"

　　他这句话一出口，不但霍仲祺一惊，连不远处的汪石卿亦是一震。

　　他二人对虞家的情形知道得极为清楚，一来，顾婉凝身世单薄，苏宝笙这样的身份嫁到谭家已是高攀，虞家更是断然不会娶顾婉凝这样的女孩子；二来，还有更要紧的一层，虞霍两家虽无婚约，却早有默契，霍仲祺的姐姐霍庭萱现下在国外留学，只等她回国便要和虞浩霆结婚。这件事虞浩霆虽然不甚热心，但也从无异议，只因他的性子冷傲惯了，长辈们也不以为意，都觉得虞霍两家联姻实乃天作之合，他们二人也算得上青梅竹马。外人虽不知晓，但和虞霍两家走得近的亲眷都明白，虞家少夫人的位子除了霍庭萱再不作第二人想。

　　此时，虞浩霆竟对霍仲祺说出这样一句话，欧阳怡和陈安琪都道他和顾婉凝调笑惯了，没有在意，霍仲祺心里却波涛汹涌起来，四嫂！四嫂……电光石火之间，他忽然发觉自己听了这句话，心神震动，竟不是为了姐姐，而是为了她。当下强笑道："四哥，你跳不跳舞？你要是不跳，我就请婉凝了。"

　　虞浩霆含笑扫了他一眼："你等着吧！"便牵着顾婉凝进了舞池。

　　霍仲祺见虞浩霆拥着顾婉凝翩翩起舞，心中惆怅，即向这边两个女孩子告辞。他刚一走，欧阳怡就对陈安琪俏皮地一笑："你还不快跟了去，万一他去找那个谭昕薇呢。"

　　陈安琪今天主动邀他跳舞，半是为了他，另一半倒是为了和谭昕薇别苗头，方才淡定下来，心下已有些懊悔，怕他看轻了自己，此时听欧阳怡这样一说，不由得愈加羞恼："好啊，你也来取笑我！"说着，抬手就去搔欧阳怡的痒，欧阳怡最是怕痒，见她朝自己过来，便慌忙去躲，没想到一个不稳，就往地上跌了下去，她轻呼一声，心道："糟糕，这下要当着许多人出洋相了！"不想背后一稳，竟有人托住了她，她转脸一看，正是虞浩霆的侍卫长卫朔。

欧阳怡面上一红，连忙轻声说道："谢谢！"卫朔却面无表情，也不看她，只略点了下头，待欧阳怡一站稳，便将手收了回来，更向边上让了一步。陈安琪走过来瞧了他一眼，对欧阳怡道："这人动作好快。"

欧阳怡嗔道："你还好意思说！差点让我摔在地上。"说着也看了一眼卫朔，却见他面容刚毅，神色冷峻，一双眼睛锐利地扫在场中，和这满堂的衣香鬓影倒分明是两个世界。

宝笙婚礼过后，转眼就是中元节。虞浩霆对这些事向来不大上心，这一晚又要等绥江的消息，到淳溪陪着虞夫人行了祭礼，就去了陆军部。

此前邵朗逸刚回到江宁没几天，绥江就传来消息，蔡正琰一把刘民辉的儿子交还给他，刘民辉便立即将他送到了俄国，北地朝野哗然。邵朗逸一面急电斥责蔡正琰处事欠妥，一面严词要求康瀚民彻查此事，否则自己无法向江宁政府交代。康瀚民震怒之下，下令暂停刘民辉的职权，然而，他的电令刚一下到刘民辉军中，刘民辉便宣布脱离康氏，拥兵自立，更抢先接管了兴城。康瀚民一时间进退维谷，刘民辉虽然此时尚是孤军，但外有俄国支持，若再同虞氏连成一线，恐怕局面顷刻之间立改。

于是，邵朗逸一回绥江，康瀚民的特使就到了。康瀚民急，邵朗逸却不急，一谈就是五天。康瀚民又联络在江宁的关系打探虞浩霆的意思，得到的消息却是刘民辉已向虞氏示好，承诺愿意改旗易帜，服从江宁政府,条件是和虞浩霆平分北地四省。

顾婉凝吃过晚饭,便和官邸的侍从打了招呼要出门,来的人却是蔡廷初。他早先是因了顾婉凝的事情被调去卫戍部,此番回来,这边一有事情,但凡有他当班,一班同僚便总是推了他去。顾婉凝一见又是他过来,心下也有些好笑:"我去瓴湖公园。你不要再带人出来了。"

蔡廷初见她手里捧着一个十分精巧的莲花灯,犹豫了一下,说:"四少……"

顾婉凝便道:"四少那里我跟他说。"接着又轻轻一笑,"不会为这个把你调走的。"

蔡廷初本就年轻腼腆,听她这样一说,脸上便一热,答了声:"是!"当下便叫人开了车子出来,陪着顾婉凝去了瓴湖。

一路上,沿途不时有人焚化锡箔彩纸,路边的店铺都设了摆着瓜果香烛的香案,关门歇业。顾婉凝让车子停在了公园门口,对蔡廷初道:"我去放了灯就回来,你们不用进去了。"蔡廷初见瓴湖公园此时人来人往,热闹非凡,便道:"里面人多,又是晚上,还是我陪着小姐吧。"顾婉凝点了点头,捧着那盏灯往里去了。

她在湖边寻了个稍微僻静些的地方,此时,湖面上已浮了许多彩灯,有的灯上还依稀写着字。顾婉凝望着那幽深的湖面,想起一年多前,她带着旭明和父亲的骨灰回国,原本还以为能找到母亲,却没想到,等着她的只是梅林深处的一块墓碑。

小时候,父亲总是哄她和旭明,说母亲病了,不能长途跋涉,等在国内养好了病就会回来。一直到她十岁那年,父亲才终于说,母亲病故了。旭明原就对母亲没有记忆,大哭了一场也就算了。可是她不信,她知道母亲当年是为什么回去的。她总想着,也许母亲只是被那人绊住不得自由而已,就算是她真的生了病,他也会想尽世上的法子把她医好的……可是,原来都是自欺欺人,母亲早已不在了,十二年前就已经不在了,再也不在了。如今,连父亲也抛下了他们,他终于去寻母亲了么?

若父亲、母亲泉下有知,看到她如今的处境,怕是亦难安眠吧?

她怔怔想着,心中痛楚,不觉落下泪来。蔡廷初见她默然流泪,却想不出如何劝慰,只好道:"小姐,湖边风凉,不宜久立。"

顾婉凝闻言回过神来,匆匆用丝帕抹了眼泪,对他点了点头,蹲下身子,将手里的灯放在地上,从手袋里摸出一盒火柴来,划了两下却都没有点着。蔡廷初连忙掏出自己的火机,替她点了那灯,烛光一亮,更照见她神色凄然。

顾婉凝捧了灯放在水里,一朵莲花便随着粼粼波光缓缓浮开了,她看着那灯悠悠漂远,和其他的灯汇在一处,才转过身对蔡廷初说:"我们回去吧。"

顾婉凝刚走出几步,忽然一个影子斜斜地朝她撞了过来,蔡廷初用手一拦,那人却不闪避,直撞在他身上。顾婉凝看时,却是一个玲珑娇小的女孩子,便伸手过去扶她:"姑娘,你没事吧?"

那女孩子一脸惊惶地抓住她的手臂:"西门在哪边?"

顾婉凝扶着那女孩子站起来,忽然觉得她神色有异,抬手在她面前晃了一下,她却浑然不觉,原来这女孩子一双眼睛竟是盲的。

"姑娘,你家里人呢?"那女孩子听见顾婉凝问她,定了定神才说:"我之前和齐妈在西门,她去买洋火,忽然来了好多人……我就找不到她了……"

"你说的齐妈什么样子?我们帮你到那边找一找。"

那女孩子听了面露愧色:"我不知道。"

顾婉凝一听，方才想起她双眼既盲，自然是看不到别人的样貌："那我先陪你到西门那边看看。"

那女孩子闻言点了点头："多谢你了。"

顾婉凝扶着那女孩子到了瓴湖公园的西门，四处询问，却都没人认识这女孩子。蔡廷初看了看表，已经快九点钟了，便对顾婉凝道："小姐，不如把这位姑娘交给巡警，她家里丢了人自然会到警署报案的。"

顾婉凝还没来得及回话，那女孩子急忙说："你们把我留在这儿吧，兴许齐妈会回来找我。"

顾婉凝见她容颜秀丽，年纪又小，且双眼不能视物，不免有些踌躇，想了一想，道："姑娘，把你一个人留在这里不太安全，你方不方便告诉我你家住在哪里？我们送你回去，我们不是坏人。"

那女孩子低着头沉吟了片刻，咬唇道："我住在霓虹桥的燕子巷。"蔡廷初听了，对顾婉凝道："那倒不远。"

顾婉凝扶着那女孩子上了车，柔声安慰道："别担心，兴许你家里人已经回去了，正等着你呢。"那女孩子点了点头，"真是麻烦您了，多谢！"婉凝握着她的手道："不客气。"

那女孩子腼腆说道："我姓秋，叫月白。不知道小姐怎么称呼？"

顾婉凝听了，盈盈一笑，忍不住赞道："唯见江心秋月白。你这名字真好听！我叫顾婉凝。"那女孩子终于也是一笑。

等车子到了巷口，婉凝拉着秋月白下车，两人已是有说有笑十分熟络的样子。秋月白抬手向里面一指："我家就在最里面那个院子。"眼看走到门口，婉凝忽然想到蔡廷初他们都是一身戎装，怕惊扰了月白家里，便道："你们在这儿等一等，我陪秋小姐过去。"蔡廷初答了声"是"便停了脚步。

她陪着秋月白刚走到门口,只见院门敞着,一个四十岁上下的中年妇人一见她们,便忙不迭地迎了出来:"姑娘,姑娘,可见着你了!吓死我了,这让我怎么跟……"她一眼瞧见顾婉凝,突然住了口,只上来扶秋月白。

月白连忙道:"齐妈,我没事,是这位顾小姐送我回来的。"

那齐妈听了,略一打量顾婉凝,便知她身份不俗,连忙道谢:"多谢小姐,谢谢您了!"

婉凝陪着月白进了院子:"举手之劳而已。你们小姐行动不方便,下次出去一定要小心。"

两个人扶着月白在天井中坐下,婉凝便道:"你到家了,好好休息,我回去了。"却见月白迟疑了一下,说道:"顾小姐要是方便的话,喝杯茶再走吧。"她双眼不能视物,极少出门,平日只是齐妈照顾着她,一个年纪相仿的朋友也没有,今日危难之中遇到顾婉凝,却是难得。

婉凝见她神色殷切颇有几分期待,便不忍拒绝,笑着说:"好,那我就打扰了。"

今日是盂兰盆节,郭茂兰又不当值,只是近日陆军部的事情多,他到了这个钟点方才得空出来,想着秋月白必然已放完河灯回了家,便直接来了霓虹桥。

不料,他一走到燕子巷便看见巷口停着一辆汽车,车牌竟是栖霞官邸的。郭茂兰心中一凛,思忖片刻,还是走了进去,远远望见巷底站着两个军装侍从,心绪愈发沉重起来。

他刚一走近,一个侍从已瞧见了他:"郭参谋!"语气中颇为惊讶。郭茂兰一看是蔡廷初，压了压心思，从容道："我刚才路过巷口，看见外面停了辆官邸的车子，就进来看看。你们怎么在这里？"

蔡廷初道："顾小姐在里面。"

郭茂兰暗自松了口气："怎么回事？"

蔡廷初一笑，"顾小姐去瓴湖放灯，碰到了这家的秋小姐。这位秋小姐双眼不能视物，和家人走散了，顾小姐就把人送回来了。"

郭茂兰道："你们怎么不进去？"

"顾小姐怕我们带着枪吓着人家家里。天不早了，或者您过去催催小姐，回去晚了四少那边怕要找人的。"

郭茂兰点点头，一进院子便听见顾婉凝和秋月白说话的声音，他略一踌躇，还是一撩帘子走了进去。

顾婉凝一见是他，尚未来得及说话，便听秋月白欣喜地说了一句"你来了？"那齐妈也上前招呼道："郭少爷。"郭茂兰则神色尴尬地对顾婉凝点头示意："顾小姐。"

这一来，房中三人都是惊诧不已。顾婉凝瞧着郭茂兰和秋月白的神情，已猜出了几分。秋月白却一脸疑惑，"你们认识？"郭茂兰走到她身边，柔声道："这位顾小姐是我长官的女朋友。"说着，又对顾婉凝道："今天的事多谢小姐了。"

顾婉凝看看他，又看看秋月白，笑道："不客气。没想到今天这么巧。"

郭茂兰尴尬一笑："已经九点三刻了，小姐要回官邸吗？"

顾婉凝听了，便起身告辞，郭茂兰送她出来，见她低了头掩唇而笑，遂道："顾小姐，茂兰有个不情之请，今天的事，能不能请小姐不要对四少提起？"

顾婉凝抬头看了看他，犹疑着问："你们谈恋爱也要他批准吗？"

郭茂兰沉吟了一下才说："如果是结婚，还是要向四少报备的。"

顾婉凝见他说得正经，忍不住又是一笑："你放心，我不会告诉旁人的。"

顾婉凝出了院子，见郭茂兰仍然跟着她往外走，就停了脚步，做出一副恍然的样子来："对了，刚才秋小姐家里的电灯有一个不亮了，能不能麻烦郭参谋帮忙去看一看？这样晚了，她家里又只有两个女子。"

郭茂兰一听便知她是找个借口让自己回去，当下答了声"是"就转身往回走。

蔡廷初见她盼咐郭茂兰去做这样的小事，便说："我去看看吧，让郭参谋送小姐……"话还未完，却见郭茂兰已快步进了秋家的院子，只好作罢。

"你不是去瓯湖么？怎么去了这么久？"顾婉凝听虞浩霆问起，便跟他说了送秋月白回家的事，只略去遇见郭茂兰一段不提。

虞浩霆听了微微一笑："你这样好心。"

"她一个女孩子，又是看不见的，难道你碰见了，不帮她吗？"

虞浩霆满不在乎地说："那就要看她美不美了。"

顾婉凝瞥了他一眼："一定要是美人你才肯帮吗？"

虞浩霆笑道："要是不美，我或许还叫人送她一送；要是美人，当然是要带回来了。"他戏谑地瞧着顾婉凝，等着她嗔恼自己，然而顾婉凝只淡然一叹："我就是怕她碰到像你这样的人，才一定要送她回去的。"

虞浩霆轻轻揽在她腰间，忽然问道："你怕不怕我带别人回来？"

顾婉凝秋水般的一双眸子凝望着他："那你是不是就肯让我走了？"

虞浩霆薄唇一抿："我才不信你舍得我。"

顾婉凝垂了眼睛，低低道："你要不要试一试？"

虞浩霆默然不语，房间里立刻静了下来，仿佛能听见自己的心跳声。

良久，他忽然用力将她拥进怀里："你想都不要想，我不会给你这个机会的。你这一辈子，都得是我的。"

他说得斩钉截铁，格外倔强，顾婉凝听在耳中，心底却是一片柔静。她想，会不会，会不会她和他真的可以……她抬起眼睛看着他，嘴唇动了动，她想跟他说她的母亲，她的……虞浩霆见她这个样子，目光中突然闪出十分骄傲的神气来："你是想跟我说，你还要念书吗？你只管去念，哪怕你从乐知毕了业，再去念大学呢！反正我也不急，等我的仗打完了，你念什么也该念完了。"

顾婉凝听他说着，忽然神色一黯："打来打去很有意思吗？"

虞浩霆道："打来打去当然没意思，我就是不想再打来打去了。之前在罐山，你说如今四海之内山河零落，那你就等着瞧！康瀚民、戴季晟，还有西南的李敬尧……我迟早一个一个料理了他们，让这万里江山重新来过。"

他说到这里，墨黑的眼瞳中已蕴了笑意："婉凝，无论什么，我都会给你这世上最好的。"

顾婉凝看着他这样神采飞扬，心底却渐渐苍凉起来，喃喃道："何必什么都要最好的。"虞浩霆抚着她的头发笑道："你是我的人,本来就应该比旁人都好。"他说罢,骤然发觉她眉宇间尽是凄然,诧异道:"你怎么了?"

顾婉凝摇了摇头:"没什么,我只是想起我母亲了。"

虞浩霆猜想必定是她今日去瓴湖放灯,触动了心事:"我没想着你也会去放灯,我该和你一起去的。"

顾婉凝见他神色歉然,便柔声道:"其实,我也不信这个。去年中元节欧阳带我去瓴湖,我才知道是怎么一回事。只是因为清明的时候我不能到母亲墓前亲自祭扫,才借着放灯寄一点心意罢了。"

"你母亲没有葬在江宁吗?"

顾婉凝闻言心中一慌,忙道:"我母亲的骨灰当年是父亲专程带回国安葬的,所以葬在了湄东。"

虞浩霆听了便道:"明年我陪你一起去。"

婉凝抿了抿唇,连忙摆手:"千万不要!虞四少出门的排场我可见识过了,你和我一起去,只怕要吓到我母亲。"

虞浩霆闻言一笑,执了她的手:"咱们去告诉她,你和我在一起,我会好好照顾你,让她放心,不好吗?"

顾婉凝怔怔望着他,心里忽然堵得厉害,泪水倏然而出。虞浩霆赶忙用手去抹她的眼泪,一时哭笑不得:"你这是怎么了?"

顾婉凝却只是摇头,一句话也说不出来。

柒

旧梦

天南地北，我陪你看山看河

秋风一起，天气渐凉，刘民辉和康瀚民已然成了僵持的局面。刘民辉小心翼翼地沿着兴城以东的铁路线滋扰康氏驻军，时战时停，倒让康瀚民一时不好动作，刘民辉竟渐渐扫清了兴城以东不小的一片区域。而康瀚民担心他一旦调集兵力对付刘民辉，虞军即会乘虚而入，再加上俄国人对北地局势态度暧昧，康氏更是如履薄冰。康瀚民思虑再三，终于遣使密赴江宁求见虞浩霆。

虞浩霆这阵子似乎清闲了不少，常常有时间在栖霞陪着顾婉凝吃早饭："今天天气好，下午我们去云岭骑马，好不好？你敢吗？"

顾婉凝满不在乎地瞟了他一眼："你以为我不会吗？"

虞浩霆见她颇有几分骄傲的样子，欣然道："那我叫上小霍一起。"说着便起身准备出门。顾婉凝听他要叫霍仲祺，心中一动："我也请欧阳和陈安琪一起来行吗？"

虞浩霆弯下身子在她额上轻轻一吻："好，人多热闹。"

到了下午，虞浩霆却从陆军部打来电话，说有些事情耽搁了，叫婉凝先去马场，自己迟一会儿再过去。顾婉凝便向侍从室要了车子出门，接上欧阳怡和陈安琪，往云岭去了。

车子一出市区，眼前的风景就开阔起来。公路两边高大笔直的白桦树，叶片染金，在风中哗哗作响。放眼远眺，天高云淡，山影连绵，单是看在眼里便让人觉得神清气爽。

顾婉凝和欧阳怡都留心着车窗外的景致，只有陈安琪的心思转来转去都在霍仲祺身上，忍不住回过头来问顾婉凝："他和虞四少一起过来吗？"

顾婉凝佯作不解："你说谁？"

陈安琪面上一红："你不是说他也来的吗？"说着，偷偷瞄了一眼开车的侍从。顾婉凝和欧阳怡相视一笑："大约是吧！要是他不来，你就不和我们去了，是不是？"

陈安琪羞恼地瞪了她一眼，又迟疑着说："婉凝，待会儿你先教教我吧，我没有骑过马，我可不想在旁人面前出洋相。"

欧阳怡听了，促狭道："这几个人你不是都认得吗？没有什么'旁人'的。"

陈安琪一窘，转过头去不再答话，顾婉凝在她后面笑道："你放心，我问过了，云岭那里有专门的骑师教你的。"

到了云岭，她们三人便先去换了骑装。顾婉凝在英国时，专门学过骑术，只是回江宁这两年从来没机会骑马，今日一见这马场悠远辽阔，风景如画，很有些跃跃欲试，待骑师牵了马出来，那马浑身巧克力色的皮毛油光水滑，四蹄和前额却是一片雪白。她一望便知是名种，心中愈发欣喜。不待那骑师指点，接过缰绳，抚了抚那马的鬃毛脖颈，轻身一纵，已端然坐上了马背。那骑师见她身姿轻盈，颇有功架，便知她必是练过些时日的，放心赞道："小姐好身手。"

顾婉凝听他称赞自己，微微一笑："你不用跟着我了，待会儿另外两位小姐出来，麻烦你们用心带一带。"说着，便一紧缰绳，缓缓在附近转了一小圈，又折回来等着欧阳怡和陈安琪。

这时，不远处的树林里忽然驰出一骑白马，走得近了，才放慢速度，顾婉凝回头一望，来人正是霍仲祺，此刻纵马扬鞭，神情飞扬跳脱，愈发显出一份五陵少年的无尽风流。霍仲祺一望见顾婉凝，心头便犹如被一只柔软的小手来回摩挲着一般，酥酥痒痒，说不出是舒爽还是难过，只情不自禁地便要到她身边来。

顾婉凝见他过来，便招呼道："你来得倒早。"

霍仲祺缓缓骑到她身边，上下打量了她一番，笑着说："原来你还会骑马。"

顾婉凝唇角一翘："你也这样小看人。"

霍仲祺听她说了个"也"字，便知道另一个小看她的人必是虞浩霆了，于是微微一笑："会骑也还是要小心些。"

顾婉凝刚要开口，欧阳怡和陈安琪已换好衣服出来，同霍仲祺打了招呼。她们两人都不会骑马，此时离这庞然大物如此之近，不免有些胆怯，便由骑师带着先学上马。欧阳怡虽然动作生疏，略带勉强，但仍是落落大方地上了马，反倒是陈安琪一反平日里的活泼开朗，有些怯怯地望着那马，不时偷眼向顾婉凝这边望上一眼。

婉凝见她这番形容，倒猜出了几分，当下便对霍仲祺道："我可不耐烦在这儿等着她们，你敢不敢和我比一比？"

霍仲祺闻言一笑："怎么个比法？"

顾婉凝抬头环顾，见远处一片明亮的溪水，边上植着许多高大的银杏,此时叶片已有了金边,远远望去,翠绿金黄很是美丽,便握着马鞭遥遥一指:"我们看谁先到水边。"

霍仲祺点点头:"好!"

顾婉凝一抖缰绳,便纵马而去。霍仲祺见她身姿飒爽,心中暗赞,却又唯恐顾婉凝一时有了好胜之心,有什么闪失,只紧紧跟在她身后罢了。这边陈安琪见二人绝尘而去,才由骑师扶着上了马。

顾婉凝一口气驰到溪边方才停下,霍仲祺也勒了缰绳停在她身畔,笑道:"你赢了。"

顾婉凝看着他淡淡一笑:"你让我的,没意思。"

霍仲祺见她额角微微渗了汗珠,便下马笑道:"我是真的累了。"却见顾婉凝并没有下马的意思。

其实她许久未曾骑马,也有些生疏,且她当年学马术的时候,选的马都依了她的身高年纪,并没有今天这样高大,她上马之后即有所觉,又纵马跑了这么久,更有些乏了,但是心气好强,面上丝毫不愿露出。此时见霍仲祺下了马,却不禁踟蹰起来。

霍仲祺看她面色略有犹疑,心下通明,便走过来把手伸到她身前。婉凝见状,颊边微微一红,犹豫了一下,还是握了他的手,想着扶了他从马上下来。霍仲祺之前见她纵马便担了心,此时更不等她动作,另一只手在她腰间一扣,已将她抱了下来。顾婉凝一惊,来不及推拒,脚已踩在了地上,她一站稳,霍仲祺就松了手,站在边上含笑瞧着她。

顾婉凝知道他一向行事不拘,也不以为意,落落大方地对他一笑,有些淘气地说:"有劳霍公子了!"

霍仲祺闻言笑道:"什么霍公子,你只管叫我名字。"

顾婉凝站在水边,望着浅溪中倒映的天空树影,深深吸了口气,只觉通体清爽，心旷神怡。霍仲祺见她容色明媚，眼角眉梢都带着欢愉，心中动容，忍不住道："你这么喜欢骑马？"

顾婉凝满眼惬意，唇角微微扬起："我喜欢这样自由自在的。"

他们两人牵了马，沿着水岸慢慢走了一段，霍仲祺想起那天在陆军部，她也是这样静静地走在自己身边，然而今时今日，却已然回不去了。

只是她今日这样快活，却是之前他一直没有见过的，难道她平日里都不得这样的"自由自在"么？他想起汪石卿生日那天在南园，她在虞浩霆怀里那样的凄楚委屈，若是她和他在一起，无论如何也不会叫她有一点点的难过，可是他什么也做不了，甚至多见她一面都不能够……想着想着，眼前的秋水长天一点一点暗淡下来。

顾婉凝见他突然神色怅然，不禁问道："你怎么了？"

霍仲祺淡然一笑："有句话说'人生不如意十之八九'，我以前不信，现在才明白，倒不是说真有那么多的事都不如意，而是偏偏那一件不如意的事，就能凉了你这一生。"

顾婉凝听他语气沉郁，不免诧异，面上反而微微一笑："这样的话，可不像是霍公子说的。"

霍仲祺见她语笑嫣然，心底却闷闷的。他知道，在她心里，他不过是个秋月春风等闲度，走马观花不知愁的公子哥儿罢了，他心里堵得厉害，却又无可言说，只好闷声道："也没什么，不过是所谓伊人，在水一方，溯洄从之，道阻且长。"

顾婉凝听了更是惊讶，想不到他这样一个人，竟也会为了一个女孩子惆怅如斯，只好笑道："你最不必发愁的就是这个，单我认识的女孩子，就有不止一个喜欢你。"

霍仲祺望着远处山影上的一抹微云，缓缓说道："我倒是很羡慕四哥,能得其所爱。"

顾婉凝听他提起虞浩霆,心里忽然有些异样。她竟然是在想他了,她想让他看一看她骑马骑得这样好……她想到这里,忽然省起,他要是来了,恐怕要找不到自己呢。于是握了缰绳重又上马,见霍仲祺仍若有所思地站在那里,忍不住"喂"了一声,回头一笑,声音清越:"想君白马悬雕弓,人间何处无春风。"说罢,便轻飘飘地纵马而去。

霍仲祺看着她回眸一笑,清到极处,艳抵人心,叫他的一颗心都要化了。

顾婉凝骑着马嗒嗒着小跑过来,远远望见马场入口处几辆车子鱼贯而来,便知是虞浩霆到了。她一路过来,虞浩霆已牵着一匹通体乌黑的骏马在那里等着。顾婉凝直到走近了才一勒缰绳,缓缓停在他面前。虞浩霆见她端坐在马背上,颊色红艳,明眸若水,一身雪白的骑装,勾勒出玲珑身段,柔婉清艳中透出一份飒爽来,忍不住微微颔首,向她伸出手去。

顾婉凝看着他倔强一笑,却不去握他的手,略一思忖,咬了咬唇,一腾身子,站在了地上。虞浩霆见她这一下如飞燕出云,姿势极美,又在自己面前亭亭站定,一脸的骄傲,当下便有了笑意,伸手理了理她颊边的碎发,却不说话。

顾婉凝原是等着他称赞自己,却见他只是笑而不语,心中不觉有些愤愤,瞟了他一眼,也不说话,牵了马径自往陈安琪和欧阳怡身边去了。她两人这一会儿工夫倒也学得有些模样,正由骑师牵着缰绳慢慢地兜着圈子。她刚和欧阳说了几句,回头一看,虞浩霆已纵身上马,和霍仲祺疾驰而去,着实比自己方才快了许多,卫朔和几个侍从也跟了上去，不多时，便越过了山坡。

欧阳怡和陈安琪兜了两圈，胆子也渐渐大了，便和顾婉凝一起慢慢骑着马悠然前行，婉凝不时跟她二人说些纵马的关窍，欧阳怡和她聊着，陈安琪却心不在焉，只望着山坡那边有没有霍仲祺的影子。婉凝陪着她们遛了一会儿，心里有些痒痒，便道："我去那边跑一跑。"说着，便纵马往溪边去了。

陈安琪又走了一段，忽然对欧阳怡道："我们去山坡那边瞧瞧吧！"欧阳怡心知她是想去寻霍仲祺，促狭一笑，"你自己去就好了，干吗还要叫我？"陈安琪脸上薄霞一片："你就陪陪我嘛！"欧阳怡笑道："陪你是没什么，只是你一会儿见了旁人，恐怕就不肯陪我了。"

她两人当下便纵了马往山坡上走，刚走过半坡，忽然坡顶两骑飞驰而下，正是虞浩霆和霍仲祺，他两人虽速度极快，但在马术上头都甚是老练，偏一偏就避过了两个女孩子，霍仲祺还微微笑道："小心了！"

陈安琪一见霍仲祺策马而去，便想调转方向追过去，只是她初次骑马并不熟练，心里想的和手上的动作不能协调，那马是训练有素的名驹，此刻被她随意勒缰，却不知她究竟何意，也焦躁起来。陈安琪一急，手上的动作更是慌乱，一个不小心，那马霍然转身，竟撞在了欧阳怡这边，欧阳怡见状也是一慌，下意识地急勒缰绳，这一撞一勒，却惊了她的马，竟然发蹄狂奔起来。

不料，坡顶又有几骑飞驰而下，却是虞浩霆的一班侍从。欧阳怡顿时面如土色，紧紧攥着缰绳，闭了眼不敢再看，她想伏在马背上，却把持不住，身子向后一仰，手上一松，几乎就要跌落下来。

电光石火之间，她只觉腰间被人扣住向上一带，整个人都腾空而起,一惊之下便丢了缰绳,等她反应过来,却已然落在了别人的马背上。她大着胆子睁开眼睛,眼前却是铸铁般刚毅的一张面孔,目光仍追着前方,并不看她,正是虞浩霆的侍卫长卫朔。

欧阳怡颤抖着道:"谢……谢谢你。"

卫朔闻言低头看她一眼,见她面色苍白,惊魂未定,皱着眉头挤出了三个字:"没事了。"说罢,回头对身边的人道:"你去看看那位小姐。"那人应了一声,便调头往陈安琪那边去了。

卫朔带着欧阳怡到了虞浩霆身边,就翻身下马,却见欧阳怡仍坐在马上一动不动,原来她此时侧身而坐,无处着力,又受了惊吓,一时不敢动弹。卫朔眉头一锁,伸手将她从马上抱了下来,放在地上。

"怎么回事?"卫朔见虞浩霆问话,即正色答道:"欧阳小姐的马惊了。"虞浩霆一听,想到刚才他和霍仲祺经过时的情形,便冷了声音对边上的骑师道:"你们也太偷懒了!明知道这两位小姐都生疏得很,也不知道跟着吗?出了事情怎么办?"

霍仲祺则走过去安抚欧阳怡,这时,另一个侍从已护着陈安琪回来了。她方才见欧阳怡遇险,也吓得花容失色,待见她安全无虞,才稍稍宽心,撑着霍仲祺的手软软地从马上下来,便赶到欧阳怡身边:"都是我不小心,惊了你的马。"欧阳怡一笑,"我没事啦。"说罢,又俯在她耳边道:"你可别只顾着我,倒丢了别人。"陈安琪脸一红,忍不住便偷偷望了霍仲祺一眼,见他正关切地看着她们,不由含羞一笑,又瞋了欧阳怡一眼。

虞浩霆四下望了望却不见顾婉凝,便问卫朔:"看到顾小姐了吗?"卫朔摇摇头,霍仲祺知道他是看到欧阳怡出事,担心顾婉凝,便笑道:"婉凝骑起马来,倒有些功架,不会有什么闪失的。"虞浩霆点了点头,转脸问欧阳怡:"婉凝到哪儿去了?"欧阳怡还未答话，陈安琪已抢道："她刚才往那边有溪水的地方去了。"虞浩霆听了，便翻身上马，对卫朔道："你们自己玩儿吧，我过去看看。"说着，一夹马腹，绝尘而去。

虞浩霆驰到溪边，隔着树影便看见顾婉凝独自坐在对岸，那匹栗色骏马亦低了头凑在她身畔，很是温驯的样子，此时顾婉凝已瞧见了他，却不招呼，反而侧了脸只去抚弄那马。

虞浩霆勒了缰绳，缓缓涉水过到对岸，牵着马走到婉凝身边："你的马术在哪儿学的？"顾婉凝也不抬头看他，抿着唇道："你笑话我也就罢了，还要笑话我的老师吗？"虞浩霆挨着她坐下，轻轻揽过她的肩："我是想说，你这老师怎么教得这样好。"

顾婉凝知他看出了自己的心事，忍不住盈盈一笑："我小时候在法国就学过，后来去英国又练过一些，先前的教练我也记不准名字了。"

却听虞浩霆"唉"地长叹了一声，似乎十分可惜的意思，顾婉凝不免好奇，转脸望着他，只见他微微皱着眉，极正经地说道："我原还想着以后请他来教我们的孩子，现在看起来，只好我自己教了。"

顾婉凝闻言面上飞红一片，心中又慌，便要起身，却被虞浩霆牢牢锢住。她推了两下，没有推开，便不再挣扎，只低了头不去看他。

虞浩霆把她揽在怀里，声音仿佛眼前的潺潺清溪："婉凝，我们先要个孩子，你再去念书，行吗？"他声音和缓，语气中满是柔情，然而顾婉凝却觉得，每一个字都钝重地敲在她心上，心里慌乱如麻，更加不敢抬眼。

虞浩霆只道她一时羞怯，便柔声道："宝贝，你不说话，我只当你答应了。"顾婉凝猝然抬起头，一个"不"字还未出口，虞浩霆已吻了上来。

好容易等他放开,顾婉凝双手撑在他胸口,犹自喘息不定:"你不能这样!"

虞浩霆却是满眼的志得意满:"我不能怎样?"

顾婉凝站起身来羞恼道:"你不能……想怎样就怎样。"

虞浩霆也跟着站了起来,傲然道:"这里是我的,你也是我的,我当然可以想怎样就怎样。"

顾婉凝一时气结,冷着脸道:"我不是你的。"

虞浩霆点了点头:"嗯,是我说错了。"婉凝闻言不觉一怔,却见他唇边一缕清淡的笑意,"那我是你的好不好?"不等她开口,便又吻在她唇上。

顾婉凝连忙挣开,又往后退了两步:"你……要被别人看到的。"

虞浩霆瞧着她悠悠一笑:"原来你不是不喜欢,只是怕羞。"顾婉凝刚要辩驳,虞浩霆已搂住了她的腰:"好啦。下次我们不带别人来,只我们两个,轮到你想怎样就怎样。"

顾婉凝推开他,转身上马,不防虞浩霆却拉住了她的缰绳,纵身坐在了她身后。顾婉凝急道:"你干什么?"虞浩霆贴在她耳边道:"顾小姐马术这么好,我得讨教一下。"说着,轻轻一勒缰绳,那马就沿着溪水慢步而行,他自己的马亦缓缓跟在后面。

顾婉凝气恼了一阵,想着虞浩霆人前每每都是一副傲然自负、喜怒无形的腔调,怎么私下里却总是这样轻薄无赖?想来想去也没有头绪,终究还是看起四周的风景来,一边是渐染霞色的秋树,一边是满目碎金的溪流,高天流云,秋风送爽,她看在眼里,忍不住又快活起来。

虞浩霆窥见她神色欢愉，心里倒有几分得意。

这些日子，他也渐渐摸出了她的脾气，婉凝对珠宝华服、珍奇赏玩都不大上心，除了忙着念书补课之外，就只喜欢玩儿，不管是看电影听京戏逛夜市，还是赏花听雨攀山游湖，玩儿起什么来都十分开心。今日他带她来云岭，虽未料到她早已学过骑马，却想着这里风景宜人，必然能叫她喜欢……他这样想着，便低了头去看顾婉凝，见她正侧了脸微微笑着望向水面。

他顺着她的目光看去，却是两人的倒影正映在蓝天白云之间，虞浩霆见状，情不自禁地便绽出一抹笑意来。顾婉凝看着水中倒影，蓦然惊觉，下意识地回头去看虞浩霆，只见他薄唇舒展，凝眸而笑，直叫人觉得如春风吹过，冰雪皆开。

虞浩霆看她一直望着自己，弯了手指在她鼻尖轻轻一刮："怎么了？"

顾婉凝连忙转过脸去，静静道："你笑起来很好看。"

虞浩霆听了她这一句，却有些哭笑不得，脸上竟不由自主地热了一热："哪有女孩子这样说男人的？"

顾婉凝漫不经心地抚弄着马鬃："她们都说你好看。"

虞浩霆一怔，随即明白她说的是欧阳怡那些人，淡然道："原来你们女孩子背地里是这么品评人的。回头我去问问她们，看看你都说我什么。"

顾婉凝窘道："你别问，我什么也没说过。"

"既然什么也没说，你干吗怕我去问？我知道了，你必定是说我心里头就只喜欢你一个人，叫她们都趁早死了心。"

顾婉凝"哼"了一声："虞四少这样自以为是？别人才不喜欢你呢！"虞浩霆听了忽然俯下身子，贴着她耳边道："这么说，你果然是喜欢了？"

顾婉凝方才醒悟自己刚才那句话说得大有毛病，羞意一盛，说不出话来，却听虞浩霆又道："她们爱喜欢谁喜欢谁去，我只要你喜欢我。"

等他们两人见天色不早转回来时，却见霍仲祺和陈安琪远远离了众人并辔而行，欧阳怡则在近处策马小跑，只是骑马督在她身边、不时指点的人并不是马场的骑师，而是卫朔。

晚上回到江宁，霍仲祺做东请这一班人在一家新开的粤菜馆子吃了饭。快九点钟，虞浩霆和顾婉凝才回到栖霞，两人刚一进大厅，就有侍从捧着一个邮包赶上来："顾小姐，您的包裹，从燕平寄来的。"

顾婉凝一听，脸上就有了笑意，伸手接过来，放到偏厅的茶几上，叫佣人去拿拆信刀。虞浩霆跟着她在沙发上坐下，好奇道："你在旧京也有朋友吗？还知道你在这里。"

"是梁小姐。"

"哪个梁小姐？"

顾婉凝诧异道："你五月份的时候还和她见过的，怎么忘得这么快？"虞浩霆这才反应过来她说的竟是梁曼琳，不由微微皱了眉，"她寄什么给你？"说话间，已有佣人拿了拆信刀过来，顾婉凝一边拆那邮包一边说："是我托她买的书，有些冷僻，我在江宁一直没有找到。"

顾婉凝打开了邮包，见里面除了自己要的三本书，还另有一沓铅印的文稿，却是剧本，上面附着一张梁曼琳写来的便签，说明这剧本是她新接的一部片子，饰演一个留洋回来的新式女子，但是她自己并没有在国外生活的经历，所以请顾婉凝帮忙看一看剧本，提一些建议。

虞浩霆在旁边看着，犹疑道："你几时和她这么熟了？"

顾婉凝见他神色之间竟是少有的茫然，便解释道："就是之前在龚家寿宴上我和她见过，你忘记了？之前曼琳姐姐也寄过东西给我，只是寄到学校里，你不知道罢了。"

虞浩霆仍是皱着眉头："那你怎么不告诉我？她算你……"他原想说"她算你哪门子的姐姐"，话到嘴边觉得不妥，便没有出口。

顾婉凝听他声气冷然，竟有些愠意，便说："我并没有想要瞒着你，否则也不会让她寄到这里来，我只是觉得没必要特意告诉你而已。况且，我和她通信也从来都没有说过你的事情，你要是不信，她写给我的信都在楼上房间里，你自己去看。"

虞浩霆见她容色肃然，很有些卫护自身的意思，便放缓了神色："我没有别的意思，只不过乍然知道，有些吃惊罢了。再说，你想要什么告诉我一声就是了，千里迢迢地写信托别人，又千里迢迢地寄过来，多麻烦。"说着，执了她的手微微笑道："我是没想到，如今的女孩子都这样大方，情敌也可以做朋友。"

顾婉凝听他这样说，才有了些笑意，伸出食指在他颊边轻轻一刮："你好不害臊！什么'情敌'？曼琳姐姐就快订婚了，未婚夫是个很有才华的导演呢！"

虞浩霆听了便说："我知道了，你是故意和她做朋友，好叫她不好意思再打我的主意。"

顾婉凝眼波流转，促狭一笑："你这么一说，倒是提醒我了。我明天就去打听打听，虞四少还有什么红颜知己、青梅竹马、旧爱新欢，我都去找来做了朋友。"

虞浩霆虽知她是玩笑，却仍是心头一跳，连忙将她拥在怀里："我如今什么都没有，就只有你。"

张绍钧从湄东带回来的消息并没有解开汪石卿的疑虑。

他之所以舍近求远去查顾家，而不从梅家入手，是怕惊动了虞浩霆。而在所有关于顾鸿焘的资料中，唯一缺的就是顾婉凝姐弟的来历。顾家人丁单薄，仅有的几个亲眷都不知道顾鸿焘在国外结婚的事，至于娶的是什么人，更无人知晓，甚至连一张照片也没有。

汪石卿坐在办公室的沙发上，闭目凝神，左手食指微屈，轻轻叩着额头。自那日听了龚晋仪的话，他总是直觉顾婉凝颇有可疑之处，或者说，他心底一直隐隐期待顾婉凝的来历有什么问题，因为眼下的局面是他最不愿意看到的。

虞浩霆对她竟然动心到这个地步，只是，虞家怎么可能娶这样一个少夫人？

他睁开眼，目光落在壁间的地图上，他笃定，这无尽山河将来必然同归虞氏。他对虞浩霆有这个信心，对江宁一系有这个信心，对他自己有这个信心。那么，到了那一天，陪在虞浩霆身边笑看江山万里，叫世人尽皆仰望的女子，断然不会是她。虞家绝不会再出这样的意外，尤其是虞浩霆不能。

想到这里，他觉得，有些风险必须要冒一冒。

眼看着就要过中秋节，虞浩霆却动身北上去绥江行营视察防务。这一来，原本观望的各方都更断定北地局势紧张，然而，从栖霞官邸泄露出来的一个讯息却稍稍软化了这种猜度——虞浩霆此番竟是带着女朋友去的。

"你怎么心事重重的样子？"虞浩霆将桌上的石榴削开一些，递给婉凝，她接过来淡淡笑道："我只是想着快到中秋节了，也不能陪着我外婆。"

虞浩霆擦了擦手，温言道："等我们回江宁，我和你一起去看她。我知道你不想来，可我就是舍不得你。"顾婉凝吐了口中的石榴籽，转脸望着车窗外的平林漠漠："你要我来不是为了这个吧？"

虞浩霆轻轻揽着她的肩道："那我还能为了什么？你这个贪玩儿的，我带你瞧瞧北地风光不好吗？"

顾婉凝回头望了他一眼，静静说道："你是不想让旁人觉得，你这次去绥江有要事在身。其实，你是去见康瀚民的。"

虞浩霆无声一笑："我的事情你倒听了不少。"

"我还听说康瀚民只有一个女儿，今年不到二十岁，待字闺中。你带我去绥江，也是想让他知道你没心思娶他女儿。"顾婉凝缓缓说着，虞浩霆却敛了笑意："谁告诉你的？"

顾婉凝仍是望着窗外："我若是康瀚民，我也会想这么一招；我若是你，也必然不肯娶他女儿。"

"为什么？"

"你处心积虑谋划了这么久，康瀚民处境两难，他跟你妥协是早晚的事情，你这样傲气的一个人，又怎么会为了半入囊中的东西拿自己当筹码。"

虞浩霆听了，轻声说："你怎么不想着我是因为有了你，才不要别人的？"

顾婉凝转过头睇了他一眼，眼里漾出一抹轻忽的笑意："你就是拿我当个幌子。夏天的时候邵朗逸到麓山来见你，不是因为你带我去那里避暑，他才来的；是因为你要在他去余扬之前先见他一面，才带我去的黿山。"

虞浩霆眼中光芒一闪，面上却是一片漫不经心的神色："我干吗非要到外头见他？"

顾婉凝娓娓说道："康家在江宁军政两界必然是有些关系的，你当然不想让旁人知道你们打的究竟是什么主意。邵朗逸是托辞他父亲抱病回来的，自然要先去余扬，再回江宁。你在栖霞和陆军部见他，人多眼杂，虞军里头多的是你叔父辈的人，你想有什么动作也总要有所交代。况且，你仓促之间重权在握，即便是你父亲的人，你也有三分防范，眼下你真正信得过的只有他。至于你们还商量了些什么，我就不知道了，无非是些一朝天子一朝臣的事。"

虞浩霆默然片刻，摇了摇头："你怎么想这么多？"

顾婉凝直视着他说道："你别忘了我是在哪里长大的。我父亲那里最多的就是这样瞒天过海、暗度陈仓的戏码，我从小给人当幌子当惯了。"她说着，站起身来，唇角一翘，"我跟你说这些，就是想告诉你，你拿我当幌子也没什么，就不必再花言巧语地哄我了。"

虞浩霆看着她一本正经的样子，皱眉一笑，双手环住她的腰："你说得都对，可还是少猜了一样。"

"什么？"

虞浩霆凝视着她，目光平静如晨起的秋江："我去黿山，是为了见朗逸，也是真的想陪你。你第一次对我笑，就是在那儿。我要你和我一起来绥江，有你说的这些缘故，可我也是真的舍不得你。我不能这么久见不到你，也不能让你这么久见不到我，免得等我回去，你又为了什么事情跟我闹别扭。"

他这一番话说得坦然笃定，没有一丝调笑的意味，反而叫顾婉凝慌乱起来，她在他怀中一挣，犹自倔强道："你不必……"虞浩霆却已低头吻了下来,在她唇齿之间匍匐良久,"你这样聪明,怎么唯独猜不出我对你的心意?"

顾婉凝微微扬起头,一双眸子晶莹清澈:"那你是为了哪个缘故多一点?"

虞浩霆看着她,只见她脸颊上一片淡红,眼中皆是自己的影子,情不自禁便拥紧了她,却不知道要怎样答她的话。因为她问他的这件事,是他从未想过的。他知道他或许该说"自然是为你多一些",可是,他说不出来,他竟是一丝一毫也不愿意敷衍她。

越往北去天气越凉,绥江地域昼夜之间的温差亦大了许多。

虞浩霆的专列到达绥江的时候已是晚上九点多钟了,饶是顾婉凝身上加了件天鹅绒大衣,走到车厢门口被夜风一吹,仍是打了个喷嚏,虞浩霆见状伸手解了自己的军氅罩在她身上,方才拉着她下车。来接站的车队早已到了,在夜风中笔挺站着的正是邵朗逸的副官孙熙平。

"行营里一切从简,不比江宁,要委屈顾小姐了。"邵朗逸和虞浩霆打过招呼,转而对顾婉凝道。顾婉凝略打量了一眼中军行辕的会客室,笑道:"邵公子的地方,恐怕想委屈人也难。"

"你也累了,早点休息,不用等我。"虞浩霆说罢,邵朗逸微微一笑,便吩咐身边的侍从:"先带顾小姐去休息。"

婉凝对他二人嫣然一盼,转身随那侍从去了。

邵朗逸叫人上了夜宵,屏退左右,同虞浩霆对坐而谈:"康瀚民的条件你觉得怎么样?"

"他现在还有的选吗?"虞浩霆淡然道,"要不是我想着尽快了了他这一茬,跟他再耗些日子也无所谓。别的倒也罢了,不出我们预想,只不过……"

邵朗逸微微一笑:"他无非是想为日后多作一重保障,求个安心。"

虞浩霆沉默了片刻,懒懒说道:"你没看见我是带着婉凝来的吗?"

邵朗逸笑道:"那你也总要给人家一个面子。"

虞浩霆听了却不说话,只盯着邵朗逸,邵朗逸呷了一口杯中的热茶,淡淡道:"你不要打我的主意。"

虞浩霆仰身靠在沙发上,唇角一牵:"那个康雅婕,你娶了她吧。听说也是个美人儿。"

"康小姐要嫁的可是虞四少。"

"那是康瀚民没想到。只要他一想到了,就明白,他这个女儿与其嫁给我,不如嫁给你。"

"那我干吗要帮你这个忙?"

虞浩霆漫不经心地说:"反正你也无所谓,娶谁不是娶,还不如这次一举两得。"

邵朗逸摇头:"你就这么跟康瀚民说?"

虞浩霆轻轻一笑:"咱们想法子叫这个康小姐非你不嫁就是了。"

邵朗逸笑道:"我可没这个本事,你不如叫小霍来。"

虞浩霆玩味地看着他:"你过谦了。至于小霍嘛……戴季晟不是也有两个女儿吗?虽说现在年纪还小,兴许过几年还真的要麻烦他一下。"

邵朗逸失笑道:"你这样算计我们,就不怕日后也有别人算计你的一天?"他说着,忽然笑意一敛,"你要真的有心娶婉凝,倒不该这样招摇。"

虞浩霆眉峰一挑："我的女人,还要藏着掖着见不得光吗?我越是瞒着,反而越委屈了她。"

邵朗逸犹豫了片刻,才缓缓开口："她在你身边倒没什么,不过日后你戎马倥偬,总不能时时都带着她。"

虞浩霆眼中闪出一道精锐的冷光来："父亲母亲那里,有那样的先例摆着,他们就算不乐意,也不会怎样。我就不信,还有谁敢动她!"他说罢,忽然话锋一转,"康雅婕的事,你要是不愿意就算了。大不了我们就耗着他,动一动兵也好,反正我也想磨炼些人上来。"

邵朗逸闻言一笑："娶谁不是娶?不是说也是个美人儿吗?"

顾婉凝一进房间,扑面而来一阵暖意,原来这里的壁炉已生了火,她一面解了身上披的军氅一面打量房间。房中的布置陈设一望便知颇花了些心思,客厅还罢了,卧室里头一色乳白描金的欧式家具,妆台边的花瓶里养着一大簇紫红色的玫瑰花,纤瘦的花朵皆是半开,形若杯盏,暖香袭人。

她刚在沙发上坐下,已有一个丫头提了食盒进来,笑着说:"顾小姐一路劳顿了。我叫采月,小姐有什么事情吩咐我就是。"说着,将食盒揭开,端出里面的夜宵摆在她面前,亦是中西皆备。方才随她而来的侍从见状便道:"小姐如果没有别的事,我先下去了。"待她点了点头,方才掩门退了出去。

顾婉凝拣着一碗鱼肉馄饨吃了两口,对那丫头道:"你一直在行营里么?"

采月笑着摇了摇头:"我是蔡军长府上的丫头,是行营这里要找人来服侍小姐才叫我过来的。"

顾婉凝对她微微一笑:"麻烦你了。"

采月忙道:"小姐不用客气。听说您是从江宁来的,绥江这里天气冷,小姐出入要多加些衣裳。"说着便从衣柜里取了一件暗酒红色的哔叽斗篷出来。

顾婉凝看了便说:"多谢你想得这样周到。"

采月回头一笑:"都是邵军长吩咐的。"

婉凝坐了许久的火车,神思困倦,到内室洗漱之后,换过寝衣便吩咐采月自己要休息了。深夜寂静,身边的屋宇床枕皆是陌生,她独自一个人拥着被子,心中忽然有些惶惑起来。

她恐怕是不能回头了。

那一日的阴差阳错,此后的种种纠缠,叫她跌跌撞撞到现在,她要怎么办呢?她能这样一直瞒着他吗?可就算她能,她就真的不告诉他吗?倘若她说了,他又会怎样对她?

她心里忽然涌起一阵阵的寒意,她在虞浩霆身边这样久了,那人恐怕也知道了吧?

她想起那一年,他带着她去给母亲折梅花,她裹在大红的缎面斗篷里,探头瞧着,她说折哪一枝,他就去折。他一路抱着她上山下山,随从要替他抱一会儿,他都不肯。

有一回,她不知道为了什么事情大哭了一场,自己偷偷跑出去找他,结果吹了风,还摔伤了,病了好几日,他发了好大的脾气。从那以后,只要她说要找他,他立刻就回来……她知道,他那样溺爱她,都是因为母亲,他一见到母亲,眼里就全是光彩。

哪怕到了现在,她仍然觉得他对母亲到底是有过真心的,只是,那一份真心终究抵不过万里江山的蛊惑。

那样明艳温暖的一个梦,轻轻一磕,就全都碎了。

她想起离开江宁的前一天,她回家去看外婆。外婆握着她的手,默然良久:"外婆知道你当初是为了旭明的事。可是,婉儿,有一件事你要记得,这样的人最是狠心绝情,你千万不要存了什么痴心,能抽身就趁早。无论如何,咱们一家人好歹总能过日子。"

"能抽身就趁早",她也打定过这样的主意。

那天她在陆军部惹恼了他,他许多天都不再见她,她几次都几乎想要回家去了,可是她知道他那样傲气的一个人,只能他开口说不要她,却不能是她先离了他。只是她没想到,再见他的时候,却是那样一番光景。

她一直觉得自己是恨他怕他的,可是那一晚,她蒙眬中听着他的心跳,却忽然觉得异样的安稳。这十余年的时光,她每每都是疑虑忐忑,身外满目繁华,心内却是蔓草荒烟,她几乎已经忘记了自己曾经也有过那么无忧无虑的日子,直到那一晚,他在惊雷急雨中拥着她说:"我在。"

她终是纵容了自己,她跟自己说,或许她顺着他的意思,才能叫他失了兴致。她这样想着,就饶过了自己。可是原来这种事是只有进,没有退的,事到如今,她要怎么办呢?

康瀚民和虞浩霆的会面约在了两军交界的隆关驿,这里有一处猎场。近两年,江宁政府和康氏罢兵言和,相安无事,康瀚民时常到此处狩猎。这一回,他仍是以围猎的名义到此,一起来的还有他的女儿康雅婕。

双方商谈略告一段落,虞浩霆见隆关驿周围山林丰茂,一时兴起,便带了侍从纵马行猎,康瀚民则转到花厅对康雅婕道:"父亲没有骗你吧？你看这个虞四少怎么样？"

康雅婕面上一红，扭头便走。

起初，康瀚民一跟她露出同虞氏联姻的意思，她便十二分的不情愿。

她想，将来等着她的总归是一段纯美炽烈的故事，有欢愉，有泪水，有眼神忧郁的美少年把情诗念到雾笼月斜，信笺里失了水的玫瑰花瓣翩然落在她的裙裾上……反正无论如何，都绝不能是一场交易，她原想着今天来见虞浩霆，必要把平日的任性骄纵加了倍地显露出来，好叫他知难而退。

却没想到，他竟这样的英睿挺拔、玉树临风，芳心悸动之下，想好的事情倒全都忘了。父亲的话叫她脸红心跳，她想，难道真的就是他了吗？

她一面低头想着，一面踱到园子里来。今年春天，她到猎场骑马的时候，侍从们意外捉回了一只小鹿，才跟只羊差不多大小，乌溜溜的一双眼睛说不出的温驯。她一见就喜欢得不得了，原打算带回家去的，可父亲说不如等养大了放回林子里去。她一想也是，这样孤零零的一只搁在督军府的花园里，不过给人瞧个新鲜罢了，便养在了隆关驿。她隔些日子就来看它，还给它起了个俄文名字叫тося。

上回来的时候，它已经跳得那样高了，要放它走，她还真有些舍不得。

她一进园子便觉得有些不对头，往常她一过来，тося早就撒着欢扑到她面前来，可是今天却一点动静都没有，她四下一望，根本就没有тося的影子。她皱起眉头刚要问，已经瞥见远处的栅栏门大敞着，远远看见一个棕红色的影子跳动着往林子里去了。"тося！"她急急喊了一声，情知是没用了，忽然想起刚才虞军的一班人说是要过去打猎,她连忙叫侍从牵了马来,往тося跑走的方向追了过去。

刚进了林子,康雅婕就听见"砰"的一声枪响,一群受惊的鸟从她头顶的树丛中哗哗啦啦飞了出去,不知怎的,她直觉就是тося。

她纵马朝放枪的地方驰去,一眼便看见虞浩霆正端着枪向林子深处瞄着,她顺着他枪口的方向望去,果然是тося!它一只染了大片血迹的前腿已经跪倒在地上,浑身抖颤着想要挣扎起来。

康雅婕连忙喊道:"别开枪!"却已经迟了,又是"砰"的一声,тося刚撑起来的另一只腿上又是一片血花。

虞浩霆循声往她这边看了一眼,这才若无其事地放下枪,对她点头示意:"康小姐。"康雅婕怨怼地看了他一眼,已纵马往тося身边去了。她翻身下马,只见тося哀哀倒在地上,血不停地往外涌着。

此时虞浩霆亦骑着马晃了过来,却并不下马,只居高临下看着她。康雅婕看见它两条腿上的伤处几乎是一样的位置,回头狠狠瞪着虞浩霆道:"你就算是打猎,也不能这样残忍。"

虞浩霆却面无表情,冷然抛出一句:"妇人之仁。"竟一纵缰绳转身而去。

康雅婕气恼得几乎要落下泪来,慌乱之中却不知如何是好,想用手去按住那伤口,却不知道该按哪一个好。忙乱间忽然听到身边一个温和的男声说道:"让我看看。"她眼中已起了一层薄雾,勉强抬起头来,眼前却是一个极英俊的年轻人。她茫然点了点头,那人便蹲下身来,查看了тося的伤处,又上下打量了她一眼,竟伸手去撩她那件俄式骑装下的裙摆。

康雅婕一惊:"你干什么?"

那人柔声说了一句"得罪小姐了",便攥住她的衬裙底边用力一撕,立时便扯下长长的一幅。康雅婕还没来得及说话,已见他将那布条利落地裹在了тося的一处伤口上。这回没等他动手，康雅婕自己便撩了裙摆，想再撕下一幅来，却没有撕开，红着脸瞧着那年轻人。那人微微一下，就着她手里的裙摆又扯下了一幅，一面包扎тося的伤处，一面说："回去叫医官把子弹取出来，打好夹板，好好养一阵子，不会死的。"

康雅婕闻言心中一安，此时才发现这人身上穿的却是虞军的军服，不由诧异道："你是什么人？"

那人抬头望着她，眼中的笑意云淡风轻："我叫邵朗逸。"

"胡闹！"

康瀚民把手里的烟斗往桌上重重一磕："你让我怎么说？不就是打了你那只鹿吗？他又不知道是你养的。"

康雅婕眼里含着两汪泪水，紧紧抿了抿嘴唇，斩钉截铁地说："我不管！反正我绝不嫁给虞浩霆。他那个人根本就是冷血的。"

康瀚民眉头挤成了"川"字，他这些年只有这一个女儿，从小到大事事都不肯拂了她的心意，此时见她要哭，只好温言相劝："婕儿，你不要小题大做。你好好想一想，虞浩霆这个人，人才家世都是一等一的。若是我们两家联姻，北地易帜，数年之内，这天下恐怕都要落在他的手里。到那个时候，你就知道，父亲今日这个决定对你是最好的。"

他每说一句，康雅婕就重重摇一下头，待他说完，她眼中的泪水已潸然而下："我才不在乎这些！我听说他这次来绥江公干，身边竟带着个女朋友。他还和那个电影明星梁曼琳……"

康瀚民无可奈何地叹了口气："这些事情都是小节，他那样的身份，身边有些莺莺燕燕也是寻常。"

"你把女儿交到这样的人手里,你就真的放心吗?"康雅婕再也听不下去,一跺脚转身跑了出去,出门的时候正撞上康瀚民的幕僚长杜樊川。杜樊川连忙让到一边,叫了一声:"小姐!"康雅婕看也没看他一眼,已冲了出去。

杜樊川见康瀚民眉头紧锁,一脸焦灼,沉吟了一下,说道:"督军,小姐是为了和虞氏联姻的事情吗?"

康瀚民长叹一声:"为了一只鹿,真是……"他一眼瞥见杜樊川似乎是欲言又止的样子,便道:"你想说什么?"

杜樊川爽然一笑:"属下想,若是小姐执意不肯,督军也不必太过勉强。毕竟,小姐的终身幸福也是要紧的。"

康瀚民苦笑道:"我难道不为她着想吗?"

杜樊川略一思忖,试探着说:"和虞氏联姻,也未必非要小姐嫁给虞浩霆。"康瀚民一听就知道他必有后话,杜樊川果然接着往下说道:"昨天小姐回来的时候我正好碰见,陪着小姐去医治тося的人——是邵朗逸。我跟他打交道也不止一回两回了,他那样殷勤倒还是头一次。"

康瀚民眼中精光一闪:"你是说?"

"樊川以为,为康氏计,与其取虞家,倒不如取邵家。"

康瀚民捏着烟斗,深吸了一口,闭目思索了片刻,缓缓道:"你说得不错。"

绥江行营的中秋夜宴是一席北地特色的渍菜白肉火锅,各色薄肉海鲜山珍菜蔬摆了满桌,中间炭红汤滚,看上去十分热闹。

"我敬你一杯。"虞浩霆端了酒,眼波略带促狭地瞧着邵朗逸。

邵朗逸唇边掠过一丝清淡的笑意,端起杯子一饮而尽:"我这样为你,你这一杯酒就想混过去了?"

虞浩霆亦干了杯中的酒,正色道:"只要你开口,我有的,都是你的。只怕你不稀罕。"

邵朗逸闻言垂了眼睛,淡淡一笑:"那倒也未必。"

虞浩霆听了他的话,诧异中却有些欣然:"你想要什么?"

只见邵朗逸夹起一片薄如纸的牛肉往锅中一滚,漫不经心地说了一句:"你鼍山的园子给我吧。"

虞浩霆一听,手中的筷子微微一顿,却下意识地去看顾婉凝,随即笑道:"你什么时候想去尽管去,干吗要这个?"

邵朗逸也不看他,只反问道:"你这就舍不得了?那园子若是我的,我就改一改那里的格局。"

虞浩霆自己往杯里斟了酒,哂然笑道:"这有什么舍不得的,就算我送你的结婚礼物好了。不过,你得答应我一件事。"

"什么?"

"那山路上的梨花你不要动。"虞浩霆说着,握了顾婉凝的手搁在自己膝上,顾婉凝颊边一红,却不去看他。

邵朗逸打量了他们一眼,摇头一笑:"我随口说说罢了,君子不夺人所爱,我要它干吗?"

吃过晚饭,顾婉凝想着他们多半还有公事,就独自一人走到庭院中来。

眼下秋意正浓,从廊下到花圃中摆的都是菊花,烟环点翠、金背大红、白牡丹、鸳鸯锦……月光之下,清气四溢,锦绣斑斓。婉凝一株一株瞧着,正看得出神,忽然给人从身后一把抱住。她不必回头,就知道是虞浩霆,羞赧一笑:"你在军中也这样轻浮?"虞浩霆闻言松开了手,顾婉凝转过身子,却见他臂上挽着自己那件酒红色的斗篷,"要出去吗?"

虞浩霆把那斗篷抖开披在她身上:"我们赏月去。"

顾婉凝跟着他出了行辕,已经有侍从牵了马等在门口,邵朗逸也勒着缰绳等在马上。顾婉凝一见,忙道:"我去换衣服。"

虞浩霆在她腰间一揽:"不用了。"说着,一抬手便将她的人抱起来侧身放在了马背上。顾婉凝当着这许多人不好和他争执,只得由他。虞浩霆上了马,又替她拉严了身上的斗篷,一抖缰绳,那马便纵蹄而奔。邵朗逸一笑,亦策马而去,卫朔带着一班侍卫只远远跟着。

虞浩霆纵马飞奔了一段,便放缓了速度,揽着顾婉凝道:"冷不冷?"婉凝摇了摇头:"为什么要到外面来看月亮?"虞浩霆低头在她发间轻轻一吻:"不为什么,我就是怕闷着你。"说话间,两人已驰到了江边。

绥江江面宽阔,两岸平缓,眼下正值秋江水满之季节,夜色中细浪粼粼,芦花摇曳,远处影影绰绰似有渔船的影子。皓月当空,明光如练,无遮无拦地泻在江面上,仿佛那月亮还落了一个在江里,愈发显得悠远宁静。

顾婉凝倚在虞浩霆怀里望着江面,忍不住赞叹:"真美!"

虞浩霆闻言默默一笑,朗声道:"明年中秋,我们回陵江看月亮。再过两年,我带你去西澜江看月亮。"

"西澜江不是在锦西吗?"

"是啊。"

却听邵朗逸在一旁笑道:"原来我们拼死拼活,就是为了给顾小姐看月亮。"

顾婉凝方才出神,竟没发觉他已到了近旁,此时听他这样说,黑暗中面色一红，已明白虞浩霆话中所指。

虞浩霆却不在意，紧了紧拥着她的臂弯，俯在她耳边轻声道："婉凝，你得一直和我在一起。天南地北，我陪你看山看河。"顾婉凝抬眼望着他，只见他墨黑的眼眸中光芒璀璨，直比月光下的粼粼水波还更耀眼，不禁怔住了……

三个人在江边缓缓打马而行，忽然一阵歌声压着江面飘了过来："栽花不栽刺玫瑰，撩姐还撩十七岁……"虞浩霆听了，突然"哧"地一笑，顾婉凝颊边一热，恼道："你笑什么？"

虞浩霆道："你觉得我笑什么？"

顾婉凝抿着唇转过脸去，却见邵朗逸手中握着一个小小的银色酒壶，遥遥望着江面，虽然看不清他面上的神色，她却仍觉得他整个人都笼在一片寂然之中。顾婉凝轻轻拉了拉虞浩霆的衣襟，一抬下颌，示意他去看邵朗逸。虞浩霆往边上看了一眼，拍了拍她的肩："没事，他那个人就这个样子。"

邵朗逸闻言又啜了一口酒，笑道："你们要是嫌我碍眼，就明说。"

顾婉凝见他如此，忽然就想说些什么叫他开心，便道："我小时候过中秋节，母亲教了个歌谣给我，里头说'月光光，秀才郎，骑白马，过莲塘。放的鲤鱼八尺长，长的拿来炒酒吃，短的拿来给姑娘'。我念了两遍就不依了，凭什么短的才拿来给姑娘？闹得月饼也不肯吃，后来我们家里谁再念这个，就都得改成'长的拿来给姑娘'。"

邵朗逸听了笑道："这个我也听过，原来你小时候这么霸道。"他说着，忽然觉得什么地方似乎有些不妥，但是看着她月光之下顾盼生辉满是笑意的一双眼，微微一笑，便忘记了。

虞浩霆一动身北上，汪石卿便安排人绕着梅家打探消息，甚至不惜着人潜入梅家假造了一起盗案，一面翻查线索，一面待梅家报案之时，借着笔录的机会，又查问了一番。

原来，顾婉凝姐弟的生父真的不是顾鸿焘，然而，他查到这里却再也查不下去了。顾婉凝的母亲叫梅疏影，关于她，汪石卿手里只有一份二十年前育英书院的学籍档案和两张旧照片。

照片上的女子一身旧式的短袄长裙，立在花树之下。

虽然那照片已经泛了黄，然而那宛然如画的眉目仍是叫人赞叹，疏影横斜，暗香浮动，无声无息已浸润了这久远的时光。这样美丽的一个女子，十二年前带着两个孩子远渡重洋，究竟是为了什么缘故？她是为了去找什么人，还是为了要避开什么人？眼看虞浩霆就要回到江宁，他必须在这之前把这件事查清楚，汪石卿思虑再三，忽然心中一动，收起桌上的一沓档案，匆匆出了门，对张绍钧道："去龚府。"

汪石卿一见龚揆则，立刻整装行礼："次长！"

龚揆则抬了抬手："坐吧。出什么事了？"

汪石卿在龚煦初对面坐下，便开门见山："石卿冒昧，想请次长认一个人。"

龚揆则闻言眉峰微动："哦？"

汪石卿解开手里的文件袋，抽出一张照片推到龚揆则面前："这是四少身边顾小姐的母亲，不知道次长是不是见过？"

龚揆则一看那照片，眼中有些惊讶又有些恍然，喃喃着说了一句"是她"，便再无一言。

汪石卿犹豫了一下，道："顾小姐的母亲叫梅疏影，是十二年前去的法国，当时顾小姐已经快五岁了。顾鸿焘那时候是驻法使馆的高级秘书,从留洋算起,在法国已有九年。梅家的人说他们是在法国认识,之后结的婚,顾家的人却根本不知道这桩婚事。所以,顾小姐……"他谨慎地说着,却见龚揆则面上的神色越来越沉:"你们当初没有查过她的来历吗?"

汪石卿闻言肃然道:"是石卿失职了。次长认识顾小姐的母亲?"

"见过一次。"

龚揆则神色疏离地望着桌上那张照片,缓缓开口:"十六年前,江宁政府初成建制,在吴门和议。陶盛泉称病,代他来的是他的参谋长戴季晟。那时候,他也不过是你这个年纪,少年得志,烈马轻裘,眼高于顶。"

汪石卿一言不发,听到这里不禁骤然抬眼。

"吴门梅花最盛,当时正值花期,我一时兴起,去邓山踏雪寻梅。没想到,却碰上了戴季晟,他身边还带着……"他说到这里,手指在那照片上轻轻一叩,"最是回眸一笑人间无颜色。若不是有那样的母亲,怎么会有这样的女儿?"

汪石卿眼中惊诧莫名,"次长,您是怀疑顾小姐……"

龚揆则沉吟良久,说:"无论是与不是,我们都不能冒这个险。"

汪石卿道:"只是现在还不知道,此事究竟是有人刻意安排还是纯属巧合。既然牵涉到四少的私事……"

龚揆则神色一冷,截断了他的话:"四少没有私事。"

汪石卿点了点头,忽然又缓了神色,略带了些笑意道:"四少这些日子对顾小姐确实用心,连在陆军部的支薪都叫侍从室的人交到顾小姐那里去了。"

龚揆则长叹一声："这女孩子的容色比她母亲当年还犹胜三分，难怪浩霆宠她。"

汪石卿默然片刻，试探着道："前些日子谭府婚宴，四少跟小霍说，叫他日后少不得要叫顾小姐一声'四嫂'。"

龚揆则皱了皱眉，却并没有答话。

汪石卿又道："或者再查一查？如果这件事并非有人刻意安排，也就罢了。等四少新鲜一阵，总归要撂开手的。"

龚揆则双眼微闭摇了摇头："浩霆虽然年轻，却自有城府。他既然跟仲祺说了这样的话，必然是有了心思。不管是巧合，还是有人安排，这女孩子都留不得了。"

汪石卿心头突地一跳："可如今这情形，要想瞒着四少把她送走，恐怕不太容易。"

"送走？"龚揆则道，"你能送她走，难道浩霆不能把她找回来么？"

汪石卿一怔："次长的意思是？"

龚揆则道："这件事情你不必管了。"

汪石卿闻言脸色忽然变得煞白："次长，或许顾小姐和戴季晟并没有什么关系，四少眼下对她用情正深，当年……"

龚揆则面无表情地看了他一眼："人有旦夕祸福，如果这位顾小姐自己运气不好，出了什么意外，四少也怨不得别人。"说罢，又补了一句："这件事知道的人越少越好，淳溪那边你也先不要说。"

顾婉凝一边收拾随身的衣物一边问虞浩霆："朗逸真的要和那个康小姐结婚吗？"

"他们的结婚启事月底就该见报了。"虞浩霆翻看着手里的报纸,随口答道。

"那朗逸以后会喜欢她吗?"顾婉凝理着手里的东西,却有些心不在焉,虞浩霆抬起头来探询地瞧着她:"你是替康雅婕担心吗?"

顾婉凝轻轻叹了口气:"我只是觉得你们这样算计一个女孩子,也太……"

虞浩霆懒懒道:"那也只能怪她父亲先算计我。"他看了一眼顾婉凝的神色,又温言道,"你放心,朗逸那个人,对女孩子没有什么喜欢不喜欢的,都是一样的客气,也委屈不了她。"

顾婉凝听了他的话,想着邵朗逸的行止性情,微微点了点头,随手拣起一件披肩一抖,却掉出一个小小的白瓷瓶来,直跌了出去,正滚到虞浩霆身前。

顾婉凝一见,脸色已变了,还未来得及动作,虞浩霆已弯腰捡了起来:"这是什么?"

顾婉凝忙道:"没什么,是我……"她刚一开口,只见虞浩霆已随手拔了瓶塞,晃了晃瓶身,已倒出几粒深棕色的丸药来:"你哪里不舒服吗?怎么不告诉我?"

顾婉凝强自压下心头悸动,微微笑道:"没有,只是我从小就有一点咳疾,入冬的时候容易发作,我想着北边天气凉,就把药带着了。"

虞浩霆听了,将那几粒药倒了回去,起身将瓶子递还给顾婉凝:"你该告诉我,回去叫大夫过来看看。"

顾婉凝接过药瓶,对他嫣然一笑:"不用了,我这两年已经好多了,不过是以防万一。"说罢,便将药收在了箱子里。

虞浩霆看着她,抬手抚在她肩上,缓缓说道:"婉凝,你有什么事,都要告诉我。你喜欢什么,不喜欢什么,想要什么,不想要什么……都要让我知道。"

顾婉凝静静听着他的话,又见他神色柔和,目光中渗着一缕深切的怜惜,心绪才渐渐安定下来。

捌

履霜

凡可爱的都不可信

宝笙和谭文锡行过婚礼之后去了檀岛度蜜月，一直到过完中秋节才回到江宁。

　　"你连个电话也不打回来，一嫁了人，就把我们全忘了。"陈安琪瞟了苏宝笙一眼，舀起一勺朱古力慕斯送进嘴里。

　　宝笙一向拙于言辞，只好说："我带了礼物给你们呢！"

　　欧阳怡听了笑道："我们可不在意礼物，我们只在意……他待你好不好？"

　　苏宝笙见她们三个都瞧着自己，面上红霞一片，沉吟许久，才喃喃道："我也不知道。"

　　陈安琪"扑哧"一笑："你自己的事怎么会不知道？"

　　苏宝笙神情微微一滞，随即唇角绽出一丝浅笑："大约结婚这种事总是和之前想的不太一样。"

　　婉凝闻言柔声安慰道："两个人相处总会有些磕磕绊绊，急不来的。"她话音一落，陈安琪便抢道："嗯，这件事情你听婉凝的准没错，连虞四少那样的人她都……"顾婉凝颊边一红，瞋了她一眼，陈安琪掩唇笑道:"我又没有瞎说,难道不是吗?"

苏宝笙见她们如此,也展颜一笑:"其实也没什么,只是他们家里规矩大,人又多,我总觉得有些慌。"

欧阳怡听了便道:"谭家这样的门第必然如此了,没关系的,日子一长你也就惯了。你要是有什么事,就告诉我们,别憋在心里。"

宝笙听罢,点了点头,凝神抿了一口杯里的咖啡。

谭文锡一回到江宁,却是约着霍仲祺一班人去了玉堂春。霍仲祺一见他便笑道:"你这新婚燕尔的,约我们也就罢了,还偏约在这里,也不怕新娘子吃醋?"席间众人听了皆是莞尔。

谭文锡无所谓地撇了撇嘴:"她怎么会知道?再说,就算让她知道了又怎么样?她还能管我的事情吗?"

霍仲祺见他这副神情,倒有几分诧异,放低了声音道:"你不是很中意她的吗?我听说你家里原本并不怎么乐意,倒是你铁了心要娶的。"

谭文锡"嘿嘿"一笑:"这你就不懂了。我就是看中那丫头性子安静,小门小户出身,没什么小姐脾气,最是好伺候的。别说我不提醒你,你将来要是真娶一个昕薇那样的,才有的受呢!"

霍仲祺听了,微一皱眉:"你就为了这个?"

谭文锡笑道:"我瞧着她柔柔怯怯的,也算别有一番情趣,这种女孩子家教最严,不娶回来,倒是不容易……话说回来,娇蕊真是有些可惜了。早知道你没那个心思,我倒想收了她。我忙着结婚的事情没顾得上,一转眼她就跟着那个黄老板去了华亭。"

霍仲祺闻言笑道:"你如今有了家室,还是收敛一点的好,别闹得太难看。"

谭文锡漫不经心地"哼"了一声:"我家里都不拘着我了,你倒来假正经。"

霍仲祺轻轻一摇头:"好,我不说了,免得扫了你的兴。"

谭文锡一听,凑到他耳边笑道:"姚老板这里新近有一对姊妹花,风情得很……"不料,他刚说了这么一句,就被霍仲祺截断了:"我陆军部那边还有事情,坐一坐就走了。"

谭文锡一愣:"你倒转了性子。"

"四少,这药……"杨云枫将手中的一个小铁盒放到虞浩霆面前,言语间却有些迟疑,"没什么用。"

虞浩霆微微一怔:"没什么用?不是治咳疾的吗?"

杨云枫摇了摇头:"我问了几个大夫,说法都一样,这药里有一味天花粉,是能用来治咳疾,不过分量很轻,方子也不对。"

虞浩霆听了,伸手拨开那盒子,看着剩下的一粒药,问道:"那——这药还有什么别的用处吗?"

杨云枫思忖了一下,才问:"四少,这药是什么人用的?"

虞浩霆眉峰一挑,略有些诧异地看了他一眼:"怎么了?"

杨云枫踌躇道:"大夫说,这药虽然不治咳疾,但是里头还加了一点麝香,若是跟天花粉用在一处,倒像是……"

虞浩霆见他这般犹疑,有些不耐烦起来:"到底怎么了?"

杨云枫喉头动了动,神色透着一丝尴尬古怪:"这药若是吃了没什么别的用处,只是……只是让女子不易受孕而已。"

他刚一说完,便觑见虞浩霆的脸色已变了,眼中寒芒闪烁,冷硬地扫在他脸上,杨云枫一惊:"四少?"却见虞浩霆已低了眉睫只盯着盒中的那粒药,低声挤出一句:"你下去吧。"

杨云枫匆忙答了声"是",心中鼓点乱捶,只盼着这件事千万不要被自己猜中。他心中忐忑,在外头的会客室里来回踱着,不时看看立在一边的卫朔,却是欲言又止。卫朔见他这个样子,刚要开口相询,冷不防虞浩霆突然走了出来,一言不发就要出门。

杨云枫连忙追上去,急问了一句:"四少,是回官邸吗?"虞浩霆霍然回头盯了他一眼,目光锐利如刀,杨云枫再不敢说话,只紧紧跟在他身后。

"她人呢?"

虞浩霆回到栖霞官邸,顾婉凝却不在房中,芷卉被他厉声一问,已然慌了,连忙道:"顾小姐在书房,我去……我去叫……"不等她说完,虞浩霆已转身往书房去了。

顾婉凝正试着伸手去拿架上的书,忽然听见有人进来,便转身去瞧,一见是虞浩霆,不由盈盈一笑:"你今天怎么这么早?正好劳四少的驾,帮我拿一拿上面的书。"

她今日穿着一件七分袖的长旗袍,莓紫色的底子上疏密错落地织着略浅一色的兰花纹样,垂在身前的一头长发用豆绿的缎带打了个蝴蝶结松松绾在左肩,微微仰着头立在一排厚重的檀色书柜边上,愈发显着她的人纤柔娟好。

虞浩霆摘了军帽搁在衣架上,慢慢朝她走了过来,婉凝只顾着指架上的书,却没留神他的脸色。

"哪一本?"虞浩霆走到她身边,声音平静,一丝波澜也无。

"那本——《白话本国史》。"虞浩霆依着她的话,将书拿了下来。"多谢你了!"顾婉凝微微笑着伸手去接,全然没察觉他的异样。

深秋的艳阳透过宽大的玻璃窗子照在她身上，格外明艳清澈，虞浩霆看着她这样的巧笑倩兮，美目流盼，方才极力压抑的怒气突然一涌而出，将手里的书狠狠摔了出去，抬手就捏住了顾婉凝的两颊："你再给我装。"

顾婉凝惊骇之下，本能地一挣，不料，他不仅没有松手，却反而加了力道，婉凝吃痛，轻呼了一声，满眼惊惧地看着他。

"四少！"门口的杨云枫忍不住叫道。虞浩霆头也不回地说道："出去！"接着又回头看了一眼卫朔，"你也出去！"

卫朔眉头紧锁，却也不敢多话，只得掩了房门。

"你骗我。"

他的声音仿佛是从冰岩中透出来的，她被他迫着抬起头来，迎着他逼视的目光，他的人站在暗影里，眼眸中的愠怒叫他背后的阳光都变得冰凉。

他知道了。他一定是知道了。

他是要杀了她吗？

他以为她是那人设计到他身边来刺探他的吗？

他不能这样想，她没有，她不是故意要瞒着他的，她没有办法，她若说了，就是……

就是眼前的境况。

可他就算要杀了她，她也要让他知道，她没有，她不是他想的那样，她根本就不屑于他们那些事情。

顾婉凝不再挣扎，只艰涩地说道："我没有……"

虞浩霆略略一怔，旋即目光森然地看着她："你没有什么？你没有想要我的孩子，是不是？"

顾婉凝一听，绷紧的心神倏然一落，身子跟着便是一软，虞浩霆连忙握住她的手臂,方才捏住她脸颊的手一松开,已见她雪白的脸庞上,几个泛青的指印清晰可见。虞浩霆不由皱了眉,握着她手臂的力道也减了几分,心中一阵烦躁,拽着她胳膊就走了出去。

杨云枫和卫朔见了这个情形,也不知道该不该跟着,稍一犹豫,虞浩霆已挟着顾婉凝进到自己房中,又是"砰"的一声撞上了门。卫朔脸色一沉,又见杨云枫愁眉紧锁,沉吟了一下,还是问道:"出什么事了?"

杨云枫咂了咂嘴,摇头道:"我不能说。"

卫朔闻言一愣,虞浩霆贴身的两个随从参谋,郭茂兰沉稳,杨云枫跳脱,他二人虽性子不同,但都知道自己从小和虞浩霆一起长大,卫护他多年,虞浩霆有什么事一向都不避他,只有郭茂兰和杨云枫跟他打听消息他不说的,却从来没有他出言相询,他二人不说的。

杨云枫见卫朔神色慼然,皱眉道:"我真不能说。"

卫朔点了点头,不再言语,杨云枫却轻轻一叹:"没想到,四少也这样痴心。"说罢,看着一丝表情也没有的卫朔,苦苦一笑,"还是你这样最好。"

虞浩霆一撞上房门,便沉声对顾婉凝道:"你的药呢?去给我拿出来。"

顾婉凝原以为他是知道了自己的身世,不料,他今日发作的却是这件事情,一时百转千回,慌乱之间竟不知如何应对,只呆呆站在那里一言不发。

虞浩霆见她这副形容,怒意更盛,伸手就将书桌的抽屉掀了出来,里头的东西尽数砸在了地上。顾婉凝这才反应过来,心知是躲不过了,不等他再有动作,便急急进到卧室,从妆台最下头的一格抽屉里取出那个白瓷药瓶来。

她把小小的瓶子攥在手心,正想着该怎么办,却听虞浩霆在她身后冷然说道:"拿来。"她迟疑了一下,还是把药放在了他手里,却不敢抬眼看他。

虞浩霆拿过那药,到窗口一扬手便丢了出去。

他看着窗外,沉默了片刻,缓缓转过身来,走到顾婉凝面前,寒星般的眸子盯牢了她:"我知道你打的什么主意,你无非还是想走。我现在就告诉你,你生个孩子给我,我就由着你走。要不然……"他说到这里,薄如剑身的双唇现出一抹冷笑,"就算是我腻了你厌了你,我也不会放你走,我关你一辈子。"

顾婉凝只觉得自己整个人都笼在他深寒的目光中,那凌厉如刃的笑容仿佛能划伤了她,忍不住就向后一退,虞浩霆却已握住了她的腰肢,俯在她耳边静静地说:"你要吃药,尽管去。谁敢给你,我就杀了谁。"

他略一停顿,又接着说:"你那瓶药是给你外婆抓药的时候弄的,对不对?恐怕她老人家以后得换个铺子抓药了。"

他声音很轻,甚至还带着几分讥诮,顾婉凝面色惨白,惊骇地望着他:"虞浩霆,你疯了!这不关旁人的事……"

虞浩霆凝视着她,忽然撩起她肩上的一缕青丝深深一嗅,手指用力捻着她的头发:"我要是疯了,也是你逼的。"他说罢,深深看了她一眼,墨黑的眼瞳中愠怒已淡了,取而代之的却是一抹痛楚。

顾婉凝不禁愕然,还未来得及说什么,他却已走了。

他一定是疯了。

他若不是疯了,怎么会一点也瞧不出她对自己的虚与委蛇?她根本就没想留在他身边，她不惜作践自己的身子，也不要他的孩子。

他竟一点儿也没有瞧出来？

她日日在他身边，语笑嫣然，温柔婉转，那样的情致万千……难道都是他自欺欺人吗？他这样的一厢情愿，以至于他根本没想过要去分辨，或者，是他太想要她了，他根本就不愿意去分辨。若不是那天她慌乱之间，话里出了纰漏，恐怕他现在还被蒙在鼓里。

可即便是知道了，他又能怎样。

他舍不得她。

他舍不得不要她，也舍不得伤了她。饶是他盛怒之下，一见她颊边的指印也仍是心中一疼，先就懊恼自己手上失了分寸，竟这样重手。

他只好走。

他怕她又说出什么叫他恼火的话来，自己一怒之下会伤了她；他怕她真的对他说，她一直都是在敷衍他。

他只好走。

他一定是疯了，才会叫一个女人逼成这样。

虞浩霆又是一连数日都待在陆军部，且沉默寡言，即便是邵朗逸通报北地一切顺遂的密电，也没让他面上多添一分霁色。郭茂兰再三问杨云枫，杨云枫除了一句"是顾小姐的事"，便再不肯多说。郭茂兰心下纳罕，从绥江回来还好端端的，怎么一夜之间又闹到这个地步。

汪石卿从杨云枫嘴里也问不出更多的缘由，他在办公室里沉吟许久，一会儿想起虞靖远去国之前的托付："你也不能让他闹出什么事来。"一会儿又想起龚揆则的话："这女孩子留不得了。"——这几个月来，虞浩霆几番喜怒莫测都是为她，却不说别的，单是因为一个女人能这样分他的心，也真是留不得了。

秋色越深，夜就越长。

虞浩霆过了一点钟才躺下，却翻来覆去怎么也睡不着，想了一想，干脆披衣起身走了出来。卫朔原是和衣睡在外头的沙发上，一听到声音立刻就醒了。虞浩霆冲他一摆手："你睡吧。我就在外头走走。"

陆军部此时只有当班的机要秘书和话务员屋里还亮着灯，四下里一片寂静，树影婆娑，风露清寒。虞浩霆慢慢在庭院中踱着步子，一眼瞥见廊下的几盆菊花开得正盛，便想起中秋那天在绥江行营，顾婉凝立在一片锦绣斑斓的秋菊之间，她含羞一笑，身畔的繁花就都谢了。

他心里隐隐作痛，如今的夜已经这样凉了，也不知道她……他今日看见这几枝花想起她；昨天，在明月夜吃饭，他瞧见一个女孩子辫梢上打着两朵蝴蝶结也想起她；前天，小霍带了几盒西点过来，里头有一盒macaron，他看了一眼几乎就要脱口而出"婉凝倒喜欢吃这个"——他这样想她，一想起她心里却都是凉的。

虞浩霆心中一叹，便想回去找些事做，却忽然听见有人语带嘲意地沉吟："似此星辰非昨夜，为谁风露立中宵。"声音不大，但在这静夜之中却格外清晰。虞浩霆一怔，循声便瞧见不远处的乌桕树下正转悠着一个人影——"杨云枫？"

杨云枫正站在树下出神，一听竟是虞浩霆叫他，立刻快步赶了过来："四少！"

虞浩霆看了他一眼，问道："你怎么大半夜的站在外头？"

杨云枫忙道："没什么，就是睡不着，出来走走，四少有什么事吗？"

他这样一问，虞浩霆才想起自己却也是"大半夜的站在外头""睡不着，出来走走"，心下倒有些好笑："你刚才一个人在那儿说什么？"

杨云枫黑暗中面色一红："我说……"他心思一转，已住了口。

虞浩霆见他不语，冷冷一笑，沉声道："为谁风露立中宵？"

杨云枫听他语气不善，连忙说："我只是一时感慨，不是说您。"

虞浩霆接口便问："你感慨什么？"

杨云枫这才发觉自己刚才那句"不是说您"着实有越描越黑之嫌，只好硬着头皮答道："我是感慨我自己。"

虞浩霆玩味地看了他一眼："你怎么了？"

杨云枫有些心虚地答道："一点儿私事。"

虞浩霆闻言，作势在他腿上踹了一脚："我的私事你们个个都知道，你们的私事我倒问不得了？"

杨云枫抿了抿嘴唇，踌躇着说："……我前阵子交了个女朋友，有些棘手。"

虞浩霆听了心里不由一乐："人家不中意你？"

"也不是。"

"那是怎么了？"

"她……不想跟我结婚。"

虞浩霆玩味道："你倒是认真了？"

杨云枫语气中全是无奈："我也没有办法。她一日不嫁给我，我就一日不得安心。"

"就为了个女人？没出息！"虞浩霆先是想笑，复又一想，已是一阵茫然。他自己又何尝不是"为了个女人""没有办法""不得安心"。自己若是个"有出息"的，又怎会此时此地和他一样，在这里"为谁风露立中宵"？

杨云枫此时已和他想到一块儿去了，只是他却不敢开口取笑虞浩霆，想了一想，忽然说："四少，我想去绥江。"

虞浩霆听他这样说，不免有些诧异："你走得远了，倒能安心了吗？"

杨云枫正容道："丈夫处世兮立功名。将军都是打出来的，我就是要打出一份功名来，让她知道我杨云枫值得她托付终身。"

"好。你有这个心，我必然成全你。下个月你就去蔡正琰那儿报到。"虞浩霆面色一霁："仗，有的你打。不过，战事一起，前线枪林弹雨，我不会叫他格外照拂你，你要小心。"

杨云枫听罢神色一凛，对虞浩霆肃然行礼，"云枫绝不给四少丢脸！"

虞浩霆点了点头："行了，去睡吧。"

杨云枫答了声"是"，转身去了。虞浩霆瞧着他的背影，自失地一笑，杨云枫这主意倒是简单。可是，他呢？他还不值得她托付终身吗？

夜色深沉，方青雯带着些倦意从黄包车上下来，一眼看见等在路边的杨云枫，先是诧异，随即便挑起了一个妩媚的笑容："杨参谋，好久不见。"

杨云枫打量着她，面上却是少有的凝重："我明天要去绥江。"

方青雯一怔，她知道杨云枫是虞浩霆的侍从官，军中的行程安排从来不对她说,怎么今天等在这里直直地就说了这么一句。她心中惊异,眼中却仍漾着笑意:"那等杨参谋回来,可要记得照顾仙乐斯的生意。"

杨云枫笑意寥落,又带了几分玩味地瞧着她:"我这次是去前线,说不好什么时候回来。"

方青雯心头一颤,停了一停,才又笑道:"看来是江宁太无趣,让你待烦了。"

杨云枫没有接她的话,只是深深地看着她,仿佛要把她刻进自己的眼眸里去:"你想要的,我都会给你。你等着我,我一定回来娶你。"

杨云枫一字一句地说完,转身就走。方青雯想要叫他,张了张口,却发不出声来,只是定定地愣在那里。

她原以为他再不会来见她了。

那天,她正替杨云枫系着衬衫上的纽扣,他忽然又满眼笑意地吻了下来,方青雯娇嗔着躲他:"别闹,我真的要迟了。"杨云枫却不听,握着她软软的腰肢不肯放手,眼中笑意流转:"我难得有一天假期,你别去了。"

方青雯懒懒一笑,去掰他的手:"谁叫你今天才说,我可来不及找人替我的班。"说着,便朝外头扬声唤道,"秋姨,盛一碗桂花酒酿圆子来。"

秋姨应声端了吃食进来,见他们两人这个情形,不由低头暗笑,杨云枫只好放开了手,由着方青雯从他怀里逃开了去。

方青雯涂着口红,从镜子里瞧见杨云枫靠在窗边,只是望着自己,转脸笑道:"圆子是我自己做的,酒酿也是我托同乡从家里带过来的,你尝一尝。"杨云枫听了,轻轻一笑,便坐下来细细吃了。

方青雯见他一口一口吃得十分认真,不由好笑:"甜吗?"

杨云枫抬眼笑道:"不如你甜。"

方青雯极柔媚地瞟了他一眼,便要拎了手袋出门,不防却被杨云枫拉住了,她微一蹙眉,眼神里半是无奈半是撒娇,在杨云枫颊边柔柔地印了一抹珊瑚色的唇印:"你一个男人,还是个扛枪的,怎么比女孩子还缠人。"

杨云枫手上用力,方青雯身子一轻便被他揽在了膝上:"我说真的,你别去了。"

方青雯一双狭长的凤眼垂了下来:"你这是什么意思?"

杨云枫在方青雯额头上轻轻一吻,柔声道:"回头我忙起来顾不上你,你整天在仙乐斯我可不放心。不如我们结婚,你以后都别去了,好不好?"

他目光中柔情款款,方青雯却依旧垂着眼睛,并不看他,杨云枫便伸手去触她的唇:"快说好。"

方青雯没有说"好",反而从他怀里缓缓站了起来,她面上仍浮着笑意,声音也还是一样的沉静妩媚:"有件事我从来没问过你,你多大了?"

杨云枫抚着她搁在自己肩上的手,皱着眉笑道:"怎么了?现在就要合我的八字?"

方青雯笑意阑珊地看着他:"你有没有二十五?"

杨云枫怔了一下,脸上的笑容褪了下去,极快地说了一句:"二十四。"

"你上个月给我过的是二十七岁生日,你还记得吧?"

杨云枫也站起身来,揽住她的肩,笑道:"我就是听人家说'女大三，抱金砖'，所以才想早点把你娶回家去。"

方青雯由他揽着自己，却避开了他的目光："你如今一个月的薪水是多少？你知不知道我每个月做衣服、买香水的钱是多少？"

杨云枫揽着她的手僵了一僵，仿佛是被她旗袍上酸凉的水钻蜇了一下，方青雯却全然没有察觉一般，也不看他，只是自顾自往下说着，音色里却透着少有的娇憨："我十七岁那年做了这一行，就没打算过嫁人。我两年前买下这栋房子，你知不知道我的钱是从哪儿来的？你是陆军部的人，我在陆军部也认识几个人，每一个都比你的军阶高。"她婉转一笑，媚眼如丝地瞧着杨云枫，轻轻拍了拍他的肩膀，话音一挑，"你娶我，你养得起我吗？"

杨云枫揽在她肩上的手放了下来，一动不动地站了两分钟，忽然拎起搭在椅背上的外套，头也不回地走了出去。

秋姨见杨云枫突然冷着脸一言不发地走了，心下诧异，刚才还好好的，也没听见两个人吵嘴，怎么就闹脾气了？她连忙进来看方青雯，却见方青雯站在窗前，隔着白纱的窗帘向楼下望着，人虽然只是静静站着，但颊上却泪痕宛然。秋姨照顾她的饮食起居已经三年多了，方青雯一向从容沉稳，今天这个样子倒叫她也有些慌了："小姐，这是怎么了？刚才还好好的，我也没听见你们吵嘴……"

方青雯转过脸来，也不答话，径自走到梳妆台前补妆。秋姨摇了摇头去收桌上吃了一半的酒酿圆子，一面絮絮说道："小姐，你别怪我多嘴，我瞧着你先前那些男朋友，可都没有这一个……"

"我知道。"方青雯一口截断了她的话，重新在两颊匀了蜜粉，"所以，我才气他走的。"

秋姨讶然地看了她一眼："小姐，你年纪也不小了，难道真要这么过一辈子？"

方青雯提着手袋往外走，湖绿的烂花绡旗袍上，点点水钻星子般闪闪烁烁，她对着镜子抿了抿鬓边的碎发，低低笑道："我这样有什么不好，一个人自由自在的。"

杨云枫之前隔三差五就会来仙乐斯接方青雯下班，这回连着两个礼拜没来，方青雯手下的一班小姐妹都有些奇怪。紫兰和方青雯最是要好，趁着两个人一起吃夜宵的工夫，便悄悄问她："青雯姐，怎么这些日子一直没见到杨参谋？"

方青雯舀着碗里的绉纱馄饨，懒懒一笑："他以后都不会来了。"

紫兰睁大了眼睛瞧着她，惊讶道："怎么会？他上次还跟我说……"

"他跟你说什么？"

紫兰蹙着眉，小心翼翼地说道："他说叫我们自己以后警醒着点，过些日子他把你娶回家去，可就没人照管我们了。我还以为他是说真的，没想到也是个薄情寡义的。"

"他是跟我说想要结婚，"方青雯慢条斯理地吃着碗里的馄饨，淡然道，"可是我不想。"

"为什么？"紫兰闻言更是诧异，"你不是挺喜欢他的吗？"

方青雯放下手里的汤匙，幽幽如叹："就是因为喜欢，才不想。"

她说罢，见紫兰仍是满眼讶然，摇了摇头，道："他年纪轻轻，又是虞四少身边的人，将来的前程自然是顶好的。到仙乐斯来的军政要员也不是没有，可你见过谁会娶个舞女回去做太太的？"

紫兰听着她的话，有些自怜身世，又有些不甘心："可是，要是他真的一心就喜欢你呢？"

方青雯低低一笑："你没明白我的话。你若喜欢一个人，就会事事都想着要他好。可他若是和我在一起，却是一点好处也没有的。我从前相熟的客人，不是没有陆军部的人。我不能让他因为我，叫人笑话。"

她说着，自己倒了一杯烫好的黄酒，咬了下杯子，慢慢饮了。"况且，一辈子那么长，人的心意是会变的。他今日想要的，未必就是将来想要的。我不想等到他将来后悔的那一天，连今日的这点心意也面目全非了。"

自那天虞浩霆突然回来发作了一通之后，顾婉凝就再也没有见过他。两人之前就如此这般地闹过一次，是以这回官邸上下各色人等虽也猜度，却已没有前一次那样惊疑，看上去倒是平静如常。顾婉凝在栖霞闷了许久，心中郁郁，碰巧欧阳怡打电话来，约她明日去栌峰看红叶，她想了想，便答应下来。她不愿意惊动官邸的侍从，就嘱咐欧阳怡明日来接她。

第二天，她和欧阳怡牵着手刚要上车，便有侍从过来询问："小姐要去哪儿？"顾婉凝道："我要去栌峰。"那人点头道："小姐稍等。"顾婉凝知道他必然是去安排车子，便道："你们不必跟着我了，我和欧阳小姐一起，不会有什么事的。"那侍从犹豫了一下，说："那请小姐稍等，我去问一问四少。"

虞浩霆接了官邸的电话，听说顾婉凝要和欧阳怡去栌峰，略一思忖，对郭茂兰道："婉凝要去栌峰，你到枫桥等着，叫他们准备一下。"郭茂兰应了刚要往外走，忽然又想到了什么，转身问道："您要过去吗？"

虞浩霆默然想了一下,还是摇了摇头:"算了。"

那侍从打完电话,转回来对顾婉凝道:"四少吩咐,叫我们跟着小姐。"欧阳怡听了,凑近她耳边笑道:"你和他在一起这样久了,他还怕你飞了吗?"顾婉凝轻轻一叹,此时却不好说什么。

车子一路开到栌峰,欧阳怡便给开车的侍从指路:"前面右转,就能看到我家的别墅了。哎呀,怎么跟前面的车打个招呼?"坐在副驾的侍从闻言忙转身道:"四少让我们送小姐去枫桥。"

顾婉凝一怔:"枫桥是哪里?"

那侍从道:"是一处别墅,景致极好的。四少说,若是小姐喜欢,不妨和欧阳小姐多住两天。"

欧阳怡莞尔一笑:"原是我要招待你的,看来这一回还是要叨你的光了。"却见顾婉凝面上竟是一番心事重重,忍不住道:"你怎么了?"

顾婉凝方才若有若无地一笑:"没什么。"

枫桥别墅不若栖霞官邸宏阔雍容,也不若麓山的园子悠远雅清,一色米黄的意式风格,别有一种琳琅精巧。栌峰以红叶闻名,枫桥别墅踞峰而立,站在露台上便能望见漫山黄栌,一览无余。黄栌叶片圆润,暖红如云,而枫桥的庭院中则遍植枫香,树树丹霞,摇曳生姿。此时应季,同染朱红,却是两样风情。

欧阳怡还没下车,便赞道:"这里真美!"顾婉凝一眼看见迎在门口的郭茂兰,心头一紧,一下车就问道:"他在这里?"

郭茂兰见她神色之间颇有些惊惧,心道怪不得虞浩霆不来,口中忙说:"四少说他不过来,小姐有什么事情尽管吩咐我。"顾婉凝听了他的话,才放下心来。欧阳怡见状也有些纳罕,只是当着旁人却不好相询。

两人在起居室小坐片刻，用了些茶点，便牵手出门去看那层林尽染。

郭茂兰亲自带人在后头跟着，他望着顾婉凝窈窕的背影，心中有一搭没一搭地想着她和虞浩霆的事情。平心而论，这女孩子容色惊人，所谓"芳泽无加，铅华弗御"亦不过如此，人也是玲珑剔透，蕙质兰心，若不是家世寒微，在四少身边着实也是佳配。不过，即便她做了妾侍，以虞浩霆待她的心意，也必不至委屈了她。况且，自己冷眼旁观，虞浩霆言语之间倒似乎是动了明媒正娶的心思。这一来，他就有些琢磨不透，顾婉凝到底盘算的是什么念头。

若说她不属意虞浩霆，可前些时日他二人情意缠绵，她亦不像是曲意承欢；若是她芳心已许，却又实在没道理闹成眼下这个局面。他忽然想起那一日在燕子巷的情形来，以她那样的善解人意，以虞浩霆待她的百般珍重，若还不能琴瑟相谐，除非是她……他心里模模糊糊地闪过一个念头，却迅速便甩开了。

欧阳怡见几个侍从都远远跟在后面，便悄悄问顾婉凝："你是不是出什么事了？"她刚一问，便察觉顾婉凝的手轻轻一抖，再看她的神色，眉宇间甚是凄楚，欧阳怡下意识地停了脚步，握住她的手："你和他闹别扭了？"

顾婉凝低了头，悄声道："他知道我吃药的事了。"

欧阳怡一怔："你吃什么……"旋即反应过来，面上微微一红，嗔道："那他是什么意思？你又没有嫁他，要是你……那怎么办？"

顾婉凝淡淡道："他不会想这些的。"

欧阳怡满是怜惜地瞧着她："你为什么不和他说呢？他如果想和

你……要个孩子，那总归是想要和你在一起的。"

顾婉凝转脸望着漫山红叶，眼波忽然变得飘忽起来："说什么？我又不想和他结婚。"欧阳怡见她面上一片漠然，思忖了一会儿，才开口："婉凝，我怎么觉得你像是跟人赌气呢？"

顾婉凝一愣："赌气？跟谁？"

欧阳怡摇了摇头："我也不知道。其实我看你和他在一起的时候——也还好，你真的一点都不喜欢他吗？"婉凝默然良久，低低道："我也不知道。我只是觉得，我以后再也不会喜欢别人了。"

她喜欢他吗？

如果她没有那么多不能说的秘密，如果她遇见他的时候不是那样一番光景，如果她从不知道那些绝望冰冷的过往；或许，她是会喜欢他的吧？

她还记得那天在绥江，他墨黑的眼眸中光芒璀璨，比月光下的粼粼水波更耀眼："婉凝，你得一直和我在一起。天南地北，我带你看山看河。"那样的傲然志气，哪怕他言外之意正是最叫她惊惧的一件事，却仍叫她忍不住心头一折。

她还记得在矐山的时候，他日日陪在她身边，赏花听雨，游山览胜，握着她的手教她练字，每每她醒来，若他不在，便会有一束花放在枕上。那样的温柔深挚，让她几乎忘了那许多的"如果"。

虽然那些"如果"不是忘了就可以没有的，但他给她的好与坏，甜与痛，都容不得她再喜欢别人了。

欧阳怡皱眉一笑："你这句倒是实话。连他这样的人你都这么犹疑，恐怕再没有人入你的眼了。唉，我原是想跟你说宝笙的事，没想到你也这样愁肠百转的。"

顾婉凝一听，连忙问她："宝笙怎么了？"

欧阳怡轻轻一叹:"宝笙在谭家不大好。"

苏宝笙是连哭也不敢哭了。

谭文锡回到江宁这些日子,十天里头有八天都流连在外。谭夫人便"提点"宝笙要规劝一些,不能为了逢迎丈夫欢心,就由着他的性子来。可是宝笙连见他一面都难,谭文锡就算是回家来安分一两晚,和她也没什么话说,她若一提这件事情,他笑笑就走;她说得多了,他就冷着脸甩下一句:"你少拿母亲来压我,你要是有什么不满意,就回家去!"

她原本就是和顺怯懦的性子,这样一来,就再不敢管他了。谭文锡倒无所谓,宝笙却日日在家中看谭夫人的脸色。本来也算相安无事,然而前些天,谭文锡在玫兰公寓养了个外宅的事情不知怎地被谭夫人知道了,叫人去找他一时又找不见,谭夫人只好在家里发作宝笙。宝笙从谭夫人房里出来,在走廊里忍不住就掉了眼泪,却叫眼尖的丫头看见,去告诉了谭夫人。

这一下更是了不得,谭夫人足足数落了宝笙一盏茶的工夫:"母亲提点两句,你就做出这样一副委屈的样子,叫下人看笑话。你在家里做女儿的时候也是这个样子吗?""原想着娶了你进门,能约束文锡一些,让我也少操些心,没想到你这么不中用!"

宝笙出门的时候,谭夫人犹当着几个丫头仆妇的面,抱怨"小门小户的女孩子,真是上不了台面",如此一来,宝笙在谭家越发难挨了,连谭夫人身边几个得脸的佣人也敢给她脸色看。

她偶尔回一趟家,只敢偷偷跟母亲诉苦,母亲也没有法子,只是一味劝她忍耐。父亲却隔三差五地跟她打听谭家的事情,前一阵子实业部空出了一个司长的位子,父亲便示意她去跟文锡父亲提一提,可这种事情在谭家哪轮得到她说话。后来那职位委了别人，父亲问她怎么跟谭秉和说的，宝笙只好说自己没有机会提，父亲当时就变了脸色，她姐姐苏宝瑟在边上冷笑道："人家自己攀了高枝，哪还想得到家里人？"

苏宝笙只觉得她的世界翻转得竟这样措手不及，而她却毫无对策。

顾婉凝和欧阳怡这一日没有下山，晚上两个人头挨头睡着，却有说不完的话。

"宝笙的事情我也没有法子，一说起来就头痛。"欧阳怡用手托着腮，靠在床上，"这一下，看安琪还敢不敢喜欢那个霍仲祺。"

顾婉凝拥着一个抱枕，侧身倚在床头，轻声道："我觉得小霍人倒不坏。"

欧阳怡一哂："你是虞四少的女朋友，他在你面前自然是安分的。宝笙结婚那天，安琪和谭昕薇僵成那个样子，他倒没事人一样。我就看不得他那种自命风流的做派。"

婉凝瞧着她一脸不屑的样子，笑道："小霍不是自命风流，是真的风流。他讨女孩子喜欢，你也不能怪他。"她说着，想到之前在马场时霍仲祺的怅然无限，便道："不过，安琪要是放下他，倒也好。小霍好像已经有了心上人了，只是不知道因为什么缘故，没有在一起。"

欧阳怡听了奇道："真的？"

"嗯。"顾婉凝点点头，"我之前听他提过一次。"

欧阳怡想了想，忽然促狭道："那你该告诉安琪。他这里既然求而不得，安琪倒正好乘虚而入。"

顾婉凝笑道："那可不行。小霍去追女孩子，再没有不成的，我猜他不过一时阻滞罢了。你可千万别去撺掇安琪。"

欧阳怡笑道："就怕安琪太好强，非他不可。"

婉凝却摇摇头："安琪的脾气总是要人宠着的，小霍若是不去招惹她，等她遇见更好的，也就算了。"她说着，却见欧阳怡捋着睡袍上的绸带，若有所思，便推了她一下，"你想什么呢？"

欧阳怡面上微微泛红，咬了咬嘴唇，悄声问道："我问你……整天跟在虞四少身边的那个人，是怎么回事？"

顾婉凝闻言一愣："你说谁？"

欧阳怡脸色更红，低头只盯着胸前的绸带，稍稍提高了声音："就是不怎么说话，虞四少走到哪里他就跟到哪里的那个。"

顾婉凝一惊，她问的竟然是卫朔，随即掩唇而笑，也不说话，只盯着她，却见欧阳怡两颊如火烧一般，就快要赶上窗外的霜叶了。婉凝作势叹了口气："我原先只知道安琪到栖霞来，是为了碰小霍，原来你也是为了别人。"

欧阳怡羞道："我哪有！"

顾婉凝含笑瞧着她，轻声说："卫朔的父亲在虞家很多年，他从小就在虞家长大，一直跟着虞浩霆。"说罢，又想了想，笑道，"怕是除了睡觉以外，他时时都在虞浩霆身边，我倒没见过他有什么女朋友，也没听人说起。只是——"

欧阳怡静静听着，心思都在她的话上，婉凝一停，她就忍不住问道："什么？"

顾婉凝莞尔一笑："我瞧着他除了虞浩霆，其他什么事都不关心。卫朔那个人，平时硬得像块石头似的，可是，之前有一次我们出去，虞浩霆受了伤，他眼泪都要出来了……"

欧阳怡听了，喃喃道："他是虞四少的侍卫长，当然要尽心护卫他的安全。"

顾婉凝迟疑了一下，说："……我只是觉得，他不大有心思在其他事上。"

欧阳怡默然了一阵，忽然转了话题："你一口一个虞浩霆，难道你当着他的面，也这样叫他吗？"

顾婉凝黑暗中面色一红："起了名字不就是给人叫的吗？"

两人絮絮说着，都有些困倦了，才挨在一起渐渐睡去。

不想，过了午夜，虞浩霆却突然来了。

他一见郭茂兰，也没有别的话，只是面无表情地问了一句："她睡了吗？"

郭茂兰点了点头，又补道："顾小姐晚上心情还好，和欧阳小姐聊了很久。"

虞浩霆闻言面色微霁："我去看看她。"说着，就要上楼，郭茂兰连忙叫了一声："四少。"虞浩霆停了脚步，回头看他，郭茂兰道："顾小姐和欧阳小姐在一起。"

虞浩霆听了，微一耸肩，便停在楼梯上。

郭茂兰道："我叫人去问一问，看小姐睡着了没有。"

虞浩霆却摇了摇头："不用了。"说罢，缓缓下了楼梯，竟是要走。

"四少，夜深露重，不如您就在这儿休息吧。"郭茂兰一向甚少主动安排虞浩霆的行程，只是听命，然而今日这番情状，他看在眼里，心中竟无端地生出一丝不忍。

虞浩霆听了他的话，略站了站，还是走了出去，淡然抛下一句：

"别告诉她我来过。"

他一路走出去,只见满庭的枫叶窸窸窣窣地摇在夜风中,月光落到哪儿,哪里的片片霞红就覆上了一层薄霜。

邵朗逸和康雅婕订婚的消息突然见报,南北皆惊,诸般猜测刚一风生水起,康瀚民已通电海内,称北地四省即日起改易旗帜,服从江宁政府。与此同时,康氏在南线的驻军和蔡正琰齐齐向刘民辉发难,半月之间,刘民辉已无力应对,困守兴城。

而康雅婕的到来,则成了江宁交际场中最热闹的话题。

江宁的六朝金粉与她自幼生长的北方是两个迥异的世界,不过,作为四省督军康瀚民的掌上明珠,她的气质和排场同江宁的名媛淑女比起来,有过之而无不及。她自幼的教养多半沿袭了俄式贵族女子的教育,言谈举止间除了少女的娇柔俏丽之外,别有一种雍容严整。

因为康雅婕和邵朗逸只是订婚,还未正式行礼,所以她到江宁来并没有住在邵家,反倒是包了国际饭店顶楼最好的两个套房。

这些天来,除了拜访邵家的亲眷,邵朗逸还陪着她遍赏江宁的名胜,跳舞看戏,礼物不断,康雅婕也是绮罗丛中长大的,这样的繁华倒还不十分看在眼里。然而,他日日叫人送着不合时令的鲜花到国际饭店来,每次都是一张素白压花的卡片,流丽落拓地写着几行诗歌:

"我对幸福久已陌生,享受幸福反觉新鲜,

一种隐忧在折磨我的心,只怕:凡可爱的都不可信。"

"我记得那奇妙的瞬间,你出现在我的眼前,

好像昙花一现的幻影,好像纯洁的美的精灵。"

"心房如果不曾燃过爱的火焰,瞧她一眼——就会了解爱的情感;

心灵如果已经变得冰冷严寒，瞧她一眼——就会重新萌发爱恋。"

……

没有题赠，没有落款，只有一簇一簇火苗般的句子烧得她脸颊都烫了，她每每望着邵朗逸的洒脱俊朗，就忍不住会想：原来，她一直等着的就是他。

"冷不丁地跳出来个康雅婕，徐家二小姐可要哭死了。"魏南芸轻轻一笑，将手里拣选出的一枝竹节海棠递给虞夫人。

虞夫人接了那花，端详着插瓶的位置，脸上露出一抹笑容来："我瞧着康瀚民的这个女儿还不错，且不说他们军政上头那些事情，单看人才相貌，跟朗逸在一起，也算是差强人意了。"

魏南芸听她如此说，心思一转，笑道："能让夫人夸奖倒是不容易。那夫人觉得，跟庭萱比起来怎么样？不是说康瀚民原先还想把她嫁给咱们老四吗？"

虞夫人修剪着花枝，淡淡一笑："若说相貌，那是春兰秋菊；若说韵致，到底还是庭萱好些。"

魏南芸眼波一飘："怎么说？"

虞夫人道："霍家世代簪缨，诗礼传家，岂是康家能比的？康瀚民这个女儿虽然教养也好，但一看就知道是骄纵惯了，有小性的。还好是朗逸，最没脾气的一个人。要不然，单是浩霆现在那个姓顾的女孩子，她就容不下。"

魏南芸听了"扑哧"一笑："夫人也太替浩霆着想了。他们这样年纪轻轻的，要是没点儿拈酸吃醋的劲头，倒也没意思了。"

虞夫人搁了花剪，自取了些轻白的林檎花略加装点："虞家的少夫人若是连这点气度都没有,将来还怎么……"她语意一顿,忽然转了话题,"你前几天说,浩霆和那女孩子又闹起来了?"

魏南芸点了点头:"和上回一样,浩霆又住到陆军部去了。"

虞夫人皱眉道:"是为了什么事?"

魏南芸面露难色:"这次我也问不出来,伺候在她身边的丫头都说不知道。只说前些日子浩霆从绥江回来以后,突然发作了一通,还砸了东西,就再不回官邸了。"

"生分了?"

魏南芸苦笑道:"要是生分了倒还好。有些事夫人不问,我也不能不说了。一来,这女孩子在官邸里已经大半年了,不妻不妾,难免惹人猜疑。二来,我瞧着她小小年纪,却是个有主意的。"

虞夫人拎着手里的淡竹叶,面色一沉,魏南芸已接着说道:"这些日子浩霆不回来,她倒没事儿人似的,前两天约了一个女同学去栌峰看红叶。浩霆人没去,却吩咐枫桥那边一番准备,还特意打电话回官邸,叫厨房做了她爱吃的点心送过去。枫桥的下人说,老四晚上过去看她,知道她睡了,连叫都不敢叫,大半夜的自己又回了陆军部。这样百般地赔着小心,我听着都心疼。"

虞夫人听着她的话,瞧着那瓶里的插花,目光惘然中夹杂着恸意,幽幽道:"他也到了这个地步……"

魏南芸看了看虞夫人的脸色,品了品这句话,却理不出头绪,停了一阵,才道:"您看,是不是叫庭萱回来?"

虞夫人收敛了方才的目光,缓缓摇头道:"他们俩毕竟还没有正式订婚,照你说的这个情形,现在叫庭萱回来,万一浩霆一时任性,不分轻重,岂不伤了她的心?"

魏南芸听了,点头道:"夫人思虑得比我周到,那——眼下就由着那女孩子这样拿捏老四？"

虞夫人沉吟道："我再想一想。"

邵朗逸一回到江宁就知道虞浩霆这里出了状况。唯一清楚事情首尾的杨云枫突然被派到了绥江前线，郭茂兰和卫朔不明所以，谁都不好开口相劝，只把邵朗逸当成了救星。

"你和婉凝怎么了？"

虞浩霆懒懒道："没什么。"

邵朗逸呷了口咖啡，微微一笑："没什么你把人家一个人晾在官邸里？"

虞浩霆低低"哼"了一声："我不也是一个人？"

邵朗逸听他语气中全是气恼，不觉好笑："那怎么一样！你就算是生气，也总要为她想一想。她一个十几岁的女孩子，这样没名没分地跟着你，你把她一个人丢在那儿，叫她如何自处呢？"

虞浩霆看了他一眼，薄唇一抿："我说了我要娶她的。"

邵朗逸想不到他这一回竟是前所未见的幼稚，将手中的咖啡往托盘里轻轻一放，叹道："妾身未分明，何以拜姑嫜？这你都不懂吗？"

他说着，上下打量了一番虞浩霆，"我听他们说你都发作了快一个月了，居然到现在还僵着。你也是经惯了风花雪月的，怎么以前哄女孩子的手段倒都忘了？"

虞浩霆抓起手边的笔朝他丢过去，邵朗逸一笑避开了，却见虞浩霆蹙着眉头道："我就是想让她……"话说了一半，生生顿住。

邵朗逸站起身，将掉在沙发上的笔撂到他桌上，缓缓道："她已经是你的人了，你还想让她怎么样？"

虞浩霆没有答话，望着窗外的潺潺秋雨，沉默了一阵，忽然说："晚上你要是不陪那位康小姐，跟我一起吃饭吧。"语气倒松散了许多。

她已经是他的人了，他还想怎么样呢？

他不过是想，让她心甘情愿地留在他身边而已；他不过是想，让她能真的喜欢他而已。

怎么这么难呢？

他几乎也以为她和他真的已是良时燕婉，琴瑟在御了，却原来仍是空的。

他又想着邵朗逸的话，"妾身未分明"，她是为了这个吗？那她尽可以告诉他，他说了要娶她的，可她不肯。

她在意什么？她在意他吗？他想起那天在芙蓉巷，他受了伤，她戚然的神色叫他高兴了好些日子。

她总归是有些在意他的吧？

"你把她一个人丢在那儿，叫她如何自处呢？"

无论如何，邵朗逸这句话倒是提醒了他。上一回，她那样害怕，也不敢叫人来找他。他还记得她偎在他怀里，低低地说："我想，你大约不会再见我了。"听得他的心都抽起来了。

不管怎么样，他都不应该丢下她一个人的。

顾婉凝这些天除了和欧阳怡去过一趟栌峰，就在官邸里闭门不出，只是今日答应了给书局交稿子，才跟侍从室打了招呼出门。因为她一个月里总要去书局两趟，且坚持不要人跟着，侍从室也习惯了，照例安排了一辆车子送她。

杨云枫去了绥江，跟他一起走的还有蔡廷初。原来，蔡廷初是第五军军长蔡正琰的儿子，只是他从入读军校起就刻意隐瞒了这层关系，只为和别人一般打拼。他毕业时成绩均是优等，被选到陆军部不久就被挑进了侍从室，只除了虞浩霆和侍从室主任，官邸里谁也不知道他的身世罢了。

杨云枫一走，侍从室新选上来接班的随从参谋叫谢致轩，却并不是虞浩霆眼前熟惯的人，倒是从参谋部另调过来的。郭茂兰想着他到底是新接手，且一上来就碰上虞浩霆和顾婉凝的事，便叫他在官邸看着顾婉凝，婉凝今日出门，就是他带人跟着。

谢致轩在官邸这些日子，觉得顾婉凝虽然身份有些尴尬，却极好相与，她平时并没有什么事要劳动到他们，如今虞浩霆不在官邸，她就愈发沉静起来。

一路上细雨绵绵，顾婉凝默默想着心事，一言不发。到了日新书局，谢致轩撑了伞送她进去，顾婉凝去楼上的办公室，他便自己在楼下看书。过了一会儿，楼上却下来了许多人，顾婉凝也在其中。他一见便赶忙迎上去问："小姐要回去了吗？"

顾婉凝踌躇了一下，说："下周有部新片子要公映，电影公司今天先试映一场，书局的一位编辑是这片子的编剧，请大家一起去看，我也想去看看。"口吻中全是商量的语气。谢致轩见她目光殷切，便不想拂了她的意，又看了看这一班人，几个少年男女倒是女孩子居多，像是学校的学生，另外几个都是书局的编辑。他想了想，觉得也不是什么大事，且顾婉凝这些日子看起来颇有些郁郁，有一场热闹散散心也是好的，想到这儿，便点了点头："在哪家影院？我送小姐过去。"

顾婉凝道："就在华都，离这里很近的，走过去就可以，反正看完电影大家可能还要回来聊一聊。"

谢致轩听她这样说，心下清明："那我陪小姐过去。"

顾婉凝点了下头，歉然道："麻烦你了。"

谢致轩一笑："小姐不用这么客气。"

一行人说说笑笑出了门，外头雨丝横斜，凉意沁人，因为谢致轩替她撑着伞，婉凝便刻意走在后面，不欲引人注意，只和身边的一个女孩子说几句电影的事情。走在前头的年轻人就是今天这部片子的编剧岑珲，他是书局的编辑，亦在江宁的一所大学兼着讲师的职位，讲授英国文学，颇受学生欢迎，今日来的这几个人除了顾婉凝和书局的同仁，便是他的学生。

从日新书局走到华都影院不过十分钟的路程，到了影院门口，顾婉凝对谢致轩道："你要不要一起去看看？"

谢致轩摇头笑道："这样的片子我看了要睡着的。"

顾婉凝闻言也微微一笑："那你也别在这里等着了，一会儿看完了，我和大家一起回去。"

谢致轩点头道："好，那我回书局等小姐。"

虞浩霆和邵朗逸这一晚约在半闲居吃饭，馆子不大，却是开了数十年的老字号，邵朗逸尤其喜欢这里的一道西杏炸虾卷。两个人都换了便装，只有郭茂兰和卫朔跟着。虞浩霆和邵朗逸一到，先来打点的孙熙平早已撑着伞等在外头。他二人刚要拾级而上，却听孙熙平很是诧异地"咦"了一声，邵朗逸便问他："怎么了？"只见孙熙平正朝着对街张望，口中说道："顾小姐。"

虞浩霆和邵朗逸闻言都转身去看，就见顾婉凝正从对面的华都影院随着人流往外走，看情形像是看了电影出来。此时华灯初上，秋雨淋漓，顾婉凝身上穿着一件翻领收腰的宝蓝色裙式大衣，衣带在腰间打着蝴蝶结，一头乌黑的长发蜿蜒逶迤，衬着她雪白的一张面孔，在灯光雨雾之中，愈发显得纤腰楚楚，晶莹剔透。

邵朗逸展颜一笑："这么巧？"说着，便转脸对孙熙平道："去请顾小姐。"然而孙熙平还没来得及应声，邵朗逸和虞浩霆的脸色却都有些变了。

顾婉凝身后竟跟出一个陌生的年轻人，一边撑了伞陪着她下台阶，一边不断说着什么，态度十分殷勤。顾婉凝虽然低着头不看他，但听得却颇为认真，唇边挂着一丝浅笑，不时对答两句。

郭茂兰一见，之前闪过的那个念头又浮了出来，只是惊诧之余，更纳罕怎么顾婉凝一个人出来，谢致轩竟没叫人跟着？他心知要糟，不等虞浩霆发话，便道："四少，您和邵军长先进去。我去问问他们是怎么回事，怎么下着雨就让顾小姐一个人出来。"

却听虞浩霆已沉声道："还问他们干什么？把那人给我带到特勤处去，问问他是什么人。"他脸色发青，用力平抑着胸中的怒意，对邵朗逸道："我还有事，先走了。"不等他回话，便头也不回地上了车。

孙熙平从未见过虞浩霆这样光火，再转脸看邵朗逸，却见他神色间也是一片焦灼，忍不住叫了一声："军长……"

邵朗逸回头看了看他，沉吟道："打电话去栖霞，问问侍从室今天顾小姐去了哪里，是谁跟着的。"

孙熙平听了，面露难色："顾小姐的事，我们不好问吧？"

邵朗逸眉头一皱："就说是我问的，快去。"他遥遥望着顾婉凝在雨中的背影，不觉一叹，虞浩霆事事沉着，偏偏一碰到她的事情就乱了。

陪着顾婉凝从华都影院出来的,正是今天电影的编剧岑瑽。

早前因为顾婉凝有一次写信到书局,指出了杂志上一篇文章的几处误译,书局的编辑便复信约她见面,却不料,是这样一个年轻美丽的女孩子。此后,她断断续续帮着翻译了一些文章书稿,书局的人都以为她一为兴趣,二为补贴家用;等到后来知道她竟是虞浩霆的女友,都十分诧异;但是她译稿认真精致,待人温文有礼,在书局里颇得人心,众人也渐渐放下疑虑。

只除了岑瑽。

岑瑽到书局来做编辑不过是这几个月的事情,他一见顾婉凝即惊为天人,待知道她竟委身于虞浩霆,不免讶然,她这样聪颖清婉的女孩子也如此虚荣?于是言谈之间,常常有意说些新时代的女性当如何独立自强云云,顾婉凝想着虽然自己有难言之隐,但道理是好道理,他人亦是好意,便权且听之,只不把话题往自己身上引罢了。平时顾婉凝到书局来,外面有侍从跟着,里面则是一班同事,岑瑽也没有什么机会跟她单独说话。今日看了电影出来,一班学生先告辞回了学校,他便借着谈论电影改编的得失,有意拖着顾婉凝走在了后面,不想,却正被虞浩霆撞见。

顾婉凝回到书局,还浑然不知出了状况。倒是谢致轩一眼瞥见是岑瑽撑了伞陪她走回来,很有些殷勤的样子,觉得有些不妥,待看到顾婉凝跟着他上楼,忙道:"小姐,天不早了,回官邸吧。"

顾婉凝闻言便停了脚步,微一点头,对岑瑽道:"岑先生,我先告辞了。"岑瑽听了,也不好挽留,却忽然想起一件事来,他扫了一眼谢致轩,对顾婉凝道:"麻烦顾小姐稍等一下,我之前出版了一本介绍莎士比亚诗歌的书,想听听顾小姐有什么见解。"说着就上了楼,片刻之后从办公室里出来,将手里的书递给顾婉凝。

顾婉凝把书随手搁在身边,支颐看着窗外的街景,路边忽然闪过一个卖豆腐涝的铺子,她下意识地说了一句"豆腐涝",声音虽轻,谢致轩却听见了,从后视镜里看了一眼,便吩咐司机停车,转脸问道:"小姐想吃豆腐涝吗?"

顾婉凝迟疑地点了下头,却又立刻摇头道:"算了,回去吧。"谢致轩见她如此,轻轻一笑:"时间还早,没关系的。"说着,就撑伞下车,替顾婉凝开了车门。

此时铺子里不过两桌客人,顾婉凝望着碗里的一汪白玉,便想起她和虞浩霆在芙蓉巷吃东西的情景来:他那样温柔绵密地看着她,一句"你嫁给我吧"却说得烦躁气恼,他在乱枪之中把她护在怀里,他的血擦在她脸上,他那样怕她伤着……可是,那天他突然就动手掐住了她的脸颊,泛青的指印几天不退,她把自己关在房里,甚至不敢去照镜子,她怕一看见那指印,就想起他那日冰冷的笑容。

顾婉凝手中的勺子轻轻舀着,送到嘴里的东西却全然品不出味道。谢致轩吃着东西,见她脸上的神色阴晴不定,眼眸中浮出几缕伤恸,不由心生怜意,不假思索地脱口说道:"我带你去看点好玩儿的。"

顾婉凝一愣:"什么?"谢致轩一笑,便起身结了账。

顾婉凝跟着他出来,却听他对开车的侍从道:"你自己先回官邸吧,我来开车。"那侍从听了也是一头雾水,却只好下了车,谢致轩便自己坐进了驾驶位,顾婉凝见状惊疑不定,连忙问道:"你要去哪儿?"谢致轩侧了脸微微一笑:"反正四少不在,你就当散散心好了。"

顾婉凝和谢致轩一离了日新书局,郭茂兰就叫人带走了岑瑈。

他奉命去找岑瑈,又私下忖度着先不宜惊动顾婉凝,就跟在后头,见谢致轩原来是等在书局里,心下稍安。等顾婉凝出来上了车子,郭茂兰想着她必然是回官邸去了,便没再叫人跟着,只打电话叫特勤处的人过来带了岑瑈就走。

然而,等他从特勤处回到官邸,才知道顾婉凝还没有回来,且除了下午开车的侍从回来说谢致轩带着顾婉凝去了别处之外,竟没人知道她去了哪里。

郭茂兰心下大惊,诧异这人怎么这样没有分寸,正焦灼间,卫朔那里已经叫人来传虞浩霆的话,说如果郭参谋回来就马上过去。郭茂兰没办法,只好来见虞浩霆。那边邵朗逸听说顾婉凝一直没回官邸,且跟着她的侍从官叫谢致轩,便皱了眉:"他怎么会进了侍从室?"

郭茂兰一到门口,就见卫朔的脸色极为难看,虞浩霆青着一张脸坐在沙发上,手里握着酒杯,茶几上的一瓶红酒已喝了大半,见他进来,沙着声音问道:"她人呢?"

郭茂兰字斟句酌地答道:"小姐还没回来,不过,有官邸的人跟着。"

虞浩霆抬头看了他一眼:"她又到哪儿去了?"

郭茂兰压低了声音,硬着头皮说:"……正在找。"

他话音刚落,虞浩霆手里的杯子已飞了出去,正砸在墙上,深红的残酒和玻璃碎屑四散飞溅开来,郭茂兰笔直站着,一动也不敢动,却听虞浩霆咬牙道:"下午那人什么来历?"

郭茂兰忙道:"那人叫岑琒,是日新书局的编辑。两年前从英国留学回来的,这个学期在陵江大学讲英国文学。他说今天在华都有他编剧的一部电影试映,所以请了顾小姐去看,他和小姐并没有什么……"

他说到这里,已被虞浩霆一口截断了:"他难道还敢说有什么?!"

栖霞这里人心惶惶,顾婉凝那边却是另一番光景。

谢致轩把车子停在一处花园洋房的外头,过来给她开了车门。顾婉凝一看,蓦地想起冯广澜的事情来,并不下车,只是警惕地看着他。谢致轩见状轻轻一笑:"我是四少的侍从官,官邸的人也知道是我带小姐出来的,小姐还怕我会怎么样吗?我只是想着,或许有样东西能叫小姐开心一下。"

顾婉凝颊边微微一红,见他说得坦然,又看这房子并不偏僻,却是在江宁最繁华的路段上闹中取静,想了一想,便下了车。谢致轩引着她走进院子,即有婢女迎了上来,盈盈笑着招呼:"少爷回来了!"

顾婉凝跟着他穿堂入室,先在起居室略坐了坐,喝了杯奶茶,又来到了房子的后身。顾婉凝见这宅子前后都是花园,修饰得极为精美,屋中陈设奢华,墙上挂着的几幅油画竟似名家真品,且他们一路行来,所遇的婢仆都十分恭谨,不禁疑窦丛生,莫非他是这宅子的主人?谢致轩见她面露疑色,闲闲一笑:"小姐不用猜了,这是我家。"

顾婉凝见他引着自己往前走的方向在花园尽头,像是一间花房,心中猜度许是他家里养了什么稀罕名贵的花种。没想到两人略一走近,却听那花房门后有一些轻微的挤撞和呜咽之声,谢致轩掏出钥匙开了门,顾婉凝一看便笑了。

原来门口竟挤着六七只大大小小的狗,毛色丰美,活泼敏捷,偌大的一间"花房"里,没什么花草,只是各色狗舍和玩具。那些狗一见谢致轩便纷纷摇尾撒欢,除了两只小一点的往他腿边挤凑之外,另外几只大的虽然急切却并不上前,显然受过训练。

谢致轩见顾婉凝掩唇而笑,却不敢去摸这些狗,便将手边的一只小狗抱起来凑到她面前:"你别怕,这些都是牧羊犬,性情和顺,不会伤人的。"顾婉凝闻言,便伸手去抚那小狗的脑袋,那狗此刻被主人抱在怀里,又经她轻轻一抚,眼睛顺着她的手势便向上一眯,很是惬意,顾婉凝见它憨态可掬,忍不住笑了起来。

谢致轩抱着那狗,让她抚弄了一会儿,又道:"给你看点儿别的。"说着捡起一个红色的软球,往花房中间的空地走过去,只听他轻轻吹了声口哨,那几只大狗竟挨挨挤挤地蹲成了一排,他抬手叫了声:"pipe!"一只棕白相间的狗便应声跳了出来,他将手里的球向上一抛,那狗立刻纵身一跃,在半空划出一道弧线,将球咬在了嘴里,递到谢致轩跟前。

谢致轩拍了拍它的头,俯在它耳边赞了两句,又指了指顾婉凝,那狗就小跑着朝她而来。谢致轩笑着说:"这是只柯利犬,很聪明的。"顾婉凝便从它嘴里接了那软球,也学着谢致轩的样子向前一抛,那狗果然又稳稳接住。谢致轩又叫了另一只牧羊犬出来,站、坐、卧、趴,令行禁止,还和顾婉凝"握了握手"……

他们这里正玩儿得开心,却忽然一阵电话铃响,顾婉凝一怔,谢致轩已走到门外接了起来,顾婉凝见他在这里还设了一部电话,可见常常有大把时间都耗在此处。

她正想着，谢致轩已走了进来："得送你回去了，官邸那边在找了。"顾婉凝一听连忙站了起来，谢致轩若有所思地看了她一眼，笑着说："你面子倒是大，栖霞的人找不到你，还惊动了邵朗逸。"

婉凝听他对邵朗逸直呼其名，疑道："你到底是什么人？"

谢致轩眼波一转："我是四少的侍从官啊。"

顾婉凝走到门口，又忍不住回头看了一眼，谢致轩见了便对她说："回头我送你一只。"顾婉凝却摇摇头："它们和你这么好，一定不舍得离了你。"谢致轩一笑："那我另找一只给你。"

两个人走回客厅，谢致轩说道："小姐稍等，我去换件衣服。"他刚一转身，却又回过头来看了看顾婉凝，只见她宝蓝色的大衣上，也沾了几丝长毛，十分显眼，他略一思量，问旁边的婢女："从法国订回来的那件大衣是不是已经到了？"见那婢女点了点头，便吩咐道："带小姐进去换了。"那婢女似乎稍稍有些犹豫，但还是立刻走到顾婉凝跟前："小姐请跟我来。"顾婉凝见状忙道："不用麻烦了。"谢致轩却道："这样送你回去，倒是我失职了。"

一时顾婉凝换了衣服出来，谢致轩已等在客厅里，打量了她一眼，点了点头："我想着就应该合适。"顾婉凝方才见这衣服的礼盒颇为精美，心下猜度他是拿来送人的，但这是他的私事，她也不好多说，只微微一笑："今天真是麻烦你了。"

谢致轩开着车进了栖霞官邸，刚到楼前，便看见郭茂兰几个人正站在台阶上等着。顾婉凝一看见他便是一惊，难道是虞浩霆回来了？她一转念，对谢致轩道："如果四少问起，你就说是你偶然提到养了几只牧羊犬，我硬要去看的。"

谢致轩听了，回过头来打量了她一眼，莞尔道："你不用担心我,没事的。"

这边郭茂兰撑着伞来接顾婉凝下车,见她不到两个钟头的时间竟连衣裳都换了,不由有些诧异。顾婉凝却不知道他今日已见过自己,看他神色异样,只以为是虞浩霆回来,他们一时找不到自己的缘故,便问:"是四少回来了吗?"

郭茂兰点了点头,顾婉凝闻言轻轻咬了下唇:"我不知道他回来,给你们添麻烦了。"郭茂兰想跟她说下午的事情,却又当着这许多人,不好开口,只道:"是我们失职。四少在楼上等小姐。"

顾婉凝刚走了两步,忽然听谢致轩在她身后叫了一声:"顾小姐,你的书。"她回头一看,原来岑珲今天送给她的那本书落在了车上。婉凝顺手接过来,说了声"谢谢",便转身上楼。谢致轩还要跟进去,却被郭茂兰一把拉住:"你怎么做事的?"

谢致轩一愣,转而笑道:"我看顾小姐这几天一直都不太高兴,难得今天出门,就带她去散散心。没跟侍从室打招呼,是我不对。"

郭茂兰气恼地审视了他一眼,怒道:"她是四少的女朋友,她高不高兴跟你有什么关系?"

谢致轩却不生气,仍是笑吟吟的:"她不高兴,四少又怎么会高兴?"

郭茂兰心中虽然已极为恼火,但谢致轩调过来顶的是杨云枫的缺,和他却是平级,也不好斥责,勉强压了压火气,问道:"顾小姐的衣服怎么换了?"

谢致轩闲闲道:"玩儿的时候弄脏了,我另找了一件。"他话一出口,已觉出不对,"你今天见过她?"

郭茂兰却不答话,只沉声说:"要是顾小姐和四少今天有什么事,就是你害的。"

谢致轩见他神色冷峻,方觉得事情可能另有原委,也敛了笑意:"怎么了?"

郭茂兰皱眉道:"今天下午在华都影院,你怎么会自己在书局看书,让她跟个男人去看电影?"

谢致轩这才恍然:"四少也看见了?"

"我们去半闲居吃饭,四少和邵军长都在。"

谢致轩眉头一锁:"你们误会了,下午是我送顾小姐去电影院的,有很多人一起,还有好几个陵江大学的学生。我去跟四少说。"

他说着就要上楼,郭茂兰一时也不知道该不该让他上去,不想,他还没走到楼梯转角,就见卫朔黑着脸走了下来。

郭茂兰见他神色不好,心知必然是虞浩霆发了脾气,低声问道:"怎么样?"

卫朔没接他的话,却看了谢致轩一眼:"顾小姐的书是哪儿来的?"

谢致轩听他此时却问了这么一件不疼不痒的事,便道:"是书局的一个编辑给她的,对了,就是下午你们碰见的那个。"

玖

入骨
她忽然一点恨他的力气都没有了

顾婉凝一进房间，便知道虞浩霆是发过脾气了。

之前他摔碎的杯子虽然已有人清理过，但是墙壁上淡红的酒痕还在，空气里也弥漫着一股酒意。她见虞浩霆正坐在沙发上，深黑的眸子鹰隼般盯着自己，浑身一凉，便有了怯意："我不知道你回来……我下午去了书局，后来到别人家里去看狗……"

虞浩霆并不太在意她说些什么，单她眼中防备警惕的神色已挑动了他的怒气。她在别人面前轻谈浅笑，到了他面前却是这样一副神态。

这些天，他日日想着她，疯了一样地想着她。

他不来见她，只是因为他到底不敢听她真的说出什么叫他寒心的话，更怕自己像那天一样按捺不住，惊了她伤了她唐突了她。

他原以为他这里是相思枫叶丹，她就算不是心心念念地想着他，也必然是一帘风月闲。却没想到他那样难才换她一笑，她却这样轻易地就给了别人。

她怎么能这么对他？

顾婉凝见他神情骇人，下意识地攥紧了手里的书，虞浩霆眉头一锁："你手里拿的什么？"

顾婉凝忙道："没什么，是书局的编辑出的一本书。"

虞浩霆一听，眼中寒芒乍起，走到她跟前就将书从她手中抽了出来，扫了一眼，只见书题下头赫然印着"岑铎"两个字，他展开那书就是一撕。顾婉凝惊得面色煞白，又闻到他身上的酒意，不由道："你干什么？你是不是喝醉了？"她话音未落，那书里却飘出一页薄纸来。

虞浩霆捡起来一看，眼中寒芒未尽却又猛然迸出两团烈焰来，"啪"的一声将那张纸拍在桌上，震得杯碟瓶盏皆是一晃："顾婉凝！"

三个字如同从他齿间磨出来的一般，她还没来得及反应，虞浩霆已厉声道："这样的东西你也敢给我带回来？"他说着就是一扬手，顾婉凝身子一绷，本能地一低头，闭紧了双眼。

虞浩霆的手却没有落下，在半空中僵了片刻，终是放了下来。

他看了一眼卫朔，咬牙道："叫郭茂兰好好去招呼那个姓岑的，问问他究竟有几个胆子，打主意打到我这里来了。"顾婉凝趁着他说话的工夫，拿起那张纸看了一遍，只见上面摘了半首莎士比亚的诗歌：

"你的本质是什么，用什么造成，
使得万千个倩影都追随着你？
每人都只有一个，每人，一个影，
你一人，却能化作千万个影子。
试为阿都尼写生，他的画像
不过是模仿你的拙劣的赝品；

尽量把美容术施在海伦颊上，

便是你披上希腊妆的新的真身……"

下面却写着一句：

"婉凝：我写到这一篇的时候，脑海里竟全是你的影子。"

落款只有一个"岑"字。

她见了这个已是诧异，听见虞浩霆的话，更是骇然："你抓了他？"

虞浩霆一听，霍然回过头来："是又怎样？"

顾婉凝满脸惊惶："我不知道他写了这个……他大约也没有恶意，你放了他吧，你抓了他这一次，他以后必定不敢了……"

她话犹未完，虞浩霆已狰狞一笑："你是心疼吗？"

顾婉凝退了一步，仓皇地摇着头："不是的，我真的不知道……你喝醉了……你听我说……"

虞浩霆根本不理会她，只对卫朔道："你还在这儿干什么？"

卫朔只得转身下楼，刚走出几步便听见身后"砰"的一声，虞浩霆已撞上了门。

她从未见过虞浩霆这样的暴怒，之前他也发过脾气，可是，他生气的时候总是冷的，冰岩一般封住了所有的情绪。然而这一次，从他身上倾泻出的怒火，似能焚毁了周遭所有的一切，包括她。

虞浩霆转过身来，忽然发觉她身上的外套已不是下午那一件，却换成了一件玫红色的大衣，艳到十分的颜色衬着她此刻惊怯的神情，映衬出了一种奇异的妩媚："你身上的衣服哪儿来的？"

顾婉凝见他如此盛怒，更不敢再提起旁人，潦草地说道："我的衣服弄脏了，在别人家里换了一件。"

"别人家里？"虞浩霆抓着她的衣襟将她拎到了身前："你还认

识什么'别人'？！"

顾婉凝抓住他的手臂，一迭声地说："不是，不是别人……是你的……"

然而虞浩霆已什么都听不进去了，他只觉得自己疼极了，他的心都剜给她了，她却这样对他？

她不要他的孩子。

她不要他。

他这样珍重她，这样爱惜她，她就敢背着他……他真是疯了，不过是个女人，也值得他这样？

"我就是太纵着你了，让你这样对我？！你这样对我！"他一把将她按在沙发上，伸手就去扯她的衣裳。顾婉凝惊得面上一点血色也没有，拼力去推他的手，忙乱地叫他："虞浩霆……虞浩霆……你干什么？你放开我……不要……"

他一只手就扣住了她的双手，另一只手已解开了她的大衣，冷笑道："不要？你有什么资格跟我说不要？"他身上的酒意和手上的温度隔着衣裳灼烧着她，她挣扎着想躲他："你放开……你喝醉了……别碰我……"她早就知道他的力气比她大许多，却没想到会是这样骇人，他锢着她，她竟一分一毫也挣扎不了。

他撕开了她的旗袍下摆，她用力咬在他手臂上，他却笑了，只是那笑容骇得她几乎见了梦魇一般："你不是想让我放了那个姓岑的吗？你今天晚上陪我开心，我就放了他。这种事你又不是没做过。"

他说着，便狠狠吮住了她的唇，将她抱起来丢在床上，她的眼泪倏然而落，哭声却也被他吮住了。

他从来没有这样过。

不管她怎么求他，他都像是没听见一样。她第一次和他在一起的时候，也没有这样痛。他总是耐着性子撩拨她，在这件事上，她和他差得太多，他有的是法子叫她"喜欢"。然而这一次，他似乎已经不在意她是不是喜欢了。

她只觉得他加诸在自己身上的，不是情意，也没有欲望，只是怒火，要灼碎了她焚毁了她熔化了她的怒火。她什么都不能去想，不能逃脱，不能挣扎，甚至连迎合也不能。她再不是她自己的，她只是他的，可是他给她的只有痛，反反复复，无休无止，她连哭的力气都没有了，她怎么还能觉得痛呢？她会死吗？

谢致轩一早就等在了楼下，一见虞浩霆从楼上下来，便立刻迎了上去。

"四少，昨天的事是我失职，没有和官邸这边打招呼就带顾小姐到我家里去了。小姐昨天也不是和那个姓岑的去看电影，原是许多人一起去的……"他还想往下说，却见虞浩霆仿佛全然没有听见一般，眼中尽是惶惑，和平日的沉着傲然大相径庭，谢致轩不由一惊："四少？"

虞浩霆被他提高声音一叫，似有所觉，迟疑着问："你是带她去檀园吗？那里的桂花还没有谢？"

谢致轩听他问得奇怪，愣了一下，说道："不是，是我在梅园路的住处，我在那儿驯了几只牧羊犬，我想着顾小姐难得出门，就带她去玩儿了一会儿。"

虞浩霆听了，有些茫然地点了点头："她是个贪玩儿的。她喜欢吗？"

谢致轩忙道："我看着她倒是很开心，我还说回头找一只给她。"

虞浩霆闻言忽然目光一闪,似有些微薄的笑意:"那你找一只来,我去告诉她。"说着,竟转身上楼去了。

谢致轩见他行止全无头绪,连忙跟在他身后,只见虞浩霆手放在房门把手上,却不进去,只是静静站着,一动不动。

谢致轩看了这个情形,忍不住叫了一声:"浩霆!"

虞浩霆闻声转过身来,终于神色一黯:"去陆军部吧,今天还有事。"

因为谢致轩坚持要跟虞浩霆交代昨天的事,郭茂兰便一早去了侍从室主任何屹的办公室。

自虞靖远任参谋部总长起,他原先的随从副官何屹就成了侍从室主任。从栖霞到淳溪等处的侍从,除了虞靖远和虞浩霆偶有自己调动之外,其余的人皆是经他的手选上来的。

郭茂兰一进门便开门见山:"何主任,那个谢参谋您还是换一换吧!"

何屹将手里的报纸往桌上一放:"是为了昨天顾小姐的事?"

郭茂兰在他办公桌前坐下,"从云枫下头人里挑一个上来,不是更稳妥些吗?"

何屹淡淡一笑:"他不能换。"

郭茂兰一怔:"为什么?他的性子实在是不合适……"

何屹思忖了一下,道:"我老实跟你说,我原先也想着升一个四少跟前熟惯的人上来。把他从参谋部调过来并不是我的意思,是淳溪那边的意思。"

郭茂兰面上疑云更重,忽然灵光一闪:"他是……"

何屹点了点头:"他是总长的内侄,谢家的五少爷。"

郭茂兰想起前些日子,他一说是个叫谢致轩的参谋来顶了杨云枫的缺,虞浩霆便是轻飘飘地一笑——原来如此,只是他却仍有些疑云未散:"他这样的身份,怎么会来做四少的侍从官?"

何屹笑道:"这个五少爷从小娇生惯养,夫人把他放到参谋部,无非是想让他在军中磨炼一二,日后自然还是要回谢家任事的。至于这次突然调他到四少身边来,就未知何意了。"他话虽如此说,但郭茂兰知道何屹必然也有自己的一番猜度,只是不便明言罢了。

何屹说罢,又道:"他这样的身份,即便是捅了什么娄子,也自有人去补,你尽管放心,只是公事上你要多担待些。"

郭茂兰从何屹的办公室出来,迎面便是一阵萧瑟的秋风。他跟在虞浩霆身边这几年,虞夫人从来不过问这边的军政,这回却安排了这么一个人过来,若说是为了虞浩霆的缘故,却不该做得这样明白,若说是为了谢致轩的缘故,却也没必要叫他来当这个差。他又想了一遍谢致轩这些日子的言行,除了昨天的事情,倒也没什么别的疏漏……他转念至此,忽然心中一凛,难道竟是为了顾婉凝?

邵朗逸的婚礼定在两周之后,婚礼一过,便是康瀚民正式向江宁政府交接军政权力的易帜典礼。此前,两军重新安排布防,北地军事变动频繁,远在瑞士的虞靖远也偶有密电指点一二,因此陆军部和参谋部两处都十分繁忙。不过,虞浩霆今日来得这样早,倒也少见。等郭茂兰赶到陆军部的时候,桌上已经放了几份他签过的公文。

郭茂兰进去跟虞浩霆打了招呼,见他神色如常,看上去倒比前几日未见顾婉凝时还要镇定自若。按理说,今日这番情形着实该让他松一口气,然而,郭茂兰心中却莫名地惴惴起来。他出来走到卫朔身边,刚要开口,卫朔已寒着脸说道:"你等着。"

他话音刚落,郭茂兰已听见虞浩霆在里头打电话的声音——

"小姐醒了吗?"

"等她起床了告诉我。"

只这两句就已挂了。

郭茂兰眉头一皱,现在还不到七点,顾婉凝从前上课的时候也不过这个钟点才起床,怎么虞浩霆这样催着问?不想才过了二十多分钟,虞浩霆竟又打了电话回去——"她还没有起来吗?""不要去叫,等她醒了告诉我。"

郭茂兰闻声惊异地看着卫朔,却见卫朔紧绷着脸一言不发。如是再三,到了九点钟,虞浩霆已打了五六通电话回去。

今天原是安排了龚揆则等人过来开会,郭茂兰正犹疑着要不要想个说辞推了,虞浩霆却已走了出来,对他吩咐道:"我过去开会,你在这儿等着,官邸要是有电话,就来叫我。"

郭茂兰独自坐在办公室里望着窗外,对面办公室墙外的爬墙虎叶子已落了大半,剩下几片赤红摇摇晃晃地挂着,秋意寥落。他刚一走神,便听见虞浩霆说着话走了进来:"官邸那边没有打电话过来吗?"

他连忙起身摇了摇头。虞浩霆也不说话,径自走进去拨了电话:"还没有起来?"他犹豫了一下,又道:"你去叫一叫,我在这里等着。"

郭茂兰看了看表,才刚刚九点过半,便试探着问:"四少,会开完了?"虞浩霆抬眼瞥了他一下,并不答话,只是握着听筒,郭茂兰从他神色上看不出什么端倪,也只得默然。

等了约莫十分钟,电话那边才有了动静,虞浩霆听罢一言不发便搁了听筒，对郭茂兰道："我回去一趟。那边的事情有朗逸和石卿，你在这里盯着，有什么事就打电话到官邸。"

郭茂兰见他目光忐忑，脸色竟有些发灰，心中骇然，连忙答了声"是"。

虞浩霆上了车，低声吩咐了一句："快一点。"

卫朔回头看了他一眼，说："四少，顾小姐性子柔韧，不会的。"

虞浩霆目光一颤，声音艰涩："你不知道……"

郭茂兰传了虞浩霆的话，邵朗逸微一颔首，汪石卿则皱眉道："出了什么事？"郭茂兰悄声说："是顾小姐的事。"汪石卿点了点头，不再作声。这边一散会，龚揆则便叫住了他，两人走到楼前的草坪中间，龚揆则才沉声问道："四少那边怎么回事？"

汪石卿沉吟道："是顾小姐。四少和她已经闹了一阵子了，不知道今天又出了什么事。"

龚揆则眼中寒光一片，默然良久，才道："四少什么时候动身北上？"

汪石卿道："邵家的婚礼一过，四少就启程。"

龚揆则点点头，淡然道："也不能再拖了。"

房间的门没有锁，卧室里也空无一人，虞浩霆怔了一下，一眼瞥见浴室的门关着，便走过去轻轻一拧，却反锁上了。虞浩霆神情一滞，重重推了两把："婉凝！"

里面仍是悄无声息，他抬腿就踹开了那扇门——她坐在墙角，整个人都斜斜倚在壁上，双手抱在膝前，只望着地面，仿佛虞浩霆这样进来她也没有察觉。她身上笼着一件珍珠白的睡袍，淡薄的阳光隔着窗外的树影照起来，明明暗暗地在她身上晕开了陆离的光痕。

虞浩霆慢慢走到她跟前，蹲下身子，迟疑地望着她，顾婉凝面色苍白，两颊却泛着艳异的潮红，嘴唇也肿着，虞浩霆去握她的手，尽是冰凉……他心里一阵钝痛，将她拥进怀里，她没有躲也没有挣，甚至连一丝表情也没有，瘫软娇弱的身子毫无力气，只撑在他身上，她那样凉，让他几乎怀疑自己抱着的不过是一缕秋风。

他抱起她往外走，她倚在他胸口，几乎是——温驯的。

温驯？

他一时想不到应该和她说些什么，只好道："那个姓岑的，我这就叫人放了他。"

他小心翼翼地低下头去看她，却见她一双莹澈的眸子正对上他的眼，那目光是从晚秋的寒潭中浸出来的，连她压抑到眼底的一抹羞耻也是冷的，她凉如春泉的声音有一些沙沙的倦意："四少昨晚很开心吗？"

她的声音那样轻，却一鞭子直直地抽在他心上。不是的。不该是这样的……他想跟她说，不是这样的，却不知该从何说起，只紧紧抿着唇，把她放在床边。

昨晚，他一停下来就知道错了。

他竟不知道她是什么时候在他怀里晕过去的。他以为他总有分寸，可是等看见她纤细的腰际划出一道血痕，才想起去摘腕上的表。

他真是疯了。

她那样玲珑剔透的心肠，若真是心里有了别人，无论如何也不会疏忽大意到这个地步。

他竟然连这个都想不到？

他只是气她。

在他知道那瓶药之前,他一直都笃定,她总归是他的,不管是她的人还是她的心,早晚都是他的。

她若不是他的,还能是谁的?她只能是他的。

他这样自负,他从来都这样自负。初见她的那天,虽然他明明知道她有委屈有不甘,但是他觉得她总归是有那么一点愿意的,他就不信,若是换了旁人,她也肯?!可是她竟似一点也不想和他在一起,他居然只能拿她家里人来辖制她。好几次,他都想跟她说,我不过是吓你的,你就是离了我,我也不会把他们怎么样。可他却不敢去试,他知道,她要是真的走了,不管用什么法子,他都得把她找回来。

因了她,他再不能那样自负。

好不容易,她依了他。

他想,她果然还是他的,为什么不呢?这世上,除了他,她还能是谁的?可到头来,她不过是敷衍他。

一往情深深几许?入骨相思知不知?

他从来不信的那些情辞愁句,原来竟都是真的。

他只觉得这二十几年来,自己受过的苦楚全都加起来,也不及她给他的。

可他这样为她,她却毫不在意。

难道她的心不会疼吗?

他要让她知道,他的痛,他的苦,他要让她知道!

然而,当她蜷在他怀里,睡梦中犹带了惊惧之色,他一触她,她就喃喃呓语"疼……"的那一刻,他却一点快意也没有,只有怕,那样深重浓郁的恐惧,瞬间就漫上了他的全身。

他想起初见的那一晚,她娇弱地缩在他怀里,如凄迷春雨中摇曳轻颤的一枝海棠,他那样小心翼翼地温存她,还是弄疼了她,她抖得那样厉害,他知道,他看着她眼底都是泪水,却咬唇死忍,直到他吮开了她的唇,那眼泪才滚了出来沁在他脸上,可她一个字也没有说。他和她在一起的时候,一向都极力克制,他知道她应付不来,所以总是格外小心,哪怕是他们最亲密最激情的时候,他也不敢放纵自己,唯恐伤到她,可是这一次……

他怎么会这样对她?他怎么能这样对她?

"四少昨晚很开心吗?"

等她说出这一句话,一根鞭子就狠狠抽落在了他的心上。他宁愿她哭,他宁愿她恼了他打他骂他,宁愿她一看见他就别过脸去不睬他。可她只是轻轻地说了这么一句,就让他知道,在她心里,前尘种种,他和她,都完了。

她不能这样!

他是错了,可是她不能,不能因为他错了这一次,就抹杀了他们之间的所有。

虞浩霆拥着她,解开自己的外套,把她的手暖进自己怀里。

她仍是静静的,既不躲闪也不挣扎。

他看见她锁骨边上有微微的擦伤,是他戎装上的领章刮伤了她。他想跟她说,他气疯了,他喝了酒,他是太在意她了……

可就算这样,他就能这样对她吗?

他说不出口。

陆军部的电话催到第四遍,谢致轩终于上楼来敲门:"四少,陆军部那边请您过去。"虞浩霆只是默然,一直到他觉着她的身子一点一点暖了过来,才终于放开她:"昨天的事是我错了,我以后不会了。"他替她裹好被子,起身走了出去。

她听见他在外头吩咐人:"好好照看小姐,她身边不要离开人。一会儿叫大夫过来看看。"

他给了她那样的痛楚和羞耻,然后一句"错了""以后不会了"就全都过去了吗?其实,她和他,原本就是这样,也只能是这样。只是他掩饰得太好,让她几乎以为还有别的可能。她一早就明白的,只是后来,一不小心,忘记了。

"你知不知道,浩霆和那女孩子闹的什么别扭?"

虞夫人问得波澜不惊,谢致轩一面调弄着丫头怀里抱着的一只波斯猫,一面闲闲地笑道:"之前的事情我不知道,这一回倒是我的错。"

虞夫人听了,却并无惊奇的神色:"哦?"

谢致轩回身坐到沙发上,正色道:"是我没看好她,让浩霆误会了。"

虞夫人淡淡一笑:"你略有疏失,她就能做出来叫人误会的事。可见,这样轻狂的女孩子是一点分寸也没有的。"

谢致轩闻言神色一凛,继而笑道:"姑姑,您把我调到官邸去,不会就是为了她吧?"

虞夫人端起茶盏,呷了一口:"我确实是想叫你到浩霆身边,替我留意一下这女孩子,倒没想着你还有这个本事。"

谢致轩思忖了片刻,道:"姑姑,我看顾小姐倒是个很好的女孩子,而且,浩霆瞧着也是真的喜欢她,反正他和庭萱也没有婚约……"

"笑话。"他刚一说到这里,便被虞夫人打断了,"婚姻大事岂能儿戏？不要说浩霆，就是你，要娶这么一个女孩子回去，你问问你母亲答不答应？"

谢致轩满不在乎地微微一笑："那您想怎么样？"

虞夫人搁了茶盏，面上仍是雍容淡泊的笑容："我还能怎么样？做母亲的自然只想着自己的孩子好。"

谢致轩忽然敛了笑容："姑姑，您让我去给浩霆做侍从官，那我就是他的侍从官，自然凡事都只能以四少为先。"

虞夫人一怔："你这是什么意思？"

谢致轩道："没什么意思，我只是想劝姑姑一句，顾小姐的事您还是慎重为好。"

虞浩霆回到栖霞已是晚上九点了，他先吩咐人叫了芷卉下来："小姐怎么样？大夫怎么说？"

芷卉低着头轻声答道："顾小姐不肯看大夫……她一天都在房里，不说话，也不吃东西。"

虞浩霆闻言眉头一锁："她一天都没有吃东西？"

芷卉摇了摇头："小姐什么都不肯吃。"

虞浩霆略一思忖，道："你去看看今天的夜宵准备的是什么，拣着清淡暖胃的拿过来。"

芷卉应声而去，不多时便端了夜宵出来，一碗柏子仁白果粳米粥兑了蜂蜜，另有两样细点小菜，虞浩霆看了看，就自己接了过来。

顾婉凝立在一扇窗子边上，身上穿的还是早上那件白色的睡袍，长发如瀑，垂落在腰间。窗子大开着，夜风卷起窗前的纱帘，也卷起她肩头的青丝，轻薄的衣袖……仿佛她的人随时都会被卷进那夜色里去。

虞浩霆搁了手中的托盘，急急走到她身后，一手揽了她，一手关了窗子："夜里站在风口上，你不冷吗？"

顾婉凝回过身来，直直地盯着他："你是怕我跳下去吗？你放心，你这里不够高，我要跳也不会在这里。"

虞浩霆脸色微微一白，刚要开口，顾婉凝忽然薄薄一笑："你也不用拿旁人来吓唬我，我若是个有气性的，早就死给你看了。"

虞浩霆极力平抑住胸中的情绪，不动声色道："过来吃东西。"说着，便拉着她坐了下来。

他原以为自己拿来的东西，她必定又不肯吃，正想着要怎么哄她，却见顾婉凝已舀了粥送进嘴里。他心中一松，便道："我听芷卉说你一天都没吃东西，是厨房做得不合你胃口吗？你想吃什么只管吩咐他们，官邸里没有的，就叫人进来做。"顾婉凝却并不答话，只是静静地吃着东西，虞浩霆也不敢再惊动她，只是默然看着。

正在这时候，谢致轩忽然在外头打了报告，虞浩霆扬声问了一句："什么事？"只听谢致轩在外面答道："四少，蔡军长电报。"虞浩霆又看了一眼婉凝，起身走了出来。

两个人一进书房，虞浩霆从机要秘书手里接了电报，看过一遍，吩咐了回电的意思，便转脸问谢致轩："你是来给淳溪当眼线的吗？"

谢致轩懒懒笑道："我是从参谋部调来给四少当侍从官的。"

虞浩霆唇角一牵："昨天的事你是故意的？"

谢致轩正色道："昨天的事是我疏忽了，不过，你也有日子没回官邸了，我怎么知道你和朗逸约在那儿吃饭？"他说着，话锋一转，"再说，你未免也太……她要真是跟别人有什么，还能这样大咧咧地把情书带回去给你瞧？也不知道你平时是怎么对人家的，昨天我们回来,她一见郭茂兰脸色就变了,不过是晚了一会儿罢了,居然怕你怕成那个样子。你以前也不是这样……"

虞浩霆听他说着,脸色愈发难看起来,谢致轩见了,又想到早上的情形,犹疑道:"你不会是——你不会是打她了吧?那样一个女孩子,你也下得去手?"

虞浩霆闻言,狠狠剜了他一眼,谢致轩一吐舌头不敢再说,虞浩霆略有些烦躁地问道:"你不是要找只狗过来的吗?找了吗?"

谢致轩唯有苦笑:"四少,我昨天晚上才带她去看的,哪有这么快!"

虞浩霆冷冷"哼"了一声,谢致轩见状,又虚着声音问了一句:"你真打她了?"虞浩霆寒着脸道:"你有完没完?"却见谢致轩沉吟道:"你要是还喜欢她,千万别再跟她动手了。我觉着她那个性子……一味刚强或者一味柔弱倒都好办,我也说不好……你好好想想法子吧。"

他说的他何尝又不知道呢?虞浩霆微微点了点头:"你回去吧。"

然而谢致轩走到门口却又停住,犹豫了一下,才说:"浩霆,姑姑那里是认定霍庭萱的,你要是有了别的意思,她恐怕不能答应。顾小姐这里,你找人看好她。"

虞浩霆听他这样说,面容微霁:"你不是我的侍从官吗,那你帮我看着她?"

谢致轩一笑:"我尽量。"

虞浩霆在书房待了一阵,又转回来看顾婉凝,却见她已经偎在床边,像是睡着了。

他按开了一盏壁灯，在柔淡的暖光下看着她，他想，他再不会伤害她了，一丝一毫都不会，他有一辈子的时间陪着她宠着她，他总有法子叫她忘了这些事，他总有法子让她喜欢上他，他忍不住在她额头上轻轻一吻，不料这一下，已惊动了她。

　　虞浩霆见她睁开眼睛，刚想说"我就是来看看你"，却见顾婉凝眼中先是迷茫，旋即已漫上了一片清冷，她撑起身子，抬手抽开了睡袍领口的缎带，那绸缎的衣裳瞬间就从她肩上滑落下来，昨夜他留在她身上的红紫印迹仍是清晰可见，虞浩霆呼吸一窒，连忙拉过被子掩住她："你这是干什么？"

　　顾婉凝抬眼看着他，面上一点表情也没有："四少没有兴致吗？那我睡了。"说着，便背对着他躺下身来闭了眼睛。

　　虞浩霆霍然站起身来，脸色惨白："婉凝，你不能这样。"

　　顾婉凝仍是背对着他，沁凉的声音一点一点浸了他的心："四少要是还有什么吩咐，不妨明白告诉我。"

　　虞浩霆双目一闭，缓缓坐了下来，每一个字都像是从胸腔中挤出来的一般："你不能因为我错了这一次，就抹杀了我们之前所有……"

　　"之前？"顾婉凝的声音仍是冰凉的，"之前四少和我做了笔交易，是我忘了，多谢四少提醒。"

　　虞浩霆一把将她挟进怀里，顾婉凝一惊，却也不过是一瞬间的事，转眼间已经淡然地望着他。

　　虞浩霆盯了她良久，忽然一笑，却有无限苦涩："我知道我如今说什么都是白费，你就是要拣着最叫我难受的法子折磨我。没关系，你只要不为难你自己，你怎么样对我都好。我就是活该！谁叫我……"

他生生把后面的话咽了回去，站起身来对顾婉凝道："你睡吧。我就在外头，你有什么事只管叫我。"

顾婉凝也不看他，低低道："我没有事要劳动四少。"

虞浩霆仍是涩涩一笑："那也说不准，万一你想到了什么叫我生不如死的法子，总不能找不到人受着。"

霍仲祺一连许多天都没到栖霞来，一来他知道虞浩霆不在官邸，他又最是有心事的人，更不敢单独过来；二来邵朗逸结婚，找了他做伴郎，邵三公子是出了名的不耐烦各种繁文缛节，于是，许多琐碎的事情就都委在了他身上，他也少有空闲。直到他听说虞浩霆回了官邸，才撂了手边的事情到栖霞来。

霍仲祺进了侍从室，正看见谢致轩斜坐在办公桌上打电话："我要只边牧，当然是要最好的……好，有了就告诉我，我亲自去挑……"他瞧见霍仲祺进来，匆匆说了两句就搁了电话，"有日子没见你了，朗逸结婚，你倒比他还忙。"

霍仲祺一笑："四哥呢？"

谢致轩起身答道："今天康瀚民要来，四少一早去接了。"

霍仲祺上下打量了他一番，笑道："你还真像那么回事儿。只是一大早就在办公室里说你那些狗的事儿，就不太像了。"

谢致轩闲闲一笑："你还别说，这可是我眼下的头等大事。狗是给顾小姐找的。"

霍仲祺一怔："她怎么想起来这个？"

谢致轩笑道："我带她去看了我那几只，我瞧着她喜欢，就说找一只给她。"

霍仲祺听了，若无其事地问道："她跟四哥和好了没有？"

谢致轩摇了摇头:"怕是还没有。"

霍仲祺探询地看了他一眼:"四哥这两天不都在官邸吗?"

谢致轩鼓了下腮帮:"就是回来得不凑巧。"

霍仲祺疑道:"怎么了?"

谢致轩叹了口气:"也怪我,没看好她,叫别人在她面前献了殷勤,正好让浩霆撞见了。我想着她这些日子一直都不太高兴,就带她去我那儿玩儿了一阵,没跟官邸的人打招呼……反正几件事情凑在一起,就闹僵了。我猜着……"他压了压声音,对霍仲祺道,"浩霆是对她动了手。"

霍仲祺闻言惊道:"四哥打她?"

谢致轩连忙比了个噤声的手势:"你小声点好不好?我猜的。"

霍仲祺脸色一阵青白,良久,才沉声说了一句:"我去看看她。"

"你去干什么?"

"你不是说她不高兴吗?"

谢致轩听了这句话,想起一件事来,笑道:"她是四少的女朋友,她高不高兴跟你有什么关系?"

霍仲祺被他说得愣在那里,停了一阵,忽然说:"她不高兴,四哥不是也不高兴吗?"

霍仲祺进了大厅,厅里的两个婢女见了他连忙躬身行礼,便问:"顾小姐在楼上吗?"那丫头想了想答道:"顾小姐刚才下楼往后面去了,应该是去了花园。"霍仲祺点了点头,径自往花园去找她。

此时已是深秋,虽然栖霞的花园里也植了许多秋日观叶的树种,却仍掩不尽一份天然的凉意萧瑟。顾婉凝裹着一条宽大的开司米披肩，立在一株正落叶的梨树旁。霍仲祺小心翼翼地走到离她七八步远的地方停下，轻轻唤了一声："婉凝。"

顾婉凝其实早已听到他的脚步声，只以为是官邸里的下人经过，便没有理会。此时听他一叫，连忙转过身来，见是霍仲祺，淡淡一笑点了点头，算是打了招呼："四少不在。"

霍仲祺听她这样说，竟一时语塞，半晌才勉强说了一句："我听致轩说，你和四哥闹了别扭。"

顾婉凝低头一笑："我怎么敢和他闹别扭？"

这原是句赌气的话，然而她此刻说来，却是风轻云淡，只那笑容之中有无限凄清。霍仲祺看在眼里，心中如覆上了一层秋霜，酸凉地疼，一点一点淹进心底深处。

顾婉凝见他神色黯然，想着他必定是从谢致轩那里听说了前日的事情，她知道霍仲祺待人接物常有一份热心，又多少觉得她和虞浩霆的事，是因为他带自己去了陆军部的缘故，因此对她亦多了些关照，遂浅浅一笑："你不用担心，没什么事的。"说着，便转身往回走。霍仲祺也不好再问，只默然陪着她回去。

此时，园中花朵稀少，只有几株醉芙蓉还在花时，顾婉凝从树旁经过的时候，不经意被花枝钩住了披肩上的流苏，她伸手解了下来，见那花开得正好，便想折了回去插瓶。霍仲祺见她有心折花，才总算放下心来。

顾婉凝折了近旁的几朵，又抬手去折远枝上的花，不料，她一伸手，衣袖缩了上去，霍仲祺一眼便看见她小臂近手腕处，几痕泛青的指印清晰可见，他一把便握住了她的手臂："四哥他真的打你？"

顾婉凝被他骤然一握，已是一惊，不及抽开，又听他问了这样的话，慌忙摇了摇头："没有，是我自己不小心碰到了。"说着，便把手臂往回一抽，拉下衣袖，却见霍仲祺神色间尽是惊怒："这明明就是……"

顾婉凝闻言急道："我的事情你不要管！不关你的事。"

霍仲祺拉过她另一只手，将衣袖往上一捋，果然也有几道青痕，婉凝慌乱之下，手中的花都跌在地上："你干什么？"

霍仲祺胸膛起伏，声急气促："这怎么行？你别怕！我去跟他说。"说着，转身就走。

顾婉凝连忙追了过去："小霍！"她匆忙之中脚下一绊，摔在地上。霍仲祺听她一声轻呼，回头一看，顾婉凝正抚着膝盖从地上站起来。他赶忙抢过去扶她，却见她膝盖上擦破了杯口大的一片，已渗出血痕来。

霍仲祺心中一疼，抬手便将她抱了起来，要往回走，顾婉凝一推他胸口："这样不行，你把我放下！"霍仲祺还要往前走，顾婉凝已挣扎起来："你快把我放下！"

霍仲祺只好皱着眉放她下来，顾婉凝道："我知道你是好心，可是我和他的事跟你没有关系，你不要管。你去帮我叫芷卉来。"霍仲祺仍是寒着脸站在那里。婉凝急道："去啊。"霍仲祺咬了咬牙，只好去了。

"呵，这是唱的哪一出？"楼上的魏南芸隔着窗子瞧了半晌，嘴角一抹轻笑，自言自语道。

虞浩霆回到栖霞，芷卉就说了顾婉凝今天在花园里头摔伤了膝盖的事，他一见顾婉凝，也不管她神情冷厌，便去瞧她的伤处，见伤口不深，且已处理过了，才道："这就是你想出的法子吗？"

顾婉凝还没来得及答话，虞浩霆已对芷卉厉声道："我说过没有？小姐身边不能离开人。再有这样的事情，你头一个就去给我扫院子!出去!"芷卉连忙躬身行了礼,眼圈儿里转着泪花,低头去了。

顾婉凝嫌恶地看了虞浩霆一眼:"是我惹了你,你用不着拿别人出气。"

虞浩霆看着她,寂然一笑:"我可不上你的当。我想过了,我要是发作了你,还得赔出几倍的小心来哄你。这种事情太不划算,我以后再也不做了。"

邵朗逸和康雅婕的婚礼虽然准备得仓促,但极尽奢华之能事却是免不了的。

婚礼选在国际饭店,江宁的军政要人、各界名流悉数到场,外国使节也凡请必至。虽然时至深秋,礼堂内外却尽是粉白两色的牡丹、玫瑰、百合……置身其中,恍如满目春光。按康雅婕的意思,礼服原本要从欧洲定制,但时间仓促,一来一往耽搁太久,就遍请了江宁和北地顶尖的缝纫高手,依着她自己的主意,赶了一件婚纱出来,四米多长的塔夫绸拖尾上缀满了珍珠水钻,熠熠生辉。

其实,不消这些似锦繁花、璨然珠宝,康雅婕也知道,她是这一日最引人注目的光辉所在。确切地说,不仅仅是这一日,恐怕此后的许多时日,她都是这里最光华夺目的女子了。她想,即使是虞浩霆身边的那个女孩子,也只能在她的暗影下。

她对顾婉凝,还是有些好奇的。

她在江宁这些日子,时常能听到关于这个女孩子的各种议论,千篇一律皆是虞浩霆如何宠纵于她,她总是不大相信。单凭在隆关驿,他那样冷冰冰地对待自己,她就不能相信虞浩霆那样冷傲的一个人,会去百般讨好一个女孩子。所以这一天,除了自己的一举一动都务求完美之外,唯一让康雅婕想要稍加留意的人就是顾婉凝。

虞浩霆来得有些迟，他到的时候，邵朗逸已站在红毯尽头等着康雅婕了。虞夫人一看见他，眉心不易察觉地蹙了一蹙，既有惊讶又带着一点意料之中的叹息——他果然是带着顾婉凝来的。

顾婉凝穿着一件冰蓝色的长旗袍，除了同色的缎边之外，还别出心裁地镶了一圈白蕾丝花边做滚边，因为天气冷，身上又搭了一件纯白的貂绒披肩。她明眸翦水，皓颜如玉，穿着这样沁凉的颜色，晶莹剔透直如冬日的第一片雪花。

婚仪刚一结束，虞浩霆就带着顾婉凝走到虞夫人身畔，虞夫人仍注目着邵朗逸和康雅婕，淡然道："你今天怎么这么迟？"

虞浩霆道："我有些公事耽搁了。"

虞夫人不置可否地淡淡一笑："事事都要你自己处置吗？"说罢，再不开口，也不看顾婉凝。她周围的一班女眷连魏南芸在内见状都不作声，瞬间便隔开了四周的热闹，顾婉凝仍是神情萧散地立在虞浩霆身边，仿佛她和周遭的这一切都没有关系。

虞浩霆神色一冷，唇角反而划出一丝笑意："母亲。"虞夫人转脸望着他，虞浩霆轻轻一牵顾婉凝："这是婉凝。"

他此言一出，四周更加安静，连龚揆则和钟庆林的夫人也都不自在起来，虞夫人却仍是不动声色，缓缓扫了顾婉凝一眼，微笑着说："你身边的女朋友也换得太勤了些，我都记不得了，你要是能学学朗逸，也让我少操点心。"

钟夫人高雅琴最是年轻不羁，此时听虞夫人这么说，便笑道："夫人这话也太拘着四少了，邵公子从前也有许多女朋友的。他们这个年纪，难免贪玩儿，还没定下心呢！"

虞夫人听了笑道："我也是说说罢了，还不都由着他们？我也懒得操这个心,再过两年,自有人替我管着他。"

虞浩霆闻言漫不经心地一笑:"我今日带她来见您,就是想告诉母亲,以后不必再费心去记旁人了。另外,您要是想知道婉凝的事,直接问我就是了,用不着叫致轩和三姨娘盯着,他们谁知道得都没有我清楚。"说罢,对众人略一点头,牵着顾婉凝转身去了。

这一班女眷皆是惊疑不定,魏南芸也笑不出来,只觑着虞夫人的脸色,却见虞夫人仍是不动声色,微微一笑,摇了摇头:"真是孩子气。"

此时,康雅婕已另换了一身鱼尾礼服,挽在邵朗逸身边与宾客寒暄,只有眼尾余光时时扫在顾婉凝身上。

她忽然有些气馁,又仿佛有几分安心。康雅婕只觉得自己和顾婉凝比起来,有些过于艳丽了,可又似乎艳得还不够。她一直都觉得自己是个很美丽的女孩子,然而今日她才知道,原来美丽和美丽也是不一样的。她的美,便如手上的婚戒,是钻华辉映中的绮艳鸽血,一览无余的靓丽,叫人唯有赞叹,最是要搁在这金粉繁华之中才相得益彰。

而顾婉凝不是。

她站在那里,不言不笑,却让人连赞叹都忘记了,她的好看不在人眼里,只在人心里。哪怕她的人在这华堂绮筵之上,可是见了她,却叫人无端端地便想起雨浸菡萏,月落春江……

康雅婕有些气馁,她原想着她今日这样的艳压桃李、光华夺目,凭什么人也不会美过她去,直到她真的见了顾婉凝,才惊觉,原来有些事是比无可比的。然而,这气馁也不过是一瞬间的事,她旋即又安下心来,她和她这么不同,难怪虞浩霆对自己这样冷淡。那么,喜欢自己的人自然也不会注目她的美。

虞浩霆牵着顾婉凝一路和人打着招呼，走到了邵朗逸身边，淡淡一笑，向新郎新娘道了恭喜，便对邵朗逸道："我有点事，先走了。"

邵朗逸眼中掠过一丝诧异："什么事？"

虞浩霆凑到他耳边说了一句，邵朗逸轻轻一笑："你借我的地方是为了这个？那怎么不早说？我改个日子行礼。"

虞浩霆亦笑道："你说得倒轻巧。"

康雅婕闻言一怔："你们今天还有公事吗？"

虞浩霆道："邵夫人不用担心，是我的一点私事，不会耽搁朗逸的。"康雅婕颊边一红，转脸和别人说话去了。

邵朗逸却又问虞浩霆："你现在是要去我那里吗？"

虞浩霆点了点头："你放心，我九点之前就走了，你要洞房花烛也来得及。"

邵朗逸笑道："我不过去，你去吧。"

车子开出国际饭店，虞浩霆握着顾婉凝的手，轻声问道："你不问问去哪里吗？"

顾婉凝只望着窗外渐染墨蓝的夜色："问不问有什么不一样吗？"

虞浩霆沉默了一阵，说："我们明天去看看你外婆吧，过两天我要去北边，可能耽搁时间会比较长。"他见顾婉凝不答话，便追问了一句："好不好？"

顾婉凝仍是朝着窗外："四少说什么就是什么。"

车子开进了一处庭院，绕过高大的影壁，顾婉凝才发现这条路是开在湖中的，湖面开阔，远处都掩在树影中，也不知是不是边际。此时明月清辉，粼粼波光浸润了深秋的夜色，亭台楼馆如同浮在水面上一般，湖心的小岛上亦建了楼阁，却是只能乘船而至了。

车子开到岸边，虞浩霆拉着顾婉凝下了车，已有一艘画舫等在那里，载了他们直至湖心的小岛。顾婉凝下了船，四下一顾，说："这里比瓴湖还大。"

虞浩霆合掌握住她的双手："这园子是朗逸的，我借来用一用。"说罢，转脸对郭茂兰吩咐了一句："叫他们开始吧。"便揽了顾婉凝上楼。

顾婉凝刚上到水榭的二楼，只听湖面上传来一声尖锐的呼啸，她抬眼看时，只见一道红光疾速冲出，划破了墨蓝色的夜空，旋即，一片光彩夺目的星雨在天幕中绽开，还未及落在湖面，又有几道流星般的金白光芒直冲上去，霎时间，各色烟花绚烂夺目，在湖光水色之间，亦幻亦真，令人心旌神摇。顾婉凝也一时看住了，她眼中赞叹，面上却不露出喜色，只是扶着栏杆凝神观望。

她正看着，忽然听见身后虞浩霆道："他们要放好一会儿呢，你要不要先来吹了蜡烛？"她转过身去，却见桌子正中不知何时摆上了一个奶油蛋糕，虞浩霆正依次点着上面的蜡烛，一朵一朵暖黄的烛光闪烁起来，映在他的眼眸深处。

虞浩霆见她迟疑便过来拉她："我这几天事情忙，今天又赶上朗逸的婚礼，我只叫他们准备了这个，等明年你生日的时候，我们再好好过。"

四周的烟花兀自闪耀出千般华彩，蛋糕上的蜡烛已渐渐有了烛泪，顾婉凝走到桌前，双手交握放在胸前，闭了眼睛，静静地沉吟了片刻，随即睁开眼睛，用力吹熄了蛋糕上的蜡烛。

虞浩霆切了一块蛋糕盛在碟子里递给她，柔声道："你许了什么愿？"

顾婉凝接过蛋糕，看了他一眼，"说出来就不灵了。"

虞浩霆微微一笑："我不信这个，你跟我说说，兴许我有法子给你办到呢。"

顾婉凝背对着他，轻声道："只要四少愿意，一定办得到。"

虞浩霆划蛋糕的手略略一滞，强笑了一下，却掩不住语气中的艰涩："……那你还是不要告诉我了。"

空中正绽出几朵硕大的金紫色烟花，将水榭照得如白昼一般，顾婉凝回头望了一眼虞浩霆，见他只是低头切着桌上的蛋糕，心中莫名地一阵酸楚。

邵朗逸和康雅婕刚刚下到舞池，便听见康雅婕轻轻"咦"了一声，邵朗逸顺着她的目光望过去，隔着大厅的一排窗子，已遥遥望见泠湖方向一朵一朵的烟花腾空而起，大厅里的宾客也有走到窗边张望的，这边一曲终了，那边的烟花仍然未停。

"今天不年不节的，谁家的烟花放得这样大手笔？"

高雅琴瞧了一阵，诧异着说。她心下忖度，江宁城里的达官显贵此刻十有八九都在这里，且今天是邵家的婚礼，怎么会有人挑着日子来别这个苗头？虞夫人漫不经心地笑了笑，也不答话。

这时，邵朗逸携了康雅婕过来和虞夫人寒暄，邵朗逸的母亲和虞夫人是一母同胞的姊妹，当年邵朗逸的大哥在徐沽阵亡，邵夫人伤心之下，郁郁而病，第二年竟亡故了。虞浩霆大半时间都随父亲在军中，虞夫人便将邵朗逸接到虞家照拂，因此邵朗逸同这位姨母十分亲厚。

高雅琴等人一见新娘子过来，自然便端出了十二分的热络，围着康雅婕问长问短。邵朗逸则立在虞夫人身边，含笑旁观。

虞夫人微侧了头，低声对邵朗逸道："是他在你那里弄的花样？"

邵朗逸俯下身子轻声道："姨母一猜就中。"

虞夫人轻轻一叹："他要哄女孩子高兴，什么时候不行，偏偏挑今天，叫旁人知道了，倒以为你们生分了。他没分寸，你也不劝劝他？"

邵朗逸微微一笑："今天是婉凝的生日，之前我也不知道，要不然我就改一天行礼了。"虞夫人看了他一眼，冷道："这是什么话？你不要处处都迁就他。"

两人正说着，康雅婕忽然朝这边问道："朗逸，今天是哪里在放烟花，你知不知道？"

邵朗逸淡然道："是泠湖。"

"那是什么地方？是公园吗？"

邵朗逸走过来牵着她的手："是我的一处园子。"

康雅婕闻言一怔："怎么今天在那里放烟花？"

邵朗逸一面拉着她起身，一面说："浩霆借了我的地方给人过生日。"

康雅婕一听，挽着他低声问道："是那个顾小姐吗？"邵朗逸点了点头。

"今天虞四少说的私事就是这个？"

邵朗逸不置可否地一笑，康雅婕神色微微一凉："她算什么？也值得这样。"

邵朗逸玩味地看了她一眼，笑道："值不值得，都是浩霆的事。"

康雅婕有些嗔恼地瞧着他:"那你干吗要今天借园子给他?"

邵朗逸道:"我的就是他的,至于他用来干什么,我不过问。"

康雅婕忽然想起一件事来,更有些着恼:"之前你跟他说,早知道要改个日子行礼,也是说的这个吗?"

邵朗逸漫不经心地"嗯"了一声,康雅婕脸色已变了:"你这是什么意思?"

邵朗逸淡淡一笑:"行礼的日子是挑出来的,生辰却是不能挑的。"

康雅婕冷冷道:"她年年生辰,怎么能跟我的婚礼比?"

邵朗逸低头盯着她瞧了一会儿,康雅婕不禁面上一红,只听他的声音里蕴了许多宠溺的笑意:"你要是喜欢,我们每年都照这个样子玩儿一次,怎么样?"

康雅婕一听,忍不住掩唇一笑,刚才的事却忘了大半。

似乎是梦到了什么,顾婉凝突然间醒过来,深沉的夜色罩在宽大的卧室里,仿佛时间都不再走动,她捞起搭在床边的披肩裹在身上,悄悄走了出来。

客厅里开着一盏壁灯,柔细的一点暖光像是闪烁的烛火。虞浩霆侧身躺在沙发上,睡得很沉。他平日里总是身姿笔挺,此刻这样侧在沙发里,肩膀手臂都搁得有些勉强,连枕头也有一些露在沙发外头,十分委屈的样子。大约是他之前总是翻来覆去的缘故,盖在身上的一条绒毯大半都落在了地上。顾婉凝看了一阵,终于俯身将落在地上的毯子拉了起来,盖在他身上。

然而,她的手一触到他温热的气息,便立刻缩了回来,逃也似的转身疾走。于是便没有看见,沙发上本该沉沉睡着的人,嘴角却弯出了一个好看的弧度。

青榆里的巷子太窄,车子开不进去,只好都停在巷口。虞浩霆拉着顾婉凝从车上下来,早已有人沿街封了路,巷子里头也站了岗哨。

"这巷子太小了,我之前叫他们另找了一处宅子让你家里人搬过去的,你干吗不肯?"虞浩霆四下打量着说。顾婉凝一下车便朝对面望了一眼,见原先那间药店还在,才低了头跟在他身边:"我觉得这里很好。"

婉凝的舅母知道虞浩霆要来,便躲在了房里,在窗帘缝里大气也不敢出地往外瞧着,婉凝的舅舅站在院子里,看着这个阵仗也不知道要说什么好,只好对顾婉凝道:"你外婆日日念着你,不知道多担心……"他说到这里,忽觉不妥,连忙住口,见虞浩霆只是四顾打量着院子,并没有留意的样子,才放下心来。

"外婆——"顾婉凝低低叫了一声,坐到了外婆身边,她还未来得及说什么,虞浩霆已跟了过来,对她外婆点头道:"梅老夫人。"

外婆淡淡地看了他一眼,浮出一个叹息般的笑容:"四少请坐。"

虞浩霆依言在婉凝身边坐下,温言道:"浩霆今日才登门拜望,礼数不周,还请您包涵。"

"四少太客气了,前些日子若不是四少请了江宁最有名望的大夫过来,我的病也不会好得这样快。"外婆话虽然说得客气,但语气间全无谢意,十分冷淡。

虞浩霆略一思忖,望着婉凝的外婆正色道:"我知道您一直为婉凝担心,之前是我多有唐突,没有照顾好她。不过请您放心,以后我绝不会让她受半点委屈，她该有的名分，我一定会给她。"

他这样说着，顾婉凝的头垂得更低，既不敢看着外婆，也不肯看虞浩霆。而外婆的目光落在虞浩霆身上，眼神却有些游离："四少言重了，我们这样的寒门小户，实在是不敢高攀，还是请您另觅佳配吧。"

虞浩霆闻言一怔，他料到婉凝的外婆对自己没什么好感，想着她所担心的不过是婉凝的终身，所以先就剖白了一番，却没想到她竟这样直接，踌躇道："您若是有什么不放心的地方，尽可对浩霆直言……"

顾婉凝见状微一咬唇，对虞浩霆道："你到外面等我一会儿，好不好？"虞浩霆听她这样说，便对婉凝外婆点了点头："那您保重身体。"起身走了出去。

房间里只剩下婆孙二人，外婆在顾婉凝手上轻轻拍了两下："婉儿，他刚才……我一看见他就想起当年……也这样跟我说，绝不会让你母亲受半点委屈。这世上的事情怎么会是这样？怎么会是这样？"她说着，双眼一闭，一行眼泪无声无息地滑落下来。

顾婉凝连忙握住她的手："外婆，您别担心！我不会有事的。说到底，他不过就是一时的兴致，过了这阵子就算了。"

"傻孩子，我就是担心你将来，他这样的家世身份……婉儿，眼下他待你必然是千依百顺的。"外婆摇头道，"只是将来要是有了什么变故，你千万不要强求。"

顾婉凝柔柔一笑："您想到哪里去了。我只想着早点离了他才好。您不是说过吗，咱们一家人好歹总能过日子，将来也没有什么好担心的。"

外婆深深地叹了口气："我也知道，你的性子不像疏影，你母亲……她是太痴了……"她说到这里,忽然压低了声音道:"婉儿,你的事情,他没有疑心吧?"

顾婉凝轻声道:"都是十多年前的事了,隔了这么远,而且我们在江宁也没有什么认识的人。"

外婆点了点头:"如今我什么都不求,只求你和旭明都平平安安,一家人平平安安的就好。"

从青榆里出来,虞浩霆也没有再去别处,直接和顾婉凝回了栖霞官邸。两人默然吃了晚饭,顾婉凝起身要走,虞浩霆忽然道:"你不问问我几时走吗?"

顾婉凝停在他身后,淡然说了一句:"四少的公事不是我该问的。"也不等虞浩霆再说什么,便出了餐厅。

顾婉凝在楼前的草坪上慢慢踱着步子,芷卉挽着件薄绒斗篷跟在她身后。

"你的性子不像疏影,你母亲……她是太痴了……"

外婆的话叫她不知道该难过还是该庆幸。

母亲……怎么会那样傻?她在报上看到那人和陶淑仪结婚的消息,竟然还想着要当面去向他问个究竟。事情到了这个地步,还有什么好问的呢?她是想着他见了她,就会回心转意吗?或者,一定要他亲口说了,她才能死心吗?

"你的性子不像疏影。"

她怎么敢像呢?

这世上的女子总以为自己的情敌必是另一个更娇更艳更妩媚的女子。其实,真正碾碎了那些情谊的不过是权势利益罢了,跌到这个漩涡里来的,又岂止她母亲一个人?

她想起昨日婚礼上的康雅婕，那样的光彩夺目，众人钦羡，说到底，也不过是一桩交易。即便是当年夺了她母亲幸福的陶淑仪，不也是另一场交易吗？

那她自己呢？她却是连和人做交易的资格都没有。

她忽然觉得，如果这些事她都不知道该多好，或许她也会像母亲当年那样，就这样跟着他，信了他，把自己的一生都交在他手里……就算最后不过是一场空梦，也总是梦过的。

而她呢？

她什么都没有。

"婉凝，醒一醒，婉凝！"

虞浩霆把她抱在怀里，轻轻拍着："没事，没事的，宝贝是在做梦呢。"

她知道这是梦，却怎么也醒不过来。

母亲俯下身子把她搂在怀里，她知道她是要走了，她知道她这一去就再也回不来了，她想跟她说，可喉咙里却怎么也发不出声音。妈妈！她分明是在叫，可母亲像没有听见一样，松开了她。

她听见枪声，那件绣着白梅花的旗袍上洇开了一团一团的血雾，怎么会？不是真的，都不是真的。那血溅在了她脸上，是温热的，不是母亲，是他，他受伤了，他怎么在这里？他不能在这里。虞浩霆，你不能在这里！母亲呢？温热的血浸透了一朵一朵的白梅花……虞浩霆，你不能在这里……

她霍然回头，黑洞洞的枪口几乎抵住了她的额头，她看不见握枪的人，但她知道是谁。那枪从她眼前缓缓移开，指向她身后。

谁？谁在她身后？妈妈……妈妈……你快走！不对，他不会朝妈妈开枪的,不会的。那是谁?他要杀谁?是他吗?虞浩霆,你怎么在这里?你不能在这里,你怎么一个人?你走!卫朔呢?别开枪!她用手去扳那支枪,却怎么也扳不动。别开枪!虞浩霆,你走啊!然而,握枪的人突然扣住了她的手腕,他的面容渐渐清晰起来,唇角掠过一丝冷笑:

"你骗我。"

她知道她是在做梦,她攥住他的手臂,喘息不定地看着他,嘴唇也不住地颤抖,她听见值夜的丫头在外头问:"四少有什么吩咐?"

虞浩霆扬声道:"去温一杯牛乳过来。"

她靠在他怀里,他身上穿着件白色的立领衬衫,温热的气息隔了衣裳烫着她的脸颊,他轻轻拥着她,等她静了下来,才俯在她耳边轻笑着问道:"你梦见什么了?一直叫妈妈也就罢了,怎么还叫卫朔?"

顾婉凝一怔,惊疑地问道:"我还说什么了?"

虞浩霆寥落地一笑:"你叫我走。我这么叫你害怕吗?"

顾婉凝默默咬着嘴唇不肯开口,虞浩霆轻轻抚着她的头发:"你不用怕,我明天就走,你好多天都不用看见我了。"

顾婉凝诧异地望着他:"你明天就走?"

虞浩霆低头看了她一会儿,眼眸中闪出一抹明亮的笑意:"怎么了?舍不得我?"

顾婉凝立刻垂了眼睫,从他怀里向外一挣,虞浩霆却揽紧了她:"婉凝,等我回来你再气我,行吗?我明天一走,真的好些日子都见不到你了。"他说着,低头在她发间轻轻一吻,冷不防肩头骤然一疼,竟是顾婉凝张口咬在了他肩上。虞浩霆却浑然不觉一般,仍然拥着她柔声说道:"我什么都不怕,就怕你心里没有我。昨天晚上你出来看我,你不知道我心里多高兴……宝贝,等我回来你再气我吧……"

顾婉凝死死咬在他肩上,她跟自己说要恨他,他那样逼她骗她折磨她,可是不知道为什么,她忽然一点恨他的力气都没有了。

可她不恨他又能怎样呢?

他为什么要这样对她?他还嫌她陷得不够深吗?他一定要把她拽进万劫不复的境地吗?她慌乱地想着,惊觉鼻息间一股淡淡的腥甜,下意识地便松了口,方才听见虞浩霆低不可闻地"嘶"了一口冷气。

她遽然坐直了身子,惶惑地看着他,正在这时,已经有丫头端了牛乳进来,虞浩霆接过来试了一口,递到她面前:"不烫的。"

顾婉凝低头握着杯子,匆忙喝了一口,等那丫头带上门出去,才微微抬了眼,去打量虞浩霆的肩膀,只见几点血痕已从他衬衫上渗了出来。

虞浩霆顺着她的目光扫了一眼,笑道:"我就知道你舍不得我,费了这么大的力气给我留个记号,好叫我天天都念着你。"

顾婉凝忽然想起了什么,喃喃道:"那天……你也伤在这里……"她说着,心里气恼,竟有几颗泪珠滚了下来。

虞浩霆皱眉笑道:"早就没事了。"他心中一动,伸手托在了婉凝腮边,"你这几颗眼泪我可要好好留着,难得你为我哭一回。"

顾婉凝面上一热,别过脸去,虞浩霆踌躇了片刻,试探着问道:"婉凝,我在这儿陪着你好不好?"

顾婉凝戒备地看了他一眼,旋即移开了目光:"这是四少的地方,您想怎么样用得着问别人吗?"

虞浩霆目光一颤,站了起来:"我明天一早就走了,我不在,你有什么事就告诉致轩。我不会过来的,你睡吧。"

　　他走出两步,忽然又停了下来,回过头深深地望了她一眼,转身走了出去。

拾

笑话
这样痴心的人只在戏里才有

康氏正式易帜一周之后，困守兴城的刘民辉部突然哗变，刘民辉手下的两个师长扣押了刘和一班亲信之后，向虞军请降，蔡正琰直接将刘民辉送到了康瀚民军中。俄方虽然两次向边境增兵，但康氏易帜之后防线北移，大部兵力亦推到了边境，严阵以待，俄方一时倒也不好动作，北地局势渐渐缓和下来。国内舆论对康瀚民多有赞誉，称此举对全国之和平统一功莫大焉，而江宁政府上下亦对虞浩霆刮目相看，不料他年纪轻轻，竟有如此的手段城府。

虞浩霆走了将近一个月，仍是归期未定。谢致轩瞧着刚一入冬，顾婉凝便颇有些憔悴了，最近几天更是神情忧悒。他几次试探着想带她出去，顾婉凝却都摇头不应，莫非是之前的事情吓着她了？

这天他正在侍从室跟人闲聊，听见身后有人推门进来，回头一看，却是霍仲祺。谢致轩一见是他便笑道："你怎么来了？"

霍仲祺往他对面的椅子上一坐："我一个闲人，四处逛逛，四哥不在，你这个侍从官就放羊了吧？"

谢致轩闲闲笑道:"四少的事情我本来也不管,我只管替他看着顾小姐。"

霍仲祺眼波滞了滞,随口说道:"婉凝倒不怎么麻烦。"

谢致轩闻言目光一闪:"你跟她熟吗?"

霍仲祺一怔:"怎么了?"

"没怎么,她是不麻烦,不过,浩霆走了这些日子,我瞧着她老是没什么精神。我问了官邸的丫头,说她这些天饭也不怎么吃,这么着下去,可就真是个病西施了……"谢致轩想了想,转而道,"你知不知道她喜欢什么?浩霆说她是个爱玩儿的,叫我带她出去散散心,可她什么兴致都没有。"

霍仲祺神色一沉:"那我瞧瞧去。"

霍仲祺原先在栖霞来去都是极熟络的,只是顾婉凝来了之后,他才来得少了,这会儿听下人说顾婉凝还在楼上,便径自到二楼的起居室里等着,叫丫头过去通报。

等顾婉凝过来,霍仲祺一见便是一惊,她原本就纤柔窈窕的身形,如今竟又消瘦了几分,莲瓣般的一张面容,血色极淡,虽然带了一抹笑意跟他打招呼,却是一身掩不住的轻愁倦怠。霍仲祺皱眉道:"你是不是病了?有没有叫大夫来看过?"

顾婉凝微一低头,轻声道:"没事,可能天气冷了人懒得动,精神不太好罢了。你怎么来了?"

"我有事来找致轩,听他说你不大好,就过来看看。"

顾婉凝听了,淡淡一笑:"你不用总惦着我的事情,没什么的。"

霍仲祺沉吟了一阵,笑道:"四哥不在,你也用不着老把自己拘在官邸里。你要是觉得闷,就叫致轩带你散心去,吃喝玩乐这些事,他是最拿手的，四哥留他在这里跟着你，就是这个意思。"

顾婉凝听他这样说，疑道："这个谢参谋……到底是什么人？"

霍仲祺一怔："四哥没有告诉你吗？"

顾婉凝摇摇头，霍仲祺笑道："他是虞伯母的侄子。"

顾婉凝想起之前的事情，心下恍然，怪不得他家中那样奢华，人也如此不羁，却更是疑惑："那他怎么到这儿来当侍从官？"

霍仲祺闲闲笑道："他原先是在参谋部混日子，至于怎么到这儿来当了侍从官，我就不知道了。不过，既然他在这儿，就不能浪费了，侍从官就得有个侍从官的样子，我给他找点事做。"他说着，就去拨了电话到侍从室找谢致轩："我记得这几天季惠秋要在春熙楼演全本的《牡丹亭》，是什么时候？……今天晚上？"

霍仲祺朝顾婉凝看了一眼，煞有介事地朝电话那边说："顾小姐要去看，你安排一下。"

顾婉凝一愣，忙冲他摆手，霍仲祺却轻轻一笑挂了电话，对顾婉凝道："你就当是为他们着想，你总这样恹恹的没精神，等四哥回来，别说致轩，就是你身边伺候的丫头也不好交差。"

顾婉凝听到这一句，心头一跳，幽幽问道："你知不知道他什么时候回来？"

霍仲祺有些纳闷儿地看了她一眼："我听致轩说四哥每天都打电话回来的，你没有问他吗？"

顾婉凝摇了摇头："和他公事有关系的，我不方便问。"

霍仲祺笑道："你这也太小心了。"他见顾婉凝一说到虞浩霆便神色惶然，便连忙转了话题，"《牡丹亭》你知不知道？季老板的杜丽娘幽微婉转，很是韵味无穷的。"

顾婉凝微微一笑："我听过几折，《牡丹亭》我记得有五十多出,你刚才说要演全本,怎么演得完呢?"

霍仲祺道:"说是'全本',其实也没有那么全,不过,还是要连演三天的,今晚是头一场,幸好赶得及。季老板的戏本来就一票难求,如今雅部更是越来越少,这一回要是不去看看就太可惜了。"

顾婉凝看了一眼墙边的落地钟:"那你叫他现在去买票,不是为难他吗?"

霍仲祺满不在乎地笑道:"你放心,这点儿事还难不倒谢少爷。"

霍仲祺陪着顾婉凝吃过晚饭出来,谢致轩已经安排好车子等在门口了,等顾婉凝走过来,他就拉了车门等在边上。霍仲祺见了,不由莞尔一笑:"你还真像。"说罢,径自坐了前面的车,顾婉凝心下也有几分好笑,面上的神色便舒朗了一些。

车子还没到春熙楼,顾婉凝远远便看见了戏苑门前立着的高大花牌,上头绘着大朵大朵嫣红娇粉的牡丹花,正中则寥寥几笔勾勒写意着一旦一生柳眉凤眼柔白轻红的侧脸,"季惠秋"和"潘兰笙"几个大字饱蘸了金粉写在上头,光彩非常。今日有如此分量的名角和戏码,春熙楼门前自然也热闹十足,各种叫卖之声不绝于耳,待随行的侍从清了地方,谢致轩才替顾婉凝开了车门,春熙楼的老板已笑容满面地迎在了门口。谢致轩也不跟他多应酬,便引着顾婉凝和霍仲祺进了楼上的包厢。

春熙楼是江宁的三大名园之一,为求音色清宏,舞台顶子特意用百余根变形斗拱接榫堆叠,成一螺旋音罩。楼内青砖铺地,一色的硬木八仙桌椅衬着榴红丝绸坐垫,隔扇的门窗墙板皆是镂空木雕"蝙蝠蟠桃""松鹿麒麟"等各色寓意吉祥的图案,舞台正中悬着一块"薰风南来"的横匾，前台的横楣圆雕了连续的狮子滚绣球纹样，工巧富丽之中不失清雅。台下的散座此时已然坐满，而楼上的正厅和东西两廊的包厢中也都是衣香鬓影。

霍仲祺陪着顾婉凝坐下，见谢致轩一脸肃然地站在边上，轻咳着笑了一声："你别装了，坐下看戏。"谢致轩仍是一本正经："我这是职责所在，你看你的好了。"顾婉凝听了转脸对他说道："今天给你添麻烦了，明天我就不来了。"

谢致轩一怔："《游园》《惊梦》固然好，但是《拾画》《玩真》，还有《冥誓》也是好的，总不能只看情死，不看回生。"

顾婉凝往场中略略扫了一眼，轻声道："只怕谢少爷站在这里，许多人都不看戏了。"

谢致轩哂然一笑，瞥见隔了两个包厢里坐着三个珠光宝气的女子，其中一个正是虞家的三太太魏南芸，便对顾婉凝道："小姐要不要去和三太太打个招呼？"

其实，顾婉凝也看见了魏南芸，只是众目睽睽之下，她去不去和魏南芸打招呼都惹人猜度，多一事倒不如少一事，而此时听他问起，她却不好作答，一时冷在那里。谢致轩刚才话一出口已觉不妥，又见她面露犹疑，忙道："我去吧，看看三太太有没有什么吩咐。"

顾婉凝一进包厢，魏南芸便看见了她。虞浩霆不在官邸，顾婉凝一向都很少出门，今日魏南芸约了高雅琴和龚晋仪的太太邢瑞芬一起过来看戏，没想到在这儿遇上了她，待瞧见霍仲祺陪着她坐在包厢里，不由眉心一蹙。她还未开口，却听邢瑞芬语气中尽是诧异："跟着顾小姐的那个侍从官，我怎么瞧着像是……"

魏南芸也不抬眼，剥着一颗福橘道："是谢家的五少爷。"

邢瑞芬轻轻"啊"了一声："这是怎么说？"

魏南芸淡淡道："致轩是过来跟浩霆的，浩霆去了北边，就留他在官邸里。"

高雅琴往那边看了一眼，笑道："你们这位顾小姐倒会支使人，谢少爷这样的身份，也好让这么站着。"

魏南芸轻轻一笑："他现在这个身份，站着就对了。"她说着，心下暗想，就怕有人忘了自己的身份。

她们正有一搭没一搭地闲聊，已有侍从带了谢致轩进来。

魏南芸看着他笑道："我们正说你呢，你就来了。"

"钟夫人，龚少夫人。"谢致轩客气地跟包厢里的人打了招呼，又对魏南芸道："顾小姐叫我来问问三太太，有没有什么吩咐？"

魏南芸闻言朝顾婉凝那边一望，见顾婉凝也朝她这边看着，两人点了点头，算是打了招呼。魏南芸转回头来，对谢致轩笑道："她敢吩咐你，我可不敢。"她说到这里，顿了顿，忽然想起了什么似的，又朝那边看了一眼，问道："哎，怎么小霍也来了？"

谢致轩淡淡道："是我约他来的。四少不在，顾小姐这些日子总是没精打采的，我想着人多热闹一点。"

魏南芸见他神色闲适，言语坦然，当下微微一笑，也不多言，恰在此时，戏已开锣，包厢里一静，谢致轩便告辞了出来。

他一走，邢瑞芬停了停手里嗑着的瓜子，对魏南芸道："我听说邵公子结婚那天，外头的烟花是四少给顾小姐放的，怎么单挑那个时候？"

"可不是。新娘子都不高兴了呢！"高雅琴看着戏忽然也插了一句。

魏南芸道："浩霆哄他自己的女朋友，跟旁人有什么关系？就是有人要吃醋也吃不到栖霞来。"

邢瑞芬"扑哧"一笑:"如今那位邵夫人风头可真是十足十的,大约也只有你们这一位能跟她别一别苗头了。"

魏南芸还未开口,高雅琴却先接了话茬,压了压声音,问魏南芸:"我那天瞧着虞夫人不大中意顾小姐呢!也不知道四少是个什么打算。"

魏南芸端起桌上的八宝茶抿了一口:"我们老四的私事,你们干吗这么上心?"

邢瑞芬笑道:"还好霍小姐眼下人不在江宁。"她说着往顾婉凝那边看了一眼,"小霍还陪着她出来看戏,也不知道怎么想的。"

魏南芸不接她们的话,只含笑看着台上。

谢致轩进了包厢,仍然没有坐下的意思,顾婉凝微微侧了脸,对他说道:"你这个样子,我明天真的不能来了。"谢致轩闻言四下环顾,果然时时有人朝这边打量,他轻笑着摇了摇头,坐在了顾婉凝身后。

台上刚唱《言怀》,顾婉凝便低低一笑,霍仲祺见她笑了,心下一宽,凑趣道:"怎么了?"

顾婉凝垂了眼眸,道:"我想起来《罗密欧与朱丽叶》里面,罗密欧说,他愿意为了朱丽叶永远不再叫罗密欧。莎士比亚这么想,汤显祖也这么想,让柳生因为梦里的一个女孩子就改了名字,他们俩倒是心有灵犀。"

霍仲祺听了,沉吟一笑:"大约是因为情之一字,古今中外都是一样的。"

顾婉凝却摇了摇头:"我猜是因为,他们都觉着这样痴心的人只在戏里才有。"

谢致轩忽然道:"谁说没有?小霍就是这样。"

他此言一出,霍仲祺和顾婉凝都是讶然,只听他接着说道:"去年他在华亭的凯丽丝夜总会认识了一个女孩子,他就跟人家说他叫谢致轩。"

顾婉凝先是一怔,随即掩唇而笑,霍仲祺却已急了:"你胡说什么?!"

谢致轩从桌上的果盘里拣起一颗蜜饯送进嘴里,闲闲道:"难道没有吗?"

快散戏的时候,霍仲祺看顾婉凝兴致还好,便对谢致轩道:"打发你的人先回去吧!咱们找个地方消夜。"说着,又问顾婉凝的意思:"你想吃什么?"

顾婉凝却摇了摇头:"有些晚了,回去吧。"霍仲祺还要再劝,谢致轩已看了看表笑道:"这会儿四少恐怕已经打过电话回来了。"顾婉凝闻言颊边一红,低头不语,霍仲祺也默然一笑。

顾婉凝刚刚进了房间,电话就响了,她接起来应了一声,果然是虞浩霆:"我听他们说致轩带你看戏去了,看的什么?"

顾婉凝轻声道:"《牡丹亭》。"

虞浩霆听了,声音低了一低:"情不知所起,一往而深。我记得你喜欢《寻梦》里那一段'江水儿',是不是?"只听那边静了一静,顾婉凝才说:"我虽然不大懂,但是也觉得季老板唱得很好。"

虞浩霆听她这样答,自失地一笑:"你明天还去吗?"

顾婉凝道:"四少的侍从官太惹眼了。"

虞浩霆一听就知道她说的是谢致轩:"致轩的事我忘记告诉你了,没关系的,他既然担着这个差事,你就尽管差遣他。"

顾婉凝没有接他的话,默然片刻,才迟疑着问道:"你……什么时候回江宁?"

她这些日子从未开口问过他的行程归期，此时这一句在虞浩霆听来，仿若春光入水，照见一圈一圈缠绵温柔的涟漪荡在心底，即便是窗外的朔风猎猎也吹不散这一点暖意。他刚要开口，又怕自己说了什么惊动了她，定了定心意，才温言道："我下个星期回去。"

　　说罢，还是忍不住又问："是有什么事吗？"

　　顾婉凝心如鹿撞，忙道："我……没有，我只是问问。"

　　虞浩霆听她欲言又止，语气似有些慌乱，唇边浮出的笑意更浓，他想说"你是不是有什么话怕接线的听了去？"却终究忍住没有开口，只静静地说道：

　　"我尽量早一点，你等着我。"

　　第二天吃过午饭，谢致轩就接着了顾婉凝的电话，说要回家一趟，叫他不用跟着。谢致轩忖度她是因为处境尴尬，不愿张扬，便备了一辆车子等在门口。

　　顾婉凝出来一见是他，便道："谢少爷就不必去了，你找别人来也是一样的。"

　　谢致轩替她开了车门，正色道："四少吩咐要我好好照看小姐，我在军中就只是四少的随从参谋，小姐不用多想。"顾婉凝无谓和他争执，只得上了车。

　　车子路过顺祥斋，婉凝忽然吩咐停车，谢致轩想着她是要买些点心带回家去，不料她却选了一盒寿桃，谢致轩见了疑道："这是？"

　　顾婉凝委婉一笑："今天是我外婆的生日。"

　　谢致轩忙道："小姐怎么不告诉我？我去准备些礼物。"

　　顾婉凝摇头道："不必了，我家里什么都不缺。"

　　谢致轩笑道："四少知道了，要怪我们不会做事的。"他把顾婉凝送到青榆里，吩咐一起过来的侍从在这里等着，自己去准备些礼品再过来，婉凝也只得由他去了。

此时时间尚早，只有她外婆和舅母在家。舅母一见顾婉凝，神色间似乎有些慌乱，但自从出了冯广澜的事情，她便一直不大敢和顾婉凝说话，因此婉凝也不以为意，略寒暄了两句，便进去瞧她外婆。

"婉儿，你怎么瘦了？"外婆一见她便蹙了眉头，"脸色也不好。"

顾婉凝连忙笑道："天气冷，我前几天有些着凉，这两天已经好了。"她说着，却见外婆神色有异，不由问道，"外婆，怎么了？"

外婆神色一黯，"那你别坐在外头吹风了，咱们进去说话，我屋里暖和。"

顾婉凝疑云顿起，扶着她外婆转过客厅往内室去，却不料，一推开半掩着的房门，略显幽暗的卧室里竟然站着两个人。

顾婉凝一看，面上立刻便罩了一层寒霜："你来干什么？"

她声音虽轻，却透着彻骨的寒意，也不等屋里的人答话，便转脸对她外婆道："外婆，虞浩霆的侍从官给您选礼物去了，待会儿就过来。"

外婆握了握她的手，默然走了出去，之前一直背对着她的中年人缓缓转过身子，眼波凝重如铅："我来看看你是怎么在这里给我丢脸的。"

他身形清隽，穿着一袭绛紫暗花的长衫，手上一枚翠色深透的扳指，看打扮像个生意人，然而举手投足间却有藏不住的干练凌厉。

顾婉凝唇角一弯，眼中却全无笑意："我一个父母双亡的寒门孤女，跟戴司令有什么关系？"

戴季晟看着她，语气沉涩："清词，我知道你恨我，可是你不能拿你自己的性命开玩笑。你这个样子……疏影若是泉下有知，你让她如何安心？"

顾婉凝神色一凛："你不要提我母亲，也不要以为我和虞浩霆的事跟你有什么关系，我不会为了不相干的人去浪费自己的心思。"

戴季晟盯着她看了片刻，疑道："你难道真的愿意跟着虞浩霆？我不知道他是怎么哄你的，你小小年纪不知分寸，凭你现在的身份，你以为虞家会娶你进门做少夫人？"

顾婉凝淡然瞥了他一眼："做虞家的少夫人很有意思吗？"

戴季晟皱眉道："那你这样跟着他，将来怎么办？"

顾婉凝忽然绽出一个伶仃的笑容，眼里尽是讥诮道："这就不劳戴司令挂心了，将来……我最坏也总坏不过我母亲去。"

戴季晟闻言身子一震，咬牙挤出一句："你跟我走！"

顾婉凝嫌恶地看着他："虞浩霆留着我算是金屋藏娇，我到戴司令府上，去做什么？给戴夫人做丫头吗？不知道您带了我回去，打算怎么跟尊夫人交代？"

戴季晟胸中起伏，眼中似要喷出火来："你必须跟我走。"

顾婉凝仰头看着他，静静说道："眼下我还是虞四少的新欢，走到哪里都有人跟着，想必戴司令也知道。我若是不明不白地丢了，他的卫戍就是翻了江宁城也得把我找出来，到时候别说带我走，连你也走不了。"

一直跟在戴季晟身边的随从也低声劝道："司令，今天恐怕不行。"

戴季晟闭了双眼，强自平复了胸中的怒气，缓缓道："我也听说他待你很好，不过，你要想清楚，我不是康瀚民，沣南和江宁迟早必有一战，他一旦知道了你的身世……"

"司令过虑了。"不等他说完，顾婉凝便冷然截断了他的话，"等到您和虞浩霆兵戎相见的时候，他这里早就新人换旧人了。即便没有，您也可以放心，就算他知道了，也不会拿我来辖制司令的。"

戴季晟动容道："你这样信他？"

顾婉凝浅浅一笑，目光隔了对面的窗子落在远处："若是司令此刻拿我来辖制虞四少，你猜他会不会有一分顾念？将心比心，虞浩霆是个聪明人，自然不会做这种无谓的事情。"

戴季晟苦笑道："清词，当年的事是我咎由自取，你这样想我，我无话可说。可是，你既然这样想虞浩霆，那你和他在一起又有什么意思？"

顾婉凝幽幽道："是没什么意思，可是如果当年我母亲也这么想，她多半还好好活着。"她说罢，神色一敛，对戴季晟道，"旭明快要放学了，他什么都不知道。戴司令既然答应过我母亲，再不打扰我们一家人，就请司令以后不要来了。"

戴季晟带人从后门走出梅家，怅然一叹，也不在外逗留，径直回了下榻的德宝饭店。他此来借了一家沣南大贾的名号，对外只说来谈染料生意，亦是通过商行订了德宝饭店的一间套房，因此也无人疑心。

"司令，不知道小姐此举到底是有心还是无意？"

俞世存见戴季晟回来之后一言不发，便小心翼翼地问道。他在戴季晟身边已经二十多年了，最是清楚当年的旧事。起初，江宁传回消息提及虞浩霆交了个女朋友，时时带在身边，极为宠纵，他和戴季晟都一笑置之，并未放在心上，却万万没想到，虞浩霆这个女朋友竟然会是顾婉凝。

而戴季晟仿佛没有听见他的话一般，只是凭窗出神。俞世存见状，心中苦笑，斟酌了一番，说道："不管小姐是有心还是无意，只要小姐的安危无虞，这件事情对司令而言却是有利无害。"

戴季晟眉头一抖："什么意思？"

俞世存道："虞浩霆前番北上密会康瀚民，也把小姐带在身边，可见十分爱重……"他一面说，一面觑着戴季晟的脸色，"这个虞四少年纪轻轻，却城府深沉，我们之前倒是小瞧了他，才一时疏忽。眼下，他身边滴水不漏，我们在江宁的人还插不进去，若是小姐能……"

"不行！"戴季晟断然道，"这种事情一旦被虞浩霆知道，清词的性命就断送了。我已经辜负了她母亲，不能再叫她有什么闪失。"他说着又苦笑道，"况且，她如今这样恨我，又怎么会做这种事？"

俞世存沉吟道："小姐终究是司令的女儿，血脉之亲是无论如何也割不断的。若是动之以情、晓以利害，小姐未必不肯。"

戴季晟郑重地摇了摇头："这件事你不必再提了，我不能让她以身犯险。"

俞世存眼中闪过一丝失望，但很快便掩去了，答了声"是"，又转而道："不过，有些事情只要我们顺势而为，不需劳动小姐，也能叫江宁人心不稳。"

戴季晟不动声色地看了他一眼，道："你说。"

"前些日子，康瀚民的女儿和邵朗逸结婚，虞浩霆到婚礼上打了个照面就匆匆走了，听说是为了讨小姐的欢心安排了一场烟花。如果世存没记错的话，那天是小姐的生辰。"

戴季晟淡淡道："以他的家世地位，这又算得了什么？"

俞世存笑道："虞四少为小姐庆生，自然是没什么。只不过，他为了一个女朋友的生日连康邵联姻这样的大事都不放在心上，若是再叫人知道他这个女朋友是司令的女儿，您觉得江宁上下会如何看他？"

俞世存停了停，又说："更要紧的，是邵朗逸如何看他。邵家对虞军举足轻重，此番他又娶了康瀚民的女儿，若是他和虞浩霆有了嫌隙，我们日后北上就容易多了。"

戴季晟的手指叩在桌上，一下一下的"嗒""嗒"声在房间里回荡，良久才开口："你是想叫清词担一个西施郑旦的虚名？叫自己的女儿委身侍敌，你叫世人如何看我？"

俞世存道："成大事者岂拘小节？康瀚民把女儿嫁给邵朗逸何尝不是交易？况且，顾小姐也不是司令的嫡女，旁人知道了，不过是说一句司令当初少年风流罢了。"

戴季晟微微摇了摇头："不行，这样一来，清词将来如何自处？"

俞世存笑道："小姐风华绝代，将来司令江山一统，还怕小姐没有佳配吗？"

戴季晟听罢，蹙了蹙眉，默然不语。

谢致轩补了各色礼物回到青榆里的时候，顾婉凝正在帮她外婆描刺绣的花样。

她脱了大衣，烟粉色的旗袍外头罩着一件半旧的薄袄，淡蓝的底子上星星点点洒着绿芯白瓣的碎花，显是从前在家里穿惯的衣裳。她静静地伏在窗前，一边低头描着花样，一边和她外婆说话。一眼看过去，尽是少女的娇柔清丽。

她听见谢致轩进来，停了笔抬头一笑，谢致轩心里便是一叹：所谓"天生丽质难自弃"大约就是如此了，这样一个女孩子，倒也只有虞浩霆才不算委屈了她。

到了傍晚，婉凝的舅舅、顾旭明还有舅舅家的两个孩子都陆续回来，一席家常寿宴倒吃得颇有几分热闹，梅家诸人对谢致轩都很是客气，只有顾旭明冷眼看他，一句话也不搭。他心下疑惑，却也不便询问，等吃过晚饭，从梅家出来，顾婉凝才有些歉然地对他说道："我弟弟……他不是对你。旭明之前和学校的同学去行政院请愿，被陆军部的人抓了，在积水桥监狱关了两个月。"

谢致轩奇道："他们怎么敢抓小姐家里的人？就算是抓的时候不知道，不用四少开口，侍从室的人打个电话过去，他们也要放人的。"

顾婉凝颊边微微一红，轻声道："那时候我还不认识虞四少。"谢致轩听了，忽然想起之前的传闻，才恍然一笑。

今晚的戏刚唱到《冥判》，就有人推了包厢的门进来，顾婉凝和谢致轩回头一看，正是霍仲祺。他笑吟吟地走到谢致轩身边，低声说了两句，谢致轩看了婉凝一眼，笑微微地点了点头。

顾婉凝于戏曲上知道得不多，逢到关节之处，他两人便解说一二，如是唱到《魂游》，外头的侍从忽然敲门进来，只听一个女孩子脆生生地说道："你这些日子整天说公事忙，却自己偷偷跑来看戏，也不叫着我们。"说话间，已有两个女子走了进来。

顾婉凝一看，其中一个仿佛见过，却想不起来，但听方才那人说话的语气似乎和包厢里的人很熟，只不知道她说的是谢致轩还是霍仲祺。这两个女孩子的衣饰仪态一望便知是出身名门，且当着自己也如此不拘，十有八九亦是虞家的亲眷，便站起身来，探询地望着霍仲祺,却见霍仲祺似是皱了下眉。

谢致轩见状,即开口向顾婉凝介绍:"这是舍妹致娆,这一位是冯紫君冯小姐。"顾婉凝听了便点头致意:"谢小姐,冯小姐。"谢致娆年纪和顾婉凝相仿,样貌亦十分娇俏,她含笑打量了婉凝一遍:"顾小姐,你好。我们在学校里见过。"

顾婉凝闻言一笑,怪不得觉得她有些眼熟,原来也是乐知的学生。她身边的冯紫君却不看顾婉凝,只是若有若无地点了下头。顾婉凝本就不愿和她们应酬,也不以为意,转身坐下只是看戏。

却听谢致娆娇声对他哥哥道:"你不叫着我也就算了,怎么也不记得叫紫君姐姐?她可是顶喜欢季惠秋的。"

谢致轩笑道:"我没叫,你们不也来了吗?"

谢致娆眼波一转:"你好多天不回檀园,母亲隔三差五地念叨,念得我都烦了,不过,倒是有个人比母亲还烦——日日一见我就问'你五哥不在吗?''致轩还没有回来?'紫君姐姐,是不是?"

冯紫君一听,急急嗔道:"你乱说什么?"

谢致娆笑道:"我可没有乱说。"她说罢,拉了拉谢致轩的衣袖,"有人得罪了紫君姐姐,还不快去负荆请罪!"

谢致轩道:"我怎么敢得罪冯小姐?"他话似对着谢致娆说的,目光却带了笑意落在冯紫君脸上,冯紫君被他看得面上一红,连忙转过头去,佯作看戏。

谢致娆已绕到霍仲祺旁边坐下,口中却道:"没有得罪?你从法国订回来的那件衣裳我都看到了,颜色、尺寸明明就是给紫君姐姐选的,怎么到了紫君姐姐生日的时候,却换了一只别针?还和若槿姐姐那天戴在身上的一只是一样的。谢少爷几时做事情这样不漂亮了?"顾婉凝随即想起之前她在谢致轩家里换的那件大衣,玫红的颜色倒和冯紫君此刻穿在身上的丝绒长裙如出一辙。

只听谢致轩淡淡一笑:"别针不比衣裳贵重?再说,我又不知道你们这些小姐太太们都要穿什么戴什么。倒是你,偷拆我的东西不说,也没问清楚就去通风报信……"

谢致娆听了,嘟嘴道:"那我问你,你那件衣裳哪儿去了?"

谢致轩一时语塞,他妹妹已狡黠地笑道:"紫君姐姐,今天五哥要是说不清楚,你可千万不要放过他。"

他们正说着,霍仲祺却忽然闲闲一笑:"你们要闹,到别处闹去,别扰了旁人看戏。"

冯紫君闻言容色一冷:"不用霍公子提醒,我们也知道,扰了谁都不能扰了顾小姐。我们这就走。"

顾婉凝听她忽然抛出这样一句,不由诧异。谢致娆对他哥哥吐了下舌头,也跟着冯紫君站起身往外走,仍不忘冲她哥哥补上一句:"待会儿散了戏,我和紫君姐姐要去锦园吃夜宵,你可一定要来。"说着又对霍仲祺促狭一笑,"小霍,你来不来?"

谢致轩在她头上轻轻拍了一下:"没大没小!"

等她们两人走了出去,霍仲祺低声对顾婉凝道:"那个冯紫君你不用理她,她是冯广澜的妹妹。"顾婉凝听了,神色一凛,端着茶盏的手也微微一抖。霍仲祺见她隔了这么久,仍是心有余悸的样子,忍不住又在心里把冯广澜骂了一遍,柔声安抚道:"没事,待会儿我去跟外头的人打招呼,不许放她进来。"

谢致轩见状,想了一想,笑着说:"紫君是有些小姐脾气。她也不过是因为之前广澜追求小姐,被四少逼出国去,有些心病罢了。其实顾小姐这样出众的女孩子,总是引人注目的,要是没有人追求才奇怪，在旁人眼里也是韵事，只是四少太珍重你，才难免行事有些过激……"他还未说完，霍仲祺已截断了他的话："致轩！"

谢致轩见他神色竟有些焦灼，不由一愣，他只知道冯广澜得罪虞浩霆是因为顾婉凝，却不知道事情的原委，冯紫君一班人说起来十有八九总是嫌怨顾婉凝轻浮妖娆、惹是生非，他便也以为是冯广澜追求顾婉凝犯了虞浩霆的忌讳。他此时说这番话却是好心，想借此替虞浩霆开解上回岑珐的事情。

谢致轩正不明所以，却见顾婉凝薄薄一笑："韵事？谢少爷好风雅。"

谢致轩看她忽然变了脸色，诧异地望着霍仲祺，霍仲祺蹙眉冲他摇了摇头，对顾婉凝说："致轩不知道，他不是有心的。"却听顾婉凝幽幽道："我知道别人怎么想。"

台上的戏一完，台下就热闹了起来。

谢致轩和霍仲祺刚陪着顾婉凝从包厢里出来，谢致娆就翩翩如蝶般牵着冯紫君走了过来，还隔着人就对谢致轩道："五哥，你能走了吗？"

谢致轩微一皱眉："我还有事情，你们去吧！"

谢致娆立刻就嘟了嘴："都这个时候了，你还能有什么事？"

谢致轩只好笑道："我得送顾小姐回去。"

谢致娆看了看顾婉凝，抬手指了一下他们身后的侍从："栖霞又不止你一个侍从官，让别人去送不也一样吗？"

谢致轩道："那怎么行？"

冯紫君听了，秋波一横："致娆，你也不想一想，顾小姐是什么身份，哪是随便什么人都能去送的。"说着，艳光照人地瞟了一眼谢致轩,"你不去,我们可走了。"她话虽这样说,身子却不动。

顾婉凝见状,想着他们两人的别扭多少也和自己有关,眼下显是谢致娆有意促着两人和好,便对谢致轩道:"你去吧,我不过是回栖霞,也没什么别的事。"

谢致轩听了她的话,却犹疑地看着霍仲祺,小霍微微一笑:"既是佳人有约,你就走吧,有我呢。"

谢致轩又思忖了一下,对顾婉凝道:"那我就躲个懒,让仲祺送小姐回去。"

霍仲祺陪着婉凝从春熙楼出来,便对跟在后面的侍从道:"你先回去吧,我和顾小姐去吃点东西。"那侍从答了声"是",却又问道:"霍参谋和顾小姐是去哪里?"说罢,又肃然补了一句:"何主任有交代,小姐的去向官邸一定要知道。"

霍仲祺一笑,凑近他低声说了一句,那侍从听罢,立刻便点头去了。

霍仲祺刚一转身,顾婉凝想了想,说道:"我还是不去别处了,你就送我回栖霞吧,官邸一向都准备夜宵的。"

霍仲祺看了看她,笑道:"你不用回去等四哥的电话了。我下午去栖霞,致轩跟着你回家去了,正好四哥打了电话过来,听说你不好好吃东西,就叫我们带你去个地方。"

顾婉凝疑道:"去哪里?"

霍仲祺眼光闪动:"你猜不出吗?"

霍仲祺带她去的是芙蓉巷。

此时虽已入冬,但这里仍然十分热闹,街边的食肆档口都摆了热气腾腾的吃食,灯火明亮,行人如织。霍仲祺下了车,四下一望,笑道:"想不到四哥也带你来这里。"顾婉凝涩涩一笑:"我可不敢叫他来了。"

霍仲祺诧异道:"为什么?"

婉凝一边走一边和他说了上次虞浩霆在这里受伤的事,霍仲祺听了,心中一阵酸楚,缓缓说道:"婉凝,下午在官邸,我接了四哥的电话,连致轩要给你找只牧羊犬拿来玩儿的事,他都问到了……我从记事起就认识他,从没见过他这样在意一个女孩子。他是真的喜欢你。"

顾婉凝低头听着他的话,握在身前的双手紧紧攥着,一言不发。

霍仲祺见她如此,便转过了话题:"只顾着说话,倒忘了问你想吃什么。"他说着,只觑看顾婉凝的脸色,顾婉凝见他这样紧张,遂展颜一笑:"不知道霍公子有什么主意?"

霍仲祺看她笑了,才放下心来:"天气冷,总要找点热腾腾的东西吃。"说着,往周围看了看,笑问顾婉凝:"你能不能吃点辣的?"

婉凝点了点头,霍仲祺便道:"这里有一家做锦西小吃的铺子,面很不错。"

顾婉凝跟着霍仲祺拐进一条更窄的巷子,一串红灯笼背后就是店门,门脸不大,伙计也不大兜搭,走进去却是一间开阔的大厅,三十多张四方的白木小桌,都配着条凳,一大半桌子都坐了人。顾婉凝一走进来,颇为引人注目,但霍仲祺陪在她身边,军服笔挺,腰带上的枪套十分扎眼,他目光锐利地在大厅里扫过一遍,便也无人再看他们了。

霍仲祺叫了两样汤面和几样小菜,终究不放心,又要了酸梅汤。

顾婉凝先尝了那面，汤浓面韧，味道鲜辣，倒是颇为开胃。霍仲祺看她食指大动的样子，不由一笑："栖霞的厨子真该换了。"

顾婉凝笑着说："他们西餐做得比中餐好，而且，中餐似乎总是淮扬菜，吃久了，有些乏。"

霍仲祺道："栖霞的菜单多半是依着虞伯母的口味用下来的，谢家祖籍淮宾，又是西式的家风。你不喜欢怎么不跟四哥说呢？"

顾婉凝抿了抿唇，轻声道："反正，我也不会总住在那里。"

霍仲祺默然了一阵，望着她说："婉凝，要是……我是说，万一，将来你不和四哥在一起了……"顾婉凝手中的筷子一抖，只听他接着道，"你要是有什么事情，就来找我，我一定帮你。"

顾婉凝抬起眼眸，见他神色郑重，笑容一暖："多谢你了。不过，我可不想有什么事再劳烦到霍公子。"霍仲祺听了，神情便有些尴尬，人也僵在那里，顾婉凝忙道："我说着玩儿的。我知道，你总是好心愿意帮人。"

霍仲祺莞尔一笑："你也别再叫我什么霍公子了，难道你当着四哥也叫他虞四少吗？"他话一出口，觉得有些不妥，但顾婉凝却毫不在意的样子："我也叫你小霍，倒像是欺负你。"

霍仲祺笑道："你叫我名字好了，起了名字不就是给人叫的吗？"

顾婉凝促狭地瞧了他一眼："霍仲祺！"

霍仲祺一怔，随即笑着应了一声："到！"

顾婉凝掩唇一笑："你答得慢了，是该罚你绕着陆军部跑上一圈吗？"

霍仲祺看着她蛾眉曼睩，晕生两颊，灯下看来柔艳不可方物，连忙移开了目光："你罚我什么我都认。"

顾婉凝想了想，笑着说道："那就罚你老老实实地答我一件事。"

霍仲祺无所谓地一笑："你说。"

顾婉凝咬了咬唇，迟疑着问："上次在云岭，你说你喜欢一个女孩子，那你现在和她在一起吗？"

霍仲祺心头突地一跳，强自镇定着笑问："你怎么想起来问这个？"

顾婉凝搁了筷子，手肘撑在桌上，虚着声音道："你先答了我再告诉你。"

霍仲祺看着她，心中仿佛有许多细细的芒刺扎着——那你现在和她在一起吗？他很想说是，却只能淡淡笑着摇了摇头。

顾婉凝见他摇头，便试探着说："陈安琪……她很喜欢你。"

原来，她是为了这个。

霍仲祺只觉得刚才那一点一点细密微弱的痛楚渐渐绵延开去，他深吸了口气，面上一片漠然："我对她没什么。"

"我也觉得你大概对她没有意思，那既然这样，你能不能不要和她走得太近？她……"顾婉凝轻声道。

"你不用说了。"霍仲祺忽然打断了她，低着眉睫轻轻一笑。"我是个纨绔子弟，轻浮惯了，你怕我耽误你的朋友。"

顾婉凝咬唇道："我不是说你不好……"

霍仲祺看着她，笑意温和："我明白。不过，你老想着别人的事情，怎么不想想你自己的事情？"

顾婉凝不答他的话，端起杯里的酸梅汤喝了一口："太甜了。"说罢，又拣出桌边的一个调料瓶子，倒了一些在面里，霍仲祺看了一眼，笑道："你不光能吃辣，还能吃醋。回头我告诉四哥，叫他千万留神。"

顾婉凝和霍仲祺吃过东西出来,夜已深了,两人走到巷口,霍仲祺见婉凝轻轻呵着手,知道她是怕冷,忽然想到方才经过一个卖糖炒栗子的摊子,便对顾婉凝道:"你稍等一下,我马上就回来。"

顾婉凝见他转身要走,不知道为什么忽然有一丝不安,忍不住叫了一声:"仲祺?"霍仲祺回身一笑:"我去买点栗子。"

他转过脸去,一低头,一抹笑意便止不住地攀上了眼角眉梢。

巷口出入人多,街边也摆了不少摊子,顾婉凝便被挤到了街上,好在这个时候也没什么车辆。她呵着双手,想着日子竟过得这样快,如今已是冬天了,她和虞浩霆到这里来的时候,还是夏天。

她想起那对唱儿歌的小姐弟。"高楼高楼十八家,打开门帘望见她。"还有那碗加了什锦菜的豆腐涝,老板娘说:"少爷吃了这一碗,必定前程似锦。"

前程似锦?他还要怎样的前程似锦呢?

冬日的夜风寒意袭人,那人说,沣南和江宁迟早一战。

迟早一战?

"再过两年,我带你去西澜江看月亮。"

"我要让这万里江山重新来过。"

他的前程似锦,他的志气,他的人生,却是叫她最惊惧的东西。

她不能和他在一起。

她迟早会成一枚棋子,不是他的也是别人的,或者,都是。

她觉得裹在大衣里的身子冷透了,她的手微微抖颤着想要覆在腹上,他那天的话犹在耳边——

"我们先要个孩子,你再去念书,好不好?"

"你生个孩子给我,我就由着你走!"

她要怎么办呢?

顾婉凝忽然觉得身后有什么东西迫近,她听见有人叫她的名字,她还未及反应已被人用力推了出去,她完全失控地摔在地上,有人倒在她身边,夜风冷硬地削在她脸上,一抹黑色的车影几乎擦着他们呼啸而过。

她刚刚明白过来,霍仲祺已从地上撑了起来,伸手扶她:"你没事吧?"

他虽然关切,却并不太紧张,他知道刚才她只是被自己推了一把,只是不知道有没有磕伤了哪里。此时此刻,他的心思却都在刚才的那辆车上。

顾婉凝摇摇头,扶着他站了起来,不料,刚走出两步,身子便软倒下去,她一只手死死攥住霍仲祺的手臂,另一只手去按自己的小腹,雪白的一张面孔几乎是扭曲的,霍仲祺见状甚是惊骇,连忙抱住她:"婉凝,你怎么了?伤到你了?"

巨大的痛楚让顾婉凝眼中浮出一层水雾,她挣扎着开口,那声音几乎已是呻吟了:"孩子……仲祺……孩子。"霍仲祺一愣,刹那间脸色已变得惨白:"孩子?你……你有了孩子?"他一把将她抱了起来,"婉凝,你别怕,我们去医院,没事的!一定没事的!"

霍仲祺一边开着车,一边握着顾婉凝冰凉的手,"马上就到了。婉凝,不会有事的,你别怕……"

而顾婉凝已经听不清他在说什么了。

她只觉得疼,一股冰凉空冷不断下坠的疼,就在她自己的身体里拖拽着她,无处可躲,无处可逃,所有的力气和暖意都被那狰狞的痛楚驱走了。渐渐地，她似乎感觉不到疼了，那痛楚依稀还在，只是她不觉得了。她最后一眼看见的是霍仲祺焦灼的面容，她想跟他说"你别急，我好像没那么疼了"，却怎么也说不出来……

谢致轩赶到医院的时候，只看见埋着头坐在病房外的霍仲祺，他一眼瞥见小霍衣袖上的血迹，愈发惊骇起来。然而，不管他问什么，霍仲祺都只是摇头，幸好，他没等太长时间，急诊室的门就开了。

大夫一走出来看见这个情形，有些愕然地问道："这位太太是？"

谢致轩闻言一怔，霍仲祺已颤声问道："她人怎么样？"

大夫的声音是一贯的平和镇静："人没有危险，不过孩子没有了。"

谢致轩听了这一句，惊诧地问霍仲祺："孩子？什么孩子？！小霍，什么孩子？"却见霍仲祺双唇紧闭，脸色一片青灰。

那大夫扫了他们一眼，冷然道："她家里人呢？也都不知道么？还不到两个月，正是要小心的时候。"

谢致轩此时已明白过来，张了张口，却无话可说。

霍仲祺艰涩地看了他一眼："……你叫官邸的丫头过来吧，我去给四哥打电话。"他走出几步，却又猛然站住，回过头来紧紧盯着谢致轩："我在这儿，你去跟四哥说。你也不要叫官邸的人来了。"

谢致轩见他目光雪冷地看着自己，先是疑惑，旋即心中一凛："你疑心我？到底是怎么回事？"

霍仲祺不置可否，只是冷冷地看着他："你要是还顾念跟四哥的情分，这里的事就不要再让其他人知道。"他说罢，眼中痛意乍现，"……先别跟四哥说孩子的事。"

谢致轩咬牙点了点头，沉声道："不管你信不信，我没有。"

"你一个特勤处长，连这点儿事情都办不好？"

龚揆则的语气一如平日的沉缓，但却让江凤生背上渐渐浮起了一层冷汗。自虞浩霆北上，顾婉凝在栖霞闭门不出，想要在官邸里造出些意外又不让人疑心并不容易，直到这两日顾婉凝到春熙楼看戏，他才有机会部署一二。

然而，谢致轩时时在她身边寸步不离，又加上霍仲祺，旁人倒也罢了，这两个公子哥儿却是不好有所损伤的。今晚的事，已经是极费工夫才寻到的机会，却不想又错过了，他只好解释道："当时霍公子在……"

龚揆则喟然一叹："只怕栖霞那边更要谨慎了。四少下个星期就回江宁，无论如何，这件事不能再拖下去。"

江凤生觑着龚揆则的脸色说道："或者，从顾小姐家里想想法子？"

龚揆则眉峰一挑："你尽管去办，只是一条：务必做得像一点，不要让四少马上疑心。"

江凤生点了点头正要开口，桌上的电话却响了，龚揆则微一皱眉，接了起来，不料刚听了两句，脸上竟浮了一片疑云，对电话那边道："我知道了，再有什么状况，你随时告诉我。"他搁了电话，盯着江凤生道："你不是说没有撞到吗？"

江凤生有些不解："差一点，要不是小霍……次长，出什么事了？"

龚揆则眉头微蹙："栖霞的人说她出了车祸，现在在慈济医院，似乎情形很不好，小霍已经叫致轩过去了。"

江夙生诧异道:"这不可能。"

龚揆则沉吟了片刻,说道:"这种事小霍不会无中生有。你马上叫人过去,不管她是怎么进的医院,既然官邸的人都知道她情形不好,那就……见机行事吧。"

江夙生衔命而出,已是午夜了,龚揆则却毫无睡意,他端起桌上冲得极酽的龙井,呷了一口,随手拉开书桌的抽屉,里面正是汪石卿之前拿来的那沓档案,最上头的照片已经泛了黄,边缘洇了几点水迹,龚揆则侧眼看着,也不由有些感慨。华清池水马巍土,洗玉埋香总一人。与其他日叫虞浩霆自己来作这个决断,不如今日他来作。

然而没过多久,江夙生便从特勤处接了内线电话回来,语气低促:"次长,恐怕已经有人起了疑心。病房外头设了几道岗,查得很严。"

龚揆则拧着眉头问:"是栖霞的人吗?"

江夙生道:"怪就怪在这儿,没有看到官邸的人,都是从卫戍部临时调过来的。"

不仅医院里的岗哨如此,连在病房里照料顾婉凝的佣人也都是霍家的。

霍仲祺不相信事情会这么巧,那辆黑色福特和他擦身而过之后丝毫没有减速的意思,更蹊跷的是那车的牌照,6012,如果他没记错的话,这个车牌应该是交通部总长蒋庆文家的一辆silver ghost。

霍仲祺先疑心的是谢致轩,他到栖霞来本就有些奇怪,偏偏他一不在就出了事,况且,他又是谢家的人……若真是虞夫人的意思,那栖霞的人恐怕也都靠不住了。算起来,只有卫戍部一向最是独立,唯虞氏父子之命是从,和参谋部、陆军部都极少牵扯,但旁人却也不好轻易动用。只是他和虞浩霆素来亲厚,又人缘极好,才连求带逼地从卫戍部借了人过来。

他坐在床边翻来覆去地想着,顾婉凝仍然沉沉未醒,病房里的床单枕被皆是白色,她纤弱的身子埋在其中,尖尖楚楚的一张面孔也是雪白的,连唇上也看不到血色,只有黛黑的眉睫和铺散开来的一头长发格外清晰。

她的眉头微微蹙着,霍仲祺忍不住伸手抚上去,只觉得一股刺痛从指尖直蹿入身体,他想起自己冲进急诊楼,把她放到病床上的时候,才惊觉臂上已染了温热的血迹……

孩子。

她的孩子,婉凝和四哥的孩子。

就在他手里,没有了。

他怎么会这样大意?

她这样精神恹恹,茶饭不思,他怎么就没想到呢?

他一步也不应该离开她的,他不应该叫官邸的侍从先回去,到底是他私心作祟!他总担心虞浩霆待她不好,又担心虞浩霆待她太好。他想她事事顺遂,无忧无虑,却又隐隐盼着另一回事。他到底是私心作祟!他只想着能和她在一起,哪怕多一刻也是好的!

她伏在他怀里,紧紧地攥住他的手臂,呻吟着说:"孩子……仲祺……孩子……"

等她醒过来,他要怎么跟她说呢?

他要怎么跟四哥说呢?

谢致轩放下电话,心里却愈发忐忑起来。

他翻来覆去打了无数遍腹稿,然而那边虞浩霆的声音一响,他就全乱了。其实不用霍仲祺说，他也不敢贸然提孩子的事，只说顾婉凝"出了一点意外""你放心，没有撞到，只是摔了一下""还在医院，人没有危险"……他知道他说得错漏百出，他想，或许虞浩霆听了这些，大约就能想到孩子的事了。

孩子？

他这些天日日看着这女孩子，却居然没想到这一层？

他想起那天虞浩霆对他说："你是我的侍从官，那你替我看着她？"

他说："我尽量。"

今天的事不是意外吗？

那难怪霍仲祺疑心他，若是他不知道也就罢了，可他明明知道虞夫人对这女孩子动了心思，他还提醒过虞浩霆。他今天就不应该走，或者，他实在是不应该来，大概换哪个人来都不敢像他这样大意。

谢致轩一路上到病房，却见外头的岗哨全都是生面孔，一问却是从卫戍部临时调过来的。

"四哥怎么说？"霍仲祺听见他进来，嘴里问着他话，目光却仍然盯在顾婉凝身上，谢致轩站在床尾，眉头紧皱："浩霆说，他这就回来。"

霍仲祺犹豫了一下，问道："他……没有问孩子的事么？"

谢致轩摇了摇头："我只是说被车擦到，摔了一下。"

他一边说一边打量着霍仲祺，忽然觉得他像是换了一个人，病房里的丫头是从霍家叫来的，外头的岗哨也另叫了卫戍部的人，连霍家的医生也来了……他们这一班相熟的世家子弟里头，霍仲祺年纪最幼，也最是单纯跳脱，从来都是纵情恣意的脾气，没想到此时此地他仓促之间竟安排得这样小心。

他说罢，见霍仲祺默然不语，忖度着又补了一句：

"我这么说……他可能也想到了。"

虞浩霆知道，谢致轩一定是有事瞒着他。

如果顾婉凝没事，他们根本不必这个钟点把电话打到沈州；但若是真的出了什么事，他们又何必瞒他。她怎么了？意外？撞了车，又没有撞到？摔了一下？没有危险，在医院？她到底是怎么了？竟然叫他们不敢告诉自己？

他只往最坏的境地去想……

沉夜如铅，他的心事却比铅还重，她一定是出事了，可他却不在她身边。

怎么会？

那么多人，还叫她出了事？他应该带着她的，哪怕她还在气他。

他想起昨天，她迟疑地问："你……什么时候回江宁？"

他真应该今天一早就回来，他若是早一点回来，一定不会让她出事。

"四少，还有半个钟头就到了。"郭茂兰走到虞浩霆身边，低声说。

虞浩霆并不答话，只是将拆开又装好的佩枪慢慢插回枪套。

郭茂兰觑了一眼卫朔，知道此刻他和自己的心情多半一样。虞浩霆接了谢致轩的电话，就匆忙动身去了机场，他和卫朔一路跟着也都没有机会再打电话回江宁去问一问。真是最怕什么就偏偏来什么！也不知道官邸那一班人怎么会这样疏忽，这位谢少爷真是……要是云枫在，哪有这样的事情。

他转念一想，杨云枫在的时候，也不是没有出过事。他想到这里，暗自慨叹，四少那么多女朋友，却没有一个像顾婉凝这样接二连三出状况的；更棘手的是，每回她这里出了状况，他都不知道虞浩霆要怎样发作。

仙林机场就在江宁市区，离慈济医院只有不到二十分钟的车程。凌晨的街道浸着初冬的寒意，除了汽车飞驶而过的声音，就只有一片寂静。

眼看着慈济医院的楼群影影绰绰越来越近，虞浩霆只觉得喉头发紧，一颗心不由自主地悬了上去。即便是两军对阵，交战在即的时候，他也不曾这样紧张，那些事总归都在他掌握之中；然而眼下，他要面对的，却是一件完全在他控制之外的事。

他一下车，便看到霍仲祺等在楼前："四哥，婉凝她人没事。"

虞浩霆闻言心神一松，郭茂兰和卫朔心里也都暗自松了口气。虞浩霆虽然放下心来，脚步却一刻不停，一边拾级而上，一边皱眉问道：

"怎么会出事的？致轩呢？"

他还没走进楼门，忽然听见霍仲祺在他身后又叫了一声："四哥！"

他感然转头，只见冷白的灯光下，霍仲祺神情凝重，眼里尽是痛色，他心中一凛："到底怎么了？"

霍仲祺走到他身边，低着头不敢看他，极吃力地说了一句："孩子没有了。"

虞浩霆一愣，心头顿时漫上了一大片阴影，却仍然没听明白一般，声音飘忽着问道："你说什么？什么孩子？"

霍仲祺诧异地抬起眼来，颤声道："婉凝有了孩子，已经快两个月了,你不知道吗?"他话音刚落,虞浩霆便被脚下的台阶绊了一下,身形一晃,卫朔连忙伸手扶他,却被他一摆手甩开了。

他定定站在台阶上,面上的神色有迷惘,有犹疑,有痛楚……半晌才缓缓问出一句:"她有了孩子?"

霍仲祺心中一片纷乱,他原想着虞浩霆这样匆忙赶回江宁,必然是想到了孩子的事,却不料他竟毫不知情。此时此刻,霍仲祺觉得就算拼起全身的力气,他也说不出一句:"是。不过,已经没有了。"

"孩子没有了。"

"婉凝有了孩子,已经快两个月了,你不知道吗?"

孩子……

他竟然是先知道这个孩子不在了,才知道她有了他的孩子。

怎么会?怎么能?

他没有觉得难过,也不觉得生气,他只觉得自己在这一瞬间就被抽空了,那些应该会难过会生气的地方都不在了,他只是死死盯着霍仲祺,想从他嘴里再听出一个不一样的答案来。

他想了这么久,等了这么久,她真的有了孩子,可他还没来得及跟她说,他有多珍重这个孩子,他还没来得及为这个孩子快活哪怕一天,他们就告诉他:孩子没有了。

怎么会?怎么能?

他不答应!

他一定要他说出个不一样的答案来!

然而,霍仲祺只是低着头不敢看他,凄然唤了一声:"四哥……"

他没有再问,也没有再说话,只是穿过岗哨缓缓上楼。

谢致轩站在病房门口，一见他走近，便愣在那里，连房门也忘记开了，他从没见过虞浩霆这样的神色，他的目光从自己脸上划过，却是一片空茫。虞浩霆也真的像没有看见他一样，轻轻推开门走了进去，郭茂兰和卫朔都停在了门口，只有霍仲祺犹豫了一下，跟了进去。

她无声无息地躺在那里，浓密若羽翼的睫毛，蜿蜒如夜色的长发，几乎和以前睡在他怀里的时候一样安静，只是唇颊都失了血色，脸庞白得透明。他想去抚一抚她的脸颊，抬起的手却不能落下。昨晚，她还在电话里问他：

"你……什么时候回江宁？"

她是要跟他说孩子的事吗？她……

她苍白纤弱的睡颜将他的知觉一点一点唤了回来，他心口一波一波地抽搐，前赴后继地撕咬着，眼中竟有些微热，虞浩霆强自抑了抑心神，低声问道：

"大夫怎么说？"

霍仲祺忙道："大夫说没有危险，只是婉凝身体虚弱，需要休养些日子。"

虞浩霆一抬头，却见站在对面的丫头十分眼生，便问道："你是？"

那丫头见虞浩霆动问，忙行礼道："我叫锦络，是霍府的丫头，是我家公子叫我来伺候小姐的。"

虞浩霆眉头微微一皱，猛然想起自己刚才一路过来，病房外头的岗哨也不是官邸的人，疑窦乍起："小霍？"

霍仲祺低声道："四哥，我疑心昨晚的事不是意外，所以没从栖霞叫人。"

虞浩霆闻言霍然起身，刀锋般的目光直直插在他脸上。霍仲祺道："事情太凑巧，婉凝身边只那一会儿没有人，就出了事。而且，那车牌照不对，车子是辆福特，但用的车牌是蒋庆文家的一辆silver ghost……"

他说到这里，虞浩霆眼中已是一片阴冷，铁青着一张脸就往外走，霍仲祺连忙跟了出来。谢致轩和郭茂兰见状，刚要问他有什么吩咐，却被他身上不断升腾的怒意惊住了。

虞浩霆刚走出门口，便沉声对卫朔道："你留下！她要是有什么闪失，你以后也不用跟着我了。"

淳溪别墅从来没有在这个时候如此灯火通明过。不到凌晨五点，四下都还是一片深重的夜色，虞浩霆远远望见淳溪的灯光，胸中的狂怒凝出了一抹冷笑，果然！

龚揆则一听说虞浩霆深夜飞回江宁，便知道少不了一场风雨。他思虑再三，终于拨了淳溪的电话："我是龚揆则，有要事找夫人。"尽管事出突然，等他赶到淳溪的时候，虞夫人已经端然坐在客厅里了，她发髻严整，身上穿着一件茶色团花的妆缎旗袍，颈间扣着一枚碧色森森的翡翠云蝠别针。虽然淳溪别墅内丝毫不觉寒冷，她肩上仍搭了一条栗色的开司米披肩。

"这么说，那女孩子现在究竟是什么状况，你也不知道？"

龚揆则肃然点了点头："这次的事情是我没有安排妥当，只怕四少会以为……"

虞夫人轻轻闭目一叹："他待这女孩子是有些失了分寸，我没有过问太多，是想着等庭萱回来，他必然能分得出轻重。也或许，等不到那个时候，他心思一淡，就撂开手了。你又何必急于这一时？"

龚揆则心下踌躇,一时不能决定是不是要将顾婉凝身世的疑窦和盘托出,只道:"夫人的顾虑揆则明白。只是这段日子,顾小姐太分四少的心了。眼下北地初定,千头万绪都有待四少决断,总长远在瑞士,江宁的安稳都系于四少一身,今后只怕更是不能有半分疏漏……"

龚揆则说到这里,忽然住了口,走廊里一片急促的脚步声由远而近,片刻之间,虞浩霆颀长挺拔的身影已经立在了门口。龚揆则站起身来,刚要跟他打招呼,已到嘴边的话却被他痛怒交加的神情逼了回去,虞浩霆的声音里是极力压抑之后,仍从每一个字中迸出的怒意:"母亲,原来亲生的儿子,您也下得去手。"

他话一出口,虞夫人原本端凝的身子便是一震,然而也只不过是短短一瞬间的事情,她随手端起桌上的茶盏,杯盖在茶碗边沿轻轻一磕,手上一粒略带蓝色的祖母绿戒子在虚白的茶烟中泛着冷冽的幽光:"你有什么话,坐下说。"

龚揆则连忙沉声道:"四少,您误会夫人了。顾小姐的事全是我的主意,和夫人无关。为四少和虞氏计,这个女人无论如何都留不得……"

"龚揆则!"

虞浩霆一声咆哮,伸手就拔出了佩枪,"咔嗒"一声开了保险,紧跟在他身边的霍仲祺反应最快,向上一推他的手臂!"砰"的一声枪响,龚揆则身后的一扇窗子应声而碎,精致的雕花玻璃哗啦啦撒在地上,窗外的冷风呼啸着灌了进来,外头的侍从一听见枪声,迅速赶了过来,见了这个状况却不知该如何行事,都愣在了当场。

虞浩霆手肘向外一横,就撞开了霍仲祺,郭茂兰和谢致轩见他竟然还要开枪,连忙冲过来,死命抱住他的手臂,却没人敢去下他的枪。

虞夫人的面上一片灰白："浩霆！你是不是疯了？为了一个不相干的人……"

虞浩霆眼里的神色仿佛要噬人一般："谁动她，谁就死！"

虞夫人一阵急痛攻心，撑着沙发靠背，吃力地道："如果今天的事是我安排的，你就连母亲都不认了吗？"

虞浩霆的手仍是死死握住佩枪，抿紧了嘴唇一言不发，只是盯着龚揆则。

"四哥！"霍仲祺顾不得胸口一片生疼，抢上来对虞浩霆道，"四哥，现在要紧的是婉凝，她人还在医院里……"

婉凝……

虞浩霆目光一颤，握枪的手缓了下来，郭茂兰和谢致轩俱是心神一松，却见他直视着虞夫人，眼中已漫起了一片伤恸："她要是再出了什么事，就得麻烦二位，另找个人来接总长的班了。"

他说罢，转身便走，郭茂兰跟谢致轩冲虞夫人和龚揆则行了礼，也急急跟了上去，虞夫人却叫了一声："致轩，你等等。"

谢致轩回过身来，只听虞夫人轻声问道："不是说没有撞到吗？"

谢致轩看看她，又看看龚揆则，声音干涩："顾小姐的孩子没有了。"

郭茂兰刚要抢前一步去替虞浩霆开车门，却不料他已径自走到驾驶位，扯下开车的侍从，自己坐了进去。"四少！"不等郭茂兰发问，虞浩霆已"砰"的一声撞上了车门，瞬间便飞驶出去。霍仲祺见状，连忙上了后面的车，吩咐司机："跟上！"

霍仲祺见虞浩霆车速极快，原以为他是要回医院，却没想到他出了淳溪别墅并没有往市区的方向走，反而往山林深处飞驰而去。黎明前的夜最是深浓，车灯的光束之外连树影的轮廓都看不分明。霍仲祺不知道虞浩霆到底是去哪儿，心里又惦念顾婉凝，万分焦灼间只死死盯着前车的尾灯。经过了一处岔路，那开车的侍从忽然轻轻地"咦"了一声，霍仲祺随口问道："怎么了？"

霍仲祺心头一震，口中催促："跟紧一点。"

往前开了不远，车灯便照见了被虞浩霆撞翻的路障，霍仲祺急道："鸣笛！"那侍从也觉得事情不好，一连声地按下喇叭，跟在后面的郭茂兰也不住鸣笛，然而，虞浩霆却置若罔闻，丝毫没有减速的迹象。

又开了十多分钟，开车的侍从突然减了速，霍仲祺疑道："你干什么？"

那侍从解释道："霍参谋，前面的路已经快到头了，四少随时会停车，我们不能跟得太紧。"

霍仲祺听了，又看看前头已经有了一段距离的林肯，决然道："超过去，截停他，快！"

那侍从闻言，点了点头，一边重新加速一边急切鸣笛，然而终究落在了后面。又往前开了几分钟，那侍从已慌了："霍参谋，四少再不停车……"霍仲祺抬手砸在喇叭上，前头一声尖锐的刹车，虞浩霆终于停了下来。后面两辆车也都是急刹，不等车子停稳，霍仲祺就推开车门，朝前车跑了过去。

虞浩霆的车头离山路的断面不过几步之遥，车灯的光束已然打在了漆黑的空谷之中。霍仲祺颤巍巍地拉开他的车门，却见虞浩霆靠在座位上，双眼紧闭，幽暗的灯光下，他脸颊上竟赫然有两道闪亮的泪痕。霍仲祺一惊之下，胸中一阵酸热，却是一句话也说不出来。

虞浩霆缓缓睁开眼，唇边划出一个凄然的笑容来："你说，我这样有什么意思？"

霍仲祺几乎是恳求着叫了一声："四哥！"

虞浩霆仍看着前方无尽的黑夜，喃喃道："她根本就不想跟我有孩子，是我逼着她……我却让她出了这样的事，我连她都保不住，我连我自己的孩子都……你说，我这样有什么意思？怪不得她不想要我的孩子……是我不配……"

霍仲祺听着他的话，慌乱地说："四哥，你不能这么想！婉凝她想要这个孩子，真的！出事的时候她只跟我说了一句话，就是'孩子'。她真的想要这个孩子！是我没有看好她，是我对不起你……"

虞浩霆开着车子一出了淳溪别墅，眼泪就滚了下来。

他以为他早就不会哭了。

然而，一颗接一颗的眼泪从两颊滑落下来，干了的泪痕绷紧了皮肤，湿热的一痕又叠了上去，这样陌生的感受叫他不敢停下，也不能停下。

"你父亲和淳溪那边都还不知道你这个想头吧？你把她看好了。"

"你要真的有心娶婉凝，倒不该这样招摇。"

"姑姑那里是认定霍庭萱的，你要是有了别的意思，她恐怕不能答应。"

朗逸提醒过他，致轩也提醒过他，可他偏偏这样自负，他以为，他这样珍重她，他就不信谁还敢动她。

他根本就应该把她藏得好好的，等他们的孩子生下来，他光明正大地娶她，她和孩子，都会好好的……

孩子……

原来那一晚，她就有了他们的孩子。可是那天，她恨极了他，他那样对她，她一定也恨这个孩子。她本来就不想要他的孩子，何况，他那样对她。

他跟她说："你生个孩子给我，我就由着你走。"

他总以为，只要他们有了孩子，他和她就再也分不开了。就算她再怎么恼他，也总有这样一丝牵念把他们连在一起。他想了那么久，等了那么久，她真的有了孩子，可他还没来得及为这个孩子快活哪怕一天，他们的孩子就没有了。

因为他，没有了。

他这二十余年的人生，从来都是骄傲倜傥，睥睨万物，从来都是金粉繁华，予取予求；然而，只这一夜，就叫他知道，他自负自恃的种种——不过是个笑话。